Indiana Teller

SOPHIE AUDOUIN-MAMIKONIAN

Indiana Teller

Tome 1 : Lune de printemps

Prologue
Le prédateur

Je hais les prédateurs. Encore plus lorsque j'en ai un à mes trousses. Il marche sur deux pieds, mais son âme est celle d'un animal. J'ai trouvé ce renfoncement pour me cacher. La sueur coule sur mon visage et je respire trop fort.

J'entends un reniflement appuyé. Puis un gloussement. Mon cœur s'accélère.

J'ai juste le temps de voir ma vie défiler devant mes yeux. Les pas se rapprochent. J'arrête de respirer.

Il m'a trouvé.

Monologue
Mon nom est Indiana

J'ai dix-huit ans et je suis un monstre.

Pas le genre avec des tentacules et des taches violettes, qui fonce sur les gens avec de grands « Gaarrrghhh ». Non, le genre anodin, qui se fond dans la masse. Qui ressemble aux humains.

Les plus dangereux.

Enfin pas moi, vu que je ne ferais pas de mal à une mouche. En fait, il faudrait déjà que j'arrive à l'attraper.

Je n'ai aucun signe distinctif. Pas de cicatrice sur le front, d'œil caramel et de beauté glaciale, de longues dents et de soif de sang. J'ai un nombril comme tout le monde et si on donnait mon sang à quelqu'un, contrairement à celui de Superman, ça ne lui ferait rien.

Mes yeux sont bleus et bleus. Bleu foncé sur l'extérieur, clair au centre. Lorsque je suis fatigué, ça me donne un air de hibou surpris.

Ah, si, mes cheveux sont bizarres. D'un blond doré, ils sont noirs d'encre aux pointes. J'ai beau les couper pour que les pointes noires disparaissent, rien à faire. Mes cheveux poussent tellement vite qu'en trois jours, elles reviennent.

Il paraît que je suis mignon. C'est Nanny, la femme qui s'occupe de moi depuis que je suis tout petit, qui me le dit. Probablement les yeux de l'amour. Ma plus grande originalité, c'est mon prénom : Indiana. Ma mère était dingue d'Indiana Jones, son héros.

Indiana Teller est mon nom. Pathétique.

J'ai quand même deux, trois avantages. Je vois mieux que la plupart des gens, mon ouïe et mon odorat également sont meilleurs et, croyez-moi, au milieu d'une foule, je le regrette souvent.

Qu'on ne vienne pas me dire que ce sont des qualités de prédateur. Les lapins entendent très bien aussi.

J'ai une grande famille, des tas de cousins, cousines, un grand-père et une grand-mère, Karl et Amber Teller. Et une mère. Jessica.

Folle.

Elle vit à plein temps dans un institut très spécial, réservé à nos races anormales ou « ab-normales » comme dit grand-père. Son esprit divague, incapable de discerner présent, passé ou futur. Elle ne sait jamais où elle est. Il arrive qu'elle ne sache même pas *qui* elle est. La voir me fend le cœur, alors je n'y vais que rarement. De toute façon, cinq fois sur six, elle ne se rend pas compte de ma présence.

Peut-être qu'elle m'en veut.

Après tout, à cause de moi, elle a tué mon père.

Chapitre 1

Celui qui n'était pas un loup

Contrairement à moi, mon histoire n'a rien de banal. Je suis né dans une respectable famille de loups-garous. Respectable parce que grand-père est à la tête de l'un des clans les plus puissants d'Amérique du Nord, qui chapeaute tous les autres.

Loups-garous, parce que lui et grand-mère en sont deux. Comme mon père. Mais pas comme ma mère.

Oh, mince alors, encore une histoire de loup-garou. Avec hurlements, morsures et bagarres avec les vampires à la clef.

Pas du tout.

Si je rencontre un vampire, la seule chose que je pourrai faire c'est « ouille » lorsqu'il me plantera ses dents dans le cou.

Je n'en suis pas un. Je veux dire, pas un loup-garou.

Nous vivons dans le Montana. Trente-sept millions d'hectares, moins d'un million d'habitants. Avec l'Alaska et le Wyoming, c'est l'État d'Amérique possédant la plus faible densité de population.

Mais si, mais si, je vous assure, vous connaissez. Là où les Cheyenne et les Sioux de Sitting Bull ont mis une pâtée au lieutenant-colonel Custer. Le site, Little Bighorn, est devenu une super attraction touristique, comme le Parc national de Yellowstone. Que nous évitons soigneusement

Quand vous êtes un loup-garou comme mes grands-parents, vous fuyez les êtres humains. Sous peine de vite voir ressortir les fourches et les flambeaux.

De plus, les loups-garous sont paresseux. Mettez-leur des daims qui filent à fond ou des vaches qui ont du mal à atteindre le quarante à l'heure, devinez ce qu'ils vont choisir ?

Les loups-garous sont comme les vrais loups. Ils adorent les vaches. Alors nous avons choisi les grandes plaines du Montana pour créer notre propre élevage bovin. Notre centre de production est l'un des plus actifs au monde. Ici, nous élevons et croisons des Brahmousin, BueLingo, Santa Gertrudis, Texas Longhorn pour leur viande et des Lineback ou Randall pour leur lait. Depuis quelques années, la mode revient à la viande plus maigre, alors nous avons importé des européennes, Angus, Chianina, Simmental, etc.

Notre savoir est ancien et fondamental. Nos scientifiques comme nos généticiens sont les meilleurs du pays. Nos vaches sont plus solides, plus productives, nos lignées sont recherchées.

Cela nous a rendus riches. Ce qui était indispensable, car la richesse peut acheter la discrétion.

Non, ce n'est pas non plus l'histoire d'une famille riche un peu plus atypique que les autres. Nous sommes riches parce que nous n'avons pas le choix. Personne ne doit savoir que nous existons. Seul l'argent peut nous protéger. De soupçonnables, nous rendre simplement excentriques. D'où les vaches.

J'ai donc vécu tout ma vie entouré de gros animaux poilus et meuglant. C'est gentil les Bos Taurus, mais niveau intellectuel, la conversation est un peu limitée. Contrairement à ma famille, je n'ai aucune adoration particulière pour les bovins.

Car si je ne suis pas un garou, je suis néanmoins censé être *quelque chose*.

J'avais six ans lorsque je me suis rendu compte que je n'étais pas normal. Pas comme *eux*, ceux de ma famille. Nous étions en train de nous balader car grand-mère avait décrété que c'était le grand nettoyage de printemps et avait fichu tout le monde dehors.

— Dis, grand-père, ai-je demandé en fronçant les sourcils et en étendant ma main devant moi, l'air dépité, pourquoi j'ai pas de poils comme toi ?

Mon grand-père qui venait de se métamorphoser s'est assis et a dénudé ses énormes crocs blancs. Je n'ai pas reculé, je n'avais pas peur de lui. Cela dit, c'était idiot de lui avoir posé la question alors qu'il ne pouvait pas parler sous sa forme de loup. Je pensais qu'il allait se transformer pour me répondre, mais il s'est couché et m'a fait signe de grimper sur son dos. Pour qui n'a jamais chevauché un loup-garou, il est difficile de comprendre à quel point c'est grisant de monter un énorme animal qui fait tout pour vous garder sur son dos en un seul morceau.

Je me souviens de mes rires et de la sensation de voler tellement il allait vite.

Ce jour-là, sa course folle a réussi à me faire sortir la question de la tête. Mais plus tard, lorsque Nanny si ronde, si douce, dans sa robe à fleurs est venue me border, j'ai plongé mes yeux dans son regard doré, j'ai touché sa joue à la peau toujours chaude et j'ai répété :

– Dis, Nanny, pourquoi moi, j'ai pas de poils ?

Ce que je voulais dire, de façon maladroite, c'était que je ne comprenais pas pourquoi je ne pouvais pas me transformer comme les autres enfants.

Du chagrin avait assombri l'or de ses yeux.

– Mon tout-petit, avait-elle chantonné, mon louveteau, mon petit croc, il faut être sage, sage comme une image et je te raconterai un jour que tu es l'enfant de l'amour.

Mais j'étais têtu. Cette réponse ne me satisfaisait pas. Je la posais, encore et toujours… personne ne voulait me répondre.

Autre chose me préoccupait. Lorsque les louveteaux se transformaient, ils n'avaient plus le droit de jouer avec moi. Nanny les éloignait. Je perdais mes camarades de jeu et, très vite, j'appris à détester cette habitude de se métamorphoser en petits loups pour un oui ou pour un non. Bien évidemment, ils s'en sont vite rendu compte et ont continué de plus belle pour me faire enrager, moi, le sans-poils.

J'ai donc attendu, jour après jour, nuit après nuit, de devenir un loup.

Rien n'est arrivé. Rien n'est venu pimenter ma vie. Pas le plus petit pouvoir, pas la moindre miette d'étrangeté, hélas.

J'avais huit ans lorsque Nanny cracha le morceau. J'avais été particulièrement difficile, une vraie tête de mule, à défaut de loup.

— T'es méchante, lui avais-je crié après avoir été rejeté par mes copains une fois de plus, trop méchante ! Vous êtes tous méchants ! Je ne suis pas comme vous, vous ne m'aimez pas !

Et j'avais éclaté en sanglots. Nanny s'était accroupie près de mon lit et m'avait pris dans ses bras, en me berçant doucement. Mais j'étais trop grand pour être calmé par une berceuse et je l'avais repoussée, elle et son amour inconditionnel, de toutes mes forces. Alors Nanny m'avait chuchoté un secret.

— Tu n'es pas un loup, mon poussin, mais tu es fils de loup. Et peut-être qu'un jour, tu seras quelque chose de bien plus puissant, bien plus fort que les loups.

Cela avait arrêté mes larmes d'un coup.

— Qu'est-ce que je serai ? avais-je demandé avec méfiance. Qu'est-ce qui est plus fort qu'un loup ?

Son sourire s'était fait mystérieux et elle m'avait soufflé :

— Un rebrousse-temps. L'être le plus merveilleux, le plus étrange et le plus précieux qui existe. Si tes pouvoirs se manifestent, tous s'inclineront devant toi, mon petit. Mais cela doit rester un secret, tu m'entends, tu ne dois jamais, jamais en parler avec les autres.

Elle avait alors fait quelque chose qui m'avait vivement impressionné. Les ongles des garous sont très tranchants, même sous leur forme humaine. Elle avait entaillé son pouce puis le mien et les avait pressés l'un contre l'autre.

— Sous cette forme, je ne suis pas contagieuse, mais ne t'avise pas de faire la même chose avec un loup-garou sous sa forme animale, compris, Indiana ? Jure-le. Cela pourrait te contaminer et te transformer en monstre. C'est dangereux.

J'avais été tellement surpris que je n'avais même pas réagi en dépit de la douleur.

— Je le jure, avais-je balbutié.

— Par le sang, avait-elle psalmodié, je scelle notre secret, que celui qui le dévoile meure à l'instant, par mon sang empoisonné !

Puis elle m'avait relâché.

Faire garder un secret à un enfant de huit ans, ce n'est pas très facile. Nanny y était parfaitement parvenue avec son serment. Je ne parlai jamais à personne de ce qu'elle m'avait révélé ce jour-là. Curieusement, alors qu'elle était peu profonde, la cicatrice sur mon pouce resta. Aujourd'hui encore, je la touche lorsque je suis fatigué ou énervé.

Le lendemain, je commençais mes recherches sur ma race.

Ce qui est dingue, c'est que les humains n'ont écrit aucune légende à notre sujet. Pas le plus petit conte de fées, pas le moindre ragot, pas la plus minuscule rumeur. Mais que font les historiens ?

Notre étrange espèce n'a pas de poils, nous ne nous transformons pas et ne possédons ni chaleur interne élevée ni force incroyable. Nous ne courons pas plus vite que les autres et notre pouvoir est totalement inutile si nous avons à défendre notre vie. Celui qui nous agresse nous réduira en bouillie. Bien que les humains ne nous connaissent pas, les garous, les vampires, les fées, les elfes, les sorcières, bref, ceux des peuples spéciaux ont entendu parler de nous. Ils n'ont pas écrit de livres proprement dits, mais une sorte de note de bas de page du type : « Au fait, il existe aussi une race très particulière, qui n'a pas vraiment de nom parce qu'elle n'apparaît que chez les humains et qui est capable de voyager dans le temps. La naissance de ces individus est très rare. On a surnommé les enfants de cette race les achronautes. »

De *a* privatif, *chronos*, « temps » et *naute*, « voyageur ». Les voyageurs qui ignorent le temps.

C'est ce que je suis censé être. Un achronaute. Moi je préfère le nom moins scientifique qu'on nous donne. Les rebrousse-temps.

Vous parlez d'un pouvoir ! Si encore nous pouvions voyager dans le futur, ce serait génial. Nous pourrions manipuler les cours de la Bourse, prévenir les catastrophes, ou les famines, les deux derniers cas étant éthiquement plus louables que le premier, je l'accorde. Sauf que cela serait trop facile. Non. Notre race se déplace partout sur le globe, dans le présent et surtout dans le passé. Ah, là aussi, ça aurait pu être formidable. Revenir au temps du Christ ou des pharaons, voir les bateaux couler et retrouver leurs trésors (oui, je semble un peu obsédé par l'argent, mais croyez-moi, avec une famille comme la mienne, plus vous en avez pour leur échapper, mieux c'est), assister au débarquement du *Mayflower*. Mais non, trop facile. Notre race ne peut voyager que jusqu'au jour précis de notre naissance.

Dans mon cas, un 21 mars, le mois du dieu de la Guerre mais surtout le jour du printemps. Je suis né sous une lune de printemps. Il paraît que c'est un joyeux présage. Youpi.

Maman aussi. C'est très étrange. Un 21 mars, pile poil. Ha ha. Nous sommes nés sous deux lunes de printemps. Pour une fille, ça fait très romantique. Pour un garçon... disons que j'évite de le mentionner.

Je devrais m'inquiéter. Ma mère possède cet étrange pouvoir qui l'a rendue folle. Ce qui me laisse donc deux options.

1) Je vais finir par devenir dingue de frustration sans aucun pouvoir, n'étant ni loup, ni rebrousse-temps, en dépit de ce qu'espère Nanny.

2) Je vais enfin acquérir mon pouvoir de rebrousse-temps et je vais devenir dingue comme ma mère.

Génial. J'adore ma vie.

Vu que nous sommes des cas rarissimes, un ou deux tout au plus par millénaire, en voir naître deux dans une même famille et à une génération d'intervalle est carrément impensable.

Cela dit, si les gens se figent lorsque je m'énerve, ce n'est pas à cause de mon statut de potentiel rebrousse-temps, qui est ignoré par la grande majorité, mais parce que tout le monde espère secrètement (bon, soyons francs, moi aussi !) que je me couvre de poils.

J'ai constamment l'impression d'être observé. Et parfois j'ai envie de hurler.

Comme un loup.

Chapitre 2
Le bal

Benjamin Teller, mon père, était un loup-garou pur jus. Un noble descendant des *Homo lupus* ou lycanthropes, du grec *lykos* qui veut dire « loup » et *antropos* qui signifie « homme ». Fils unique et chéri de Karl et Amber Teller, mes grands-parents, propriétaires du Lykos Ranch, notre exploitation. Benjamin avait rencontré ma mère, Jessica Jenkins, lors d'un bal.

Nanny était là, elle accompagnait Benjamin.

– Oh, Indiana, m'avait-elle dit avec des étoiles dans les yeux, ta mère était ravissante !

Du fond de mon lit d'enfant de huit ans et demi, j'avais souri. J'aimais ce mot. « Ravissante ». Il m'évoquait quelque chose de fragile et de doux.

– Jessica avait cette merveilleuse robe bleue, assortie à ses grands yeux. Ses longs cheveux brun très clair bouclaient sur une de ses épaules. Ton père l'a vue. Il a été foudroyé.

J'étais jeune. Cela m'avait inquiété. J'avais imaginé un éclair descendre du plafond de la salle de bal et mon père soudain tout noir, les cheveux dressés sur la tête comme dans les dessins animés.

– Euh, il y a eu un éclair ? Il a été brûlé ?

Nanny avait éclaté de rire.

– Non, non, mon poussin, pas du tout ! C'est une image. Il n'a plus vu que ta maman. Elle était si délicate et si mince et lui était si grand et si solide. Pourtant, lorsqu'ils dansèrent, aucun autre couple n'était aussi bien assorti. Ils étaient magnifiques, Indiana.

Elle avait contemplé la photo à mon chevet. Ils étaient là, souriant à la vie pour l'éternité, éclatant de joie et de bonheur. Ma mère, menue, avec ces étranges reflets fauves dans ses cheveux et ses immenses yeux bleus, mon père, grand et puissant, aux yeux dorés et cheveux assortis. Oui, ils étaient beaux. Nanny était restée silencieuse un moment, perdue dans ses souvenirs. J'avais fini par m'agiter.

– Elle savait qu'elle était une rebrousse-temps ?

Nanny avait sursauté. Puis après un regard vers la porte ouverte de ma chambre, elle m'avait fait signe de baisser la voix.

– Chuuuut, mon poussin, ne parle pas si fort, les loups ont de longues oreilles. Écoute, on va convenir d'un code. Lorsque tu voudras parler de ce don, n'utilise que les initiales, RT.

Je voulais la suite de l'histoire, je lui avais fait signe que j'étais d'accord.

– La réponse est non. Elle était âgée de seize ans et ignorait totalement ses origines car elle avait été adoptée. Je sais que Jessica avait fait de nombreuses recherches sans jamais réussir à trouver l'identité de ses véritables parents. Elle ignorait également qu'elle était une RT, car ses pouvoirs ne s'étaient pas encore manifestés.

Ah. Ça, c'était une bonne nouvelle. Si maman n'avait pas eu de pouvoirs alors qu'elle était petite, comme moi, ça signifiait peut-être que j'en aurais quand je serais grand.

– Ils se sont mariés ?

– Pas tout de suite. Ta maman était trop jeune. Ton papa a dû attendre deux ans pour la demander en mariage. D'autant que les parents adoptifs de Jessica estimaient qu'elle n'était pas assez mûre.

Les adultes ne réalisent pas à quel point leurs mots peuvent être trompeurs pour des enfants. J'avais immédiatement imaginé ma mère sur un pommier, toute verte. Nanny avait dû voir mon air perplexe, car elle ajouta :

– Qu'elle n'était pas prête, si tu préfères. Tes grands-parents Karl et Amber n'étaient pas très heureux non plus. Mais tes parents les ont défiés et les ont convaincus.

J'avais été impressionné. Chez les loups-garous, les défis ne sont pas pris à la légère. J'imaginais déjà des bagarres et du poil volant dans tous les sens, aussi avais-je été assez déçu lorsque Nanny m'avait expliqué qu'ils avaient juste discuté. Et discuté encore. Et encore. Pendant deux ans. Cela me parut incroyablement long. Ils finirent par l'emporter.

Nanny terminait son histoire lorsque le plancher avait tremblé. Mon grand-père Karl était en train de passer devant la chambre. Il était grand, immense même, mesurait plus de deux mètres vingt pour deux cent soixante kilos et devait parfois se baisser afin de ne pas s'assommer contre l'encadrement de certaines portes trop basses. Cela avait détourné mon attention.

– Papy est vraiment très, très gros, avais-je remarqué avec le manque total de tact des enfants.

Nanny avait ri. Je la faisais souvent rire et j'aimais ça.

– Tu sais, Indiana, les loups ne prennent pas de poids lorsqu'ils se transforment. Ils le gardent, même s'ils changent de forme. Dans notre meute, le plus fort, le plus puissant et donc souvent le plus gros commande. C'est le loup alpha. Sa femme dirige à son côté, c'est la louve alpha. Tous les autres loups doivent leur obéir. Nous sommes très fiers de la carrure de Karl. Il est magnifique !

Elle même était solidement charpentée. Elle devait peser dans les quatre-vingts kilos et sous sa forme de louve elle était superbe.

Plus tard, je réalisai à quel point mon grand-père était fort. Lorsqu'il se transformait, sa graisse devenait une masse de muscles compacts. Je l'ai vu terrasser un taureau furieux qui s'était échappé en l'affrontant de face, muscles contre muscles. Alors que le taureau était quatre fois plus imposant que lui.

Il existe plusieurs sortes de garous. S'il n'avait pas été loup, mon grand-père aurait pu sans mal être un tigre-garou ou un ours-garou. Ces gars-là boxent dans une autre catégorie, celle des trois cents à cinq cents kilos. Ils passent d'ailleurs la plupart de leur temps sous leur apparence garou, car leur forme humaine est inconfortable à cause de leur poids. Et je conseille amicalement à ceux qui se moquent des obèses d'éviter. Il y a quand même une chance sur cinquante mille que ce soit un loup/ours/lion/tigre-garou.

Cela dit, les garous ne sont pas nombreux, c'est ce qui leur permet de se cacher aussi efficacement. Leur race est fragile, à peine dix mille loups-garous pour tout le continent américain. C'était d'ailleurs la raison pour laquelle mon père avait été prodigieusement anticonformiste en tombant amoureux de ma mère. Se marier avec une humaine était déconseillé. Mais pas interdit à l'époque.

Du moins jusqu'à ma naissance, moi qui n'avais pas hérité des gènes lupins. Mais depuis, tout a changé. Maintenant, si un loup s'amourache d'une humaine, celle-ci est exécutée. Sans avertissement. Quelques loups ont voulu transgresser les règles. Ils l'ont amèrement regretté. Enfin pas autant que l'humain ou l'humaine qui a été sacrifié.

Les loups-garous vivent surtout aux États-Unis et au Canada, leurs fourrures n'étant pas très adaptées aux forêts tropicales d'Amérique du Sud.

Il n'y a pas de garou herbivore, uniquement des prédateurs. De gros prédateurs.

Ah, et quand nous voyons les loups-garous au cinéma, ça nous fait pleurer de rire. Notre transformation est instantanée. L'espérance de vie d'un type qui met une demi-heure pour se transformer ne serait pas très longue. Nous passons instantanément de l'état d'homme à l'état de loup et vice versa. Il faut se mettre tout de suite à quatre pattes, tout le corps frissonne comme s'il était électrifié, notre chair et notre fourrure jaillissent en une véritable explosion comme si elles voulaient quitter les os mais ne pouvaient pas, rattachées par des milliers de filaments blanchâtres. En un éclair notre squelette se transforme. Puis la chair et la fourrure reviennent se plaquer, comme claquées par un élastique et hop, le loup ou la louve apparaît à la place de l'homme ou de la femme.

C'est spectaculaire et peu recommandé pour les estomacs fragiles. Ce que ça fait ? Aucune idée. Souvenez-vous. Je ne suis pas un loup. Ils disent que c'est comme d'éternuer. Ce n'est pas douloureux, mais ça secoue.

Les purs loups, s'ils mordent un humain et que celui-ci survit à leur attaque, peuvent le contaminer. Et là, c'est la cata. Car l'humain se transforme en demi-loup. Une sorte de monstre, un hybride que la meute traquera sans relâche. Ce semi, ainsi qu'on l'appelle, devient une sorte de bipède poilu, grande gueule, longues griffes et gros appétit. C'est de lui que viennent les fameuses légendes populaires. S'il est tué, il redevient humain, ce qui n'est pas le cas des vrais loups-garous. Un lycanthrope tué sous sa forme de loup restera loup. Un lycanthrope tué sous sa forme d'humain restera humain. Comme si les deux apparences étaient toutes les deux ses formes naturelles. De même, un semi ne peut pas transformer un humain en un autre semi. Impossible. Personne ne sait pourquoi mais c'est comme ça.

À part certaines exceptions, les loups-garous n'aiment pas chasser les humains. Ils trouvent que leur chair n'a rien de goûteux. Ils s'en nourrissent s'ils n'ont pas le choix, comme les vrais loups, mais préfèrent un régime d'herbivores dodus, et de loin.

Les semis, en revanche, adorent les humains. Et ce n'est pas une métaphore. Plus ils peuvent en manger et plus ils sont contents, cela leur donne force et puissance. Il faut au moins deux loups pour venir à bout d'un semi. Ce qui explique pourquoi les loups les chassent systématiquement dès qu'ils entendent parler d'un mangeur de viande humaine.

Le problème, c'est que les semis gardent leur intelligence humaine. Ils ne laissent pas les corps bien visibles sur la chaussée. Ils enfouissent ce qu'ils n'ont pas mangé. Il reste peu de choses. Quelques os, un peu de chair et c'est tout. Il y a des milliers de disparitions tous les ans. Une bonne partie est notre faute. Enfin la leur.

Parfois, vraiment très, très rarement, il arrive que certains semis ne suivent pas leur instinct et refusent d'attaquer des humains. Ils sont épargnés, mais ne peuvent intégrer la meute. Ils créent alors ce qu'on appelle des mi-meutes où ils accueillent ceux d'entre eux qui ont survécu. Ils vivent aussi paisiblement que nous, ils ont leur territoire, comme nous, et fichent la paix à tout le monde. Ça aussi je le sais, parce que le territoire qui jouxte le nôtre est un territoire de semis. Axel, l'un d'entre eux, est devenu mon ami.

Enfin, après avoir failli me dévorer.

Chapitre 3
Axel

C'est bizarre l'amitié. On ne sait jamais si on va devenir copain avec quelqu'un au premier regard. C'est sûr que celui que j'ai jeté sur Axel aurait poussé n'importe qui à s'enfuir en hurlant.

Je devais avoir treize ans. C'était juste après que je m'étais fait copieusement tabasser. Pour un gamin plein de testostérones, vivre au milieu des loups, croyez-moi, c'est nul.

Nous étions une bande d'une trentaine d'enfants. Mais seule une dizaine avait à peu près le même âge que moi. Ils étaient tous loups et louves, progéniture chérie de leurs parents. J'étais le seul « différent ». Celui qu'ils ne voulaient pas prendre dans leurs jeux parce qu'il est trop lent et trop balourd. Et, bien qu'étant le petit-fils du Seigneur des Loups, pour eux je n'étais qu'un bâtard, un idiot d'humain. Les enfants sont cruels et insouciants. Ils ne m'ont pas épargné.

J'avais fini par comprendre pourquoi Nanny les éloignait de moi lorsque nous étions enfants et qu'ils se métamorphosaient. Même s'il était extrêmement rare que les jeunes loups soient contagieux, le poison du changement n'arrivant que plus tard dans leur salive, elle ne pouvait courir le risque qu'ils me mordent et me transforment en semi.

Ils étaient tellement plus forts que moi, tellement plus rapides, qu'il était inutile de tenter de rivaliser. Mais bon, tous les gamins veulent décrocher la lune et je ne faisais pas exception à la règle. Je voulais être l'un des leurs. Je voulais briller. Je m'entraînais comme un dingue. Tous les jours, je courais pendant des kilomètres, me levant tôt le matin, arrivant épuisé à l'école. Je travaillais mes réflexes au point qu'ils devinrent raisonnablement rapides, pour un humain. Je me mis à la musculation ; tous les jours je soulevais des poids.

Cela ne servait à rien. Ils étaient toujours plus forts. Je n'abandonnai pas, mais compris assez vite que le seul endroit où je pouvais tous les battre à plate couture, c'était en cours. Nous avions notre propre école, évidemment. Pas question pour des enfants qui deviennent poilus à la moindre provocation de fréquenter des humains. Jusqu'à présent, fou de rage contre le monde entier, je refusais les études, je désobéissais dès que je le pouvais et me comportais aussi odieusement que possible. La première fois que je bossai réellement mon cours de math, le seul que j'aimais bien, j'eus une bonne note. Cela surprit notre professeure, mais elle m'encouragea. Les autres grognèrent et crurent que c'était un coup de bol. Ou que j'avais triché. Intrigué par leur réaction, je travaillai toutes les autres matières. Lorsque mes notes remontèrent, puis que je passai en tête de classe, les choses changèrent. Je répondais avant eux. Je les surclassais intellectuellement autant qu'ils me surclassaient physiquement.

Cela les agaça qu'un humain soit meilleur qu'eux. Ils auraient pu entrer en compétition avec moi, tenter de me battre. Mais ça demandait un peu d'effort. Alors ils choisirent la voie facile.

Ils me flanquèrent une raclée.

Et je m'enfuis.

Je pris un quad. Nous en avions quelques-uns, en plus de tous les véhicules utilitaires des ouvriers. Depuis longtemps on nous avait appris à conduire ces engins rapides et pratiques dans les bois avec leurs grosses roues increvables.

Malgré la douleur, je roulai longtemps, porté par la rage sous les rayons de la pleine lune montante. Et ne réalisai que trop tard ce que j'avais fait.

J'avais franchi les limites de notre territoire. Celui-ci était immense ; si j'étais parti dans l'autre direction, rien de cela ne serait arrivé. Mais dans ce sens, il ne fallait qu'une vingtaine de kilomètres pour arriver chez nos voisins.

Il était inutile de mettre des poteaux ou des clôtures. L'odeur des loups marquait les arbres. Sauf que mon odorat n'était pas assez puissant pour percevoir la différence.

C'est la raison pour laquelle je ne m'attendais pas une seconde à ce qu'un machin poilu et furieux me tombe dessus, m'arrache à mon quad et me propulse à trois mètres de là, me coupant le souffle.

Le temps que je réapprenne à respirer, sa gueule monstrueuse était à dix centimètres de ma gorge.

Sans vouloir être désagréable avec Axel, il puait. Il venait sans doute de manger de la chair fraîche et cela se sentait. On avait aussi l'impression qu'il s'était roulé dans du crottin. Je respirai et le regrettai. Non, pas du crottin. De la bouse de vache.

Sachant ce qu'il était, un semi, je ne fermai pas les yeux. J'étais suffisamment courageux, ou stupide, au choix, pour affronter la mort en face.

Soudain, il souffla. Je retins ma respiration. Beurk.

— Tu sens l'odeur des loups, dit-il, articulant avec difficulté tant il se retenait pour ne pas mordre.

D'accord, j'étais doublement mort. Les semis haïssent les loups et vice versa.

J'avais trop mal et j'étais trop fatigué pour résister.

— Vas-y, lui dis-je, finissons-en.

Ses yeux étrangement noirs s'écarquillèrent.

— Tu veux que je te mange ?

— Pas spécialement, non. Mais je serais bien incapable de t'en empêcher.

Le poids qui pesait sur ma poitrine disparut. Je levai les yeux. Il se dressait devant moi, immense. Et son pelage était sombre sous la lune argentée.

— Tu es le petit-fils du Seigneur des Loups, dit-il d'une voix indignée. Qu'est-ce que c'est que cette histoire ? Une tentative pour nous annexer ? Je te tue, les loups nous déclarent la guerre, nous massacrent et prennent notre territoire ?

Bon, au moins il m'avait reconnu, je n'allais peut-être pas mourir tout de suite finalement. Je me frottai la tête là où la douleur me lançait.

– La vache, ce serait un peu compliqué comme machination. Mon grand-père n'a pas besoin de prétextes pour boxer ton cul poilu !

Il grogna.

– Me provoquer ne me semble pas une bonne technique de survie.

– Me bouffer n'en est pas une non plus.

Il me regarda en silence.

– Sur ce point, nous sommes d'accord, concéda-t-il.

Il s'assit lourdement. Mais je savais qu'il suffisait d'une fraction de seconde pour qu'il m'arrache la gorge s'il en avait envie.

– Comment tu t'appelles ?

J'avais mal à la tête et il voulait discuter, super.

– Indiana.

Il ne réagit pas tout de suite. Sans doute le temps de s'habituer à mon prénom idiot.

– Le nom du chien d'Indiana Jones ?

– Oui. C'est bizarre, personne ne pense jamais à l'Indiana, l'État.

Il grogna. Lui non plus n'y avait pas pensé.

– Ta mère t'a donné un nom de chien au milieu d'une meute de loups ?

– Elle a un certain sens de l'humour.

– Oui, je vois.

– Et toi ?

– Axel. Brown.

Il avait hésité. J'en déduisis que ce n'était pas son vrai nom.

J'en avais assez de me vautrer dans la boue.

– Je peux me relever… Axel ?

– Tu peux, Indiana.

Je sentis un léger rire dans sa voix lorsqu'il prononça mon prénom. Cela m'agaça.

– Qu'est-ce que tu vas faire alors, me bouffer ou pas ? lançai-je avec plus d'agressivité que voulu.

Axel m'observa un instant, indécis.

– Je ne sais pas très bien. Si tu commençais par me dire ce que tu fiches sur notre territoire ?

– Je me suis perdu, avouai-je en essayant de nettoyer mon pantalon. J'étais en colère.

Il y eut un instant de silence. Il digéra le fait qu'un loup puisse se perdre, puis réalisa, comme toujours, que je n'en étais pas un.

Je connaissais bien cette petite pause méditative. Je la détestais.

– Tu sens le sang, renifla-t-il.

Tout à son honneur, nulle gourmandise ne perçait dans sa voix. Je grimaçai.

– Ils m'ont mis une raclée.

– Qui « ils » et pourquoi ?

– Mes copains. Parce que je suis meilleur en classe qu'eux.

Le semi soupira.

– Des gens qui te tapent dessus, je n'appelle pas ça des copains.

– Moi non plus, grognai-je. Plus maintenant.

Les loups m'avaient éduqué. Bien plus que les humains, les loups ont besoin de vivre en communauté. Aussi, me voir rejeté du groupe m'était insupportable.

– Raconte-moi un peu ta vie, demanda doucement Axel.

Sa compassion me fit monter les larmes aux yeux et je les essuyai rageusement.

– Pourquoi ? Pour que tu puisses l'utiliser contre mon grand-père ?

Le semi souffla par les narines, un moyen pour les loups d'exprimer leur agacement.

– Non. Parce que je n'aime pas ne pas comprendre et que là, je ne comprends pas. Je ne *te* comprends pas.

Je finis par céder sous son regard patient. Je commençai à me confier lentement, puis ce fut comme si une énorme tumeur pleine de boue se vidait par ma bouche. Toute ma frustration, ma tristesse, ma colère sortirent de moi cette nuit-là.

Ce fut long. Une bonne partie de la nuit. Il ne pouvait pas se retransformer avant que la lune ne soit couchée et n'avait que peu chassé, mais il m'écouta. Et cela me fit un bien fou.

Je lui racontai une partie de ma vie, pas la totalité. Personne d'autre que le clan n'était au courant que maman était une rebrousse-temps. Je savais qu'elle était vivante, bien sûr, mais je n'avais été autorisé que depuis peu à aller la voir. De plus, la cicatrice sur mon pouce, que je caressais souvent, me rappelait à l'ordre. Je lui expliquai donc ma vie d'humain au milieu des garous. Évidemment, sans tous les éléments du problème, Axel ne pouvait juger.

– Ils auraient dû te laisser partir chez tes grands-parents humains, laissa-t-il tomber à un moment. Tu ne seras jamais accepté par les loups, c'est la pire bande de snobs que je connaisse !

Quelques années plus tôt j'aurais sans doute protesté. Là, je restai muet. Parce qu'il avait raison.

Cela dit, nous avions dû mentir et annoncer aux Jenkins que leur fille était morte. Cela leur avait brisé le cœur. Ils habitaient Miami et auraient bien voulu me voir plus souvent, mais les garous ne voulaient pas me laisser partir.

Axel jeta un coup d'œil à la lune qui pâlissait et se leva, s'étirant.

– Écoute, ça a été super intéressant, mais je crois qu'il faut que tu rentres à présent. Tes grands-parents doivent être fous d'angoisse et te chercher partout. Je n'ai pas envie qu'ils suivent ta piste jusqu'ici et en tirent de mauvaises conclusions.

Je hochai prudemment la tête, parce qu'elle me faisait encore mal. Il récupéra le quad qui s'était docilement arrêté dès que la clef fixée à mon poignet avait été arrachée.

Je fis alors quelque chose d'étrange.

– On… on pourrait peut-être se revoir ? lui proposai-je. J'aimerais bien que tu me parles des semis. On me raconte des tas de trucs sur vous mais apparemment, ce n'est pas la réalité.

– Comme quoi ? dit-il d'un ton amusé.

J'hésitai. Il ne m'avait pas dévoré, mais être franc risquait de le mettre en colère. Il comprit mon hésitation.

– Vas-y, je ne te ferai rien.

– Euh, que vous êtes dangereux.

– C'est exact, dit-il avec une certaine satisfaction.

– Que vous êtes fous.

– Certains d'entre nous, rectifia-t-il avec tristesse.

– Que vous mangez tout ce qui bouge, avec une nette préférence pour les humains lorsque vous vous transformez.

Il se raidit.

– Je ne t'ai pas mangé.

– C'est bien pour ça que j'aimerais en savoir plus.

Il m'observa un long moment et se crispa. Je crus qu'il allait me dire non.

– C'est d'accord, finit-il par dire.

– Quoi ?

– J'ai dit : c'est d'accord. Je suis aussi curieux de connaître la vie en meute, que toi celle des semis. Ce sera un échange de bons procédés.

J'étais tellement étonné que je mis un moment à lui répondre.

– Euh, tu as un portable ?

Il sourit et, croyez-moi, vu la longueur de ses crocs, ce n'était pas agréable.

– Évidemment que j'ai un portable, qu'est-ce que tu crois ?

Je lui donnai mon numéro de téléphone. Je démarrai le quad et me retournai, comme si l'idée venait juste de me traverser l'esprit.

– Oh, et on dit aussi que les semis sont les meilleurs guerriers qui existent. Qu'il faut deux loups pour en battre un.

Ses yeux brillants sous la lune s'étrécirent.

– Oh oh, pas question.

– Je n'ai encore rien dit, protestai-je.

– Mais je te vois venir ! Tu veux que je t'entraîne, c'est ça ?

Je coupai le moteur dont le bruit commençait à me gonfler.

– Écoute, fis-je en ouvrant les mains, regarde-moi ! Ils sont tous plus vifs, plus forts, plus rapides. Si je n'ai pas quelqu'un pour me montrer leurs points faibles, pour m'apprendre comment les battre, je n'y arriverai jamais ! Les loups adultes n'accepteront pas de me donner un coup de main.

– Et qu'est-ce qui te fait croire que moi je vais accepter ?

Je me raidis. Ce que j'allais proposer n'était pas honorable, mais j'étais à bout.

– Je suis l'unique petit-fils du Seigneur des Loups. Je ne dirigerai jamais la meute. Mais le ranch sera à moi un jour. C'est mieux d'avoir un ami comme voisin, non ?

J'évitai de préciser que je serais sans doute mort de vieillesse bien avant mes grands-parents.

Il esquissa un sourire ironique.

– Ce n'est pas suffisant pour me convaincre. Tu n'envahiras pas notre territoire juste parce que j'ai refusé de t'aider.

Merde.

J'eus soudain une idée de génie.

– Je peux te payer.

Ses yeux s'allumèrent. Ah.

– Comme… ?

– Comme un professeur particulier. Cinquante dollars l'heure.

Je n'avais aucune idée de combien pouvaient coûter des cours particuliers. Il émit un long sifflement bas.

– Pour ce prix-là il faut que je tue quelqu'un ?

– Ha ha, très drôle. Alors ? Tu acceptes ?

– Tu es sûr d'avoir les moyens ?

– Mon grand-père me verse de l'argent de poche. Je n'ai pas encore eu l'occasion de le dépenser.

– J'ai l'impression d'escroquer un gamin ! ricana-t-il.

– Je *suis* un gamin. Et tu n'escroques personne puisque c'est moi qui te l'ai proposé. Alors ?

Il cracha dans sa paume et me la tendit. Je la serrai sans broncher.

– Marché conclu. Sommes-nous alliés ? demanda-t-il doucement.

Je devais être prudent. Les pactes passés entre les loups étaient respectés à la lettre.

– Ça se pourrait, répondis-je en ayant l'impression de commettre une énorme bêtise.

Il renifla et j'aurais pu jurer que c'était un gloussement étouffé.

– Bien. Je t'appelle, à bientôt.

Et il disparut. Il avait bougé trop vite pour que mes pauvres yeux d'humain puissent le suivre. Cela me coupa le souffle. Il était plus rapide que les loups !

J'essuyai pensivement ma main gluante par terre. Ce fut à une allure bien plus raisonnable que je rentrai chez nous.

Après être tombé dans une rivière.

Non, je ne suis pas maladroit à ce point. Mais Axel m'avait attrapé, bavé dessus et avait touché le quad, je ne voulais pas que ma famille le sente. Je me résignai donc à un bain glacé tout habillé. Je frissonnai pendant le reste du chemin et lorsque je croisai la première patrouille à ma recherche, heureusement encore proche de la maison, mon nez, ce traître, commençait déjà à couler.

J'avais bien fait mon travail. Ils étaient trop affolés par ma disparition et ma chute dans l'eau glacée pour sentir l'odeur du semi. Je fus donc privé de sorties pendant une semaine, ce qui me fit ricaner vu que je n'avais nulle part où aller. Et de toute façon, j'attrapai une grosse grippe qui me cloua au lit.

Axel n'appela pas. J'étais furieux. À ma grande consolation, mes tourmenteurs furent punis eux aussi. Grand-père les avaient convoqués afin de comprendre ce qui s'était passé. Nanny rapporta les traces de coups sur mon corps et notre professeure ne mit pas longtemps à faire la corrélation entre les coups et mes bonnes notes. Grand-père apprit que ce n'était pas la première fois, mais que les jeunes loups et louves, malins, ne me frappaient jamais au visage. Je ne m'étais pas plaint. Je n'étais pas un rapporteur. Grand-père me fit comprendre que c'était totalement stupide.

Ils durent me présenter des excuses alors que je toussais comme un perdu du fond de mon lit. Gênés, ils réalisèrent qu'ils auraient pu me faire très mal. Et que j'étais bien plus fragile qu'eux, qui ne tombaient jamais malades. Surtout la jolie Serafina, qui commençait à m'inspirer des pensées romantiques – j'étais donc bien en train de sortir de l'enfance vu que l'an dernier j'avais surtout envie de lui tirer les cheveux. Et ce gros abruti de Chuck. Son prénom était pire que le mien, des générations de Chuck ont du haïr le film *Chuckie la poupée de sang*. Ça ne fait pas super viril de porter le nom d'une poupée, aussi sanguinaire soit-elle.

Chuck n'était pas vraiment méchant. Il me pourrissait la vie pour faire comme les autres, mais il n'était pas assez intelligent pour être dangereux. Il était le plus lent des enfants loups aussi parce qu'il était le plus gros. Ce qui allait se révéler un avantage plus tard jouait aujourd'hui en sa défaveur. Là, il se dandinait, gros tas tremblotant, les larmes au bord des yeux.

Lorsque mon grand-père franchit la porte derrière eux en tournant les épaules afin de passer l'encadrement trop étroit, ils parurent rétrécir d'un coup, frappés de terreur.

D'aussi loin que je me souvienne, j'ai toujours considéré mon grand-père avec respect et désarroi. Respect, parce qu'il était le chef des loups. Désarroi, parce que c'était l'homme le plus gros que je connaisse.

Du fond de mon lit, je lui souris. Il me rendit mon sourire avec bonheur, puis se pencha vers les autres.

– Alors jeunes gens, dit-il d'une voix si basse que j'avais l'impression qu'elle faisait vibrer mon lit, on s'attaque à plus intelligent que soi ?

C'était gentil, il aurait pu dire « à plus faible que soi ».

Mes ex-copains se tortillèrent comme des vers sur des hameçons qu'on aurait chauffés à blanc.

– On savait pas, risqua l'un d'entre eux.

– On jouait, juste ! pleurnicha un autre.

– SILENCE ! rugit mon grand-père. OSEZ-VOUS ME PRENDRE POUR UN IMBÉCILE ?

Mes oreilles tintèrent. On a dû l'entendre jusqu'à la Lune.

Les autres baissèrent la tête, terrorisés.

– Le prochain d'entre vous qui s'en prend à mon petit-fils parce qu'il a de meilleures notes ou qu'il est plus faible que vous (ah, il avait quand même fini par le dire) sera banni du groupe, c'est compris ?

Je relevai brutalement la tête, oubliant la quinte de toux qui menaçait de déchirer ma gorge. Wah, ça c'était de la menace ! Horrifiés, ils le regardèrent comme s'il venait de prononcer leur sentence de mort. Loin de là, mais l'avertissement était suffisamment fort pour qu'ils me fichent la paix jusqu'à la fin de mes jours.

D'un autre côté, avec cette protection, grand-père venait de me couper de mes plus proches compagnons. D'autant qu'à partir de ce jour, grand-mère et lui décidèrent de me former à la politique de la meute, celle qui couvrait le pays entier, pas uniquement la nôtre. Ils m'expliquèrent ce qu'ils faisaient pour la contrôler, comment ils réglaient les litiges. Ils étaient très manipulateurs et je pris lentement l'habitude de voir les choses derrière les choses. Les véritables raisons des actions des gens. Cela contribua à me faire mûrir bien plus vite. Et mes compagnons m'évitèrent de plus belle.

Je ne m'en rendis pas compte tout de suite. Ils m'ignorèrent pendant des semaines, mais j'attribuai cela à leur rancœur. Je compris que c'était plus grave lorsque leur attitude se prolongea bien plus longtemps que ne peuvent le supporter des enfants de nos âges. Un jour, n'y tenant plus, je finis par coincer Serafina. Ce ne fut pas facile, car le Lykos Ranch était immense. Avec deux cents loups, nous avions besoin de place et possédions plus de trois cent mille hectares de terre. Les bâtiments techniques étaient regroupés autour de la maison principale, celle de mes grands-parents, le tout en forme de U. Plus loin, les cottages des autres loups formaient une sorte de village. Les loups aiment la nature et, au printemps et en été, notre vallée est une explosion de fleurs. Deux rivières la traversent, suffisamment encaissées pour ne pas tout inonder lorsqu'elles débordent. C'est vraiment un endroit magique. S'il n'y avait pas eu une telle différence entre les loups et moi, j'aurais été le jeune garçon le plus heureux du monde.

Le mur de l'école contre lequel je m'adossai en embuscade était suffisamment loin des maisons pour que nous ne dérangions pas les habitants avec nos hurlements d'enfants.

Dès que Serafina me vit, une lueur d'inquiétude s'alluma dans son regard. Elle s'était attardée après une leçon où ils avaient dû attraper des lièvres et où j'avais failli transpercer Chuck avec mon arc et mes flèches, et elle pensait sans doute que j'étais parti.

– Salut Seraf, j'ai fait d'un ton que j'imaginais nonchalant, ça va ?

– Qu'est-ce que tu veux ? répondit-elle sèchement, brisant le plan astucieux que j'avais imaginé pour la faire parler.

Je me redressai et, dans ma hâte à la rejoindre, je trébuchai et chutai, manquant de m'assommer. Elle soupira.

– Je n'y suis pour rien si tu as une bosse, dit-elle tandis que je me relevais.

Elle regarda mes genoux.

– Ou les genoux en sang.

J'allais lui rétorquer qu'évidemment elle n'était pas responsable, lorsque sa remarque me frappa.

– Tu as peur que je t'accuse ?

Elle se mordilla les lèvres. Serafina était jolie et le savait très bien. Sa plus grande frustration était d'habiter un trou perdu où personne à part nous ne pouvait contempler sa perfection. Yeux ambrés, chevelure d'or. Je la méprisais hier. J'avais envie de l'embrasser aujourd'hui. Foutue puberté.

– Oui, finit-elle par admettre maussadement. Je n'ai pas envie d'être bannie à cause de toi.

Je haussai les épaules.

– Seraf, tu sais très bien que Karl (je ne l'appelais jamais grand-père devant eux) plaisantait en disant ça. Il ne te bannirait jamais pour un truc aussi peu important !

– Il a fait passer le message à nos parents et à tous les membres de la meute, contra Serafina. « Pas touche à mon héritier, sinon… » Maintenant pousse-toi, j'ai des tas de devoirs ce soir et pas le temps de te parler.

C'était faux, nous étions vendredi et il n'y avait pas cours le lendemain. Vaincu, je m'écartai. Mon portable sonna à ce moment.

Mon cœur rata un battement. Seule la clinique de ma mère appelait et c'était souvent lorsqu'il y avait un problème. Le numéro qui s'affichait m'était inconnu.

– Salut ! fit une voix. Ça va, Indiana ?

Je jetai un coup d'œil à la silhouette de Serafina qui s'éloignait et murmurai prudemment :

– Axel ?

– Ouais.

– T'es où ?

Il y eut un silence.

– C'est une question étrange.

Je me ressaisis.

– Pardon. Je ne pensais pas que tu appellerais.

– J'attendais que tu ailles mieux. Je ne voulais pas te joindre à un moment où tu serais dans une pièce pleine de loups aux longues oreilles.

Il rit doucement. Moi, je n'avais pas envie de rire.

– Comment sais-tu que j'ai été malade ?

Cela l'amusa beaucoup.

– Oh, on ne parle que de ça dans les assemblées poilues. De ce qui est arrivé à l'Héritier. Un bain forcé ? Tu n'as pas vu la rivière ?

– J'ai fait exprès, ronchonnai-je, vexé.

Il comprit tout de suite.

– Oh, je vois. Mon odeur, ma salive. Bien joué. Bon, tu veux ta leçon, l'Héritier ?

– Arrête de m'appeler l'Héritier.

Il gloussa.

– Mais c'est toi qui m'as rappelé qui tu étais, non ?

Il ne pouvait pas me voir, aussi en profitai-je pour tirer la langue au téléphone. Ce que ce type m'énervait !

Je fus tout de suite de meilleure humeur.

– Où, quand ?

– Tu peux sortir de la propriété ?

– Oui. La dernière fois je n'avais pas prévenu, j'étais trop furieux. Demain, si je dis que je vais me promener, courir ou marcher dans la forêt et que je rentre avant la nuit, il n'y a pas de problème.

– Je te laisse la partie mensonge, dit-il lentement. Rejoins-moi demain matin à neuf heures au même endroit que la dernière fois. Il y a une clairière non loin de là.

Et il ajouta d'un ton amusé :

– Et un petit lac pour y laver tes affaires. Apporte du savon. Je serais désolé que tu sentes mauvais.

– Ha ha.

Et je raccrochai.

Mon téléphone bipa. J'allais machinalement décrocher lorsque je réalisai que c'était ma messagerie. Un numéro inconnu. Le SMS était court. Juste le symbole $.

Génial, Axel le mercenaire voulait être sûr que je n'oublie pas l'argent.

Je dormis très mal cette nuit-là. J'étais à la fois mort de trouille et super excité. Peut-être que j'allais enfin apprendre comment vaincre les loups.

Le lendemain, sous l'œil sévère de Nanny, j'avalai mes pancakes à toute vitesse.

Comment décrire Nanny ? C'est la bonté faite femme… enfin louve. Impossible de penser une seconde qu'elle pourrait vous arracher le visage en moins de deux. Elle est petite pour une louve. Ce qui serait encore grand pour une humaine. Elle est grosse, comme beaucoup de loups. A des cheveux argentés qu'elle porte en chignon, des robes à fleurs d'un goût épouvantable et un tablier perpétuellement noué autour de sa taille ronde. Elle s'occupe de tout le monde, gérant le quotidien avec bonne humeur, notamment les trois cuisinières. (Les loups, ça ne mange pas que de la viande crue. Enfin les vrais loups, si, les loups-garous, eux, aiment varier les plaisirs.) Car nous étions la meute la plus importante du monde, je pense, alors ça en faisait des bouches à nourrir. Maggie, sa fidèle assistante, la suit comme son ombre. Au point qu'on a l'impression de voir la même personne en double, tellement les deux se ressemblent. Elles mènent une guerre implacable et sans cesse renouvelée contre la saleté. Même ma féroce grand-mère plie sous leurs diktats.

Pas un grain de poussière n'ose s'incruster dans la maison. Le linge est toujours frais et repassé. Et dans un endroit où on s'occupe de vaches, croyez-moi, c'est un exploit. Lorsque les loups partent chasser et reviennent crottés jusqu'aux oreilles, c'est Nanny qui s'occupe de les laver avant qu'ils se transforment. Elle est souvent le premier visage que les louveteaux voient lorsqu'ils naissent, car c'est une merveilleuse sage-femme.

Et pour certains, elle est aussi le dernier, car elle accompagne et rassure lors des ultimes moments et fait la toilette des morts.

Lorsque maman a tué papa, c'est Nanny qui s'est occupée de moi. Elle m'a consolé. Elle a séché mes larmes, veillé sur mon sommeil et mes horribles cauchemars. Elle a pansé mes plaies, mes genoux couronnés et a apaisé ma fureur. Elle a été là à chaque moment important de ma vie, bien plus que mon grand-père et ma grand-mère. Elle m'a dit des secrets, raconté des histoires, révélé des choses que je n'étais pas censé apprendre. Je crois bien que c'est grâce à elle que je ne suis pas devenu fou.

Ce n'est pas que mes grands-parents ne m'aiment pas, oh non ! Ils m'aiment beaucoup, au contraire.

Sinon, ils ne m'auraient jamais laissé vivre.

Chapitre 4

De sang et de sueur

J'arrivai très en avance. Le semi n'était pas encore là. J'en profitai pour m'étirer et réveiller mes muscles endoloris par ma course folle en quad. Dans mon impatience, j'avais failli me rompre le cou une demi-douzaine de fois et j'avais une poussée d'adrénaline.

Un ronflement de moteur me fit sursauter. J'avais prudemment dissimulé le quad sous des branches, près de la clairière, mais des loups le retrouveraient sans problème à l'odeur. Je me cachai derrière un arbre sans me faire beaucoup d'illusions non plus.

Un jeune homme noir arrivait tranquillement, sur une grosse moto. Il devait avoir une vingtaine d'années. Je ne pouvais pas savoir si c'était Axel. Je ne l'avais vu que dans la nuit et transformé. Il arrêta son moteur, descendit de sa moto et renifla.

– C'est bon, Indy, tu peux venir, c'est moi !

Génial. On ne se connaissait presque pas et il utilisait déjà un surnom. Je déteste les surnoms.

Je sortis de ma cachette.

– Indiana, s'il te plaît. Tu es Axel ?

Il s'inclina.

– En chair et en os et provisoirement humain, à ton service.

Un grand type bien bâti, pas aussi massif que certains de nos loups mais puissant. Cent vingt kilos de muscles. Bizarre, je l'avais imaginé plus jeune. De près, j'affinai mon estimation à la hausse. Il devait avoir au moins vingt-cinq ans. Il avait une allure de bad boy.

Jean noir, santiags noires, tee-shirt noir, gilet clouté noir, le tout sur une peau si noire qu'elle en paraissait bleue. Un peu caricatural. S'il espérait me faire peur, c'était raté. Je vivais au milieu de monstres, ce n'était pas un type noir en noir qui allait m'impressionner. Cela dit, dans l'obscurité, on ne devait pas le voir des masses. Même ses yeux étaient d'un noir profond, ce qui me dérangea un instant, ayant l'habitude du regard ambré de mes loups.

Il fixa mes cheveux bicolores, mais ne fit pas de commentaires.

– Prêt pour la leçon ?

Je relevai la tête, bravache.

– Vas-y, donne ce que tu as.

Pas fou, j'avais quant à moi revêtu un vieux jogging.

Lorsque nous terminâmes le premier round, mon survêtement était trempé de sueur.

Au second, il était trempé de sang.

Tout d'abord, Axel m'apprit ce qu'était l'équilibre. Selon lui, j'avais des réflexes vraiment rapides pour un humain, mais peu d'équilibre. C'était pour ça que les loups me battaient constamment. Il me fit me percher sur un tronc d'arbre renversé, un pied en l'air, puis sauter rapidement sur l'autre, pendant des heures. Il m'obligea à franchir des ruisseaux en courant sur des pierres branlantes. Chaque fois que j'échouais, il m'insultait, me relevait et me forçait à recommencer.

Au bout d'une heure, j'en avais assez.

Au bout de deux, je souffrais et saignais de partout.

Au bout de trois, je le haïssais suffisamment pour avoir envie de le tuer.

Il décréta une pause et le sergent-recruteur sadique se transforma en maman poule.

Dingue.

Il pansa mes blessures, me fit manger (je n'avais pas pensé à ce détail, mais lui si) et discuta paisiblement avec moi pendant une heure. Il établit également notre planning, et décida qu'un forfait mensuel lui allait très bien.

Un peu étonné, je lui demandai à combien de temps il évaluait la durée de mon entraînement. Je pensais naïvement qu'il allait me dire « quelques mois ».

– Quatre à six ans, répondit-il paisiblement.

J'eus du mal à respirer. Et je me sentis un peu vexé.

Le pire c'est qu'il me fit faire la sieste. Face à mes protestations, il répliqua qu'il était le chef et moi l'élève. Si je n'étais pas content, je n'avais qu'à lui donner son argent et partir.

Pendant les quatre années qui suivirent, j'allais si souvent entendre cette phrase que j'avais la nausée avant même qu'il prononce le « si ».

Heureusement, en dehors des cours, j'étais le plus libre des ados. Tant que j'avais de bonnes notes, mes grands-parents se fichaient de savoir ce que je faisais. Ils savaient que j'étais en sécurité sur la propriété. Ça leur suffisait.

S'ils avaient appris que j'en sortais tous les jours, ça aurait été une autre histoire. J'étais extrêmement prudent. Si j'étais passible d'une bonne punition, Axel, lui, était passible de mort.

Pendant quatre ans, le plus souvent possible, j'allais m'entraîner avec Axel. Lorsque ce n'était pas possible, en plein cœur de l'hiver parce que les routes étaient coupées, je m'entraînais tout seul.

Axel passa presque un an à développer mon équilibre. J'aurais pu faire un assez bon acrobate de cirque lorsqu'il en eut terminé avec moi. Je ne testais jamais mes nouvelles aptitudes contre les loups. Je ne voulais pas qu'ils se rendent compte que je changeais avant d'avoir tout appris d'Axel. Comme mes économies fondaient, je dus me résoudre à demander de l'argent à mon grand-père. Évidemment, lui expliquer que je m'entraînais avec un semi était hors de question. Je lui dis donc que j'avais un projet personnel qui m'aidait à trouver un équilibre et il débloqua des fonds sans broncher. Pour ça, il était formidable. Il aurait tué Axel sans hésiter, mais l'argent ne représentait rien à ses yeux. Ce n'était qu'un moyen. Pas une fin.

L'année suivante, celle de mes quatorze ans, Axel développa mon agilité. C'est la même chose que l'équilibre, pensez-vous ? Pas du tout. L'agilité demande une concentration de certains muscles qui n'ont rien à voir avec ceux de l'équilibre. À la fin, je devins capable de traverser une forêt sans laisser la moindre trace derrière moi. Axel m'apprit à dissimuler mon odeur sous celle d'autres animaux. Comme lorsqu'il s'était tartiné de bouse de vache (oui, c'était volontaire). L'année suivante fut consacrée au développement de ma force et à la botanique. Axel voulait que je connaisse les herbes sur le bout des doigts, surtout celles qui rendent malades les loups-garous, celles qui déroutent leur flair ou carrément le leur retirent, celles qui les aveuglent, celles qui les rendent sourds.

Et celles qui les tuent.

Ça, ce n'était pas une information que j'avais cherchée dans la bibliothèque, mais dès que je me mis à fouiller, ce ne fut pas difficile à trouver. Plusieurs plantes peuvent tuer des loups-garous, mais certaines ne sont pas courantes sous nos latitudes, sauf une : la tue-loup. Cette petite plante aux clochettes blanches porte bien son nom. Si les loups-garous en respirent le parfum, ils tombent gravement malades. En manger provoque une terrible réaction allergique qui, selon la dose, peut être mortelle. Comme l'argent. C'est le seul métal qu'ils ne peuvent pas supporter. Mettez un collier en argent autour du cou d'un loup-garou, qu'il soit sous sa forme de loup ou d'humain, et vous avez un loup ou un type super malade, incapable de bouger. L'enfermer dans une cage en argent peut le rendre fou.

Je ne comprenais pas pourquoi Axel voulait que je sache tout cela. Je m'entraînais avec lui afin d'être capable de résister aux loups, ou du moins de ne pas me faire battre à plate couture en deux secondes, mais certainement pas de les tuer.

— Ils ne sont pas tes seuls ennemis, avait répondu Axel lorsque je protestai. Que feras-tu si tu te trouves nez à nez avec un semi qui a perdu le contrôle ? Tu es le mieux placé pour savoir que nous sommes dangereux. Et tu es plus exposé que les autres à une attaque. Qu'aurais-tu fait si j'avais été fou de sang humain lorsque je t'ai sauté dessus ?

Nous connaissions tous les deux la réponse. Je serai mort. Il m'aurait dévoré. Oh, il l'aurait probablement beaucoup regretté après. Mon fantôme aussi.

À partir du moment où je compris tout cela, je dissimulai constamment sur moi plusieurs objets dont une dague en argent mêlée d'acier. L'argent, c'est mou comme métal. Nous avons fait des essais sur Axel pour voir jusqu'où nous devions le renforcer avec de l'acier pour qu'il soit le plus tranchant possible. Axel n'aima pas cette partie et moi non plus. Je ne suis pas sadique et ses blessures ne guérissaient pas facilement lorsqu'elles étaient causées par le poignard. Axel et moi avons également forgé des étoiles de jet en argent, que je gardais planquées sous ma ceinture. Avec une bourse en peau contenant de la tue-loup.

La partie consacrée à ma force fut nettement moins amusante. Ce sale tyran me fit courir sur des kilomètres et des kilomètres, pieds nus, un sac de cinquante kilos sur le dos. Il plaçait un drapeau à un endroit, distant d'une vingtaine de kilomètres. Je devais non seulement localiser le drapeau, mais aussi le récupérer sans qu'Axel n'arrive à me rattraper. Il me laissait une heure d'avance.

Croyez-moi, quand vous avez un foutu semi sadique aux trousses, vous courez vite.

Je ne parvins jamais à remporter le drapeau. Axel était toujours le plus fort. Mais je m'obstinais. Un jour, un jour, j'y arriverais.

Il me fit soulever tellement de troncs d'arbres, puis en scier et en couper que j'aurais pu monter une scierie professionnelle. Manier une hache ne faisait pas partie de mes espérances de carrière mais Axel voulait que je sache comment l'utiliser. Pour couper la tête d'un semi, lui ouvrir le torse et lui arracher le cœur, ça fonctionne très bien. Il m'obligea aussi à me perfectionner avec d'autres armes que le couteau. À ma panoplie vinrent donc s'ajouter un arc et des flèches à pointes d'argent mêlé d'acier. Après les entraînements, je lui demandais de les garder, parce qu'il était impossible de les planquer chez moi.

Depuis ma désastreuse expérience avec les lièvres, Chuck et une flèche mal placée, je n'avais pas réutilisé d'arc. Je faillis bien me transpercer le pied la première fois que je réessayai et cela fit beaucoup rire Axel. Il me montra comment bander et tirer en un seul mouvement fluide. Avec sa précision de semi, il était capable de trancher la tige d'une feuille à cent mètres. Je ne fis jamais aussi bien, mais je finis quand même par toucher ma cible.

Le jour où il cessa de se tenir derrière moi par prudence fut une belle récompense.

À ma surprise, je grandis beaucoup. Je pensais avoir hérité le gabarit de ma mère en plus de ses yeux et du fauve de ses cheveux. Mais les gènes de mon père s'en mêlèrent et bientôt j'avoisinai un bon mètre quatre-vingt-dix. Grâce aux leçons d'Axel, je ne bougeais pas aussi bien que les loups, mais pas si mal que ça finalement. Les filles qui me regardaient comme si j'étais un crapaud devant leur chaussure commencèrent à m'étudier avec un peu plus d'attention. Cela me rendit nerveux.

Serafina, qui hantait mes rêves les moins avouables, me prit pour proie. Un jour, coquette, prête à me donner le baiser de mes fantasmes, le lendemain cruelle et moqueuse, ses crocs de louve prêts à mordre. Je ne savais pas qu'il était possible de haïr et d'aimer en même temps.

Pour mes seize ans, Axel me prépara un programme qui était un mélange de travail sur l'agilité, l'équilibre, la force et surtout l'endurance. Cette fois-ci il n'était plus question d'aller vite, il fallait aller loin. Comme je n'avais pas besoin de lui pour cette partie-là, je fis quelques économies en allant courir tout seul, pendant des kilomètres et des kilomètres. Cela chassait les araignées du doute et de la peur de ma tête.

Ma tristesse s'apaisait aussi. Ma frustration plutôt. Les filles et garçons loups commençaient à sortir ensemble et j'étais exclu. Comme d'habitude. D'autant que je ne pouvais pas chanter avec eux.

Savez-vous quelle est la chose que préfèrent les loups dans la civilisation humaine ?

La musique. Une véritable drogue pour eux. Il y en a constamment sur l'exploitation. De gros haut-parleurs diffusent de la musique tout le temps et même souvent la nuit.

Mettez-leur n'importe quelle mélodie, mais surtout de la musique classique avec plein de cuivres et de grosses caisses, du Wagner par exemple, et vous aurez une dizaine de loups-garous en transe, hurlant de concert. Enfin chantant plutôt.

Pas sous leur forme humaine. Sous leur forme de loup. Même s'ils aimaient aussi chanter lorsqu'ils étaient humains, ce n'était pas la même chose.

Cela fait partie des codes de la meute. Chanter, pas spécialement lorsque la lune est pleine, mais chaque fois qu'ils sont ensemble. C'est magnifique. Un loup-garou commence et très vite les autres suivent. Ils entonnent un chant glorieux et sauvage. Quand je leur demandais ce que cela leur faisait comme sensation, les réponses étaient variées mais une revenait toujours : « J'ai l'impression de me sentir entier. »

Voilà ce qui me manquait. Je n'étais pas entier.

Curieux, je demandai un jour à Axel si les semis chantaient eux aussi. Nous étions tranquillement en train de manger au milieu de notre clairière et il avait failli s'étouffer.

– Non, avait-il répondu sèchement. Nous ne sommes pas des loups. Juste des Semis.

La majuscule était sensible dans sa voix. Comme si c'était un honneur d'être un semi et non pas une honte. Je l'avais regardé. Les semis n'ont pas obligatoirement les yeux dorés, comme les loups de pure race. Ceux d'Axel étaient d'un noir liquide. Et j'y avais vu briller de l'amertume.

J'avais louché sur mon hot dog, embarrassé. Et alors j'avais posé ma seconde question.

– Comment cela t'est-il arrivé ?

– Ma transformation ?

– Oui.

Il était resté silencieux si longtemps que j'avais cru qu'il n'allait jamais me répondre. Puis il avait parlé.

— J'ai été mordu par une louve. Gemma. Elle m'aimait. Nous nous aimions. À la folie. J'ignorais ce qu'elle était. Car sa meute interdisait tout rapprochement avec les humains, comme la tienne. Elle pensait que me transformer allait lui permettre de vivre avec moi, puisque je ne serais plus humain. Je l'avais demandée en mariage.

Wow, ça c'était du sérieux.

— Sa réponse fut pour le moins définitive. Elle m'approcha en se faisant passer pour un chien, puis me mordit. Et m'enferma dans une cage. Elle me contrôla lors de ma transformation, me nourrissant de viande et de sang animal. Ce fut l'enfer. Pour elle comme pour moi, et je l'ai haïe pendant ces semaines de souffrance. Je n'avais pas demandé ce qui m'arrivait, je voulais redevenir normal, mais c'était impossible. Puis du temps s'est écoulé. La soif de sang est devenue contrôlable.

— Qu'est-ce qu'elle a fait ?

— Elle m'a relâché. J'ai failli la tuer et je suis parti.

C'était une histoire incroyable. J'avais deviné la suite.

— Mais elle ne t'a pas abandonné, c'est ça ?

Il avait eu un petit sourire triste.

— Pas une seconde. Elle est restée dans l'ombre, prête à intervenir si elle voyait que mon self-control s'effondrait.

— Tu t'en es rendu compte ?

— Oui, j'ai senti son odeur un jour où le vent a tourné brusquement. Lorsque je l'ai revue, hésitante, les yeux rouges d'avoir trop pleuré, je n'ai pas pu résister. J'ai compris qu'elle m'aimait tellement qu'elle ne pouvait imaginer vivre sans moi. J'ai lutté, mais mon amour pour elle était toujours là, même s'il était enfoui sous une épaisse couche de rancœur. J'ai mis plusieurs mois à me rendre. Cette fille était plus têtue qu'un troupeau de mules !

— Vous êtes restés ensemble combien de temps après ta transformation ?

– Quatre mois, vingt jours et dix-sept heures. Je n'avais pas compris à quel point les semis étaient méprisés par les loups. Je n'avais pas compris non plus qu'elle n'avait pas le choix, elle devait dévoiler mon existence aux siens. Un soir, elle m'a fièrement présenté aux loups de sa meute. C'était la première fois que j'en voyais autant. J'étais à la fois fasciné et terrorisé. Parce que je sentais leur hostilité. Leur chef m'a demandé calmement si j'avais tué un humain. J'ai répondu que non. Contrairement à Gemma, je voyais bien qu'il nous avait déjà condamnés à mort. J'avais raison. Elle s'est avancée et lui a tenu tête. Ma Gemma, si belle, si fière et si naïve.

Il était resté silencieux un instant, les images passant sans doute devant ses yeux.

– Leur chef s'est transformé. Et il l'a égorgée.

J'avais dégluti. Posé mon reste de hot dog. Je n'avais plus faim.

– Cela n'a pas suffi pour la tuer. Elle ne pouvait pas hurler, mais le sang coulait de sa gorge et elle n'arrivait plus à respirer. Je me suis élancé, mais quatre loups derrière moi m'ont immobilisé. Je ne pouvais plus bouger. Il a fait un signe du museau et deux autres loups se sont précipités sur Gemma. Ça a été un carnage.

– Comment…

Ma voix avait déraillé, je m'étais repris. Mais j'avais dû avaler un peu d'eau tant ma gorge s'était serrée. Il avait débité son histoire d'un ton plat, comme si c'était celle d'un autre.

– Comment tu t'en es sorti ?

Il avait hésité, mais m'avait répondu.

– Normalement, nous ne nous transformons qu'à la pleine lune, contrairement aux loups. Mais une extrême émotion peut jouer le même rôle. Je me suis transformé. J'ai tué deux d'entre eux et je me suis enfui. Au départ, j'étais tellement fou de rage contre cette meute que j'ai décidé de me venger. Mais avant d'avoir eu le temps de commencer ma traque, l'histoire avait déjà fait le tour des meutes. Et ton grand-père est venu me trouver. Ou plus précisément m'est tombé dessus au détour d'une ruelle sombre.

Je m'étais raidi.

– Grand-père Karl ?

– Oui. Il m'a d'abord assommé parce que j'allais me battre. Lorsque j'ai repris conscience, il m'a expliqué que ce que cette meute avait fait n'était pas normal. « On ne tue pas l'une des nôtres parce qu'elle a désobéi à un ordre. Nous ne sommes pas assez nombreux pour cela, a-t-il grondé alors que je croyais ma dernière heure venue. La sentence de mort sur ta tête a été levée pour nous faire pardonner de ce qui t'est arrivé. Tu peux rejoindre l'exploitation des semis. Elle est voisine de la nôtre. » Puis il a fait demi-tour et est parti. Ton grand-père est un loup vraiment très impressionnant.

– Je sais.

Je comprenais mieux pourquoi Axel avait accepté de m'aider. Ce n'était pas seulement l'argent, mais aussi une forme de reconnaissance envers grand-père.

Il s'était étiré, faisant jouer les muscles de ses épaules, noués par la tension.

– J'ai rejoint les semis. J'ai été accepté. Fin de l'histoire.

– Je suis désolé, avais-je fini par dire au bout d'un moment. C'est moche.

– Oui.

Ce fut la dernière fois que je lui posai une question sur sa vie personnelle. Ses réponses étaient trop douloureuses.

Enfin, pour mes dix-sept ans, Axel m'apprit à me battre.

En fait, il avait commencé dès le départ. Il me montrait comment utiliser la force d'un loup-garou contre lui, mais il était trop grand et trop fort pour que je puisse vraiment en tirer une leçon. Lorsque je fus presque aussi grand que lui, bien que beaucoup moins fort, les vrais cours débutèrent.

J'avais mis mon ego de côté lorsque Axel me battait à la course, en endurance ou en force. Je savais qu'il était plus fort et plus rapide. Cependant, avec tout ce qu'il m'avait appris, je pensais sincèrement que j'allais arriver à le toucher en combat singulier.

À la première leçon, je terminai le nez dans la poussière. À la deuxième aussi. À la millième, pas mieux. Il était comme un feu, comme un ouragan. Que ce soit sous sa forme humaine ou sous sa forme de semi (je faisais le mur à ce moment-là afin de le combattre sous la pleine lune), il me mettait une raclée.

Il évitait de me mordre. Sous sa forme de semi, il ne risquait pas de me contaminer, mais il était très prudent. Car il m'aurait arraché un membre en une seconde. Pour donner une idée de son incroyable puissance, la pression d'une mâchoire de rottweiler est de 149 kg/cm². Celle d'un loup-garou est de 560 kg/cm². Avec le même poids qu'un mastiff, à quelques kilos près, Axel développait dix fois plus de puissance. Il pouvait lancer un gros rocher à plus de cent mètres. Il l'a déjà fait, je l'ai vu.

Pour vaincre un loup-garou, soit on est Superman, soit on a une très grosse arme.

Je conseille le bazooka.

Moi qui ne voulais pas tuer mes anciens copains, juste les obliger à me respecter, je devais apprendre à les combattre.

Mais nos luttes laissaient des traces sur mon visage et mon corps.

Mon entraînement avec Axel ne m'avait pas, jusque-là, laissé beaucoup de blessures, essentiellement parce qu'il me faisait accroître ma force, mon agilité et ma résistance. Personne n'avait eu de soupçons. Ma première session avec Axel me montra à quel point j'allais en baver. Je dus trouver une solution. Je ne voulais pas qu'on me pose des questions sur mes bleus. Surtout Nanny, dont le regard perçant et maternel me mettait mal à l'aise.

Pour cela, pendant toute une semaine je provoquai Chuck. Il n'était pas assez intelligent pour comprendre ce que je faisais et suffisamment idiot pour contrevenir aux consignes de grand-père. Afin qu'il ne soit pas puni, je m'arrangeai pour que tout le monde voie bien que j'étais l'agresseur, pas l'agressé.

C'était au moment où nous étions en train de transférer les troupeaux d'un pâturage à un autre. Je choisis ce jour car j'étais à cheval, et ainsi plus rapide que les loups, et qu'ils étaient excités, donc plus faciles à provoquer.

Nous étions sur les pâturages sud. Le soleil baissait déjà sur l'horizon et bientôt l'herbe prendrait une teinte bleutée. Les montagnes veillaient, immenses et immuables. Il faisait encore très chaud. Les troupeaux étaient inquiets. Ils sentaient les loups et, contrairement aux chevaux, en avaient peur.

C'était le but.

Une dizaine de jeunes loups-garous les encadraient, les empêchant de s'emballer (la plus grosse crainte des conducteurs était que les bêtes deviennent incontrôlables), mordant les récalcitrants au mollet. Nous avions quasiment terminé le transfert, il ne restait plus que quelques mètres à franchir avant le nouveau pré, lorsque le troupeau s'arrêta brusquement. Cela arrivait tout le temps. Il suffit que quelque chose devant elles les inquiète et les stupides vaches ne font pas un pas de plus. Ned et Serafina grognèrent aux jarrets de la meneuse et elle bougea enfin.

Chuck ne fut pas assez rapide lorsque la masse du troupeau s'ébranla et il dut courir à fond de train pour rattraper les autres. Les jappements moqueurs des loups le fouettèrent. Mais ce fut ce que je fis qui le rendit ivre de rage, une fois le troupeau en place.

– Alors mon gros, hurlai-je du haut de mon cheval, on a un peu de mal à suivre ? Attrape-moi donc si tu peux !

Et de la pointe de mon lasso, je lui fouettai la gueule, puis filai à fond la caisse.

Mon cheval ne se fit pas prier. Si les loups courent vite, les chevaux galopent plus vite encore. Les loups arrivent à attraper leurs proies parce qu'ils sont plus endurants. Ils courent moins vite, mais plus longtemps. Je savais que j'avais largement le temps d'arriver devant la maison avant Chuck.

Prudent, je descendis de Bronco, inutile que je me fasse casser les côtes en plus. Chuck arriva quelques secondes plus tard, se transforma dans la foulée et me sauta dessus, poings brandis.

Il me colla une droite que j'amortis de façon à ne pas me faire décoller la tête.

Une fois à terre, il me laissa tranquille, encore haletant de colère.

L'un dans l'autre, ce fut une magnifique journée. Personne ne comprit pourquoi j'étais aussi joyeux. Chuck ne fut pas puni, mais moi si. Ce n'était pas important.

Je pris l'habitude de me bagarrer avec lui. D'une certaine façon, cela devint un jeu. Il avait conscience de sa force et dosait ses coups. J'en évitais certains, pas d'autres. Parce que tout l'entraînement du monde ne me rendrait jamais plus rapide qu'un loup. C'était comme ça. En revanche, grâce à mon bon équilibre et à mes reflexes, le jour où je me battrais, je pourrais l'esquiver. Chuck n'était pas, et de loin, aussi rapide qu'Axel, qui reste à ce jour le semi le plus véloce que j'ai jamais rencontré. À mains nues, je n'avais aucune chance. Avec ma dague, je pourrais tuer ou blesser un loup-garou ou un semi cherchant à m'occire. Avec ma dague recouverte de poudre de tue-loup, je pourrais le tuer. Enfin… avec beaucoup de chance.

Axel me força également à étudier les points faibles de toutes les autres races. Ce qui pouvait éliminer les vampires (feu, argent comme pour les loups-garous, frêne dans le cœur – le sapin ne vaut rien), les fées (poudre d'ail, poudre de piment), les fantômes (sel et argent), les sorciers (un bon vieux revolver, rien de mieux), les elfes (le fer, ils y sont absolument allergiques). Chaque race a sa kryptonite personnelle.

Vampires, garous, fées, elfes, fantômes, sorciers se côtoient mais sans plus. Nous les respectons, ils nous fichent la paix. Tout va pour le mieux dans le meilleur des mondes étranges.

Et quoi qu'il arrive, grâce à Axel, j'étais enfin capable de me défendre.

Chapitre 5
Invitation surprise

L'année de mes dix-huit ans, deux mois après mon anniversaire, j'obtins mon diplôme. Ce fut une jolie cérémonie. Je jetai ma toque en l'air comme tout le monde et j'eus droit aux félicitations de rigueur. Je n'avais pas grand-chose à partager avec les autres. J'avais la réputation d'un type solitaire et renfermé. Je passais tout mon temps à travailler avec Axel et à lire dans ma chambre ou à la bibliothèque. Ma vie sociale était proche du zéro absolu. Ce fut donc une surprise de taille lorsque Serafina s'approcha de moi, radieuse dans sa toge noire.

– Salut ! me dit-elle, ses yeux dorés brillant de joie. C'était cool comme cérémonie, hein ?

– Oui, oui, bredouillai-je comme un parfait crétin.

– Il va y avoir un bal de fin d'année samedi prochain, mais pour tout le monde, vu qu'on n'est pas dans un vrai lycée. Ça te dirait d'être mon cavalier ?

Je déglutis. Par les crocs de mon grand-père, mais pour quelle raison cette superbe louve voulait-elle avoir le petit humain comme cavalier ?

– Euh, oui, si tu veux, parvins-je à articuler lamentablement.

Elle eut un sourire étincelant.

– Cool, tu passes me chercher ?

Comme la fête se déroulerait dans notre manoir et que sa maison était à… allez, une bonne vingtaine de mètres, ça me parut ridicule, mais j'acquiesçai comme un gros benêt.

– Oui, oui, bien sûr !

Son sourire s'élargit encore.

– Génial.

Et elle me posa un baiser sur la joue, dangereusement proche de la commissure de mes lèvres.

Je faillis bondir en arrière comme si on m'avait brûlé. Elle vit ma confusion et eut un petit rire puis pirouetta, ses cheveux dorés fouettant le vide, et partit.

– Tu as une touche, mon vieux.

Je sursautai. Avec cette foutue manie des loups de se mouvoir silencieusement, je n'avais pas entendu Chuck s'approcher.

– N'importe quoi.

– C'est toi qu'elle a invité, pas Ned.

Ned avait bien vu ce qui s'était passé et son visage était rouge de fureur.

– Je crois que mon punching-ball favori va passer dans d'autres mains, me glissa Chuck qui partit d'un rire aussi énorme que sa panse.

Je levai les yeux au ciel, mais il n'avait pas tort. Tout raide dans sa toge noire, Ned s'approchait. Comme tous les gamins qui avaient grandi avec moi, je le connaissais bien. C'était un jeune loup prétentieux et sûr de lui. Serafina venait apparemment de dégonfler cette assurance d'un seul coup. C'était un loup crème et la couleur de ses poils se retrouvait dans ses cheveux très clairs. Mais ses yeux étaient d'or, comme ceux des autres.

– Je sors avec Serafina, grogna-t-il, tout son corps vibrant de tension.

Je me relaxai, montrant que je ne cherchais pas la bagarre.

– Oh, fis-je du ton le plus neutre possible, je ne savais pas. Je suis souvent dehors. Et ça se passe bien ?

La douceur de mon ton le désarçonna.

– Pas si bien que ça, dit-il avec amertume, puisqu'elle t'a invité au bal et pas moi.

Pas question que je me batte avec lui. Chuck, c'était facile, je ne lui en voulais pas. Et puis c'était un jeu entre nous. Avec un loup vraiment agressif, je ne savais pas du tout comment les choses se passeraient. Et mon objectif premier de les épater me paraissait bien ridicule quatre ans plus tard. Je voulais rester discret. Ne pas dévoiler mes atouts. Une parfaite attitude de semi finalement.

Je choisis donc soigneusement mes mots.

– Je vais lui dire que je refuse. Je suis vraiment désolé. Elle se sert sans doute de moi pour te rendre jaloux.

Les loups peuvent sentir la peur et Ned sentait bien que j'étais calme. Je ne parlais pas ainsi parce que j'avais peur de lui, mais parce que je compatissais. Il se détendit.

– Tu as compris ça ?

– Ce n'est pas très difficile. Serafina m'a toujours considéré comme un maladroit et pathétique humain. Il n'y avait aucune raison qu'elle vienne me voir pour m'inviter.

Bon, mon ego venait d'en prendre un coup quand même, mais inutile de le lui dire.

Il hésita, lança un regard vers Serafina qui nous observait tous les deux, les yeux écarquillés, espérant sans doute un pugilat en son honneur, et secoua la tête.

– Non, écoute, c'est nul. Tu as le droit de profiter du bal toi aussi. Si Seraf veut y aller avec toi, qu'elle y aille avec toi. Je me débrouillerai.

Cette fois-ci, ce fut lui qui me désarçonna. Je n'eus pas le temps de protester qu'il s'était déjà éclipsé. Je soupirai.

– Mince, dit Chuck, tu viens de me faire perdre deux billets.

Je me retournai, stupéfait.

– Quoi ?

– Ben oui, on pensait tous qu'il allait te rentrer dedans. Un petit pari, ça ne fait pas de mal !

Je grimaçai. Super. Voilà maintenant que j'étais une attraction de cirque.

– Parier contre moi n'a rien de bien glorieux, grognai-je.

– Oh mais moi j'avais parié sur toi !

Après tout, Chuck n'était pas si idiot que ça. Il avait bien compris que nos bagarres étaient un prétexte. Pour quelle raison, il s'en fichait. Mais si je pouvais éviter certains de ses coups, il n'y avait pas de raison pour que je n'évite pas les autres. C'était ce que sa petite phrase venait de me révéler.

Il s'était éloigné avant que j'aie le temps de réagir… J'allais devoir être encore plus prudent.

Je me secouai. Mais qu'est-ce que je racontais ? Sans la dague, les étoiles et la poudre de tue-loup, je ne faisais pas le poids. Et il n'était pas question que je me batte contre l'un des miens. Oh, pas par altruisme, hein. Juste parce que j'étais sûr de perdre.

La semaine passa bien trop vite. Les réponses à nos inscriptions dans les facs arrivèrent. Au vu de mes résultats, j'étais accepté partout. Oui. Les loups aussi vont à l'université. Ceux qui le désirent. Dans notre famille, nous choisissons souvent les filières scientifiques. D'autres meutes privilégient la finance ou le business. Il paraît que c'est difficile pour les étudiants, parce qu'ils doivent constamment dissimuler ce qu'ils sont.

Mais dans mon cas, le problème était bien plus ardu. Et donna lieu à une réunion de famille.

Nous habitions une grande maison. Un truc fait pour résister aux hivers les plus rudes. On ne plaisante pas avec le froid par chez nous. Si grand-père se fiche de l'argent, du moment qu'il en a à disposition pour défendre ses loups, grand-mère, elle, en connaît très bien le pouvoir. Elle a fait de notre grande baraque un manoir élégant, aux jolies proportions, très élisabéthain. La salle de bal peut recevoir plus de cinq cents personnes. Cinq lustres en cristal illuminent la pièce, on a dû renforcer le plafond pour supporter leur poids. Grand-mère a acheté des panneaux peints par François Boucher, un artiste français du XVIIIe siècle. Ils décorent nos murs et font l'admiration de nos invités. Des bergers et des bergères offrent une vision très bucolique de la nature. Ça me fait ricaner. Contre nous, ces gars et ces filles-là ne feraient pas le poids pour défendre leurs moutons.

Ma grand-mère aime ce qui est moderne alors que Karl, mon grand-père, préfère les antiquités. Une tête de Giacometti avoisine donc un tableau de Bruegel l'Ancien ou une statue de Ptolémée. Je sais, c'est bizarre.

Nous voyons nos voisins de temps en temps et parfois des invités. Mais ma famille décourage les visites. Les échantillons bovins sont envoyés par convoyeurs, dans des containers réfrigérés à l'azote. Grâce à Internet, nous avons pu étendre notre business bien au-delà de notre État, sans avoir besoin de nous déplacer ou de faire venir des gens. Cela a été un profond soulagement pour mon grand-père. Moins il y a de gens qui pénètrent sur notre territoire et plus il est content. Je crois que s'il pouvait clôturer notre exploitation et y enfermer ses loups, loin des humains, il le ferait. Hélas pour lui, les loups ont la bougeotte et aiment s'aventurer dans le vaste monde. C'est ce qui s'est passé avec mon père. Je crois que grand-père est devenu comme ça après sa mort.

Pour les réunions familiales, nous avons droit à un coin plus intime, le salon bleu. Il est tendu d'un magnifique velours, rehaussé d'or. Les sièges sont profonds et confortables, la cheminée chauffe bien, j'aime l'odeur du bois et j'y ai passé beaucoup d'heures à rêvasser lorsque j'étais enfant. Jouxtant la salle se trouve l'imposante bibliothèque. Il y a là des milliers de volumes, surtout des contes et légendes, l'histoire de notre race, celle des peuples de cette planète. Beaucoup de livres d'humains aussi, évidemment.

Ce jour-là, cette nuit-là plutôt, car les loups préfèrent la nuit au jour, mes grands-parents m'avaient convoqué.

Je savais très bien pourquoi. Ils voulaient me dissuader d'entrer à l'université et j'étais fermement décidé à ruiner leurs efforts.

En passant dans le grand couloir précédant le salon bleu, je croisai un miroir. Je dévisageai l'humain qui me faisait face. Grand, costaud, les cheveux blonds emmêlés et ces étranges pointes noires, le regard bleu et interrogateur. Axel m'avait amoché le nez plusieurs fois, mais il restait à peu près droit ; j'avais une pommette encore tuméfiée de notre dernier affrontement. Je me détournai de mon reflet et entrai dans le salon.

Maman n'était pas là bien sûr. Mais il y avait grand-oncle Joe et grand-tante Jane, le frère et la belle-sœur de grand-père et les deux frères et les deux sœurs de grand-mère. Grand-oncle Jared, grand-oncle James, grand-tante Sara et grand-tante Cherry. Il était rare pour des loups d'avoir autant de frères et sœurs et grand-mère en tirait une grande fierté. N'avoir eu qu'un fils avait été une grande déception pour elle. Qu'il soit mort l'avait littéralement ravagée et elle vouait une haine féroce à ma mère. Pourtant, étrangement, je savais qu'elle m'aimait. J'avais beaucoup grandi, les gènes de mon père avaient un peu gommé ceux de ma mère, elle s'était rapprochée de moi. C'était récent. Mais je voyais sa patte dans cette histoire d'université. Elle savait à quel point j'avais envie et besoin de me retrouver parmi les… j'allais dire les miens, bien que les loups soient aussi les miens. Alors disons plutôt parmi les humains, mes pairs.

Elle vint m'embrasser. Elle n'avait pas besoin de se hausser sur la pointe des pieds pour cela. Elle était presque aussi grande que moi. Probablement la louve la plus élancée de la meute. Elle ne faisait pas du tout ses quatre-vingts kilos. Encore louve alpha en dépit de son âge. Les yeux ambre comme tous les loups, les cheveux d'or, comme ceux de mon père, le visage à peine griffé par le temps, on lui donnait une petite quarantaine. Elle en avait quatre-vingt-douze. Elle était âgée de quarante ans lorsqu'elle avait eu mon père et celui-ci s'était marié tard lui aussi.

Grand-père m'enveloppa dans son étreinte d'ours. Nous fûmes aussi surpris l'un que l'autre lorsqu'il réalisa qu'il n'avait plus besoin de beaucoup se pencher pour m'enlacer.

– Tu as bien grandi, mon garçon, fit-il observer en plissant ses yeux fauves de perplexité, comme s'il me voyait pour la première fois. Dis-moi, tu fais de la musculation ? Tu sais que ce n'est pas bon d'en faire trop pour un jeune organisme, n'est-ce pas ? Cela peut gêner ta croissance.

– Pour ce qui est de la croissance, grand-père, riai-je, je crois que c'est trop tard. Et j'espère bien ne pas trop grandir.

Un silence choqué accueillit mes paroles. Pour les loups, plus on est grand, plus on est gros, mieux c'est.

Grand-mère éclata de rire et me fit asseoir en face d'eux, sur une chaise devant les canapés où ils étaient tous installés.

– Tu as raison, Indiana, cela ne te servirait pas à grand-chose. (Elle me fourra un verre de jus de fruits dans la main.) Tu sais pourquoi nous t'avons convoqué ?

– Oui, je sais. Vous ne voulez pas que j'aille à l'université.

Elle en ouvrit la bouche de stupéfaction et foudroya son mari du regard lorsque celui-ci grogna de dépit.

– Tu ne peux pas lui reprocher d'être franc, Karl, le gourmanda-t-elle. Après tout c'est nous qui lui avons appris à dire la vérité !

Elle lui tapota affectueusement la main. Leur amour éclatait aux yeux de tous, cela me serrait toujours la gorge de les voir ensemble.

Je sentis que je rougissais, moi qui leur mentais depuis quatre ans. Heureusement, grand-tante Jane, yeux dorés mais cheveux noirs, comme certains loups au pelage sombre, une vraie teigne, mit les pieds dans le plat.

– Il suffit de lui interdire de sortir et le problème est réglé. On ne peut pas laisser un potentiel rebrousse-temps dans la nature. Enfin, vous avez tous perdu l'esprit ou quoi ?

Sa réaction fut le début d'une véritable empoignade. Je vis très vite qui était de mon côté. Grand-mère, grand-oncle Joe qui faisait toujours le contraire de ce que voulait sa femme, grand-oncle Jared qui avait fait ses études à l'extérieur et me comprenait tout à fait, grand-tante Sara, parce qu'elle adorait mon père et voulait le mieux pour son fils. Ceux qui étaient contre, mon grand-père, grand-tante Jane, grand-oncle James et grand-tante Cherry. Cinq contre quatre, la partie commençait plutôt bien. À moi de faire en sorte de remporter l'unanimité.

Heureusement, aucun de mes oncles et tantes, à qui j'avais joué quelques tours pendables, ni de mes cousins et cousines n'était là. Sinon je pense que je ne serais jamais parti. Et puis une autre chose jouait en ma faveur.

Je ne m'étais jamais éclipsé. En clair : mes pouvoirs de rebrousse-temps ne s'étaient jamais manifestés. Donc vous voulez savoir ce que je représentais comme avantage pour ma famille ?

Rien. Nada. Zéro.

Tout le monde rêvait de mettre la main sur un rebrousse-temps. Les vampires, les fées, les autres meutes. Pourquoi ?

Parce que nous sommes les espions suprêmes. Aucun lieu ne nous est interdit. Aucune barrière ne peut nous arrêter. Nous sommes invisibles, inodores, insipides. Rien ni personne ne peut nous détecter. Bon, étant un ado, si j'avais ce précieux don un jour, peut-être que je ferais d'abord un petit tour par la douche de Scarlett Johansson, Gisele Bündchen, Megan Fox… Bref. Nos ennemis font des plans pour nous nuire ou nous envahir ? Il nous suffit de les espionner. Et de détruire leurs espoirs. Juste avec un petit mot.

« Inutile. Nous savons. »

Ma mère ne savait pas qu'elle avait ce don. Il a fallu une grande douleur, une grande émotion pour qu'il se manifeste.

Je suis né.

Elle s'est éclipsée.

Chapitre 6
L'appel de la liberté

Par la suite, mes grands-parents ont entrepris des recherches, et ont découvert qu'il fallait un évènement traumatisant pour qu'un rebrousse-temps exprime ses pouvoirs. Et quoi de plus traumatisant qu'un accouchement ?

Le médecin de notre hôpital a coupé le cordon ombilical. Je dis notre hôpital, parce que nous avons plusieurs chirurgiens spécialisés, capables de soigner humains et spéciaux, ainsi qu'une infrastructure ultramoderne à deux cents mètres du manoir. Les loups se blessent souvent. Ce n'est pas grave, mais parfois les fractures se ressoudent trop vite et de travers. Il faut intervenir, recasser et remettre droit.

Bref, il a coupé le cordon, ma mère a souri et paf, elle a disparu, ne laissant que sa chemise d'accouchée. Ça a été l'affolement dans la salle. Mon père a failli me lâcher tellement il a eu peur. Une infirmière lui a pris son bébé qui braillait (moi) pendant qu'il tâtait le lit, incrédule. Tout aussi soudainement, ma mère a réapparu.

– Qu'est… qu'est-ce qui s'est passé ? se sont-ils exclamés de concert.

Maman ne comprenait rien. Papa non plus. Mais la scène était filmée, comme toujours pour la naissance d'un nouveau petit loup. Et mon arrière-arrière-arrière-arrière-etc.-grand-père, Henry, a failli faire une crise cardiaque en voyant le film. Il est vieux, mais il a toute sa tête. En mille ans, il n'avait croisé la route d'un rebrousse-temps qu'une seule fois et cela lui avait suffi pour reconnaître un nouveau spécimen.

Pendant des semaines, papa a été fêté comme le Messie. Il avait ramené une rebrousse-temps à la maison !

Je crois qu'il a détesté ça. Lui, il était tombé amoureux d'une ravissante jeune femme. Et il se trouvait à présent avec un ovni qui passait son temps à disparaître, totalement hypnotisée par ce qu'elle découvrait lors de ses escapades. Le monde entier s'offrait à elle. Elle était incapable de résister.

Ils lui laissèrent le temps d'allaiter son bébé. J'étais fragile. Et au grand regret de mon père et de mes grands-parents, je n'étais pas un loup. Entre ses pouvoirs et mes besoins, maman délaissait un peu papa.

Et cela devint pire lorsque mes grands-parents commencèrent à l'utiliser.

Les autres spéciaux ne le surent jamais. Nous avions toujours un plan d'avance. Le secret fut bien gardé. Ni le médecin ni l'infirmière n'en parlèrent jamais, fidèles au clan. D'ailleurs, ils font partie de l'équipe qui la soigne et la surveille.

Nous nous sommes vraiment enrichis grâce à maman. Mes grands-parents ne l'aimaient pas beaucoup, parce qu'en remontant dans le passé, elle avait vite appris où étaient planqués les squelettes et dans quels placards.

Mon père serrait les dents et encaissait. Parfois maman revenait, les yeux hantés par ce qu'elle avait vu. Les spéciaux ne sont pas des anges, mais à côté de certains humains, on peut se demander lesquels ont une âme et lesquels n'en ont pas.

Il y eut l'Assemblée. Ce n'était pas la première fois qu'un enfant humain naissait.

C'était en revanche la première fois qu'on le laissait vivre.

Je sais, cela peut paraître cruel. Tuer un bébé.

Ça l'est.

Mais un aussi petit peuple, d'une certaine façon aussi fragile que le nôtre, ne pouvait pas risquer de voir son sang dilué. Alors les loups se réunirent pour en discuter.

Sauf que le cas n'était pas aussi simple que d'habitude. Maman était une rebrousse-temps et papa, le fils du chef.

Ne pensez pas que les dirigeants de notre meute ont été compatissants. Ils ont surtout vu l'avantage de posséder non pas un mais *deux* rebrousse-temps. Si je n'avais aucun signe de loup en moi, il y avait une infime chance que je développe ceux des rebrousse-temps en grandissant.

Là aussi, j'ai déçu leurs espérances.

Enfin, mes grands-parents, s'ils n'aimaient pas maman, hésitèrent à supprimer leur premier petit-fils. Oh, s'il y avait eu d'autres enfants, de vrais garous, j'aurais sans doute eu un accident à un moment. Mais j'étais le premier. Alors ils me laissèrent vivre.

Ce fut juste.

Mes grands-oncles, grands-tantes et autres estimèrent que mes grands-parents usaient un peu trop de leurs prérogatives. Ils firent donc voter la fameuse loi. Plus jamais d'humaines. Ou d'humains. Ne plus jamais avoir à résoudre un tel dilemme. Plus de risque de dilution. Il paraît que grand-père et grand-mère n'aimèrent pas cela, mais ils durent obéir. Si le chef de meute fait la loi, il n'a cependant pas tous les pouvoirs. Parfois c'est la meute qui décide.

Cette loi fut étendue à toutes les meutes, mais chaque cas devait être tranché par le loup alpha de chaque meute. À lui de décider quoi faire de celui ou de celle qui transgresserait les règles. À part la peine de mort pour le loup fautif, que nous évitions à tout prix, le reste était autorisé. D'où ma surprise lorsque Axel m'avait révélé son passé. La mort de Gemma n'était pas nécessaire.

En revanche, la mort pour l'humain ou l'humaine incriminé n'était pas discutable. Personne n'avait jamais pensé que les loups produiraient des semis afin de les garder avec eux. Le cas d'Axel n'était pas rare. Mais il était le seul « jeune » à en avoir réchappé. Tous les autres semis étaient bien plus vieux. Nés au temps où les loups étaient moins soigneux.

Quelques semaines après l'assemblée, mon père réalisa soudain que c'était à cause de moi. Que c'était ma naissance qui avait tout déclenché. Que non seulement je lui avais enlevé sa femme, mais qu'en plus je n'étais même pas un loup.

Il se mit à me haïr. Dommage qu'on n'ait pas eu un psy chez nous à cette époque, parce que haïr un bébé, c'était de la folie. (On en a fait former une depuis, Sylvie, une jolie louve enjouée à la voix douce. Je la connais bien, c'est elle qui m'a aidé à surmonter mon épouvantable sentiment d'infériorité.)

Comme je ne pouvais pas remonter le temps, je ne savais pas ce qui s'était passé exactement. Mes grands-parents gardaient un silence prudent. Seule Nanny avait laissé échapper quelques bribes d'informations au cours des années. Apparemment, ma mère était rentrée de mission et mon père s'était soûlé. Croyez-moi, soûler un loup-garou, il faut vraiment le faire. Ils métabolisent super vite, l'alcool ne leur fait pas d'effet très longtemps. Personne ne sut ce qui s'était passé entre eux. Puis il y eut deux hurlements, mais personne ne fut capable de dire qui avait crié : le manoir était à moitié vide, les loups étant partis chasser et ceux qui étaient restés dormant profondément. Dont ma grand-mère et Nanny. Réveillées en sursaut, elles s'étaient instinctivement transformées en louves.

Lorsqu'elles étaient entrées dans la chambre de mes parents, prêtes à sauter sur les intrus potentiels, je hurlais dans mon berceau et maman se tenait près de papa, le berçant. Il y avait du sang partout.

Et il avait un couteau d'argent planté dans le cœur.

Il fut impossible de tirer quoi que ce soit de maman. Elle tomba dans une profonde catatonie. Puis se mit à disparaître de plus en plus souvent, revenant avec des histoires, des informations, des données de plus en plus confuses et incohérentes.

Lorsque nous nous éclipsons, notre corps disparaît, laissant nos vêtements derrière lui, mais réapparaît toujours à la même place. Il est donc facile à emprisonner. D'une certaine façon, seul notre esprit voyage, raison pour laquelle nous pouvons aller où nous voulons. De même, la vitesse ne veut rien dire pour nous. Nous ne sommes limités que par la vitesse de la pensée. Maman voulait aller voir le Président dans sa chambre à la Maison-Blanche ? Hop, elle y était.

Elle voulait visiter la Grande Pyramide ? Hop, elle y était. Elle voulait voir la salle de gym dans laquelle une vedette de ciné était en train de faire ses abdos ? Hop, elle y était. Aucun secret n'est à l'abri de notre pouvoir, aucun code, aucune banque.

Mais ma mère ne pouvait pas partir trop longtemps. Au bout de quelques heures, son esprit commençait à ressentir la faim et la soif, et je ne parle même pas des besoins urgents.

Pourquoi ne l'ont-ils pas tuée alors ? Les loups ne sont pas cruels, mais ils sont impitoyables. Un membre de la meute qui tue un autre membre sans une raison parfaitement valable est immédiatement emprisonné et parfois condamné. Elle n'était même pas une louve. Je sais que grand-père se battit ce jour-là pour la défendre.

Soyons clairs. De nouveau, il ne se battait pas pour mon humaine de mère meurtrière de son fils. En fait, il l'aurait bien égorgée de ses crocs. Il se battait pour la rebrousse-temps qui lui permettait de préserver son clan.

Il n'en garde pas de cicatrice – comme tous les loups, seul le feu laisse des traces –, mais les jours de grand froid, il lui arrive de claudiquer. Son regard se fait pesant sur moi et je sais à quoi il pense.

Ma mère eut donc un sursis. De quelques mois.

La suite donna raison à grand-père.

Car dans sa folie, ma mère fit ce qui était impossible. Un jour, elle ne revint pas du passé. Elle revint du futur.

Non, pas à bord d'une DeLorean. Ça aurait été chouette. Elle revint et déclama avec une parfaite clarté tous les cours des principaux acteurs du marché… de la semaine suivante.

À partir de ce jour-là, il ne fut plus question de la tuer. Quelqu'un fut posté à ses côtés vingt-quatre heures sur vingt-quatre, avec un relais toutes les quatre heures, afin d'enregistrer tout ce qu'elle disait. Ce n'était pas que les loups ne faisaient pas confiance à la technologie, mais les appareils ont un peu tendance à se détraquer lorsque les rebrousse-temps se dématérialisent. Ils avaient perdu de précieuses informations avant de comprendre ce qu'il se passait. Notre clan devint encore plus puissant et extrêmement riche. Au point que nous aurions pu nous passer d'élever des vaches.

Le bruit de la dispute entre mes grands-parents me fit revenir au présent. Je me dis qu'il était grand temps que je m'en aille. Tous les autres loups étaient utiles à la meute, moi, ici, je ne servais vraiment à rien.

Soudain, comme s'il m'avait entendu, mon grand-père se tourna vers moi et me demanda :

– Que veux-tu étudier, mon garçon ?

– La finance, grand-père, plus particulièrement le M&A.

Il écarquilla les yeux. Il gérait la reproduction des bovins et tout ce qui concernait l'exploitation, mais c'était grand-mère qui surveillait le vaste monde. Et investissait notre argent.

– Cela signifie Mergers and Acquisitions, « fusions et acquisitions », expliqua grand-mère.

J'acquiesçai, enthousiaste.

– Je trouve cela passionnant. Plusieurs grandes banques sont les leaders dans ce domaine, Goldman Sachs, Rothschild. Tu te rends compte, grand-père, elles font réaliser des fusions à leurs clients qui coûtent des milliards de dollars ! C'est dingue.

C'était la vérité. Depuis que j'avais découvert que j'adorais les maths, tout ce qui se rapportait à la finance me fascinait.

Il fronça ses épais sourcils. Comme pour grand-mère, je fus frappé par son visage encore si jeune alors qu'il avait presque cent ans.

– Mais si quelqu'un découvre que tu es un potentiel rebrousse-temps, tu as conscience du danger que tu cours ?

Je hochai la tête.

– Oui. Tout le monde veut un rebrousse-temps. Si les autres créatures apprenaient mon existence, elles me traqueraient. Je sais, grand-père. Mais de même que je n'ai jamais montré de signes lupins, je ne vois pas pourquoi je deviendrais soudain rebrousse-temps. J'ai vécu des tas d'évènements traumatisants et je ne me suis pas éclipsé. J'ai eu mal, j'ai eu peur, j'ai été blessé et rien n'est arrivé. Je ne vous sers à rien, ici, grand-père, s'il te plaît, laisse-moi vous être utile dehors.

Il écarquilla les yeux et je vis à quel point l'idée lui déplaisait.

– Allons, le calma grand-mère, il est grand maintenant. Nous n'allons pas le garder en cage toute sa vie tout de même. Et n'oublie pas, même s'il est dehors, même s'il n'a ni crocs ni griffes, il reste notre chair et notre sang. Fais-lui confiance. Nous serons fiers de lui.

Elle se tourna vers moi et me sourit. J'eus une grosse boule dans la gorge.

– Nous sommes déjà fiers de lui.

Ils grommelèrent beaucoup mais c'était pour la forme. L'un après l'autre, ils se rangèrent à l'avis de grand-mère. Je tentais de ralentir les battements de mon cœur, parce que je savais qu'avec leurs fichues oreilles de garous, ils pouvaient entendre mon excitation. Enfin le vote fut terminé.

À l'unanimité, j'étais libre. Je laissai échapper le souffle que je retenais depuis trop longtemps et leur sautai au cou. Ils ne s'y attendaient pas. Dans mon excitation, j'avais mis dans mon mouvement l'énergie enseignée par Axel. Ils n'échappèrent pas à mon étreinte et je vis quelques regards songeurs m'évaluer. Bien. Qu'ils me voient autrement. Qu'ils sentent que je saurai me défendre tout seul. Ils m'étreignirent, même grand-tante Jane, puis j'allai me rasseoir, je savais que ce n'était pas encore terminé. Mon grand-père me fixa, très sérieux.

– L'université du Montana est considérée comme l'Harvard de l'Ouest, dit-il, me faisant clairement comprendre que c'était ça ou rien. C'est une bonne université, pas trop loin de chez nous. Nous allons t'allouer de l'argent, je ne veux pas que tu fasses de petits jobs pour payer tes études, c'est compris ? Je veux que tu limites tes relations avec les humains au maximum. Nous allons te trouver une maison isolée où tu pourras habiter, mais je veux que tu rentres à toutes les vacances.

J'ouvris la bouche pour protester mais il leva la main, me réduisant au silence.

– Non, ceci n'est pas négociable.

D'accord, je sais quand je peux me battre et quand je suis vaincu d'avance. Je baissai le nez. C'était de toute façon bien plus que je n'espérais.

– Nous allons te donner une voiture.

Je pense que mon sourire dut faire trois fois le tour de mon visage. Un peu trop d'ailleurs, car il leva de nouveau la main.

– N'espère pas une Porsche ou une Ferrari, tu ne les as pas méritées pour l'instant. Tu auras un solide 4 × 4 et ce sera bien suffisant pour un début.

Je pris un air douloureux. Alors qu'en fait j'étais ravi. Même s'ils m'avaient donné le dernier des tas de boue, j'aurais été content.

Grand-mère eut un sourire malicieux.

– En fait, si grand-père pouvait te mettre dans un tank et t'enfermer dans une forteresse, je crois qu'il serait tout à fait rassuré.

Je lui rendis son sourire. Oui, c'était aussi le sentiment que j'avais.

Pour la première fois depuis que j'étais né, je ressentais un incroyable sentiment de liberté. J'allais laisser derrière moi tous mes problèmes, j'allais enfin pouvoir vivre une vie anonyme au milieu de gens comme moi.

Comme quoi, je suis assez nul comme prophète.

Chapitre 7
Mauvais baiser

La nouvelle de mon départ fit vite le tour de l'exploitation. Il n'y a pas plus commère qu'un loup. Ils adorent les ragots et les rumeurs. Là, c'était du sensationnel, et très vite mes anciens camarades de cours commencèrent à me croiser comme par hasard. Cela commença par Chuck. Il surgit de nulle part (croyez-moi, un humain n'a pas intérêt à être cardiaque dans le coin). Je ne sursautai pas. J'avais l'habitude. Son gros visage rougeaud, ses cheveux bruns et ternes luisant de sueur. La seule chose assez belle était la couleur de ses yeux ; d'un doré encore plus lumineux que celui des autres loups. Il les fixa sur moi et grogna :

– T'es mon punching-ball préféré, c'est quoi cette histoire de départ ?

– Tu vas devoir t'en trouver un autre, mon gros, rétorquai-je. Je pars à l'université du Montana.

Son visage se plissa comme s'il allait pleurer.

– C'est vrai ? Tu t'en vas ? Je croyais que les autres se moquaient de moi, comme d'hab.

– Chuck, je n'ai rien à faire ici et tout le monde le sait très bien. Étudier parmi les humains est bien plus utile pour la communauté que de rester ici à essayer d'être aussi bon que vous… et à ne pas y arriver.

Il garda le silence, digérant ce que je venais de dire.

– Ah.

– Oui. Ah.

– Ça n'a pas été toujours facile pour toi, finit-il par déclarer pesamment.

La vache, il avait dû fournir un effort colossal. Son cerveau devait être en feu.

– Non, fis-je platement. Pas toujours.

Il haussa les épaules puis eut une phrase qui me stupéfia.

– Tu vas me manquer.

Il m'enveloppa dans une étreinte étouffante et fila.

S'il y avait eu une mouche dans le coin, elle aurait été pour moi. Je mis un moment à refermer la bouche. C'était la seconde fois que Chuck me surprenait en deux jours.

Le suivant fut Ned. Le beau loup qui convoitait Serafina se trouva sur mon passage alors que j'allais m'occuper des chevaux. Ils s'étaient habitués à l'odeur des loups, mais semblaient quand même soulagés lorsque c'était moi qui m'occupais d'eux.

– Salut ! fit une voix dans mon dos alors que j'attrapais une balle de foin. Tu as besoin d'un coup de main ?

Non, là non plus je ne sursautai pas, même si les battements de mon cœur s'accélérèrent.

– C'est pas de refus, répondis-je.

Il parut surpris. Mais cela faisait longtemps que je savais les loups plus forts. Les laisser m'aider n'avait rien de dégradant (merci chère psy Sylvie !).

Il attrapa deux balles de foin avec aisance, pendant que je peinais sous le poids de la mienne, et nous les répartîmes dans les box.

J'aimais l'odeur des chevaux, leur beauté farouche et leur robe luisante. Les loups sont beaux, mais les chevaux sont magnifiques.

Pendant un moment nous travaillâmes côte à côte en silence. C'était presque apaisant.

– Qu'est-ce que tu vas faire avec Serafina ? finit-il par demander.

Je soupirai. Je préférais le silence.

– Ned, je ne vais rien faire du tout avec Serafina. C'est une jolie fille, si j'avais été un garou, peut-être qu'elle m'aurait sauté au cou, mais rappelle-toi, je suis le crapaud humain. Les princesses n'embrassent les crapauds que dans les contes de fées !

Il ricana.

– Elle n'y avait pas pensé jusqu'à récemment, indiqua-t-il, mais en fait tu es un prince.

J'interrompis net mon travail, interloqué.

– Pardon ?

Il se retourna et engloba l'exploitation qui se détachait par la porte ouverte.

– Ceci est un royaume, Indiana. Et ton grand-père et ta grand-mère en sont les souverains. Cela fait donc de toi un prince. Pas un prince parfait, puisque tu n'es pas de notre race, mais un prince quand même. Fais attention avec elle.

Et il me quitta avant que j'aie le temps de réagir.

La même mouche que tout à l'heure aurait pu faire son nid sur ma langue. Je restais bouche bée un moment. Mais qu'est-ce qu'ils avaient tous à me surprendre en ce moment, ça devenait agaçant quand même !

De mauvaise humeur, je terminai ma corvée et rentrai prendre ma douche. Le grand évènement était pour ce soir. Inutile d'y aller en sentant le cheval. Les loups avaient le nez fin.

Sur le chemin de la maison, je croisai plusieurs autres camarades et chaque fois ils étaient surpris que je confirme mon départ. Je n'avais pas mesuré à quel point ils me considéraient comme faisant partie de l'exploitation. Leur étonnement finit par me faire plaisir. Je n'étais pas un loup, pourtant j'étais l'un des leurs. Plus que je ne le pensais.

Pour la première fois depuis ma victoire de la veille, je ressentis un petit pincement au cœur. J'allais quitter ma maison.

Ce soir-là, il y eut plusieurs épreuves. Dont la première fut le smoking.

Les loups-garous s'habillent, comme tout le monde. Mais le truc du garou qui déchire ses vêtements en se transformant, c'est n'importe quoi. Au contraire, il risque d'étouffer, car certains tissus, surtout les jeans, sont faits pour supporter une grande pression. Donc, en été, tout le monde était en tenue légère. En hiver ils passaient leur temps à s'habiller et à se déshabiller. La nuit, pour dormir, personne ne mettait rien. Nous devions pouvoir réagir vite en cas d'incendie ou d'attaque.

J'avais pris les mêmes habitudes. Mes vêtements étaient souvent usés, toujours larges et m'autorisaient une grande liberté de mouvement. Lorsque j'ouvris la porte de ma chambre, je restai donc quelque peu stupide devant le magnifique smoking sur mon lit.

Il était d'un noir profond. Il luisait légèrement. On aurait dit une arme.

– Ça alors, balbutiai-je, mais qu'est-ce que…

– C'est un smoking, fit une voix satisfaite derrière moi. Tu vas être magnifique, mon petit.

C'était Nanny. Heureusement qu'elle était là, sinon je crois bien que je ne m'en serais jamais sorti. Je pris une douche et elle m'obligea à me laver les cheveux. Puis elle m'aida à m'habiller. Et c'est là que mon enfer commença.

Au bout de dix minutes, la ceinture me serrait, le col dur m'étranglait, les chaussures écrasaient mes pieds et j'avais l'impression que le nœud papillon avait comme unique fonction de martyriser ma pomme d'Adam.

Nanny me donna une tape sur la main lorsque je tentai de dégager un peu mon cou.

– Tu es superbe, arrête de gigoter. Et tiens.

Elle me tendit un truc dans une boîte en plastique. Une orchidée.

– Mais où est-ce que tu veux que je mette ça ? articulai-je avec horreur.

– Ce n'est pas pour toi, grand bêta, sourit-elle, c'est pour ta cavalière. J'ai entendu dire que son Altesse Serafina daigne venir au bal avec toi ?

Une note acerbe flottait dans sa voix. Nanny n'aimait pas beaucoup Serafina, du diable si je savais pourquoi.

– Euh, oui.

– Alors ce sera sans doute la seule chose simple et authentique qu'elle aura sur elle ce soir.

Waaah, quand Nanny mordait, elle y allait de bon cœur.

Je n'avais pas de montre, mais l'horloge du manoir sonnait huit heures. Sanglé dans mon smoking, j'allai jusqu'à la maison de Serafina et restai bouche bée pour la troisième fois de la journée.

Elle était simplement magnifique. Je lui donnai son bracelet de fleur, incapable d'articuler un mot.

Elle le prit puis tournoya sur elle-même, riant de plaisir devant moi.

– Alors, ça te plaît ?

En fait, c'était un brin métallique une fois passé le premier choc. Une robe longue lamée d'or, qu'on aurait crue cousue sur elle, des sandalettes dorées à talons hauts, ses yeux d'ambre cerclés de noir, ce qui les faisait encore plus ressortir, ses cheveux d'or contenus dans une résille parsemée de strass qui laissait des mèches bouclées libres dans le dos, on aurait presque dit une statue d'or.

– Tu... tu es magnifique, parvins-je enfin à émettre lorsque mes mâchoires réussirent à se dessouder.

– Merci, fit-elle, coquette.

Puis elle se souvint des conventions et laissa tomber :

– Toi aussi.

Et elle s'empara de mon bras. Le chemin jusqu'au manoir me sembla très court. C'était bizarre, parce que j'avais l'impression que mes oreilles chauffaient.

Avec ses talons, elle faisait ma taille. Je ne suis pas aussi impressionnant que les loups, mais je crois que nous formions un joli couple, à voir l'air stupéfait des invités qui nous croisaient.

Je n'ai pas d'oreilles de garou, mais je pouvais entendre les commentaires incrédules.

– Ça par exemple, chuchotaient-ils, mais elle n'est pas censée sortir avec Ned ?

– Elle a joliment grandi, la petite Serafina, mais que fait-elle au bras d'Indiana ?

– Si Ned voit ça, il va le massacrer !

Bref, nous ne passions pas inaperçus. Ce qui était tout à fait le but de Serafina. Elle buvait du petit-lait.

Elle écarquilla les yeux en arrivant à l'entrée de la grande salle de bal. À cette occasion, les cinq lustres étaient allumés, un énorme buffet attendait les invités et des serveurs se baladaient un peu partout avec de la bière, du whisky, de l'eau, des jus de fruits et du champagne.

Nous saluâmes avec respect mon grand-père et ma grand-mère qui recevaient leurs invités. Homme de goût, grand-père fit la bise à Serafina, mais je vis que les lèvres de grand-mère se pinçaient pendant qu'elle évaluait notre couple. Nous entrâmes enfin dans la salle, au son d'un quatuor à cordes.

– Oh, fit Serafina émerveillée, tu en as de la chance d'être l'héritier de tout ça !

Je fis comme si je n'avais pas compris.

– Bof, héritier de quoi ? Mes grands-parents m'enterreront bien avant !

Elle me jeta un regard énigmatique et roucoula.

– Mais les accidents, ça arrive aussi.

Et le temps que je retrouve ma voix, elle éclata d'un rire argentin et fila retrouver ses copines.

– Je réserve ta première danse, me jeta-t-elle juste avant de disparaître.

Je sais. Ça fait pas super viril, mais cette fille m'attirait autant qu'elle me faisait peur. Je m'emparai d'un verre de bière, hésitai et le reposai. J'évoluais dans un champ de mines, autant éviter de me soûler. D'autant que, contrairement aux loups, l'alcool me faisait quelque chose.

À regret, je pris un verre d'eau. Le serveur me jeta un regard interrogateur, puis haussa les épaules.

En sirotant mon eau, je déambulai. Il était rare de voir tout le monde réuni en même temps. La meute était très occupée, sur et en dehors de l'exploitation. Smokings, robes longues, tout le monde était étincelant. Je mis un certain temps à remarquer ce qui clochait. Les gens parlaient, mangeaient, riaient parfois, mais souvent, je voyais des sourcils froncés et des regards noirs.

D'un parfait égocentrisme, je crus que c'était à cause de moi et sentis mon cœur se serrer. Mais les conversations que j'espionnais ne me mentionnaient pas. Un instant soulagé, je poursuivais néanmoins mes investigations lorsque j'entendis le mot « danger ».

Au fur et à mesure, un schéma se dessina. Notre meute avait un conflit avec une autre meute, qui lui disputait la préséance. Grand-père dirigeait l'ensemble des meutes de loups du territoire des États-Unis. Un peu comme un Président.

Dans l'ancien temps, les loups se battaient entre eux afin d'être élus. Le meilleur l'emportait. Le plus souvent en mettant à mort son adversaire. Nous nous étions civilisés entre-temps et maintenant les loups votaient comme tout le monde. Vive la démocratie.

Sauf qu'une meute concurrente n'était pas contente de ce système et qu'un défi avait été lancé à grand-père, cet après-midi, raison pour laquelle je n'étais pas encore au courant.

Un combat à mort.

Je déglutis et tous mes petits problèmes s'envolèrent. Je fonçai vers grand-père qui recevait ses invités. Il avait l'air débonnaire et heureux.

Il saluait l'un de nos voisins, qui dirigeait une petite meute, inféodée à la nôtre, lorsque je me matérialisai derrière lui.

– Grand-père, chuchotai-je, parfaitement conscient que les loups pouvaient m'entendre, pourrais-je te parler en privé s'il te plaît ?

Le flot des invités se tarissait. Il se tourna vers moi, surpris.

– Eh bien, mon garçon, entre une jolie fille et un vieux grand-père, j'avoue que ton choix me surprend.

Je souris du bout des lèvres.

– Certes. Mais c'est important.

Il fronça ses épais sourcils.

– Tu as entendu parler du défi, devina-t-il.

Je me sentis pâlir. S'il le mentionnait devant tout le monde, c'est que c'était effectif.

– Pourquoi veut-on te défier ? C'est insensé !

– Louis a perdu face à moi, deux fois de suite. Il estime que je suis trop pusillanime. Que les affaires des meutes pourraient s'étendre bien plus si nous nous intéressions au vrai business. En clair, il veut faire plus d'argent grâce à notre force et notre rapidité supérieures.

Je frissonnai.

– Plus d'argent, mais…

– C'est là où nous ne sommes pas d'accord. Il veut que les garous s'emparent du trafic de drogue.

Pendant un instant, j'hésitai :

– Drogue ? Comme héroïne, cocaïne et tous ces trucs en *ïne* ?

– Oui, comme tu le sais les loups ne peuvent être drogués. Louis estime qu'une humanité droguée est bien plus facile à contrôler qu'une humanité lucide.

Je clignai des yeux.

– Tu rigoles ? Il veut droguer les humains ? Il est dingue ?

– Il ne voit que le pouvoir. Et les montagnes d'argent. Avec nos atouts, les humains ne pourraient pas nous arrêter. La drogue inonderait le marché. Personnellement, je pense que tremper dans de telles affaires est le meilleur moyen d'attirer l'attention sur nous. Il met en danger toute notre race !

Le prénom m'alerta enfin.

– Louis ? Grand-père, ne me dis pas que tu veux parler de Louis Brandkel ?

Il soupira.

– Si.

Je me mordis la lèvre. Louis Brandkel était un énorme loup, comme grand-père, plus jeune d'une dizaine d'années. De vilaines rumeurs couraient sur lui. Comme quoi il aimait bien chasser les proies humaines, armées bien sûr, sinon où était le plaisir. Lorsqu'il était jeune, il avait attaqué un camping et la fille qu'il visait l'avait frappé avec un tison ardent. Le feu est la seule chose qui peut blesser un loup. Durablement. La moitié gauche du visage de Louis est boursouflée. Comme si on y avait jeté de l'acide et que les chairs avaient fondu.

À mes yeux, Louis Brandkel était un dangereux psychopathe.

Qui venait de me fermer ma belle porte de sortie universitaire.

— Je reste, dis-je, totalement démoralisé. Hors de question que je te laisse alors que ce dingue veut t'attaquer.

Grand-père éclata d'un rire sonore qui fit se retourner les gens.

Il m'attira dans une étreinte d'ours et me tapa dans le dos avec force, ce qui me fit craindre pour mes côtes.

— Allons, allons, pas de psychodrame, mon garçon, nous en sommes bien loin ! Tout d'abord, il faut qu'il dépose sa motion auprès du Grand Conseil et il ne peut le faire qu'au printemps de l'année prochaine, maintenant, c'est trop tard.

Je hochai la tête, j'avais été stupide. Pourtant je connaissais bien le fonctionnement de la meute. Mais la peur m'avait fait oublier que les loups habitaient aux quatre coins du pays lorsqu'ils n'étaient pas carrément en voyage à l'étranger et que réunir le Grand Conseil ne se faisait pas en deux minutes. Cela pouvait prendre des semaines, d'où le rendez-vous annuel.

— Comme nous te l'avons enseigné, me sermonna-t-il, le conseil au grand complet ne se réunit que pour deux cas : d'abord pour le jugement. En cas de grave mise en danger de notre secret afin de juger et d'éliminer celui qui l'aurait dévoilé à des humains peu fiables. Ensuite lors de notre réunion annuelle du Grand Conseil du printemps.

Le premier cas était exceptionnel. C'était bien le second qui m'inquiétait. Surtout que c'était le seul moment où les loups qui étaient conviés sur notre territoire pouvaient venir en meute. Ils recevaient des sauf-conduits.

— Et s'il propose un combat à mort au printemps, qu'est-ce que tu feras ? lui opposai-je.

— Cela me laisse des mois pour placer mes pions et contrarier son influence. Il n'a pas tant de partisans que cela. De plus, il faut que cette motion de combat à mort soit acceptée et, crois-moi, il y a trop de vieux loups à la tête des meutes. Ils n'ont pas du tout envie que de jeunes loups aient l'autorisation de se faire les crocs sur eux. Enfin, fais un peu confiance à ton grand-père, je te prie. J'ai gagné maints combats dans ma jeunesse et j'en gagnerai encore. Louis ne me fait pas peur.

À moi, si. Il vit que je n'étais pas convaincu.

Il redevint sérieux.

– Je te fais une promesse, Indiana. Si je suis en danger, je te rappellerai. Notre meute fera front autour de moi. Tu ne seras pas mis de côté.

– Promis ?

Il cracha dans sa main.

– Parole de loup.

Je lui serrai la main, soulagé. Il avait donné sa parole de loup. Les garous respectent leurs promesses. Car si on les enfreint, plus personne ne vous fait confiance. Ni pour se marier, ni pour faire des affaires. On devient un exclu et, croyez-moi, il n'existe rien de pire pour un loup.

Je fus aussi rassuré. S'il était prêt à me faire revenir, c'est qu'il ne considérait vraiment pas la menace comme dangereuse. Nous savions tous les deux que dans un combat je ne serais pas bien utile. Enfin c'était ce qu'il croyait. Parce que je réservais deux, trois surprises à celui qui s'attaquerait à moi, croyant trouver une proie facile.

Serafina se faufilait vers nous. Grand-père sourit.

– Je crois que ta cavalière s'impatiente, dit-il. Allez, va t'amuser, laisse donc les adultes avec leurs idées noires et profite de la vie !

Je faillis lui répondre que j'étais un adulte moi aussi. Mais je savais qu'il ne me considérait pas comme tel. Pas encore.

Serafina et moi dansâmes et cette fois-ci, c'est ma partenaire qui fut surprise. Il faut dire que je m'étais entraîné.

Axel avait bien rigolé lorsque j'avais débarqué, complètement affolé, quelques jours plus tôt.

– Axel, avais-je braillé comme un perdu, il y a un bal !

– Et alors ? avait-il rétorqué en descendant de sa moto, tu as peur de te transformer en citrouille ?

J'avais levé les yeux au ciel.

– Je ne sais pas danser.

Son rire avait fait plisser ses yeux noirs.

– Hou ! hou ! Y aurait-il une jolie fille sous ce désespoir ?

— Je n'ai pas envie d'être ridicule, avais-je maugréé, rêvant de me trouver ailleurs tellement je me sentais gêné.

Il avait soupiré.

— Tu as de la chance.

— Ah bon ?

— Oui, j'ai disputé quelques concours de danse ici et là. Je devrais pouvoir te servir de cavalière.

Si quelqu'un avait pu filmer la scène de mes premiers pas, dansant avec cet immense Black en cuir, je crois qu'il aurait eu beaucoup de succès sur Internet. Et que ma réputation aurait été faite à jamais auprès des filles.

Et surtout de certains garçons.

Je lui avais copieusement écrasé les pieds, mais au bout de quelques jours, j'étais capable de danser à peu près harmonieusement.

Parce que grand-mère aimait vraiment beaucoup la valse, personne ne savait pourquoi, vu que ce n'est pas trop une danse du Montana, elle nous en collait une demi-douzaine à chaque grand bal.

Je virevoltai donc avec Serafina tout en bénissant Axel. Et en maudissant mes chaussures trop serrées.

— Les gens sont inquiets, me fit-elle remarquer.

Elle me surprit. Je ne pensais pas une seconde que Serafina pouvait s'intéresser à autre chose qu'à Serafina. Je confirmai.

— Louis Brandkel n'est pas le premier venu. Il pourrait parfaitement prendre la tête de cette meute. S'il défie grand-père en combat singulier, même si grand-père est plus puissant que lui, je ne sais pas lequel gagnera.

— Alors je devrais le contacter afin d'être admise dans sa meute, sourit-elle, malicieuse. Je crois qu'il veut que nous dirigions les humains, ce serait cool !

Je voyais dans ses yeux qu'elle s'imaginait déjà en déesse, adorée par la multitude.

— Pas tant que ça. Quelques milliers de loups pour quelques milliards d'humains. Il nous ferait plutôt massacrer.

Elle y réfléchit pendant que nous évitions habilement les autres danseurs.

– Tu danses bien, me dit-elle en changeant de sujet. Je pensais que…

– Qu'au milieu de tous ces loups je serais de nouveau Indy le boulet ? souris-je sans amertume.

– Euh oui, avoua-t-elle sans chercher à mentir.

– Merci.

– Merci de quoi ?

– D'avoir dit la vérité.

– La vérité n'est pas toujours agréable, dit-elle gravement en plantant ses yeux d'or dans les miens.

– Mais elle reste la vérité. Puisque nous sommes dans le rayon franchise, puis-je te poser une question ?

– Ça dépend. C'est une question agréable ?

– Pourquoi as-tu plaqué Ned pour cette soirée ? Pour le rendre jaloux ?

Elle fit la moue, retroussant ses jolies lèvres sur ses dents blanches, prête à mordre.

– Une question désagréable, alors. Et si je te disais que cela n'a rien à voir avec Ned et tout à voir avec toi ?

Je tournai et elle suivit avec aisance.

– Je te dirais que je suis surpris. La semaine dernière, j'étais à peine plus fréquentable que le paillasson sur lequel tu essuies tes pieds et maintenant tu danses avec moi.

– « Souvent femme varie, bien fol est qui s'y fie. » Tu ne connais pas le proverbe ? dit-elle avec insouciance.

– Allez Seraf !

Elle me contempla un instant tandis que son corps se rapprochait du mien en valsant. Je sentais son souffle sur mes lèvres.

Et c'est là qu'elle fit quelque chose d'insensé.

Elle m'embrassa.

Elle posa ses lèvres si chaudes sur les miennes et darda une petite langue impertinente. C'était tellement inattendu que je restai sans réagir pendant une fraction de seconde. Puis, oubliant que des dizaines de loups nous regardaient, je lui rendis son baiser. Tout doucement d'abord, parce que j'avais peur qu'elle fuie. Puis avec une passion qui nous laissa pantelants.

Elle finit par rompre le contact. Et lorsqu'elle me regarda, il y avait de la surprise dans ses yeux.

— Tu embrasses bien, Indiana, murmura-t-elle à mon oreille en se blottissant contre moi.

Et pendant un instant, son corps et le mien bougèrent à l'unisson, en parfaite harmonie.

J'avais envie de hurler aux étoiles, de sauter partout et de me vanter d'avoir embrassé la plus belle fille du ranch, mais je me concentrai sur ce qui s'était passé.

Elle m'avait embrassé.

Mais elle n'avait pas répondu à ma question.

— Tu ferais perdre la tête à un moine, Serafina, déclarai-je bien à contrecœur, sachant que j'allais briser cette paix momentanée. Réponds à ma question. Pourquoi moi et pas Ned ?

Ses yeux s'arrondirent. Elle pensait que son baiser brûlant m'avait fait tout oublier. Cela avait presque été le cas. Presque. Mon premier baiser. J'en avais encore le tournis.

Elle rendit les armes, dépitée, et répondit :

— C'était avant que tu partes. Je veux partir moi aussi.

Je ne voyais pas le rapport.

— Tu peux partir si tu veux, où es le problème ?

— Je veux devenir top model, me souffla-t-elle comme si c'était un énorme secret.

— Euh, oui, ça fait quand même une bonne dizaine d'années que tu veux devenir top model, je crois bien que je connais cette phrase par cœur.

— Mais mes parents ne veulent pas. Ils ne veulent même pas que j'aille à l'université.

Je sursautai. Ratai un pas. Me rattrapai.

— Tu rigoles ?

— Pas du tout.

Soudain tout fut clair.

— Tu veux que je leur demande de te laisser venir avec moi, c'est ça ? Et en sortant avec moi, tu les convaincs que tu ne risques rien. Que je serai là s'il y a un problème.

— Chut, me fit-elle en me priant de baisser d'un ton, inutile de dévoiler mes plans devant tout le monde.

— Mais enfin Seraf, c'est ridicule. Si quelqu'un nous attaquait, c'est toi qui nous défendrais, pas moi !

Elle était au bord des larmes et cela me fit de la peine.

— Je sais que c'est ridicule. Mais tu es l'Héritier, même si tu n'es pas un loup. Tu es sérieux et tu travailles bien. Tu as beaucoup changé depuis quatre ans. Ils disent de toi que tu n'es pas fort, mais que tu es solide.Ils n'avaient pas confiance en elle. Ils aimaient et admiraient leur fille, mais savaient qu'en dehors de leur tutelle, elle se mettrait en danger, et la meute par la même occasion.

Celui ou celle qui faisait cela était exécuté. Les loups évitaient de tuer les leurs, mais ils n'avaient pas de pitié pour ceux qui risquaient de dévoiler leur secret. Serafina ne comprenait pas cela. Moi si. Ainsi, ils comptaient sur moi pour la contrôler.

Ils avaient tort. C'était impossible.

— Et donc ils te font confiance, ajouta-t-elle. Si tu leur demandes, je suis sûre qu'ils accepteront.

L'espace d'un instant je fus tenté. Elle était belle, si belle. La passion de son baiser brûlait encore mes lèvres. Puis je me souvins qu'elle n'était pas seulement belle. Elle était dangereuse. Il ne restait qu'une seule chose à faire.

Je l'amenai sur le bord de la piste, la lâchai et reculai un peu, prudent.

Elle souriait, persuadée que j'allais faire ce qu'elle voulait, comme d'habitude.

Je pris une grande inspiration et dis doucement :

— Je suis désolé, Seraf, mais tu vas devoir te débrouiller toute seule sur ce coup-là.

Son visage se décomposa.

– Que… quoi ? balbutia-t-elle.

– À la seconde où tu seras à l'université, tu fileras à New York ou à Los Angeles et tes parents me tomberont dessus. Je ne prendrai pas cette responsabilité. J'ai dû me battre pour pouvoir partir, Serafina. Il va te falloir faire de même. Je suis désolé.

Peut-être que le répéter allait m'éviter une énorme crise de rage. Puis je vis ses yeux rétrécir et je compris que c'était raté.

– Tu ne veux pas m'aider, siffla-t-elle comme un serpent en colère.

– Je ne *peux* pas t'aider, ce n'est pas la même chose.

– Tu n'es qu'un salopard égoïste. Je t'ai embrassé !

– Je suis désolé. Enfin, pas que tu m'aies embrassé mais…

– Un misérable petit humain sans force et sans vigueur, incapable d'affronter la femelle la plus débile de la meute, m'interrompit-elle avec rage.

– Tu ne peux pas me vexer en disant la vérité, dis-je doucement alors que mon cœur battait à toute vitesse.

– Tu…

Je ne sais pas quelle horreur elle allait me sortir encore lorsque Ned apparut, l'attrapa par le bras et lui dit :

– Je ne pense pas qu'un scandale dans la maison des *grands-parents* d'Indiana soit une bonne idée, Serafina. Viens respirer un peu d'air frais, ça va te faire du bien.

Il devait lui faire un mal de chien, parce que je voyais ses doigts s'enfoncer dans la chair dense du bras de Serafina, mais elle ne broncha pas. Ses yeux d'or étincelaient de rage. Puis elle baissa la tête et se laissa aller contre lui.

Mais je l'avais vu. Cet éclair de haine pure.

Je venais de me faire une ennemie pour la vie.

Chapitre 8
Le départ

L'été fila à une vitesse folle. Je passai mon temps à éviter Serafina, qui elle passa son temps à m'ignorer, glaciale. Ned m'en était reconnaissant, parce qu'elle se consolait dans ses bras. Il espérait l'épouser.

Bonne chance.

Je dis au revoir à Axel. Séquence émotion. Deux grands gaillards embarrassés au milieu d'une clairière, une étreinte bourrue et moi qui avais la gorge serrée. Axel promit qu'il viendrait me voir. Il avait mon numéro et j'avais le sien. J'étais curieux de savoir ce qu'il allait faire maintenant qu'il perdait son élève.

Il me sourit.

— Mon p'tit gars, j'ai quelques missions sur le feu, là. De temps en temps, les loups ou les vampires ont besoin de quelqu'un de costaud, alors ils contactent les semis. Nous sommes une petite douzaine à travailler pour eux.

Je cillai. J'avais compris qu'Axel était une sorte de mercenaire. Je n'avais pas réalisé que c'était en fait son métier. Pendant les quatre ans qu'il avait passé à m'entraîner, il n'avait jamais parlé de ses affaires.

— Dès que j'ai mon adresse, lui dis-je, je te l'envoie. Essaie de passer. Ça serait cool.

Lorsqu'il me salua du haut de sa moto et que j'enfourchai mon quad, j'eus l'impression de dire au revoir à une partie de mon adolescence.

Grand-père envoya Dave, son principal lieutenant, acheter une maison près de l'université, parce que celles qui étaient à louer ne lui convenaient pas. Trop petites, trop proches ou trop exposées.

On aurait pu mettre Robinson Crusoé dans celle qu'il finit par dénicher. Au cœur d'une immense forêt, ce qui permettrait à mes visiteurs loups (que j'espérais rares, enfin à part Axel) de se dégourdir les pattes, elle ressemblait beaucoup à la maison de la famille Addams.

Les araignées, c'est très amusant à la télé, nettement moins à cinq centimètres de soi. Dave dut faire venir une escouade entière de désinsectiseurs contre les termites, les fourmis et le reste. La maison fut repeinte et Nanny partit là-bas pour vérifier que tout allait bien. Je ne compris que bien plus tard pourquoi.

Elle n'avait pas l'intention de laisser partir son petit tout seul à l'aventure. Et s'était installée à demeure. Moi qui espérais une grande aventure à la sauvage, j'allais finir par me retrouver dans un vrai cocon. Ce n'était pas une maman louve, c'était une maman poule, oui !

Cela ne m'arrangeait pas du tout. Si Axel venait me voir, je ne savais pas comment Nanny allait réagir à la présence d'un semi. Bon, on verrait bien quoi faire à ce moment-là.

J'étais prêt. Je voulais partir quelques jours plus tôt, mais grand-père trouvait toujours des prétextes pour que je reste. À quarante-huit heures de la rentrée, il lui fallut bien me lâcher. La maison m'attendait. Dave l'avait remplie à ras bord de tout ce qui était possible et imaginable.

Avant de partir je devais accomplir quelque chose qui allait me briser le cœur, j'en étais sûr.

Je devais aller dire au revoir à ma mère.

Grand-mère m'accompagna. J'aurais pu y aller tout seul, mais elle savait à quel point cela me blessait. De plus elle devait parler avec le directeur de l'hôpital.

Celui-ci se trouvait sur notre territoire à une cinquantaine de kilomètres de chez nous. Chaque meute a le sien, en général proche des ranchs où nous habitons. Il existe une cinquantaine d'hôpitaux psychiatriques comme celui-ci dans le pays. Le nôtre ne renferme pas uniquement ma mère, qui est internée sous l'étiquette « schizophrène à tendances agressives ». Il y a également des vampires qui se prennent pour des lapins, des loups qui ne supportent plus la pression de la meute, ou des fées qui ont perdu leur magie. Bref, c'était un asile de dingues, certes, mais de dingues très spéciaux.

Vu la force et les pouvoirs des patients, l'hôpital était férocement gardé. Le jour par des sorcières et des loups sous leur forme humaine, la nuit par des vampires, des sorciers, des loups sous leur forme lupine et des fées. Il y a plus de monde la nuit, parce que les ténèbres décuplent les pouvoirs de certains des spéciaux.

Les sorcières étaient de garde de jour et les sorciers, de nuit ou vice versa parce qu'on ne pouvait pas les faire patrouiller ensemble. Du moins pas si on tenait à ce qu'ils gardent leurs vêtements. Les sorciers et les sorcières descendent de la déesse égyptienne Sekhmet, dont le nom signifie « la puissante ». La déesse lionne, que l'on connaît également sous son autre avatar, Bastet, la déesse chatte. Ils ont donc la moralité des chats, leur comportement et leurs habitudes. Ils sont paresseux, dorment beaucoup et sont de chauds lapins, si l'on peut dire. La majorité d'entre eux vit avec les humains sous leur forme de chat. Vous savez, ce chat qui se lèche les babines alors qu'une cuisse de poulet a disparu du réfrigérateur qu'il ne peut pas ouvrir avec ses pattes, et qui n'est donc pas accusable ? C'est un sorcier. Ou cette chatte qui est sans cesse dans vos jambes lorsque vous vous préparez et que mystérieusement votre mascara neuf est quasiment vide et votre fard à paupières a disparu ? C'est une sorcière. Contrairement à nous, ils ne sont pas des garous, parce qu'ils semblent ignorer cette histoire de masse corporelle. Ils sont les enfants magiques de la volonté de la déesse.

Si j'aime bien les sorciers (enfin surtout les sorcières), je n'aime pas les buveurs de sang. La salive des vampires est à la fois anesthésiante, aphrodisiaque et surtout fluidifiante, afin que le sang coule mieux. Un peu comme les moustiques, en fait. Sauf que les moustiques ne laissent pas les humains saigner à mort parce qu'ils trouvent ça amusant. Certains auteurs ont écrit que les morsures de vampires ont des propriétés coagulantes. C'est vraiment débile comme idée. Le but de la salive des vampires est de faire couler le sang, pas de l'arrêter ! Depuis que Bram Stoker est tombé sur l'un d'entre eux et a réussi à en parler avant de se faire tuer (non, il n'est pas mort de mort naturelle, désolé), tout le monde raconte n'importe quoi sur les vampires, Hollywood en tête.

Ce sont les croque-mitaines de nos races. Les nettoyeurs. Ceux qui interviennent lorsque les choses dérapent vraiment. Ils sont beaux, ils sont morts. Ils vivent par le sang et par le sexe. Les histoires d'humains qui les combattent font ricaner toutes les races étranges. Leur charisme est si puissant que personne ne peut leur résister. À part nous. Enfin les loups, parce que moi, hein…

Ils ne sont pas très nombreux, peut-être un petit millier en Amérique. Ils vivent la nuit – le soleil les réduit vraiment en cendre. Mais les plus vieux, les plus puissants d'entre eux, gorgés de sang et d'éternité, peuvent vivre le jour s'ils le désirent. Et puis maintenant, avec un bon écran total, des lunettes, des manches longues et une casquette, ce n'est pas si compliqué de sortir en plein jour. Je les soupçonne d'avoir lancé cette mode du sweat-shirt à capuche. Comme ils ne peuvent pas avoir d'enfants, les vampires transforment des humains. Sauf que là aussi, ce n'est pas si simple. Neuf humains sur dix ne supportent pas la transformation et meurent réellement. Moi, on me donnerait ce ticket de loterie pour une vie éternelle, je le refuserais. Pas assez de chance de gagner.

Grand-mère ne les aime pas non plus. Heureusement, c'était un loup qui était de garde ce soir-là, à la première entrée. Elle passa la main par la vitre ouverte, le garde la renifla puis s'agenouilla.

Grand-mère le foudroya du regard.

– Pas de ça ici, petit, dit-elle, on ne sait jamais qui peut espionner.

– Bien, ma Dame, balbutia le garde et on sentait qu'il se retenait pour ne pas dire « bien, votre Majesté ».

Grand-mère a cet effet sur les gens.

Notre voiture roula silencieusement jusqu'à l'entrée. Nous fûmes contrôlés trois fois, même si la vieille Rolls noire de grand-mère était bien connue. Tout comme sa luxueuse Land Rover lorsque le temps était mauvais. Les vampires ne rigolent pas avec la sécurité. Chaque fois je sentis que ma grand-mère grondait sourdement, prête à en découdre. Heureusement, ils furent polis et efficaces.

À l'entrée, j'avais le cœur qui battait bien trop vite, car grand-mère me murmura de me calmer.

On avait l'impression de pénétrer dans un agréable hôtel cinq étoiles. Des tapisseries anciennes, de jolies lampes, des tapis moelleux. Des couleurs éclatantes et de somptueuses peintures, la plupart exécutées par des elfes ou des fées, il y avait de la magie en elles. Pourtant grand-mère plissa le nez. Comme elle, je sentais l'odeur.

Celle du désespoir.

Une sorcière silencieuse nous accompagna. Au-delà du décor de l'entrée, l'intérieur ressemblait à une prison, si ce n'est que les chambres étaient grandes et confortables. Capitonnées pour certaines. Aux portes vitrées pour d'autres. Nous vîmes des garous à moitié transformés qui hurlaient de douleur, des fées droguées à la poussière d'ange qui se cognaient aux vitres, des vampires fous qui se blessaient contre les murs en dépit des capitons.

J'avais peur, même si je le cachais bien. Nos races exécutent nos criminels, enfin, du moins ceux qui nous mettent en danger. Nous n'avons guère le choix. En revanche, ceux d'entre nous qui sont fous reçoivent un traitement. Nous ne sommes pas des monstres. Enfin si, mais pas sans compassion.

L'aile réservée à notre clan était sous le contrôle des garous. La sorcière n'en franchit pas le seuil. C'était le moyen qu'avaient trouvé mes grands-parents pour préserver le secret de la rebrousse-temps.

Deux minutes et six portes insonorisées plus tard, nous nous arrêtâmes devant une plaque. Jessica Teller. Son nom était gravé. Cela faisait seize ans qu'elle était enfermée ici. D'une certaine façon.

Lorsque nous ouvrîmes la porte, elle venait sans doute de revenir, car une louve lui brossait les cheveux tandis qu'un loup la faisait manger.

Je tressaillis. Ma mère était maigre à faire peur sous sa chemise de nuit blanche brodée de fleurs bleues. Ses beaux cheveux avaient perdu leur lustre fauve. Ses yeux bleus étaient ternis. Elle avalait mécaniquement, ignorant la bave qui coulait de sa bouche.

Et sans cesse, sans répit, elle parlait.

— Il a tué le bébé. Il l'a enterré. Elle savait mais n'a pas lâché la seringue, quelle idiote, elle va s'empoisonner. Ils ont ouvert la cage, le singe s'est échappé. Le cours de Bourse de Vouix va monter de deux points. Vraiment, il est joli garçon. J'ai beaucoup aimé son film.

C'était une litanie sans fin. Elle rapportait ce qu'elle avait vu. Dans son cerveau malade, restait l'idée qu'elle devait revenir pour raconter. Peut-être avait-elle conscience d'être en sursis ? Le jour où elle deviendrait inutile, grand-mère la ferait exécuter sans hésiter.

J'avais huit ans lorsque Nanny m'apprit le secret, douze lorsque mes grands-parents me l'avouèrent. Jusqu'au moment où ils me proposèrent de les accompagner au Centre, personne ne parlait jamais de ma mère. Je savais juste qu'elle était malade et que je n'avais pas le droit de la voir. Aussi ce fut un choc lorsqu'ils me conduisirent au Centre pour la première fois. À partir de ce jour, j'étais venu tous les mois, puis tous les trois mois, puis tous les six mois. Enfin, une fois par an. Parce que c'était trop dur.

Elle ne posait jamais son regard sur moi. Jamais. À chacune de mes venues, j'avais été si peiné que j'étais resté silencieux. Courbé sous l'avalanche de ses mots. Mais à présent, j'étais plus âgé.

— Je pars à l'université du Montana, maman, ai-je dit. Je quitte les loups.

Ils ont tous sursauté, y compris grand-mère. La règle était de ne pas entraver le flot de paroles de Jessica.

Ma mère ne se tourna pas vers moi, son débit ne changea pas. J'insistai.

— Tu peux aller où tu veux, n'est-ce-pas ? J'espère que tu viendras me voir. Je ne te verrai pas, mais j'espère qu'au fond de mon cœur, je sentirai ta présence. Veille bien sur toi, maman, reviens plus souvent, tu es trop fragile. Qu'allons-nous devenir si tu disparais ?

Au milieu du flot, j'entendis soudain une phrase qui me fit dresser l'oreille. Au même moment les enregistreurs s'arrêtèrent et les loups s'affolèrent.

– Ce n'est pas sans danger, mon amour, dit-elle. Ce n'est pas sans danger. N'espère pas. Je le suis.

Bien évidemment je n'avais aucun moyen de savoir si cette phrase m'était destinée. Cependant, l'espace d'un instant, tandis que les loups étaient penchés sur les caméras cassées et que grand-mère jurait, les yeux de ma mère se posèrent sur moi.

Et ils étincelèrent d'intelligence.

L'instant d'après elle reprenait sa morne contemplation figée et les mots tombaient en pluie de sa bouche. La louve notait fébrilement tandis que le loup tentait de remettre les caméras en marche.

Avais-je rêvé ? Cela avait été si rapide que je n'en étais pas sûr.

Nous ne sommes pas restés très longtemps. Sans se préoccuper de nous, ils la lavèrent, tandis que je tournais le dos, incapable d'affronter cette image. Ils lui passèrent une chemise de nuit propre, lui nattèrent les cheveux, la firent boire.

Puis elle disparut. Sa chemise de nuit s'affaissa mollement par terre.

– Quelle est la fréquence de ses éclipses ? demanda grand-mère d'une voix froide.

– C'est très variable. Elle revient plus souvent en ce moment. Nous avons regardé les bandes comme vous le souhaitiez. Celles du début montrent qu'elle revenait le moins souvent possible. Maintenant, il arrive qu'elle se pose plusieurs heures. Si son corps semble avoir besoin de manger, de boire et d'éliminer, il ne semble pas avoir besoin de dormir. Or elle a passé plusieurs nuits ici. C'est très curieux.

Grand-mère posa un regard pensif sur le lit vide.

– Et ses recherches, elles portent sur quoi en ce moment ?

– Elle semble se focaliser sur les nouvelles technologies, comme celle de cette société Vouix.

– Je ne connais pas. Qu'est-ce qu'ils font ?

– Ils sont spécialisés dans la syncrétisation du Web. Le mot vient du syncrétisme en religion et en philosophie. Ils collectent les articles des chercheurs de différentes spécialités et les assemblent. À partir de cette masse de données, ils font ressortir les corrélations et aident à la création de nouveaux produits.

J'intervins.

– Je ne comprends pas.

Le loup me regarda comme si un âne venait de parler. Un coup d'œil à ma grand-mère qui hocha la tête et il expliqua :

– En Russie, un chercheur fait des expériences sur le froid. Nous ne sommes pas encore parvenus à attendre le zéro absolu, qu'on trouve dans l'espace le plus profond, celui où il n'y a ni matière ni énergie. Aux États-Unis, un autre fait des recherches sur les supra-conducteurs. Et un troisième en Inde, sur les isolants capables de résister aux froids les plus intenses, y compris dans l'espace. Chacun travaille sur un projet, une spécialité différente et pourtant, ils peuvent à eux trois créer une nouvelle sorte d'ordinateur qui utilise-rait des supraconducteurs en milieu subzéro. Pour cela, il suffit de combiner leurs travaux. C'est ce que fait Vouix.

– Ils ont créé un super ordinateur ?

– Non, ce n'était qu'un exemple. Ils ont sorti de petites merveilles en mélangeant des tas de compétences différentes. On dit qu'ils ont trouvé un nouveau matériau totalement souple qui va démoder les écrans rigides. Mais ce n'est que l'un de leurs produits, nous igno-rons ce qu'ils préparent exactement. Votre mère semble se focaliser sur eux en ce moment.

Moi aussi je regardais le lit vide et l'habituelle boule de tristesse était en train de se dissiper.

Ainsi ma mère était capable de s'intéresser à quelque chose. De fixer son attention dessus. Puis la seconde partie de sa phrase me revint à l'esprit.

« N'espère pas, avait-elle dit. Je le suis. »

Était-elle suffisamment lucide pour me prévenir que l'université pouvait être dangereuse, puis pour me confirmer que oui, elle était bien folle, mais pas totalement ?

Ce fut en pleine confusion que je retournai à la maison. Grand-mère fut curieusement silencieuse elle aussi. Je l'aimais sincèrement, mais je la savais l'ennemie de ma mère. Alors, je priais pour qu'elle n'ait pas compris ou pas entendu ce qu'avait dit maman.

Là, je devais partir, je n'avais pas le choix. Mais je décidai de revenir. Pas trop tôt. Je ne devais pas éveiller les soupçons. Pour les prochaines vacances. Il fallait que j'en aie le cœur net.

Chapitre 9
Humaines interdites

Dans la Rolls, je dus me battre contre moi-même pour ne pas penser à maman et à ce qui venait de se passer. Elle ne risquait rien et n'était pas vraiment prisonnière, elle que personne ne pouvait arrêter. Mais la savoir à la merci des loups qui la nourrissaient et la lavaient me retournait le cœur.

Les fées voletèrent autour de la voiture, formant un étincelant cortège autour de nous. Très maigres, les os creux, un corps d'humaine et des ailes de libellules, les fées sont de petites pestes qui adorent faire des farces aux humains. Avec les loups, elles sont bien plus circonspectes. En gober une de temps en temps ne dérangeait pas la meute. Beurk.

À notre retour, grand-mère fit son habituel débriefing à Karl, mon grand-père, et un jour de plus fila.

Puis il y eut la dernière convocation. Cette fois-ci, mes grands-parents étaient seuls dans le salon bleu. Le crépuscule tombait juste, cette heure entre chien et loup comme on dit, lorsque le monde retient son souffle avant de plonger dans la nuit.

Leurs visages étaient graves. Je me raidis. Que se passait-il ?

– Assieds-toi, Indiana, gronda ma montagne de grand-père, nous avons quelque chose à te dire.

Intimidé, mal à l'aise, je me posai sur l'extrême bord d'un fauteuil bleu et or.

– Grand-père, grand-mère, que se passe-t-il ?

– Nous t'avons convoqué parce que nous devons te parler d'une chose très importante, commença mon grand-père.

Oui, ça je m'en doutais. C'était curieux, parce qu'il avait l'air aussi mal à l'aise que moi.

– Oh, Karl, s'exclama grand-mère tandis que le silence s'installait, vas-y donc, tu vas faire mourir de curiosité ce garçon si tu ne continues pas !

Grand-père grommela. Puis se pencha vers moi, pour autant que sa vaste bedaine le lui permît.

– Tu n'es pas un loup-garou, dit-il.

Je ne répondis rien. C'était une évidence.

– Nous pensions que l'union d'un loup avec une humaine n'aurait pas de conséquences néfastes pour notre meute. Jusqu'à présent, les enfants de telles unions avaient toujours été des loups.

Tiens, il ne parlait pas des « autres », ces bébés trop humains qui n'avaient pas eu le droit de vivre.

– Mais pas moi, soulignai-je et je tentai de gommer l'amertume de ma voix.

– Non. Pas toi, reprit grand-mère. Nous ne savons pas si cela est dû aux gènes de rebrousse-temps de ta mère ou d'autre chose. Mais ce n'est pas parce que tu ne l'es pas que tes enfants ne le seront pas. Et c'est pour cela que nous devons t'ordonner quelque chose.

Je haussai un sourcil. M'ordonner ? Ils y allaient fort.

– Nous t'interdisons de tomber amoureux d'une humaine !

Grand-père avait élevé la voix. J'étais trop choqué pour protester. Il précisa sa pensée.

– Nous ne pouvons pas permettre que des gènes aussi précieux que ceux de notre famille soient de nouveaux souillés par des gènes humains.

Grand-mère se redressa, choquée. J'avais pâli.

– Souillés ? En voilà un bien grand mot ! m'apaisa-t-elle. Ce que grand-père veut dire, c'est que notre famille a produit des chefs de meute depuis des générations. Tu n'es pas loup, tu ne peux donc pas conduire la meute. Mais peut-être que nos petits-enfants le pourront. Pour cela, tu dois te marier avec une louve, afin que tes enfants soient un quart humain et trois quarts loups. Cela devrait être suffisant pour contrer l'effet des gènes humains.

Je grinçai des dents. J'étais en colère. La façon dont ils parlaient de ma mère, avec un tel mépris ! Quels racistes ! pensai-je. Évidemment ! Pour la première fois de ma vie, j'allais approcher des filles normales qui ne verraient pas en moi un raté mais un garçon tout aussi normal. N'étant pas loup, je ne m'étais pas douté un instant que la loi portant sur l'interdiction d'approcher des humains s'appliquerait à moi.

– Qu'elle soit de notre meute ou pas, peu importe, insista mon grand-père. Il va sans doute y avoir des louves à l'université, de nombreux clans se sont établis ici. Mais nous avons besoin de ta parole de loup, Indiana. Pas d'humaine. Tu dois jurer.

Je secouai la tête, étourdi. Vu les problèmes que je rencontrais avec les louves, qui soit m'ignoraient soit voulaient m'utiliser, j'étais bon pour terminer vieux garçon !

– Mais je n'ai que dix-huit ans, protestai-je. Comment savoir de qui je vais tomber amoureux ? Vous m'en demandez trop !

– Parfois, il faut savoir sacrifier son intérêt personnel pour l'intérêt du plus grand nombre.

Je me levai.

– Non.

Le sourire de grand-mère s'effaça et grand-père grogna. Un son sourd qui emplissait d'effroi. Tous les loups s'accroupissaient à quatre pattes lorsque l'alpha grondait comme ça.

– Ça va, grand-père, contrai-je alors que mes genoux tremblaient. Inutile de me faire le coup du grand méchant loup. Je ne peux pas jurer car je n'ai aucune idée de ce qui va m'arriver à l'université.

J'aimais mes grands-parents comme personne. Ils étaient ma plus proche famille et mes plus fidèles soutiens, bien avant d'être des loups alpha. Mais exiger cela de moi était trop. Je n'étais pas en bois. Je ne voulais pas passer toute ma vie à me demander avec angoisse si j'allais parjurer ma parole. Ce ne serait pas juste. Ni pour eux, ni pour moi.

Grand-père se leva. Aïe, pas bon. Me dominant de toute son énorme masse il me toisa.

— Tu nous tiens tête ? demanda-t-il avec incrédulité, me fixant de ses insondables yeux d'or.

Ils pouvaient m'enfermer dans une cage, cela ne changerait rien. Même si je leur promettais de faire attention et d'éviter toutes relations avec les humaines, je n'avais que dix-huit ans ! Je n'avais pas l'intention de faire un bébé à qui que ce soit, enfin !

— Ce n'est pas un jeu, Indiana. Donne-nous ta parole. C'est un ordre. Me promettre d'essayer est insuffisant. Si tu n'obéis pas, tu auras le sang de la fille sur les mains, c'est ce que tu veux ?

Ça c'était un coup bas. Je ne comprenais pas pourquoi il insistait autant. Je vacillai. Puis baissai la tête.

— Je donne ma parole de loup.

— Je n'ai pas bien entendu.

Tu parles, avec ses oreilles, il pouvait entendre le cricri d'un grillon à cinq cents mètres.

— Je donne ma parole de loup, répétai-je avec rage en plantant mes yeux dans les siens.

Grand-mère me regarda avec inquiétude, mais n'ajouta rien.

— Tu ne comprends pas, continua grand-père avec plus de douceur maintenant qu'il avait obtenu ce qu'il voulait. Nous sommes monomaniaques, nous, les loups, en matière d'amour. Lorsque nous tombons amoureux, c'est d'une façon absolue et unique. Perdre l'être aimé nous est bien plus douloureux que chez les autres races. Je veux t'éviter de souffrir, mon petit, fais-moi confiance.

J'étais trop furieux pour répondre. Je restai les bras ballants, la tête baissée. Ruminant ma rage.

À contrecœur, ils me laissèrent partir afin que je fasse la fête avec mes amis.

Au début, l'estomac noué, il me fut impossible de me détendre. Puis, petit à petit, je parvins à écarter la colère et à étudier le pacte moral avilissant que je venais de signer.

En me forçant la main, mes grands-parents avaient oublié un léger détail.

Je n'étais pas un loup. Tout le monde s'était bien chargé de me le rappeler depuis ma naissance. Donc pas de risque de monomania-querie pour moi, n'est-ce pas ?

Les rires et la joie des autres finirent par déteindre sur moi. Ce fut plus facile parce que ni Serafina ni Ned ne vinrent. Chuck se chargea de mettre de l'ambiance pour tout le monde en terminant dans l'abreuvoir à chevaux à quatre heures du matin. Après m'avoir déclamé un poème larmoyant expliquant à quel point son punching-ball favori allait lui manquer.

L'un dans l'autre, ce fut un beau pot de départ. Et le plus impor-tant, j'allais quitter la meute.

Le monde s'ouvrait à moi.

Et j'avais une faim… de loup.

Le lendemain matin, mal de crâne mis à part, j'étais prêt à prendre la route. J'étais juste un peu inquiet parce que ma voiture n'était pas là.

Il fallait conduire pendant six ou sept heures pour arriver à Missoula. J'avais la ferme intention de rallonger ce délai de deux jours afin de découvrir le Montana. Tranquillement, à mon rythme, dormant dans les petits hôtels, discutant avec les habitants. Sans voi-ture, ça allait être un peu compliqué. Sauf qu'évidemment, grand-père me fit déposer en hélicoptère.

Parfois, ma famille me fatigue.

Il n'y avait personne à l'aéroport de Missoula, à part Nanny et Dave, lorsque j'arrivai. Sinon, ma réputation à la fac était morte avant même que je pose un pied là-bas. Genre « le gros richard qui se la pète en arrivant en hélico privé ».

Dave s'était occupé de tout, j'étais inscrit, il me suffisait d'aller en cours le lendemain à dix heures.

Je déteste que mes proches me prennent pour un louveteau. Mais bon je déteste aussi la paperasserie, alors je n'avais pas râlé. Pas tota-lement idiot quand même.

Je me raisonnai, déposai mes affaires dans la maison. Nanny m'en fit la visite. La maison était sympa, bien proportionnée. Les meubles étaient en partie ceux du ranch, expédiés pour l'occasion, et en partie des productions des menuisiers locaux. Du coup, elle sentait la peinture et le bois. J'aimais cette odeur. Puis Nanny me fit monter au premier et me montra ma chambre.

Elle ouvrit la porte l'air très fière d'elle.

Je faillis pousser un glapissement. Blanche et crème, elle était grande, spacieuse et claire, donnait sur la pelouse et la forêt et était même équipée d'une cheminée et d'un bon fauteuil pour rêvasser les longues nuits d'hiver.

Une parfaite chambre de fille. Ne manquait qu'un peu de dentelles et de fanfreluches.

– Euh, fis-je, on ne pourrait pas la peindre en… je ne sais pas moi, gris ? Avec des meubles noirs ?

Nanny écarquilla les yeux.

– Tu n'aimes pas ?

– Si, si, c'est très joli. Mais j'aime bien le gris.

Elle leva les yeux au ciel et partit en ronchonnant. Je balançai mes affaires un peu partout, histoire de mettre un peu d'ambiance dans la chambre trop impeccable.

Puis dès que tout fut installé, je filai.

Que puis-je dire de mes premières heures de liberté ?

Qu'elles furent… curieuses. Dédaignant les recommandations de Dave et les inquiétudes de Nanny, je pris la voiture. J'avais mon permis. À seize ans, Dave m'avait emmené avec Nanny passer l'examen avec un examinateur-loup.

Je me baladai dans les rues de la ville, distante de ma maison de quelques kilomètres.

C'était grisant.

Missoula est la deuxième plus grande ville de notre État. N'allez pas vous imaginer New York, hein : avec à peine cinquante-sept mille habitants, ce serait tout juste un de ses quartiers. Mais pour moi, c'était un monde totalement incroyable.

Et tous ces gens ! Habillés de toutes les façons possibles et imaginables ! Je m'arrêtais poliment pour laisser passer les plus gros d'entre eux, prudent. Et ces odeurs ! La sueur des gens, les effluves de viande grillée, des hot dogs, des sucreries, du pain chaud, des gâteaux, c'était à me rendre malade.

Je dus me garer, pour éviter d'avoir un accident. J'avais la tête qui tournait. Je sortis de ma voiture et ce fut pire. Je dus sévèrement ordonner à mon estomac de rester tranquille. Titubant, j'entrai dans un café près de la rivière appelé Bernice's Bakery. Les yeux écarquillés, bon plouc, je mis une bonne dizaine de minutes à essayer de comprendre le choix qui s'offrait à moi. Par la Lune, je ne savais même pas qu'il existait autant de cafés dans le monde !

Je finis par me payer un frappuccino et allai m'asseoir près d'une fenêtre. J'essayai de respirer. Petit à petit, je me calmai.

Les humains passaient, vaquant à leurs occupations. Certains d'entre eux étaient très pressés, comme si la vie risquait de leur échapper s'ils ne se dépêchaient pas. D'autres flânaient, comme si le reste de leur existence allait s'écouler dans la paix et la sérénité. Des parents, des enfants, des jeunes, des vieux. Certains passaient en rollers, vélos ou skates. Ils n'avaient pas la grâce et l'agilité des loups et beaucoup tombaient. La première fois, je sursautai, surpris. Puis je m'y habituai. J'étais étonné aussi par la quantité effrayante de sucreries que mangeaient les humains. Les loups n'aiment pas tellement le sucre, qui est mauvais pour leur métabolisme si particulier. Mais moi, l'humain, je me retenais de baver en voyant tous ces gâteaux et ces délicieux bonbons.

Tout le reste de la journée, je me délectai à regarder les gens. J'en avais les larmes aux yeux.

La fille qui s'occupait des cafés s'en rendit compte. Très gentiment, elle vint me voir.

– Tout va bien ? dit-elle.

Surpris, j'essuyai mes larmes.

– Oui oui, merci. C'est juste que vos produits sont vraiment délicieux.

Vu que j'avais squatté une table pendant des heures, j'en avais profité pour goûter des tas de cafés et chocolats différents.

Elle eut une moue étonnée sous ses cheveux noirs coiffés en pétard.

– Au point de vous faire pleurer ?

Je haussai les épaules. Une autre réponse aurait été pire. Voyant que je ne dirais rien de plus, elle me sourit de nouveau, un peu plus nerveusement, puis retourna derrière son comptoir. Je me replongeai dans ma contemplation. Mais elle avait brisé ma béatitude et peu à peu je commençai à me sentir mal à l'aise en regardant ces humains.

Ce ne fut qu'au bout d'un moment que je réalisai comment je les voyais.

Comme des proies. Ils me semblaient si lents ! Si patauds ! Je rougis. C'était sans doute comme ça que me voyaient les loups !

Le café me parut amer tout à coup et je rentrai, démoralisé. Même le merveilleux poulet frit de Nanny, un truc qui fait hurler les artères avant même qu'on goûte la première bouchée, ne parvint pas à me dérider.

Je passai une mauvaise nuit.

Mais le lendemain matin, curieusement, j'étais de bonne humeur. Nanny avait fait des pancakes, je les noyai de miel, que je préférais au sirop d'érable, et je filai.

À moi l'université !

Si je n'étais pas le seul à posséder un rutilant 4 × 4, nous n'étions cependant pas si nombreux. Je sentis des yeux envieux se poser sur ma voiture et grognai. La prochaine fois, je viendrais moins tôt et me garerais plus loin.

Le mal était fait. J'attrapai mon sac à dos et me dirigeai vers l'entrée.

J'étais arrivé par l'avenue Arthur, je dus donc traverser l'Ovale, ce grand… ben, ovale… qui menait dans toutes les directions et surtout vers le bâtiment central de l'université. Il était joli, avec ses briques rouges, sa grande tour et son horloge. J'aimais bien aussi que l'université soit entourée de deux collines, comme la ville qui était entourée de montagnes, avec le grand M blanc qui la surplombait.

Tout autour de moi, des tas d'étudiants riaient, gesticulaient, se bousculaient. J'étais complètement étourdi. Je n'étais pas le seul. Je pris tout à coup conscience que deux autres personnes regardaient cette agitation avec le même étonnement.

Un garçon, de mon âge, costaud, aux yeux jaunes et aux cheveux clairs. Et une fille. Une fille… bizarre. Pas bizarre dans le genre moche, mais plutôt par ses vêtements, son visage. Ce qui me frappa, ce furent d'abord ses yeux. Immenses. Ils lui mangeaient le visage. Vert d'eau, avec une pointe de gris comme si on y avait noyé un peu de tristesse, et des éclats d'or, pointes de soleil emprisonnées. Ensuite ce furent ses cheveux. Glorieux. Même les plus belles de nos louves, qui font très attention à leur criniè… euh, leur fourrure, n'en avaient pas d'aussi longs, fournis et, apparemment, indisciplinés. Ils luttaient contre la contrainte d'un ridicule petit chapeau jaune perché tout en haut du crâne. Sa peau de porcelaine parfaite formait un étrange contraste avec cette masse noire et lustrée. Un nez droit, assez arrogant, pointait vers les gens, les défiant. Elle portait une superposition de fringues jaunes, noires et grises, élégamment. Je n'y connais rien en mode, mais c'était curieux, parce que ça semblait disparate et pourtant l'ensemble réussissait le tour de force d'être harmonieux. Elle rencontra mon regard ébahi et sourit.

Cela me frappa comme la foudre. Je me penchai et fis la chose la plus stupide du monde.

Je la reniflai.

Chapitre 10
L'eau de ses yeux

Ça va, hein. J'ai des excuses. Chez nous on se renifle tout le temps. Je ne suis pas un loup, mais je le faisais aussi, par politesse. Alors c'était devenu machinal.

Pavlov, vous connaissez ? Ouaf, ouaf, c'est moi tout craché.

La jeune fille fut tellement surprise qu'elle ne s'enfuit pas en hurlant. Elle se figea juste, les pupilles dilatées par l'étonnement.

Je voulus m'avancer pour m'excuser, oubliai que j'étais sur des marches et tombai sur elle, l'emportant dans ma chute.

Mon entraînement sauva son crâne. En un éclair, je la retournai et encaissai le choc avec mon dos, la couchant sur moi pour la protéger.

Les étudiants éclatèrent de rire autour de nous, voyant que nous n'étions pas blessés.

Le souffle coupé, stupéfaite, elle resta un instant immobile, comme si elle n'arrivait pas à croire ce qui lui arrivait.

Soudain, j'entendis un grognement sourd. Elle fut soulevée et se retrouva debout. Le garçon blond aux yeux jaunes l'épousseta galamment en me foudroyant du regard.

Je me relevai d'un bond, mortifié. Pour une rentrée discrète, c'était loupé. Un gling gling dans mon sac me révéla que mon ordinateur n'avait pas encaissé aussi bien que moi.

J'aurais dû m'enfuir. Mais j'étais fasciné. Terrassé. L'estomac noué et les genoux mous. Je n'avais aucune idée de ce qui m'arrivait, mais je n'avais envie que d'une seule chose : ne plus jamais la laisser partir.

Elle finit par retrouver sa voix pendant que je la dévorai du regard.

– Euh… ça va ?

Je hochai la tête de bas en haut, incapable de parler.

– Tu m'as protégée en tombant, merci.

Le garçon près d'elle fronça les sourcils.

– Kat, cet imbécile t'a fait tomber, toi, la plus jolie fille de l'université, c'est carrément un outrage ! Ce n'est pas à toi de lui dire merci !

Elle fronça les sourcils, ignorant le compliment.

– Qu'est-ce qu'on avait dit sur mon prénom ?

Il soupira théâtralement.

– Que tu détestais les surnoms, que tu veux qu'on t'appelle Katerina et que tu arracheras la tête du premier qui t'appelleras Kat.

Il tendit sa tête.

– Vas-y, je suis prêt.

Cela la fit rire.

– Tyler Brandkel, je ne te connais pas encore très bien mais comme clown tu serais parfait.

Je détournai mon attention de Katerina pour détailler celui qu'elle venait de nommer. Ma vision périphérique se rétrécit, réflexe de prédateur, pour ne se fixer que sur le garçon blond à la mâchoire carrée et aux larges épaules. Le fils de notre pire ennemi. Louis Brandkel. Celui qui menaçait grand-père.

Il dut sentir la menace, car il se tourna vers moi. Ses yeux jaunes étincelaient de défi.

– C'est plutôt lui qui est un total abruti. Viens, Katerina, allons-y.

Mais Katerina était curieuse.

– Comment t'appelles-tu ?

– Je suis désolé.

Sa bouche fascinante eut une moue dubitative.

– Tu t'appelles Désolé. Ça, c'est un nom original.

– Euh non, c'est juste que, je ne voulais pas, je n'ai pas l'habitude…

– Le Renifleur, je trouve que ça lui va bien ! railla Tyler.

Des rires saluèrent sa remarque.

Je me mordis la lèvre. Mince alors, j'étais là depuis deux minutes et j'avais déjà un surnom. Détestable de surcroît.

– Indiana, fis-je lamentablement. Indiana Teller.

Ils haussèrent tous les deux les sourcils.

– Hé, c'est cool, s'exclama alors Katerina, j'adore Indiana Jones, c'est génial comme prénom !

J'en perdis la respiration. Elle aimait mon prénom ?

Mon monde bascula.

Ce fut au tour de Tyler de se raidir. Il connaissait mon nom. Évidemment. Il me regarda avec méfiance. Mais je l'ignorai.

Je souris de toutes mes dents à Katerina.

– Recommençons depuis le début. Bonjour, je m'appelle Indiana Teller.

Puis je lui fis une extravagante révérence, suivie par un saut périlleux arrière qui me fit retomber exactement à l'endroit que je venais de quitter. Axel, qui m'avait appris ce petit tour destiné à éviter un attaquant, aurait été fier de moi. Je n'étais pas un loup, je n'étais donc ni rapide ni fort, mais j'étais sacrément agile. Il y eut quelques applaudissements derrière moi et je réalisai que nous avions un public très intéressé.

Je me raidis. Mais qu'est-ce que je venais de faire ? J'étais devenu fou ou quoi ? C'était complètement débile !

Katerina écarquilla ses immenses yeux vert-gris.

– Comment tu as fait ça ?

N'en ayant aucune idée, je dus improviser à toute vitesse.

– Ça, oh, ce n'est rien. Juste pour te montrer que je ne tombe pas tout le temps sur les gens (vite, vite, détourner l'attention). Et Tyler a raison.

Tyler se contracta, Katerina me regarda avec intérêt.

– Ah oui ?

– Oui, tu es probablement la plus jolie fille de cette université.

– Ehhh ! protesta une blonde qui n'en perdait pas une miette, espérant sans doute que je cabriole encore un peu. Ouvre les yeux, l'Acrobate, y a d'la concurrence quand même !

Et elle désigna son corps sculptural.

Tout le monde éclata de rire ou siffla et des types que je n'avais jamais vus de ma vie me tapèrent amicalement dans le dos.

Ils se présentèrent, nous entourant totalement, ravis de cette animation un jour de rentrée. Un peu oppressé, je rencontrai plus de gens en l'espace de dix minutes que tout au long de ma vie. Je n'allais jamais arriver à retenir tous ces noms. Heureusement, des étudiants de deuxième année nous prirent en charge afin de nous emmener dans l'amphithéâtre.

La suite fut plus confuse pour moi. J'ai le vague souvenir d'avoir entendu des tas de discours de bienvenue et reçu des feuilles de planning. L'université était grande et au début il était facile de se perdre. Mais peu m'importait, je n'avais d'yeux que pour Katerina. Tyler avait été malin, il avait réussi à trouver deux places, mais pas trois. Loin de moi, assise deux rangs en dessous dans l'amphithéâtre, elle irradiait.

Ce n'était pas seulement qu'elle était jolie. La blonde de tout à l'heure avait raison. Beaucoup d'autres filles étaient jolies autour de nous. Des blondes, des brunes, des rousses. Jupes courtes, jeans moulants, longues jambes, visages frais. Mais il émanait quelque chose d'unique de Katerina. Ses magnifiques cheveux coulaient dans son dos comme un ruisseau noir. Je ne voyais pas ses yeux vert-gris, mais leur souvenir me hantait. Sa bouche était une invitation au baiser. Rouge comme le sang. Elle aurait pu incarner Blanche-Neige. Pas la fille un peu mièvre des vieux Disney, mais une Blanche-Neige sauvage et indomptée qui aurait arraché le cœur de la reine plutôt que de la fuir.

Elle n'avait pas l'élégance et la fluidité des louves, pourtant elle était gracieuse et vive. Mais d'une autre façon. Curieusement, son nom de famille me disait quelque chose. O'Hara. Sans doute une ascendance irlandaise. Ce qui expliquait ses yeux d'opales aux reflets changeants et fascinants. Et sa peau si blanche.

Tyler et Katerina étaient nouveaux comme moi. Nous suivions apparemment les mêmes cours. Ils semblaient se connaître, ce qui me fit grincer des dents. Tyler avait réussi à accaparer Katerina et faisait de son mieux pour m'éloigner.

Je n'étais pas amoureux – on ne tombe pas amoureux en trente secondes et je ne croyais pas au coup de foudre. Donc je ne contrevenais pas aux ordres, j'étais juste… j'étais juste fasciné. Et je n'allais m'approcher de Katerina que pour la protéger de Tyler.

Sans m'en rendre compte, mon regard revenait sans cesse se poser sur elle. Je m'étais comporté comme un imbécile tout à l'heure. Attirer l'attention sur moi était profondément contraire à ma nature. Donc tout ceci devait avoir une explication scientifique. Je devais comprendre pourquoi sa simple vue me mettait le cerveau à l'envers.

Katerina ne faisait pas du tout attention à mon agitation. Incroyablement concentrée, elle fronçait des sourcils chaque fois que Tyler la distrayait. Elle ne s'intéressait qu'à nos futurs plannings, déployés par les professeurs. Je vis la mine dépitée de Tyler et ricanai.

À la cafétéria, Tyler tenta de l'isoler, mais je m'approchai et lui souris.

– Écoute, Katerina, je veux m'excuser pour t'avoir fait tomber. Est-ce que je peux t'inviter à déjeuner ?

– C'est déjà fait, gronda Tyler sèchement.

Je me penchai vers lui et murmurai :

– Fais attention, le loup, on voit tes dents.

Choqué, il recula. Il savait qu'il était démasqué, bien évidemment, mais cet avertissement l'interloqua. Le temps qu'il se ressaisisse, Katerina répondait :

– Tu me dois bien ça, Indiana. Et puis je suis assez curieuse. Pour quelle raison est-ce que tu as voulu me sentir ? J'ai pris une douche ce matin pourtant. Et comment tu as fait pour tomber le premier ? Je n'ai jamais vu quelqu'un d'aussi rapide !

Cool. Elle prenait ça à la plaisanterie. Je m'emparai de son plateau et désignai une table de la tête.

– Je vais t'expliquer tout ça. Allons nous asseoir.

Tyler bougonna, mais nous suivit.

Comme tous les loups, il avait besoin de beaucoup de nourriture pour alimenter son métabolisme rapide. Je vis Katerina médusée devant son monceau de victuailles et l'avidité avec laquelle il se jeta dessus.

Je ne bronchai pas, faisant semblant de regarder Tyler comme si j'étais étonné moi aussi.

Une cuisse de poulet dans la bouche, il finit par réaliser que nous étions silencieux et releva les yeux. Il avala son bout de poulet et demanda :

– Quoi ?

J'ouvris le feu.

– Ben mon vieux, si tu bouffes autant à chaque repas, ta balance va exploser avant la fin de l'année !

Il grimaça, s'essuya la bouche.

– J'ai un bon métabolisme, rétorqua-t-il sèchement.

– Un métabolisme magique, tu veux dire ! s'esclaffa Katerina. Je n'ai jamais vu de ma vie quelqu'un avaler autant de nourriture aussi vite !

Tyler se raidit. Tout ce qui pouvait trahir un loup aux yeux des humains représentait un danger. Katerina s'était-elle rendu compte de quelque chose ? Je vis passer un éclair glacial dans ses yeux. Je compris ce qu'il pensait. « Devrais-je la tuer ? »

Il fallait agir, et vite. C'était moi qui avais provoqué l'incident.

– Nous les garçons avons un avantage sur vous les filles, pontifiai-je en brandissant un morceau de pizza luisant de graisse.

Le nez de Katerina se plissa alors que j'engloutissais ma part.

– Ah oui ? Et lequel ?

– Nous consommons beaucoup plus d'énergie pour faire bouger nos grandes carcasses, alors nous avons besoin de plus de calories. Vous êtes les fourmis. Vous stockez en prévision de famines potentielles. Nous sommes les cigales, nous dépensons.

Elle plongea sa fourchette dans sa salade et grogna :

– Alors vous êtes de sacrés veinards. C'est injuste. Bon, maintenant, explique-moi. C'était quoi ce cinéma sur les marches tout à l'heure ? Pas quand tu as fait l'acrobate, hein, mais avant.

Je pris une grande inspiration.

– C'est… c'est une coutume. De mon clan.

Tyler se figea. Katerina cessa de manger.

– De ton clan ? dit-elle très intéressée. Mais tu n'es pas indien ?

– Non. Mais mon clan a adopté un tas de leurs coutumes. Se pencher et se renifler pour montrer qu'on est amical en fait partie. Cela a été machinal. J'ai tellement l'habitude de le faire que je n'ai pas réfléchi. J'espère que tu me pardonneras. Et tu sens vraiment très bon.

Je vis à sa tête qu'elle trouvait mon explication ridicule. Ce en quoi elle avait parfaitement raison.

– Un clan ? C'est la première fois que j'entends parler d'un clan qui se renifle. C'est plutôt un truc d'animal, ça, non ?

Elle était polie, je voyais bien qu'elle pensait « un truc de chien ».

– C'est ce que faisaient les Quilimba, une ancienne tribu aztèque. Ils avaient l'odorat très développé. Le fait de se renifler permettait également de repérer ceux d'entre eux qui étaient malades. C'était à la fois de la politesse et de la prévention thérapeutique.

Katerina haussa les sourcils. Tyler aussi, vu que je venais d'inventer la tribu des Quilimba. Elle ouvrit la bouche pour poser d'autres questions. Probablement sur mon agilité, et je l'interrompis.

– Dis-moi, tu es nouvelle, pourtant tu sembles connaître Tyler.

Elle sourit.

– J'avais raté mon bus. Je faisais du stop. Quand tout à coup, je vois passer cette incroyable voiture. Une Mercedes flambant neuve, avec les ailes papillon. Le genre de voiture que tu vois dans les films tournés à Los Angeles, pas dans le Montana. Ça m'a tellement étonnée que j'ai arrêté de tendre le pouce. J'ai vu la fabuleuse voiture rebrousser chemin et s'arrêter devant moi. Et un type en sortir, en faire le tour et m'ouvrir la porte. Le truc le plus galant qu'on m'ait jamais fait de ma vie.

Elle était toute rose. Je n'arrivais plus à respirer.

– La plus jolie fille du campus fait du stop, je n'allais tout de même pas la laisser arriver en retard le premier jour, rit Tyler, très à l'aise. Je lui ai dit que j'allais à l'université et que je serais honoré qu'elle m'accompagne.

– Je lui ai répondu : « Jolie voiture, un peu ostentatoire pour un étudiant, non ? »

– Non seulement la fille était superbe, mais en plus elle connaissait des mots compliqués. Je suis tombé amoureux.

Ils rirent ensemble. Je grinçai des dents. À propos de mots compliqués, là je le trouvais condescendant et superfétatoire. Mais ne prononçai aucune des phrases qui me brûlaient la langue.

– Et toi ? Tu habites où ? Tu viens comment ? demanda Katerina.

Je fis mon plus joli sourire à Tyler. Et mentis sans vergogne.

– Au nord de Missoula. Et en bus bien sûr, comme toi !

– Chic ! Moi aussi j'habite au nord. On pourra venir ensemble, c'est cool !

Ce fut au tour de Tyler de grincer des dents.

– Ce n'est pas la peine, proposa-t-il à Katerina, je peux venir te chercher le matin.

Katerina se raidit.

– C'est super gentil, Tyler, mais non. Je prendrai le bus comme tout le monde.

Nota bene : planquer ma voiture vite fait. Et ne rien proposer à Katerina qui semblait un poil susceptible.

Malheureusement Tyler était un type intelligent. Un gros lourd aurait insisté et se serait fait jeter. Lui laissa couler, comme si ça n'avait aucune importance.

Mais je vis de nouveau l'éclair froid dans ses yeux. Sauf que cette fois-ci, c'était contre moi qu'il était braqué.

Dans les jours qui suivirent, je tentai de lutter contre l'attirance que j'éprouvais pour Katerina mais en vain. Nous devînmes inséparables. Enfin, je suivais Katerina comme un petit toutou, et Tyler, comme un loup. Ce n'est pas valorisant de dire cela, mais je m'en fichais.

J'avais lu des tas de livres sur l'amour. *Raison et Sentiments, Roméo et Juliette*... Mais ni Jane Austen ni Shakespeare ne m'avaient préparé à ce que je vivais.

Ce fut progressif. Au début, je me disais que je restais auprès d'elle parce que je voulais la protéger de Tyler. Puis parce que c'était tout de même bizarre cette envie que j'avais de me coucher à ses pieds.

Enfin, au fil des jours, nous apprîmes à nous connaître, à rire ensemble, à étudier ensemble, et son emprise s'affirma. Un soir, un mois et demi après mon arrivée, cela se produisit alors que j'étais au téléphone avec elle.

Oui, je sais, nous nous étions vus toute la journée, mais nous passions aussi beaucoup de temps au téléphone.

Katerina trouvait qu'elle dépensait trop de temps à se laver et sécher les cheveux. Un truc de fille. Elle avait donc décidé de se les couper et me demandait mon avis.

Soyons clairs. Cela n'avait absolument rien d'une conversation romantique. Ce fut bien la raison pour laquelle je fus tellement pris au dépourvu.

– Euh, ils sont superbes tes cheveux, avançai-je, un peu déconcerté d'être dans la position de la bonne copine à qui on se confie et avec qui, si ça continuait, on se fait les ongles. Pourquoi tu veux les couper, tu es très jolie comme ça !

– Parce que je m'en fiche d'être jolie, répondit-elle sèchement lorsque je sortis cet argument.

Je restai silencieux un moment.

– Katerina, même avec un sac sur la tête et la barbe des ZZ Top, tu serais encore magnifique. Mais tu as raison, c'est mon goût, pas le tien, je n'ai pas à te donner de conseils.

– Ah mais si, c'est ce qu'on fait entre amis ! s'exclama-t-elle. Et toi aussi.

– Moi aussi quoi ?

– Même avec tes cheveux bizarres à pointes noires, tu es magnifique.

Je restai silencieux, la gorge serrée par une émotion indescriptible.

– Indiana ?

– Euh oui, je suis là. Katerina, je… je te trouve si…

– Je sais, dit-elle. Moi aussi. T'es un garçon génial.

Elle raccrocha avant que j'aie le temps de balbutier autre chose.

Je ne pouvais pas avoir de coup de foudre, parce que je crois bien que j'avais déjà été foudroyé lorsque j'avais posé mes yeux sur Katerina. Mais je fus terriblement touché qu'elle aime mes étranges cheveux de mi-loup.

Je cessai enfin de lutter contre l'évidence. Contre ce qui risquait de me faire renier ma parole.

J'étais amoureux. Et c'était douloureux.

À partir du moment où je l'admis enfin, ma vision du monde se transforma. Je devins comme un damné. Le paradis était à portée de main, mais je n'avais pas le droit d'y toucher.

C'était infernal. Comme une brûlure, un brasier ardent qui me consumait. Elle m'obsédait. Je me réveillais la nuit avec son visage devant les yeux et son parfum dans le nez. Je pris tellement de douches froides que Nanny protesta devant la note d'eau. Les week-ends étaient de longs moments de torture où je luttais contre moi-même pour ne pas l'appeler. Sous l'effet du manque, le lundi matin, avant de la voir, j'avais la bouche sèche et les mains tremblantes. Passer une journée près d'elle était un supplice et un enchantement. Tout me ravissait chez elle. La texture de ses cheveux si brillants et si doux, que j'effleurais en douce. La beauté de ses traits, mais aussi de son âme. Tout était envoûtant chez elle. Ses mains, son corps, son long cou. Son nez droit et sa bouche pulpeuse. Son grand front et ses magnifiques yeux vert-gris. Elle était intelligente mais secrète. Drôle et pleine de courage. Je la faisais beaucoup rire. C'était assez involontaire.

Mes réactions lupines me trahissaient. J'avais donc à regret dû arrêter de renifler ma nourriture (Katerina avait failli s'étouffer), de haleter comme un imbécile, ou encore de retrousser les babines dès que je n'étais pas content. Ah, j'avais aussi dû apprendre à ne plus réagir en un éclair dès qu'un objet volait vaguement dans ma direction et à ne pas l'attraper. Ben quoi, le réflexe de la baballe, vous n'avez jamais entendu parler ? Croyez-moi, pour un succédané de loup, vivre dans un endroit où les gens passent leur temps à s'envoyer des trucs, c'est très éprouvant.

Mes réactions purement humaines n'étaient pas moins pathétiques. Je coupais des fleurs dans le jardin, qui mouraient environ deux secondes et demie après que je les ai cueillies. Vingt fois par jour, je me décidais à lui déclarer ma flamme. Et vingt fois, je renonçais. Je composais de mauvais poèmes pour elle, ce qui me faisait transpirer et torturait mes neurones.

Ça donnait à peu près ça :

Je me noie dans l'encre de tes yeux.

Sauf que ses yeux étaient verts, gris et dorés, pas super pratique. D'accord, donc :

Je me noie dans l'encre verte de tes yeux.

Mince, il me fallait une rime en *eu*. Euh… « peut » ? Et je voulais parler de mon cœur :

Mon cœur hésite et bat comme il le peut.

On se demande pourquoi il hésite ce foutu cœur. Le mien battait comme un métronome.

Si loin, perdu, il meurt à petits feux.

Ça c'était vrai, sauf qu'on se voyait tous les jours. Et que je n'étais pas du tout perdu.

Brûlant mon âme comme si c'était un jeu.

Aïe, aïe, aïe, c'était débile.

Chaque fois, je jetais mes pauvres essais à la poubelle, après les avoir soigneusement déchirés. Je savais Nanny capable de reconstituer les pages, aussi étais-je méticuleux.

Personne ne devait connaître mon amour pour Katerina.

Parfois, je haïssais mon clan. Vivre une passion interdite, alors que les loups avaient vraiment besoin de communiquer, c'était l'enfer. Surtout que, vraiment nul comme amoureux transi, j'aurais bien aimé avoir quelques conseils. J'avais bien essayé d'appeler Axel mais il ne répondait pas au téléphone, sûrement parti pour une de ses mystérieuses missions.

Je n'avais pas coupé les ponts avec ma dangereuse famille. Je voyais souvent grand-mère grâce à notre réseau privé et crypté de visioconférence, installé dès notre arrivée et qui reliait tous les loups loin de chez eux. Depuis qu'elle avait appris que le fils Brandkel était en cours avec moi, elle était très inquiète. D'autant qu'il s'était passé quelque chose dans la meute.

Serafina avait disparu. Ned était hystérique, les parents de Seraf aussi et tout le monde était à sa recherche. Je n'étais pas inquiet du tout, je connaissais Serafina. Elle était aussi forte qu'implacable d'ambition. La suite me donna raison. Elle expédia un mail d'un cybercafé de Los Angeles, disant qu'elle désirait faire ses propres expériences et rentrerait d'ici une semaine. Elle était donc partie directement pour Hollywood, histoire de voir si sa beauté pouvait lui ouvrir les portes des studios de cinéma. En une semaine, elle avait de l'espoir. Amber se sentait déstabilisée par tous ces chamboulements/bouleversements, et exigeait d'avoir régulièrement de mes nouvelles. Que ce soit une grand-mère ou une louve alpha, quand elle donnait un ordre, on obéissait. Si j'avais pu lui confier mes tourments de jeune Roméo, j'aurais été le garçon le plus heureux du monde.

Malheureusement pour Serafina, mon pronostic fut le bon. Elle rentra bredouille au bout d'une semaine exactement, déprimée. Apparemment, il y avait des centaines d'humaines toutes aussi jolies qu'elle et son charisme ne passait pas au travers de la pellicule. Les photos ne rendaient pas sa flamboyante vitalité.

En dépit de son retour, les règles se firent plus strictes. Les membres de la meute côtoyant des humains furent surveillés. D'autant que de vilaines rumeurs couraient. Ils en avaient parlé aux informations locales. Deux ouvriers de Missoula avaient disparu. Peu de temps après, grand-mère, très inquiète, me prévint que certains loups rapportaient avoir senti des semis. Trois autres disparitions mirent tout le monde à cran. Les enquêteurs ne trouvèrent rien. Puis l'agitation se tassa, il n'y eut pas d'autres victimes et la vie reprit son cours.

Pour tout cela, je n'osais pas, je ne pouvais pas me rapprocher plus de Katerina. Si mes grands-parents l'apprenaient, elle serait en danger. Si elle découvrait ce que j'étais, ce qu'était ma famille et qu'elle me fuyait, elle était morte. Quoi que je fasse, sa vie était en péril.

C'était insupportable. Cela me déchirait.

Parfois sa bouche était si proche que seul un souffle nous séparait. Et toujours, je reculais. Elle me touchait souvent, amicalement, parfois se laissait aller contre moi. Ces jours-là étaient les pires. La torture que je subissais était si forte que j'avais l'impression que j'allais exploser.

Elle ne paraissait pas s'en rendre compte, trop obsédée par le travail.

Elle bossait comme une dingue.

Katerina n'était pas comme Tyler et moi. Elle était pauvre et boursière. Parfois je saisissais son regard posé sur un joli jean, des chaussures sympas (les filles sont obsédées par les chaussures, on devrait faire une étude là-dessus pour essayer de comprendre pourquoi), ou un portable dernier cri. Elle ne pouvait pas s'offrir tout ça. Elle n'en souffrait pas, trop intelligente et trop orgueilleuse pour fléchir. Mais de temps en temps je sentais sa fatigue et sa tristesse. Elle travaillait le soir dans un restaurant de Missoula. Ce qui lui laissait peu de temps pour dormir. Et ses cernes me serraient le cœur.

Nos rapports étaient faussés. Tyler étalait son argent comme s'il lui apportait pouvoir et considération. Moi je le planquais, parce que cela me mettait mal à l'aise, vu que je n'avais rien fait pour le gagner. Ce n'était pas le mien, mais celui de mes grands-parents. Alors frimer avec me semblait ridicule. Cela dit, l'un comme l'autre, nous souffrions des problèmes de Katerina, qu'elle refusait d'évoquer avec nous. Lui proposer de l'aider financièrement était hors de question. Elle était tellement fière qu'elle refuserait forcément.

Ce fut sa fierté qui la coupa aussi des filles de l'université. La blonde qui avait attiré l'attention sur son corps sculptural le jour de la rentrée, Jackie Stakat, devint rapidement l'une des meilleures élèves de notre promotion. Elle s'enticha de Katerina, sans doute parce que notre sombre amie rehaussait sa beauté solaire et ne parlait pas beaucoup, contrairement à Jackie, une véritable pie. Un jour alors que nous arrivions à l'université, Katerina sortit une clef : on lui avait proposé d'intégrer la sororité Kappa Kappa Gamma, créée à l'université du Montana en 1909, et dont la clef était le symbole.

Ah, c'était donc aussi pour ça qu'elle s'était habillée en bleu clair et bleu foncé, les couleurs de la sororité, elle qui en général préférait les couleurs plus contrastées, plus puissantes. Je fis la grimace, Tyler aussi. Cela signifiait que nous la verrions moins souvent.

Jackie l'accueillit avec un grand sourire, qui disparut lorsqu'elle remarqua la veste que portait Katerina. Je vis la colère émerger et instinctivement, je me raidis, prêt à bondir.

– Dis donc ! fit Jackie d'un air méprisant, mais c'est ma veste ! Celle que je cherche depuis des semaines !

Katerina ouvrit la bouche pour répondre, mais Jackie souleva son coude et lui montra une déchirure, presque invisible, soigneusement raccommodée.

– Je m'étais accrochée à un clou, on voit la déchirure. Tu as essayé de le dissimuler, mais tu es prise sur le fait. Voleuse !

Katerina, stupéfaite, secoua la tête.

– Mais… mais je n'ai rien volé, j'ai acheté cette veste chez le fripier !

Jackie ne l'écoutait pas. Elle pianotait à toute vitesse sur son téléphone.

– Allô maman ? Tu dois avertir la police, j'ai retrouvé la voleuse de ma veste !

Quelqu'un parla à toute vitesse dans le téléphone et le visage de Jackie changea de couleur.

– Quoi ? Comment ça, c'était une loque et tu l'as donnée à un fripier ? Tu plaisantes, j'espère, c'était ma veste préférée, comment tu as pu me faire ça !

Elle raccrocha d'un geste vif et toisa Katerina. Celle-ci la regarda sans dire un mot, lui plaqua la clef dans la main et la dépassa. Mais elle ne lui rendit pas sa veste. Renoncer n'était pas dans ses habitudes. Je vis des larmes dans ses yeux, je crus que c'étaient des larmes d'humiliation. Mais c'étaient des larmes de rage, vu la façon dont ses yeux flamboyaient de colère. Je foudroyai Jackie du regard, qui s'exclama :

– Et alors ? Je ne pouvais pas savoir que mon idiote de mère allait jeter ma veste préférée !

Mais le mal était fait. Jackie était populaire et propagea de vilaines rumeurs, insistant sur le fait que Katerina était tout le temps avec *deux* garçons... Katerina fut coupée de leur groupe et se rapprocha encore plus de nous, avec qui elle pouvait rire et se détendre sans craindre d'être jugée.

Je trouvais ça triste. Tyler trouvait ça très bien.

Le plus difficile dans cette histoire fut que Katerina nous faisait totalement confiance. Elle n'hésitait pas à se blottir dans nos bras lorsqu'elle avait froid, était fatiguée ou avait besoin de réconfort. Avec nous, elle se comportait comme une petite sœur.

Vu les pensées que j'avais pour elle, j'aurais été arrêté et mis en prison vite fait. Elle ne s'en rendait probablement pas compte, mais la tension que j'éprouvais lorsqu'elle était près de moi allait finir par me briser en petits morceaux.

Parfois, elle me touchait le visage et me disait :

– Tu as l'air tellement triste, Indiana, comme si tu avais perdu quelque chose de... précieux.

C'était elle. Elle à qui je devais renoncer, elle que j'avais perdue au moment où je l'avais trouvée. Je sais, je sais, si les gens étaient capables de lire dans mon esprit, ils m'auraient sans doute accusé d'être un pathétique romantique.

Bon, cela dit, au lieu de ruminer sur mes amours impossibles, j'aurais mieux fait de m'éclater comme le faisaient les autres, les couples se formant et se déformant au rythme des saisons, incluant petits drames et crises de nerfs. Mais ce n'était pas possible. J'allais même jusqu'à me demander si je ne pouvais pas proposer à l'une des louves de prendre un verre, afin de m'éloigner de mon obsession... et en fus totalement incapable. Bon, un peu d'honnêteté : le fait que les louves ne voudraient sans doute pas d'un humain, fût-il le petit-fils du Seigneur des Loups, expliqua en partie mon manque d'effort.

Petit à petit, je m'intégrai parmi les étudiants.

Le responsable des sports repéra très vite la carrure imposante de Tyler. Il lui proposa presque tout de suite de faire partie des

Montana Grizzlies, l'équipe de foot de l'école. Quant à moi, vu ma taille, il m'offrit une place dans l'équipe de basket.

Moi ? Le solitaire ? Dans une meu… une équipe ?

Peu à peu, frappé par tous ces changements, mon monde se modifia. Ce fut une véritable révélation.

Chapitre 11
La voiture qui roulait avec un peu d'essence et beaucoup de bonne volonté

L'entraînement d'Axel m'avait apporté vitesse, résistance et surtout une grande agilité. Contre des loups, je n'aurais pas pu faire grand-chose. Contre des humains, c'était une autre histoire. Du coup, je dus même faire gaffe, un comble, de ne pas être trop rapide. Je ne voulais pas briller, surtout ne pas attirer l'attention sur moi. Mais c'était agréable pour une fois de ne pas être Trop-lent-Indy, comme m'avaient surnommé les jeunes loups-garous.

J'exécutais plusieurs acrobaties lors de ces matchs, souvent involontairement ou pour me sortir d'une passe difficile, et, de surnom provisoire, le mien devint définitif. J'étais « l'Acrobate ». Cool, c'était mieux que « le Renifleur » que Tyler avait pourtant tenté d'imposer.

De son côté, Tyler devint une vraie star du campus. Le type était brillant, gentil, avenant. Sauf avec moi : il me détestait d'une haine tout à fait réciproque.

Bien qu'il fût novice au départ, on parla assez vite de lui comme d'un futur grand quarterback. Il était rapide, très rapide même. J'étais vraiment surpris qu'il laisse transparaître ainsi ses qualités de loup. Et comment allait-il faire avec les prises de sang ? Même en milieu universitaire, il y avait des contrôles au moindre doute. Je ne l'aimais pas, mais je n'avais pas non plus envie qu'il se fasse pincer.

Grand-père avait raison. Il y avait bien une demi-douzaine de loups et de louves sur le campus. Ils appartenaient à différentes meutes, petites ou grandes, mais toutes inféodées à la nôtre, même si la majorité de ces loups-là n'était jamais venue au ranch.

Comment expliquer le fonctionnement des meutes ? C'était à la fois simple et compliqué. Comme dans les vraies meutes de loups, il y avait les loups et les louves alpha, les dominants. Les autres, les bêta ou les oméga, les subalternes, leur obéissaient sans condition.

C'était toujours un couple qui dirigeait la meute. Un loup sans louve n'était pas respecté. De tous les loups, grand-père était le plus puissant et le plus connu. Tous les loups alpha des autres meutes venaient lui rendre hommage lors de la grande fête du Printemps, fin mai. Inutile de vous dire que ces jours-là, c'était le chaos au manoir. Des centaines de loups venaient communier et chanter avec nous, c'était inoubliable.

Ils se transformaient tous, dominés par mon grand-père, chassaient, chantaient et renouaient les liens de la meute. Les conflits étaient apaisés, la cohésion se renouvelait, les petits malins étaient remis à leur place. Avant, des luttes à mort déterminaient qui serait le dominant suprême. À présent, les loups élisaient celui qui leur semblait le mieux à même de diriger les affaires de la meute. Grand-père était élu depuis plus de quarante ans, tous les vingt ans. Il venait de commencer son nouveau mandat pour les vingt prochaines années. Nous vivons vieux. Enfin, les loups vivent vieux. Parce que moi, hein…

Comme toutes les sociétés, nous avons nos policiers. Les chasseurs. Ceux d'entre nous dédiés à la recherche, la capture ou l'élimination des semis notamment. Ou des loups qui tuent un peu trop. Ou de ceux qui deviennent fous et terminent à l'asile.

Les meutes comportent rarement plus de dix ou douze membres. La nôtre, avec deux cents membres, à peu près comme celle de Louis Brandkel, est l'une des plus peuplées. D'où sa puissance.

Les loups et les louves de l'université avaient peur de Tyler, c'était flagrant. Et pour mon plus grand bonheur, s'ils étaient respectueux à mon égard, un peu comme envers un fils de châtelain, ils m'ignoraient tout aussi prudemment. À part une louve, Loly Broke, qui me souriait amicalement chaque fois qu'on se croisait. Mais sans plus.

En dehors des louves qui craignaient Tyler, les autres filles bourdonnaient autour de lui comme des abeilles attirées par le miel. Hélas, il s'en fichait. Il faisait une fixation sur Katerina. Exactement comme moi. Sauf que là où il tentait de l'éblouir par sa popularité et son argent, je faisais tout le contraire. Je restais discret, ne parlais jamais de mes parents ou de mes grands-parents (et pour cause), ne montrait rien de moi. Je ne voulais pas éblouir Katerina. Je voulais simplement lui plaire.

Même si je savais parfaitement que je ne devais pas, j'étais incapable de lutter contre ce désir.

Nanny ne comprit pas pourquoi j'abandonnai mon auto flambant neuve pour aller en cours en bus. Elle trouvait cela ridicule. Surtout lorsqu'il pleuvait à verse. Un jour justement, où j'endurais un vrai déluge, je vis passer une vraie poubelle sur la route et eus une idée géniale.

Dès le lendemain matin, très tôt, je fonçai revendre mon 4 × 4. Je mis une partie de l'argent de côté et achetai un vieux pick-up Dodge vert, plein de rouille, mais dont le moteur ronronnait comme un chat.

Lorsque je stoppai mon tas de ferraille devant l'arrêt de bus battu par la pluie qui n'avait pas cessé depuis trois jours, je vis les yeux surpris de Katerina et sa main se plaça devant sa bouche. Sans doute pour masquer sa crise de fou rire.

Je fis le tour de la voiture et lui ouvris… avec difficulté… la porte rouillée.

– Princesse, fis-je en m'inclinant tandis que les futurs passagers du bus ricanaient, votre carrosse vous attend.

– Indiana, dit-elle en gloussant, ne me dis pas que tu as payé pour ce… truc ?

Je donnai un coup sur le toit qui, Dieu merci, ne s'effondra pas et émit un bong sonore.

– Regarde, c'est du solide ! Un bon vieux produit de notre bonne vieille Amérique !

– Antique Amérique plutôt. Il devrait être à la casse depuis longtemps !

– Ne fais pas attention à son aspect extérieur. C'est l'intérieur qui compte. Il nous mettra à l'abri de la pluie et nous amènera à bon port. Et si tu veux, on peut partager l'essence. Ça te coûtera à peu près la même chose que le bus.

Elle se mordit la lèvre, mais la pluie redoubla, bienveillante complice de mes plans et, dégoulinante, Katerina finit par céder.

– D'accord, dit-elle, c'est une bonne idée. Mais je te préviens, tu n'as pas intérêt à être en retard ou à ce qu'elle tombe en panne !

Je fis une croix sur mon cœur.

– Parole de scout. Elle ne nous lâchera pas.

Je la laissai s'installer puis proposai à ceux qui attendaient :

– Il y a trois places derrière pour ceux qui iraient vers l'université, je peux vous avancer si vous voulez.

Trois enthousiastes sautèrent sur l'occasion et notre petite bande débola sur le campus dans un nuage de fumée noire.

Nous fîmes sensation. Je ne boudai pas mon plaisir et me garai le plus près possible de l'entrée.

Juste sous le nez de Tyler.

Qui en resta bouche bée.

Je n'ai pas souvent l'occasion de marquer des points contre les loups. Celui-ci restera à jamais dans ma mémoire.

Il fronça les sourcils, ses lèvres découvrirent ses dents en un rictus de mépris.

– C'est quoi ce… cet engin ?

– Notre nouveau moyen de transport à Katerina et moi, répondis-je en tapotant le capot avec affection. Katerina, que penses-tu de la baptiser ?

Elle éclata de rire.

– Ça, c'est vraiment un truc de garçons. Baptiser une voiture ? C'est quoi l'étape suivante, tu vas lui parler ?

Je lui fis mes yeux de chien battu.

– Alleeeez, sois gentille. On baptise bien les navires, pourquoi pas une voiture ?

Ses yeux brillèrent.

– Je la baptise la Batmobile.

– Quoi ? fit Tyler, furieux. Mais elle n'a rien à voir avec la Bat-mobile, tu insultes Batman, là ! *Ma* voiture mérite le nom de Batmobile, celle-là ce serait plutôt la Trashmobile !

Katerina eut un éclatant sourire.

– Ce n'est pas l'extérieur qui compte mais l'intérieur. Et moi, je trouve qu'Indiana est aussi mystérieux que Bruce Wayne.

Le souffle me manqua. Ouille, ainsi elle avait remarqué que je ne parlais jamais de moi !

Tyler me lança un regard noir de rage.

– Il n'a rien de mystérieux, laissa-t-il tomber. Et quand cet engin de malheur mourra de sa belle mort, tu t'en rendras compte.

Et pour une fois trop furieux pour rester, il tourna les talons.

Katerina me jeta un regard stupéfait.

– Ça par exemple, mais qu'est-ce qu'il lui prend ?

Je haussai les épaules.

– J'en sais rien. Peut-être qu'il a mal dormi ? Allons-y, Katerina, sinon on va finir par être en retard.

Ce salopard avait gardé une place dans l'amphi bondé pour Katerina mais bien évidemment pas pour moi. Je le vis reconquérir le terrain perdu en la faisant rire pendant le cours. Mais j'étais plus confiant. Mon plan avait marché.

J'avais repéré l'endroit où elle habitait. Non, je ne l'espionnais pas lorsqu'elle était chez elle. Cela aurait été ridicule. Mais chaque fois qu'elle sortait de son restaurant pour rentrer chez elle, titubante de fatigue, je la filais, prêt à intervenir si qui que ce soit s'en prenait à elle. Une fois qu'elle était en sécurité, je repartais. Un parfait garde du corps invisible. Mes dagues d'argent, mes étoiles de jet et ma poudre de tue-loup me suivaient partout. Des tas de monstres vivent dans le Montana. Je n'avais pas envie que l'un d'eux fasse de Katerina son dîner. Ou autre chose s'il était humain.

Avoir déjà vu sa maison me fut utile lorsque je passai la chercher le lendemain matin.

La façade était toute décrépie. La maison n'avait pas dû être repeinte depuis des années. Nos hivers sont rudes et nos très courts étés sont chauds. Le bois travaille. Il y avait des fissures et de la mousse. Elle ne semblait ni accueillante ni chaleureuse. Juste une pauvre maison meurtrie. Le jardin était envahi d'herbes folles.

Et la poubelle débordait de bouteilles de vin et de canettes de bières éventées.

De fait rien ne transparut sur mon visage lorsque je sortis de la voiture, ce qui sembla la soulager.

Son père se montra alors que Katerina se dirigeait vers moi. Son visage se crispa lorsqu'elle l'entendit.

– Et alors Kat, tu veux pas faire rentrer ton petit copain ? On pourrait partager une bière ?

Les mâchoires de Katerina se soudèrent. Je compris soudain pourquoi elle ne supportait pas qu'on l'appelle « Kat ».

Elle respira profondément et dit entre ses dents serrées :

– Ne réponds pas. Allons-y.

Mais son père approchait à une vitesse surprenante pour un type déjà bien imbibé.

Il m'attrapa la main et se pencha vers moi en vacillant.

– Moi c'est Seamus O'Hara. Et toi, tu t'appelles comment, mon gars ?

– Indiana, répondis-je en serrant sa main avec précaution. Indiana Teller.

Il tomba à moitié sur moi, me regarda et je vis avec surprise que ses yeux étaient pleins de larmes.

– INDIANA ! cria-t-il en me faisant sursauter. INDIANA TELLER !

Puis il s'effondra dans l'herbe trop haute et se mit à hurler de rire.

Katerina aussi avait les yeux pleins de larmes. Elle referma brutalement la portière de la voiture.

Je hochai la tête, saluai vaguement l'ivrogne et filai.

Le grondement du moteur n'aidait pas à la conversation. Karerina était murée dans un mutisme que je ne brisai pas.

– Tyler m'a demandé de sortir avec lui, finit-elle par m'annoncer.

Je pilai net au milieu de la route. Heureusement, il n'y avait personne derrière. Maîtrisant la rage qui m'envahissait, je conduisis la voiture sur le bas-côté.

– Quand ?

– On va être en retard.

Je serrai le volant tellement fort qu'il craqua.

– Quand ?

– Hier. Il est passé à la maison.

J'allais écraser ce salopard comme une mouche.

– Qu'est-ce que tu vas faire ?

Elle avait un regard tourmenté.

– Je ne peux pas avoir de petit copain.

Cela me pétrifia. Même si je ne lui avais jamais fait aucune avance, sa déclaration me fit mal.

– Ah bon, finis-je par articuler la gorge serrée, et pourquoi ?

– Parce que c'est un piège. Tu tombes amoureuse, tu délaisses tes études, tu tombes en cloque et c'est la fin de ta vie. Des milliers de filles terminent comme ça chaque année. Je ne deviendrai pas une statistique. Hors de question. Mais c'est la seconde partie de sa déclaration que je ne comprends pas.

Son ton était tellement bizarre que je la regardai au-delà de la rage qui m'aveuglait.

– Que se passe-t-il ?

– Il a proposé autre chose, murmura-t-elle.

Le pire me vint immédiatement à l'esprit et j'eus envie de hurler, comme un loup. Prudent, je gardai le silence.

– Il veut payer mes études, souffla-t-elle encore plus bas. Rembourser mon prêt. Nous arrivons à vivre, mais tout juste. C'est… ça nous pèse. Tout le temps. Avoir assez d'argent. Payer les médicaments de mon père, la nourriture.

Et la bière. Cela devait leur coûter cher. D'accord, ce n'était pas ce que j'avais cru. En fait, d'une certaine façon, c'était pire. Je lâchai le volant avant de casser quelque chose. L'ordure. Tyler était en train de l'acheter. Tout à fait dans le style des Brandkel.

– Cela fait combien de temps que tu le connais ? demandai-je les dents serrées.

– Comme toi. Trois mois.

– Et en trois mois il est tombé raide dingue de toi au point de te dépanner de la modique somme de quinze mille dollars ?

– Treize mille, rectifia-t-elle. Oh, Indiana, je te considère comme mon meilleur ami. Avant nous habitions près de Telora Spring mais…

Je la dévisageai.

– Tu habitais près de Telora Spring ? Mais c'est près de la propriété de…

Je m'interrompis, horrifié.

– De la propriété de qui ?

– De… d'un ami, terminai-je en balbutiant.

J'avais failli dire « de mes grands-parents ». Mon nom à moi n'apparaissait nulle part heureusement, donc on pouvait me « googler » à perdre haleine, j'étais un fantôme. Mais celui de mes grands-parents était célèbre et tout le monde les connaissait dans la région. Ainsi, Katerina était l'une de nos voisines ! Cela me faisait tout bizarre.

– Donc tu habitais à Telora Spring ? lui rappelai-je bravement.

– Oui, mon grand-père possédait une propriété là-bas. Ce n'était pas un très bon gestionnaire, il a réussi à tout perdre. Mon père a vendu ce qui nous restait pour payer mes études. Il a été blessé à la tête lors de la première guerre du Golfe. Lorsqu'il est revenu… il n'était pas bien. Cela ne se voit plus, je veux dire, physiquement ça va, mais parfois, il oublie où il est ou se croit encore au Koweït. Entre son allocation d'invalidité de guerre et le reliquat de la vente de la maison, on a suffisamment pour vivre et rembourser le prêt. On a acheté cette… baraque… en attendant que je termine mes études.

Je comprenais mieux son acharnement. Elle était reconnaissante envers son père. Même si celui-ci était un ivrogne.

Elle m'indiqua la route de sa main fine.

– Indiana, je t'en prie, allons-y. Tu sais à quel point je déteste arriver en retard !

Je repris la route, totalement écœuré. En dépit des exigences de grand-père, je n'étais pas rentré pour le 11 novembre, mais je n'allais pas réussir à couper à Thanksgiving. Il m'envoyait l'hélicoptère. D'ici quelques heures, j'allais quitter Katerina pendant plusieurs jours et cela me déchirait. D'autant qu'elle m'annonçait que mon ennemi venait de placer un pion majeur sur l'échiquier. Juste au moment où je devais partir. Je roulais en silence, torturé, et pensais avoir plus ou moins maîtrisé les envies de meurtres qui m'avaient assailli lorsque je remarquai quelque chose de curieux.

Je sentais Katerina. Pas son odeur. Non. Tout. J'entendais les battements de son cœur, ce qui ne m'était jamais arrivé. Je décelais le parfum de sa peau, en dessous de celui de son savon. Je voyais le moindre défaut de sa chair, le fin duvet de ses avant-bras, les pores de son nez, le plus petit de ses cils.

Pour la seconde fois, je pilai net. Il devait y avoir quelque part un dieu ou un ange gardien super efficace qui veillait sur moi, parce que, de nouveau, il n'y avait personne derrière moi.

Effrayée, Katerina me regarda.

Au bord de la nausée, je jetai :

– Conduis !

– Comment ?

– Conduis. Je ne me sens pas bien.

Elle ne discuta pas. Elle bondit de son siège, fit le tour de la voiture, m'aida à m'extirper de ma place, tremblant et couvert de sueur, m'installa, boucla ma ceinture et se mit au volant.

Elle conduisait bien, prudemment mais vite.

– Ça va ? me dit-elle très inquiète. Je t'ai déjà vu blanc, rouge, mais vert, c'est nouveau.

– Je ne sais pas ce que j'ai, sans doute un pancake qui passe mal, plaisantai-je.

– Dès que nous arrivons, tu vas à l'infirmerie. Pas question que je te laisse.

Je ne protestai pas. Je me sentais réellement très mal.

Je passai une heure à l'infirmerie à trembloter. Je réussis à convaincre Katerina d'aller en classe. Elle ne voulait pas me quitter, mais je lui dis qu'elle devait prendre le cours pour nous deux. L'air angoissé, elle m'abandonna à regret.

L'infirmière prit ma température. Les loups ont une température qui varie entre 38,5 °C et 38,8 °C. Les loups-garous aussi. Mais moi qui n'en suis pas un, là, j'avoisinais les 39 °C. Pas normal.

Je me sentais brûlant. Comme si tous les muscles de mon corps étaient en train de se contracter en même temps.

À mon grand désarroi, alors que j'étais rarement malade, cela ne passa pas. L'infirmière, qui m'avait donné une aspirine après avoir vérifié que je n'étais pas allergique, me conseilla d'aller chez le médecin ou à l'hôpital.

Oui, alors ça, certainement pas. Je ne savais pas au juste si mon sang était différent de celui des humains pure souche, et n'avais aucune envie de le découvrir.

Nous avions nos propres médecins. Sauf que je ne connaissais pas celui de Missoula. J'allais devoir demander à Nanny.

Je n'étais qu'une immense courbature lorsque Katerina revint. Elle me déposa une liasse de feuilles qu'elle avait photocopiées, le double du cours.

– Merci, dis-je faiblement.

– Je vais te raccompagner chez toi.

Je faillis bondir, mais j'étais trop faible pour ça. Je ne voulais pas qu'elle vienne chez moi !

Je secouai la main et le regrettai. Tous mes os me faisaient mal.

– Non, non, je t'assure, ça va aller.

– Teuh, teuh, teuh, ne discute pas. Dis-moi où tu habites avant de t'évanouir pour de bon.

Je me mordis la lèvre. Et flûte, je n'avais aucun argument valable à lui opposer et là j'avais envie de lui vomir sur les pieds. Je capitulai. J'étais trop mal pour imaginer la tête qu'allait faire Nanny en me voyant revenir avec Katerina. En fait, je m'en fichais. Tout tournait. J'eus l'impression que le chemin jusqu'à la voiture était interminable. Katerina allait ouvrir la portière lorsque Tyler surgit derrière nous. Pour la première fois, son odeur de loup me sauta au visage.

Cette fois-ci, je ne me retins pas.

Je me retournai vers lui, comme si je voulais éviter Katerina.

Et je lui vomis dessus.

Il ne s'y attendait pas du tout, sinon ses réflexes de loup lui auraient évité la catastrophe.

En dépit de mon état, ce fut un instant de pure jubilation. La tête horrifiée de Katerina, celle dégoûtée de Tyler contemplant son pantalon Hugo Boss et ses chaussures Ralph Lauren dégoulinantes de vomi, c'était... un pur moment d'anthologie.

Il me balança un énorme coup de poing. J'esquivai de mon mieux, mais pas totalement. Il me cueillit sur le côté du menton et je m'écroulai.

J'entendis très bien le hurlement furieux de Katerina.

– Espèce d'abruti ! Ça va pas, non ! Il est malade ! J'allais le raccompagner chez lui !

La rage épaississait la voix de Tyler.

– J'en ai rien à faire. Il l'a fait exprès, j'en suis sûr !

– Bon sang ! hurla Katerina, excédée. Il a failli vomir deux fois entre l'infirmerie et ici. Et on ne t'a pas entendu, comment aurait-il pu savoir que tu étais derrière lui !

À cet instant, ça aurait été cool que je suffoque et qu'il soit obligé de me faire du bouche-à-bouche. Je faillis céder à la tentation, mais il lui suffisait d'écouter ma respiration pour savoir que je tenais le coup. Zut !

J'étais bien trop lourd pour que Katerina me redresse, mais j'ouvris les yeux et découvris son visage d'ange au-dessus de moi.

– Qu'est... qu'est-ce qui s'est passé ?

– Tyler t'a frappé, répondit-elle d'une voix glaciale. Il va t'aider à te relever et à te mettre dans la voiture.

Vu qu'il était couvert de vomi, ce qui n'était pas mon cas, je me redressai tant bien que mal et secouai précautionneusement la tête.

– Non ! Qu'il reste loin de moi. Mais il est dingue ce type, pourquoi il m'a frappé, je n'ai pas fait exprès !

Oh, l'expression de Tyler, quel bonheur !

– Oui, je sais, dit tendrement Katerina. C'est ce que je lui ai dit. Tu peux te relever, tu n'as pas trop mal ? Tu veux qu'on retourne à l'infirmerie ?

Katerina s'efforça de m'aider mais j'étais lourd. Je m'appuyai sur elle et me redressai. Wow. Ça tournait. J'étais vraiment mal en point. Tyler dut s'en rendre compte car la rage s'apaisa dans ses yeux. Tant mieux. Quand ils sont vraiment en rogne, les loups peuvent se transformer involontairement. Et là, devant tout le monde sur le parking, ça aurait fait beaucoup de témoins gênants à éliminer, quand même.

– Non, pas l'infirmerie. Je dois rentrer chez moi, articulai-je d'une voix pâteuse. Je ne sais pas ce que j'ai, mais Nanny devrait pouvoir me soigner.

– Tu es sûr ? demanda Katerina horriblement inquiète.

– Oui, oui. Allons-y avant que je ne vomisse encore sur quelqu'un.

La commissure de ses lèvres frémit, retenant un sourire. Ah, Tyler l'avait bien mérité.

Le retour fut un calvaire. Tout sentait trop fort et les mouvements de la Bat, comme nous l'appelions désormais, me remuaient l'estomac.

Enfin, nous arrivâmes chez moi. J'étais trop malade. J'avais oublié que la maison était grande, impressionnante. Fraîchement repeinte.

Les yeux de Katerina exprimèrent son étonnement. Puis elle sortit, fit le tour de la voiture et vint se caler sous mon épaule.

Sa présence chaude contre moi me sembla tout à fait naturelle. Comme si c'était là sa place, de tout temps. En revanche, son parfum qui en temps normal me ravissait accentua ma nausée. C'était insupportable toutes ces odeurs. Soudain, je relevai la tête en sentant quelqu'un que je n'avais pas senti depuis trois mois.

Nanny apparut et se figea en voyant que je n'étais pas seul.

Et c'est là que mes ennuis commencèrent.

Un énorme loup au poil brun et noir se tenait à ses côtés.

Chuck.

Chapitre 12
Le chien/loup

J'en restai bouche bée. C'est son odeur qui m'avait alerté. Il avait tellement grossi en trois mois qu'il ressemblait à une petite vache. Son nez devait arriver à la hauteur du visage de Katerina.

Katerina déglutit et s'adressa à Nanny d'une toute petite voix effrayée :

— Bonjour ! Indiana n'est pas bien, il est brûlant de fièvre et a été malade. Euh, nous pouvons avancer ? C'est… je crois que c'est le plus gros chien que j'ai jamais vu. Il… il est gentil ?

Sa voix dérailla sur les derniers mots.

Chuck laissa pendre sa langue. Il s'amusait beaucoup. Puis il s'avança et se lécha les babines. Katerina voulut reculer. Seul mon poids l'en empêcha. Je jetai un regard furieux au loup.

— Chuck ! Couché ! hurlai-je en dépit de ma faiblesse. Tu fais peur à Katerina, imbécile !

Chuck cligna des yeux, bâilla, offrant une vue imprenable sur son impressionnante dentition, puis se coucha.

J'avais crié trop fort et la tête me tournait. Nanny fut à mes côtés en un instant, si vite que Katerina hoqueta.

— Laissez, ma petite, fit Nanny paisiblement, je vais aider ce grand benêt. Puis je vous raccompagnerai, bien entendu.

Je frissonnai. Je savais très bien pourquoi Nanny tenait à la raccompagner. Elle allait l'interroger.

Mine de rien, lorsque Katerina m'accompagna, elle passa de

l'autre côté, laissant Nanny près de Chuck. Celui-ci émit une petite toux amusée. Le cliquetis de ses griffes sur le perron la fit entrer dans la maison comme un lapin effarouché.

Nanny aurait pu me porter sans problème, mais pas devant une humaine. Elle me fit donc allonger sur le sofa de cuir rouge, après m'avoir retiré le haut de mes vêtements nauséabonds. Elle me recouvrit à moitié d'un plaid. L'odeur de la laine mêlée à celle du cuir faillit me faire vomir à nouveau. Heureusement, Nanny s'en rendit compte à l'accélération de mon cœur et mit la climatisation, braquant l'air froid sur mon visage. Cela me soulagea tout de suite. Katerina jeta un regard appréciateur sur mes abdos. À un autre moment, j'aurais trouvé ça cool, là, je m'en fichais complètement.

Nanny prit mon pouls et son professionnalisme apaisa Katerina. Puis elle releva ses yeux dorés sur Katerina et lui sourit.

– Ne vous inquiétez pas, Katerina, c'est ça ?

– Oui, Katerina O'Hara.

Ce fut net. La main de Nanny appuya soudain si fort sur mon poignet qu'elle faillit le casser. Ouille. Mais son visage ne laissa rien paraître. Ah, si moi je ne me souvenais pas d'où je connaissais le nom de famille de Katerina, il était familier à Nanny.

Nota bene : penser à interroger Nanny à ce sujet.

Elle se ressaisit et rassura Katerina.

– C'est juste un petit virus. Il va être malade comme un chien pendant quelques jours, puis tout rentrera dans l'ordre. Hélas, je ne crois pas qu'il soit en état de retourner chez lui pour Thanksgiving. Sa famille va être désolée. Venez, ma chère, laissons Indiana et Chuck discuter pendant que je vous raccompagne chez vous.

Katerina avait un grand sens de l'humour. Je vis ses yeux pétiller maintenant qu'elle me savait hors de danger et elle sourit.

– Oui, je ne doute pas qu'ils aient beaucoup de choses à se raconter, Chuck et lui !

Nanny cligna des yeux, réalisant ce qu'elle venait de dire. Puis secoua la tête.

– Oh là là, je deviens sénile. Mais à force d'entendre Indiana parler à son chien, j'en viens à croire qu'un jour celui-ci va lui répondre !

Chuck émit un glapissement indigné et j'étouffai un rire.

Katerina se pencha sur moi et me tapota l'épaule. J'espérais un baiser sur le front, mais je ne devais pas sentir super bon, parce qu'elle ne s'approcha pas davantage.

– Je t'appelle, fit-elle en mimant le geste.

Puis elle suivit docilement Nanny qui attrapa les clefs, défit son tablier et sortit.

Chuck se transforma dans la seconde.

– Dis donc, dis donc, fit-il avec amusement, elle est drôlement jolie ta nouvelle petite amie.

– Ce n'est pas ma petite amie. Et, Chuck ?

– Oui ?

– Tu veux bien t'habiller, s'il te plaît ? Si elle revient, je n'ai pas envie qu'elle me trouve avec un type nu.

Le gros visage de Chuck se plissa de rire.

– Oh, tu crois qu'elle en tirerait les mauvaises conclusions ?

– Je crois surtout qu'elle se demanderait où est passé le joli chien et d'où vient le vilain type poilu.

Chuck ricana et monta à toute vitesse. Une minute plus tard, il était de retour, vêtu d'un jean bleu et d'un sweat gris. J'avais fermé les yeux, espérant que le monde arrêterait de tourner. En vain.

– Alors ? me fit une voix près de mon oreille. Raconte-moi tout.

J'ouvris un œil. Chuck était tout près. Et il tenait une bassine d'eau chaude avec du savon.

– Mais avant, fit-il en désignant la bassine, débarbouille-toi. Que ce soit à mon nez d'humain ou de loup, crois-moi mon vieux, tu schlingues !

Je lui obéis en soupirant. Une fois que je fus propre, il alla vider et rincer la bassine. Depuis quand Chuck était-il devenu mon ange gardien ?

– Qu'est-ce que tu fais ici ?

C'était la première question à poser. La seconde n'était pas une question, ce serait : « Fiche le camp. »

La réponse me secoua. Pas du tout celle que j'espérais genre « j'ai vu de la lumière et je suis entré ».

— Je suis ton nouveau garde du corps ! s'exclama Chuck tout joyeux.

Je me redressai si vite que j'en vis des étoiles.

— Mon QUOI ?

— Ton garde du corps. Notre louve alpha est inquiète de te savoir à la merci de Brandkel. Elle sait que tu ne pourras pas te défendre contre un loup. Alors elle m'a envoyé. On devait faire l'aller-retour ensemble à l'exploitation. Mais vu que tu es malade, je vais rester ici avec toi pour te cajoler.

Aïe aïe aïe. Cela sentait vraiment mauvais et là je ne parlais pas de moi.

— Mais je n'ai pas besoin de garde du corps, Tyler ne me ferait aucun mal !

— Le fils Brandkel ? Tu rigoles ? On pense qu'il a éliminé au moins deux semis à lui tout seul. Tu sais ce que son père pense des semis.

— Oui, répondis-je avec amertume en pensant au loyal Axel. Qu'ils sont tous bons à jeter. Qu'il faut les éliminer sans hésiter.

— Le fait que ton grand-père ait accepté de laisser des semis s'installer à côté du territoire de la meute rend les Brandkel hystériques. C'est débile, m'enfin bon. Moi je les trouve plutôt sympas ces semis. Bref. Nous pensons que ce Tyler est un danger pour toi. J'ai donc été envoyé pour te protéger.

Je me mordis la lèvre.

— Sauf que tu n'as pas postulé pour l'université !

Il faillit laisser pendre sa langue d'amusement, oubliant qu'il n'était plus loup.

— Et c'est pour cela que ton université vient de se doter d'un laboratoire flambant neuf, d'une valeur de trois millions de dollars.

Je le dévisageai, incrédule.

— Non, grand-père n'a pas fait ça ?

Si ça se savait, j'étais socialement mort.

– Si. J'ai le droit de venir dès demain si je veux.

– Grand-père a payé pour que tu sois accepté à l'université ? répétai-je comme un perroquet. Chuck, c'est de la triche ! Prendre la place de quelqu'un d'autre ce serait…

Il écourta mon argumentation.

– Enfin non, quelle idée, jamais tes grands-parents ne feraient une chose pareille : j'ai pris la place de personne. Je vais t'accompagner en tant qu'animal de compagnie !

Je fermai un instant les yeux. C'était la catastrophe.

– Chuck ?

– Mmmh ?

– Tu t'es regardé récemment ?

– Ouais, t'as vu, c'est top ! J'ai super grossi ! Je vais peut-être dépasser ton grand-père en poids ! À moi les jolies petites louves !

Je soupirai. Maintenant, non seulement j'avais la nausée, mais en plus j'avais mal à la tête.

– Il y a des tas de profs à l'université. Des gens à l'esprit scientifique. Qui savent très bien qu'un chien aussi gros que toi, ça n'existe tout simplement pas.

Il fit la grimace.

– Certains danois, mastiffs ou grœnendaels sont aussi hauts que moi ! D'ailleurs George, le plus grand chien du monde, fait cent onze kilos et mesure cent neuf centimètres au garrot !

– Et toi, quand tu es sous ta forme de loup, tu es aussi gros qu'un âne !

Je n'ajoutai pas qu'il en avait aussi les caractéristiques mentales.

– Et alors ?

– Alors pas question que je t'emmène avec moi.

Il me sourit. Et il n'y avait plus aucun humour dans ses yeux soudain froids.

– Je crois que tu n'as pas bien compris, punching-ball, tu n'as pas le choix. J'ai reçu un ordre de mon alpha. Je ne vais pas le défier et mourir pour te faire plaisir. Et tiens, regarde !

Il me tendit un truc brunâtre qui pendouillait.

– Je t'ai même apporté une laisse !

Là, je sus que j'avais perdu.

Heureusement, j'eus quelques jours de répit pendant lesquels mon organisme combattait le virus. Je fus violemment malade, mais au bout de trois jours, j'arrivais enfin à tenir à peu près sur mes jambes.

Mes étranges sens trop développés ne disparurent pas. Nanny s'en rendit compte, un matin, lorsqu'elle posa un plateau un peu brutalement sur la table et que je sursautai. J'étais en train de terminer de me sécher la tête, encore en caleçon, et j'en lâchai ma serviette tellement le bruit m'explosa dans les oreilles.

– Nanny, je t'assure, je vais bien, inutile de m'apporter mon petit déjeuner dans la chambre, grommelai-je en ramassant la serviette.

Elle plissa les yeux et me dévisagea. Puis elle pencha la tête. Je la regardai, étonné, lorsqu'elle claqua brutalement des mains.

Je sursautai, lâchai de nouveau la pauvre serviette, puis gémis de douleur en me tenant les oreilles.

– Depuis quand es-tu aussi sensible aux bruits ? demanda-t-elle calmement.

– Ehhh, grognai-je, tu m'as fait peur, Nanny !

– C'était le but. Mais tu as réagi comme un loup, pas comme un humain.

Je n'aimais pas l'espoir dans sa voix. Je lui montrai mon torse nu avec résignation.

– Non, tu vois, toujours humain, pas de poils, pas de crocs ni de griffes. Je suis juste un peu sensible aux sons, odeurs et lumières, c'est tout.

Elle me fit signe de m'asseoir sur mon lit et j'obéis, tant pis pour la serviette.

– Hum ! fit-elle peu convaincue avant de me mettre le plateau sur les genoux.

– Nanny ? D'où tu connais le nom des O'Hara ?

Elle se raidit.

— Qu'est-ce qui te fait croire que je le connais ?

— Oh, un détail. Tu m'as juste broyé le poignet lorsque Katerina a prononcé son nom.

— Pardon.

— Pas grave. Alors ?

— Tu sais que je t'aime, n'est-ce pas ?

— Je n'ai aucun doute.

— Mais pas au point d'affronter le Seigneur des Loups. Désolée.

Ah. Y avait-il un enjeu politique là-dessous ? Qu'est-ce que ma famille avait fait aux O'Hara ? Ou les O'Hara à ma famille ? C'était plus improbable, mais possible, vu sa réaction.

Au moment de sortir, elle se tourna vers moi.

— Dis-moi, mon petit, cela te pèse-t-il encore beaucoup ?

J'étais en train de méditer devant ma tasse de café, et ma cuillère s'immobilisa. La compassion dans ses yeux faillit me faire chavirer.

— Quoi ?

— Le fait que ton père soit un loup mais pas toi ?

Répondre « non » aurait été mentir. Je mentis.

— Non.

— Hum, refit-elle. Ils ont essayé, mais sans résultat. Je ne pense pas que tu te transformeras à présent. Tu es trop vieux. Même si certaines capacités semblent apparaître.

— Pardon ?

— Pourquoi crois-tu que ton grand-père et ta grand-mère ont laissé les autres te maltraiter ?

J'ouvris grands les yeux tandis que la phrase me frappait comme un marteau.

— Ils ont fait exprès ?

Elle hocha la tête et ses yeux d'ambre étaient sombres.

— Je n'étais pas d'accord, précisa-t-elle, j'ai essayé de te protéger de mon mieux. Ils espéraient que ta nature lupine ressortirait enfin. Jusqu'au jour où tu t'es enfui. Tes grands-parents ont enfin compris que c'était inutile.

D'où la mise au point de grand-père avec mes tourmenteurs. Je comprenais des tas de choses à présent. Je poussai mon plateau. Je n'avais plus faim.

– Je suis désolée, mon petit, dit tendrement Nanny.

Puis elle sortit sans aucun autre commentaire.

Je réfléchis à ce qu'elle venait de me révéler. Puis réalisai que cela n'avait aucune importance. Je n'étais pas un loup, ne le serais jamais. Tant pis. Il y avait des tas d'autres choses dans la vie que de vouloir à tout prix ressembler à d'autres personnes. J'allais trouver qui j'étais.

Ça, c'était une quête intéressante. Cela contribua à faire disparaître le poids que j'avais sur l'estomac. Je repris mon plateau et dévorai le tout avec énergie.

Chuck revint tout crotté de sa balade et les hurlements de Nanny quand il salit sa maison immaculée me firent sourire. Je gardais en mémoire la phrase mystérieuse de Nanny au sujet de Katerina. Interroger ma famille à propos des O'Hara. Mais face à face. La liaison vidéophonique n'était pas assez puissante pour retransmettre parfaitement les réactions de mes loups de grands-parents.

– C'est bizarre, grogna Chuck en revenant à mes côtés avec un verre de jus d'orange, mais il y a une odeur qui flotte autour de la maison. Quelque chose que je n'ai jamais senti. Cela me fait penser à un loup, mais pas exactement.

– Ce doit être l'odeur de Nanny, elle passe beaucoup de temps dans les bois à chasser, je crois que la meute lui manque.

Il secoua sa grosse tête.

– Non, c'est différent. Ça ressemble plus à un truc sauvage. Curieux.

Le lendemain, je réalisai, surpris, que je continuais à mieux voir, à mieux entendre et à mieux sentir. C'était très déroutant, surtout qu'il n'y avait rien de différent. Je supposais que le virus devait avoir activé involontairement des fonctions lupines cachées dans mes gènes.

Et pour la première fois de ma vie, je souhaitais de toutes mes forces que ce ne soit pas le prélude à une transformation. Pour rien au monde je ne voulais devenir loup-garou. Pas depuis Katerina.

Malheureusement, je ne pouvais pas passer beaucoup de temps au téléphone avec elle. Pas avec deux loups aux longues oreilles à l'écoute. Je la dissuadai de venir me voir, expliquant que je passais mon temps à vomir ou à dormir et que je n'avais pas envie de la contaminer. Nous avions pas mal de boulot pendant les vacances de Thanksgiving, du coup, ce ne fut pas si difficile de la tenir à distance. Même si cela me fit beaucoup souffrir.

Trois jours plus tard, j'étais enfin capable de marcher sans tomber dans les pommes toutes les cinq minutes.

Chuck, ravi d'être en vacances lui aussi, s'était bien dégourdi les pattes. Nanny avait exprimé des doutes à propos d'un loup en liberté à l'université. Et nous avait fermement suggéré d'apprendre à Chuck à marcher en laisse. Avec moi au bout.

Les loups sont très joueurs. Ils sont curieux et ont un peu tendance à se jeter en avant dès qu'ils voient un truc bouger. Chuck ne faisait pas exception à la règle. Vous imaginez un loup-garou de cent cinquante kilos, dix fois plus fort que vous qui a envie de courir après une souris, une feuille volante, un écureuil alors que vous le tenez en laisse ?

Ben, c'est un peu comme un traîneau tiré par des chiens. Avec moi dans le rôle du traîneau.

Au bout de dix minutes de supplice j'avais le visage râpé, les mains en bouillie et une belle collection d'hématomes sur le torse. Du coup, j'appris à ne surtout pas enrouler la laisse autour de ma main et à la laisser filer précipitamment à la plus petite secousse.

En dépit de ces précautions, parfois je ne lâchais pas assez vite. Après avoir été traîné par terre une demi-douzaine de fois, je mis au point un sifflement strident qui vrillait les oreilles de Chuck et le faisait piler net.

Nanny trouva cela hilarant. Elle ne le disait pas mais je voyais bien que ses yeux pétillaient.

Pfff.

Ces longs jours sans Katerina m'avaient semblé horriblement lents, surtout que je ne pouvais pas aller la surveiller chez elle. Pour la première fois, j'appréhendais nos retrouvailles.

Le jour de la rentrée, je montai dans ma voiture avec un horrible pressentiment. Cela allait être une catastrophe. Je posai le baluchon qui contenait les affaires de Chuck au cas où il aurait besoin de se transformer en humain et démarrai à contrecœur. Il faisait un froid de canard, l'hiver approchait à grands pas mais, complètement angoissé, j'ouvris les fenêtres. L'air glacial me faisait du bien.

Chuck s'assit à côté de moi, puis, grisé par la vitesse (toute relative) de la Bat, passa la tête par la fenêtre et laissa pendre sa langue rose, ravi. Contrairement à ce que l'on peut penser, les loups voient les couleurs, même si leur perception est plus limitée que la nôtre. En revanche, leur odorat est trente-cinq fois plus puissant. Et leur vue est excellente. Ils peuvent aussi aboyer. Ce n'est pas comme l'aboiement des chiens, un simple « ouaf » leur suffit pour exprimer ce qu'ils veulent.

C'est ce que fit Chuck à un feu rouge. Il produisit un puissant « OUAF » de contentement. La vieille dame dans la Chevrolet à côté de nous ne l'avait pas vu. Ébranlée, elle le regarda, stupéfaite… et contrôla fébrilement si sa portière était bien fermée.

Chuck gloussa. Ça, c'était plus typiquement humain.

Le feu passa au vert. Pour une vieille dame, elle conduisait drôlement vite, car elle me laissa littéralement sur place.

J'arrivai à l'université et, la mort dans l'âme, attachai la laisse de Chuck. Puis sortis.

Un groupe de filles, dont la louve qui me saluait, Loly, passait à ce moment-là. Elles s'arrêtèrent net, suffoquées.

Chuck s'assit, les oreilles bien droites, puis se coucha sur le dos et mit les papattes en l'air.

J'avais honte pour sa race. Pour notre race. Mais cela fonctionna. Elles ne virent plus un énorme loup dangereux, mais un gros chien pataud et gentil. En piaillant, elles se précipitèrent sur lui et commencèrent à le caresser. Il se remit sur le ventre. Puis commença à lécher les visages et les mains de sa grosse langue baveuse. Les filles hurlèrent de rire.

La louve, interloquée, me regarda. Et resta loin.

– Euh, je ne sais pas si les lo… les chiens sont acceptés dans l'établissement.

Je soupirai (je soupirais beaucoup ces derniers temps).

– J'ai une sorte de… dispense.

Si elle avait été sous sa forme de louve, elle aurait pointé les oreilles. Elle rumina ma réponse un instant. Regarda l'énorme loup. Et en tira l'évidente conclusion.

– Y a-t-il un danger, fils de notre meute ?

Je haussai les épaules.

– Juste des petites luttes d'influence. Mon grand-père n'a pas envie qu'il y ait des dommages collatéraux.

Il était inutile de lui cacher ce qui était de notoriété publique. Le sang se retira de son visage lorsqu'elle réalisa qu'elle risquait de se retrouver au milieu d'un conflit entre Tyler et moi.

– Serons-nous… impliqués ? chuchota-t-elle, anxieuse.

– Certainement pas, répondis-je agacé. C'est juste une précaution. Dont je me serais bien passé.

Elle me dévisagea, puis baissa les yeux. Les loups d'un rang inférieur ne vous fixent jamais bien longtemps dans les yeux de peur que ce soit perçu comme un défi. En tant qu'humain, je trouve cela super agaçant. Surtout de la part des louves.

Puis elle regarda de nouveau Chuck et sourit, en dépit de sa peur.

– Il est très… grand.

Je soupirai. Encore une fois.

– Oui. Trop.

– Et vraiment beau, continua-t-elle pensivement. Cette année va être plus intéressante que prévu.

Quoi ? Elle trouvait le gros Chuck beau ? Ça, c'était une première.

Chuck dut entendre, car il releva la tête et la dévisagea. Puis il laissa pendre sa langue, content de ce qu'il voyait. La louve s'approcha avec grâce et se pencha. Les filles eurent l'impression qu'elle se penchait pour le caresser, mais en fait elle le renifla. Il posa son museau dans son cou et lui rendit la pareille. Ils s'immobilisèrent, yeux dorés dans yeux dorés. La louve l'embrassa sur le museau, ce qui le fit frémir, puis fila vers l'université. Oubliant complètement que je le tenais en laisse, Chuck bondit. Je fus tiré en avant et sifflai de toutes mes forces avant de me donner en spectacle… enfin encore plus en spectacle… devant l'assemblée des étudiants. Le sifflement strident dissipa le brouillard créé par Loly et Chuck pila net. Puis se retourna, penaud.

Les filles se relevèrent, mortes de rire devant ma tête. Ce fut donc entourés d'une escorte piaillant et ravie que nous arrivâmes à l'entrée de l'université.

Je n'avais pas prévenu Katerina, pas plus que je n'étais passé la chercher. J'avais bien vu qu'elle avait peur de Chuck. Un tête-à-tête dans la voiture m'avait semblé une mauvaise idée. Et puis de temps en temps, Chuck pétait. Saddam aurait pu l'utiliser comme arme de destruction massive. J'espérais qu'il allait se retenir pendant le cours, parce que je n'avais pas de masque à gaz sur moi.

Tout le monde releva la tête lorsque les filles hurlèrent « regardez, regardez ! » en entrant dans l'amphithéâtre. Je réprimai mon énième soupir. J'étais arrivé suffisamment tôt pour que le prof ne soit pas encore là, mais hélas, il y avait déjà beaucoup de monde. Tout de suite, comme aimanté, mon regard se posa sur Katerina. Elle était assise et écrivait quelque chose. Pour une fois, Tyler ne la collait pas.

Elle releva la tête lorsque j'allai m'asseoir au bout de sa rangée afin que Chuck puisse s'allonger près de moi.

Katerina avait encore la bouche ouverte de stupéfaction lorsque je posai mes fesses sur le siège. J'avais laissé une place à côté de moi. Elle fonça dessus comme un requin sur sa proie.

Soudain elle fut près de moi et je respirai de nouveau. Son doux parfum me fit tourner la tête. La chaleur de son corps réchauffa le mien. Mon monde qui vacillait tenait droit de nouveau. Elle était ravissante dans une chaude robe noire toute simple, qu'elle avait customisée avec des tas d'accessoires, ceinture, chaînes, croix et bracelets de cuir noir et rouge qui soulignaient sa poitrine et faisaient ressortir l'éclat de sa peau blanche. Vous croyez que les garçons ne font pas attention à la façon dont vous êtes habillées ? Détrompez-vous. Nous sommes très attentifs. Oh oui. Surtout à tout ce qui colle à vos formes. Nous détestons les filles qui se cachent sous des pulls trop larges. Je détournai les yeux. Parfois, c'était trop dur.

– Indiana ? s'exclama-t-elle les yeux ronds d'étonnement. Mais qu'est-ce que Chuck fait ici ?

Chuck lui lança un doux regard, content qu'elle se souvienne de son nom.

– Il a fait une dépression, ânonnai-je, répétant ce que m'avait dicté grand-père (après une mémorable dispute où il avait dû utiliser toute sa puissance d'alpha pour me convaincre. Me contraindre serait plus juste d'ailleurs). Il se laissait mourir, je lui manquais trop.

Je ne rajoutai pas comment Chuck se laissait mourir, vu sa santé éblouissante et son tour de taille, le coup de la grève de la faim ne passerait jamais.

– C'est un chien d'élevage qui nous est très cher, continuai-je, en espérant de toutes mes forces qu'elle allait avaler mes mensonges. Grand-père n'a pas voulu le perdre. Alors il me l'a envoyé. J'ai obtenu une dispense spéciale pour l'amener.

Elle me dévisagea.

– Tu… tu as obtenu une dispense pour amener ce chien en cours ? Bon sang, Indiana, ton grand-père a couché avec qui pour obtenir ça ?

– Aucune idée, mentis-je. Mais laisser mourir Chuck de dépression parce qu'il ne comprend pas le monde des hommes aurait été injuste, non ?

Là, pour l'instant, Chuck n'avait pas l'air déprimé du tout. En fait, il grognait. Suffisamment fort pour que les gens autour de lui commencent à s'agiter. Son regard était fixé sur Katerina.

– Qu'est… qu'est-ce qu'il a ? souffla-t-elle, effrayée.

Les babines se retroussèrent sur ses énormes crocs blancs. Katerina déglutit. Et sursauta lorsqu'une voix bien connue s'exclama :

– Mais qu'est-ce que ce veau fait au milieu de l'amphi ?

Ah. Ce n'était pas après Katerina que Chuck grognait. Mais après Tyler. Je me tournai vers lui. Son regard jaune était sombre. Il n'aimait pas ce qu'il voyait. Il s'avachit à côté de Katerina et railla :

– Dis donc, Indy, c'est tout ce que tu as trouvé pour draguer les filles ? Amener ce chien galeux ici ?

Chuck grogna plus fort. Il n'avait pas peur de Tyler. Si son père était un alpha, ce n'était pas le cas de Tyler, bien trop jeune. Techniquement Chuck et lui étaient à égalité dans la meute. Tyler le comprit tout de suite. Il avait tellement l'habitude que les loups le respectent à cause de son père que cela lui fit un choc. Surtout après avoir évalué la taille de Chuck.

Je souris.

– Moi, à ta place, j'éviterais de l'insulter. Les chiens sont sensibles au ton de la voix. Il sent que tu ne l'aimes pas.

Je me penchai et murmurai :

– Et je crois bien qu'il ne t'aime pas non plus.

Si Tyler avait été un loup à ce moment, ses oreilles se seraient couchées et sa queue se serait baissée. Il était à la fois furieux et angoissé.

Soudain je fus content que Karl m'ait obligé à amener Chuck avec moi. Je n'avais pas réalisé à quel point Tyler utilisait sa supériorité physique pour m'en imposer. J'avais vécu trop longtemps comme une sorte de loup oméga dominé dans la meute, je me laissais marcher sur les pieds. C'était un réflexe acquis. Il allait vraiment falloir que je m'en débarrasse.

Toutes les meutes ont leur loup oméga. C'est une sorte de bouc émissaire, celui sur qui les autres passent leurs humeurs, le plus faible du groupe. Parfois, les loups oméga sont tellement persécutés qu'ils préfèrent partir pour tenter leur chance ailleurs. C'était, d'une certaine façon, ce que j'avais fait en venant à l'université. Pour les autres loups, c'était juste la suite de leur éducation. Pour moi, c'était un moyen de m'éloigner de la meute, sans la perdre complètement.

Il n'eut pas le temps de répondre, le professeur arrivait et l'écran s'illumina sur un mot, « OPA ». Le prof tapota sur son pupitre et haussa la voix.

– Bien, nous allons voir si vous avez révisé pendant vos vacances. Quelqu'un peut-il me dire ce qu'est une OPA ?

– Une offre publique d'achat, hurlèrent plusieurs étudiants.

– Bien. Quelle différence y a-t-il entre une offre hostile et une offre amicale ?

– Une offre amicale se fait avec l'accord de l'entreprise ciblée, dit Tyler, l'offre d'achat des actions se fait en concertation.

– Alors qu'une offre hostile se fait contre son management, poursuivis-je avec aisance. Elle vise à prendre le contrôle de la société en proposant à ses actionnaires de racheter les actions au-dessus du cours du marché. C'est souvent l'occasion d'un combat. D'un côté, l'entreprise fait une offre pour contrer l'offre hostile et tenter de convaincre ses actionnaires de ne pas vendre à l'ennemi, de l'autre, la société attaquante fait tout ce qu'elle peut pour séduire les actionnaires, y compris en achetant très au-dessus du cours du marché.

– Bien. Je vois que vous avez compris le principe. Donc, monsieur Teller, vous avez une société A, dont le chiffre d'affaires est de dix milliards de dollars et qui fabrique, disons, des téléphones, qui est attaquée par la société B, celle de M. Brandkel, qui est fabricant de voitures, veut se diversifier et dont le chiffre d'affaires est de vingt milliards de dollars. Monsieur Brandkel, qu'est-ce que vous faites ?

Un rictus de chasseur s'afficha sur le visage de Tyler. Il dit :

– Je peux acquérir jusqu'à 5 % de la société sans avoir besoin de le déclarer. Je prépare mes troupes et soit j'appelle les actionnaires directement si je les connais, soit je lance mon offre sur le marché afin d'acquérir des blocs d'action le plus vite possible pour arriver à 5 %. Une fois ceci fait, j'annonce la couleur et je lance mon OPA.

Le professeur nous regarda tour à tour.

– Son CA est de vingt milliards de dollars mais ses bénéfices sont de combien, demandai-je ? Et à quel moment cela se passe-t-il ? Maintenant, dans le passé, le futur ?

– Ah, excellentes questions, monsieur Teller, qu'aurait dû poser M. Brandkel. Cela se passe maintenant. Et ses bénéfices ont été réduits comme peau de chagrin parce qu'il n'a pas anticipé l'augmentation du coût du carburant et a continué à produire de grosses voitures gourmandes en énergie. Il est donc plutôt en déficit.

Tyler grogna.

— Évidemment, j'ai demandé aux banques de m'aider.

— Mais tu ne peux pas obtenir de crédit si facilement si ta société n'est pas solvable, répliquai-je vivement, content d'avoir bien révisé mes cours pendant ma maladie. Tu devrais emprunter trop cher, l'achat de ma société te coûterait une fortune, et il ne serait plus intéressant pour toi. De plus, nous sommes dans un contexte économique difficile, emprunter est compliqué, les banques n'ont pas de liquidités. Elles ne prêtent pas, trop occupées à essayer de s'en sortir. Il me suffit de démontrer à quel point ta position est fragile et mes actionnaires ne te feront pas confiance. Ils ne te vendront pas.

Le professeur laissa Tyler digérer mes paroles puis applaudit.

— Bravo, je vois que M. Teller a bien révisé ses cours. Il a parfaitement raison. Désolé, monsieur Brandkel, mais votre OPA hostile a échoué. Passons maintenant au cas numéro deux. Y a-t-il deux autres victimes dans la salle qui voudraient en débattre ?

Chuck jappa, enthousiasmé par ma victoire. Je serrai les dents.

Le professeur qui n'avait pas encore remarqué mon espèce de gros veau poilu s'immobilisa, stupéfait.

— Mais qu'est-ce que…

— J'ai une autorisation, lançai-je rapidement. Tout a été réglé. Chuck, sois sage.

Et je lui donnai une petite tape sur le museau.

Il me jeta un regard de reproche mais ne grogna pas.

Après un dernier coup d'œil incrédule à l'énorme loup, le professeur écarquilla les yeux mais n'insista pas.

Encore sous le coup de sa défaite, Tyler me fusilla du regard, ce que j'ignorai avec constance. Puis il se pencha vers Katerina et murmura quelque chose. Il sourit de sa propre remarque, mais je décelai quelque chose de bizarre. Si Tyler retrouva rapidement toute sa superbe, Katerina, elle, semblait tendue.

Et furieuse.

Mon cœur se serra. Était-elle en colère contre moi parce que je n'étais pas passé la chercher ? Ou parce que j'avais refusé qu'elle vienne alors que j'étais malade ?

Pourtant elle me souriait lorsqu'elle croisait mon regard, et restait de marbre devant les pitreries de Tyler.

Ce n'était pas contre moi qu'elle était en colère. Je fus surpris du soulagement que j'éprouvais. C'était terrible l'ascendant qu'elle avait pris sur moi. Pire qu'une louve alpha.

Tyler avait fait quelque chose. Quelque chose qui lui avait beaucoup déplu.

Je n'eus l'explication du mystère que quelques heures plus tard, à la cafétéria. Plusieurs gars de ma promotion vinrent me féliciter pour ma démonstration de tout à l'heure. Je les saluai amicalement, mais c'était un peu dur. Les odeurs m'agressaient, c'était écœurant. Bon sang, mais comment faisaient les loups ? Je sentais tout, depuis la sueur sous les parfums jusqu'au sang de la viande ou la forte odeur du beurre. De quoi me couper l'appétit. Mais j'avais faim et si mon cerveau se révulsait, mon estomac, lui, protestait.

Je pris également une grosse platée de viande pour Chuck. Je n'aurais pas dû m'en faire pour lui, car une cohorte de filles gloussantes se précipita pour le gaver.

Je le laissai faire son cabot et m'assis à côté de Katerina. Tyler allait poser son plateau lorsqu'elle intervint :

– Cette place n'est pas libre, dit-elle froidement. Je ne peux peut-être pas t'empêcher de t'asseoir à côté de moi en cours mais à la cafétéria, si.

Tyler gémit. Un vrai truc de loup.

– Allllllezzzz, Kat, arrête ! Tu ne peux tout de même pas m'en vouloir pour un petit truc comme ça ?

D'accord. S'il avait essayé de l'embrasser, j'allais lui arracher la tête.

– Un petit truc ? gronda Katerina comme une vraie louve, au point que Chuck releva la tête, surpris. (Elle baissa la voix afin de ne pas faire une scène devant tout le monde.) Un petit truc ? Tu te fiches de moi ? Tu as essayé de m'acheter, Tyler. Tu as envoyé cinquante mille dollars à ma banque ! Mais comment… comment as-tu pu me faire une chose pareille ?

J'avalai ma viande de travers. Chuck toussa, perturbé lui aussi. Tyler souffla, la mine déconfite.

– Si j'avais su que tu serais tellement en colère, crois-moi, je n'aurais rien fait du tout ! Ce n'était même pas mon…

Katerina se contenta de le fixer de ses étincelants yeux verts. Tyler s'interrompit et tenta une manœuvre de diversion.

– Je… je voulais juste te rendre service ! Et enfin, Kat, t'acheter ? C'est ridicule ! Rien ni personne ne peut t'acheter !

– C'est exact, répliqua-t-elle d'une voix aussi basse que glaciale. Malheureusement, lorsque c'est arrivé sur notre compte commun, j'étais au restaurant. La banque a appelé mon père, qui hélas a accepté le virement. Il a donc remboursé ce que nous devions. Mais sur la tombe de ma mère, Brandkel, je vais trouver un moyen de te renvoyer ton argent, même si je dois travailler jour et nuit jusqu'à la fin de mes jours !

Il pâlit. Tyler avait un double handicap. Il était loup, fils du chef de meute et personne ne lui avait jamais dit non. Il ne pouvait imaginer qu'une humaine puisse le rejeter. Surtout devant moi.

Ses yeux lancèrent un éclair froid. Je frissonnai. Si Tyler prenait Katerina en grippe, il pourrait faire de sa vie un enfer. Il pourrait même l'attaquer physiquement. Et lorsqu'un loup-garou mordait, soit il tuait, soit il transformait en semi. L'avenir de Katerina serait scellé.

Il ferma les yeux, ses mains se refermèrent sur le plateau et on entendit un claquement sec. Il venait de le briser. Tout ce qu'il portait chuta brutalement. Le chaos qui s'ensuivit lui permit de retrouver son sang-froid. Les gens le fixèrent, stupéfaits. Ce n'était pas impossible de briser un plateau, surtout si celui-ci était déjà fêlé, comme beaucoup. Mais cela requérait tout de même pas mal de force.

Il partit débarrasser ce qui restait, puis, comme si de rien n'était, revint avec un nouveau plateau et un sourire étincelant.

Avant que Katerina ait le temps de le jeter, il s'assit et reprit :

– Je disais donc que personne ne pourrait t'acheter, Katerina. Et comme je suis fou amoureux de toi, je voyais plutôt ceci comme un hommage que comme une grossière tentative de corruption.

Celui-là, on lui avait trempé la langue dans le miel quand il était petit, comme disent les indiens Shoshones. C'était habilement joué.

Katerina le regarda, sur ses gardes.

– Un hommage ne vaut pas cinquante mille dollars, lâcha-t-elle. Une attention, c'est un bouquet de fleurs, un dîner, un ciné. Pas cinquante mille dollars.

Vu la façon dont elle le répétait, le chiffre paraissait gravé dans sa tête au fer rouge.

Il lui prit la main. Elle tressaillit au contact de son épiderme plus chaud que celui des humains. Il le vit et recula, puis sa voix prit de l'ampleur comme celle d'un acteur.

– Tu ne comprends pas, Kat. Tu es mon soleil et ma lune. Tu es l'espoir qui brille dans les yeux des prisonniers, tu es l'oiseau qui vole dans le ciel. Tu es ma respiration et les battements de mon cœur. Depuis que je t'ai vue, je n'ai ni repos ni songe. Je ne vis que pour toi, je ne pense qu'à toi. Nulle extravagance ne me semblera trop extravagante, nulle folie ne me semblera assez folle s'il s'agit de te conquérir. Si j'étais un chevalier, je défierais tous ceux qui s'opposeraient à moi, si j'étais un dragon, je t'enlèverais comme le plus précieux des trésors.

Il s'agenouilla devant elle.

– Katerina O'Hara, veux-tu m'aimer et me pardonner ?

Tout le monde applaudit sauf Jackie qui les foudroya du regard, entourée de sa petite cour de filles. Katerina, le rouge aux joues, horriblement gênée d'être le centre de l'attention, était en train de se radoucir.

Ce n'était pas le lieu. Ce n'était pas le moment. Chuck était à côté de moi. J'allais la perdre et la condamner à mort. Je ne pouvais pas lui avouer mon amour. Les Brandkel étaient en opposition ouverte avec grand-père. Tyler n'avait apparemment pas les mêmes consignes que moi, ou alors il les enfreignait sans vergogne. Il mettait la vie de Katerina en danger et il s'en fichait.

J'allais devoir m'en débarrasser avant qu'il ne commette l'irréparable.

Je serrai les dents à m'en faire saigner les gencives.

Puis je me levai.

Chuck jeta un regard surpris vers moi. Je n'avais quasiment pas mangé. Mais je tirai sur sa laisse et il fut bien obligé de se remettre sur ses pattes. Il posa une prunelle malveillante sur Tyler et me suivit.

Le visage fermé, je sortis dans le parc. J'avais besoin de calme. J'avais besoin de réfléchir. La voix de Katerina me fit sursauter.

– Indiana, attends !

J'étais trop furieux pour m'arrêter.

Je passais sous l'échafaudage qui couvraient la façade de la bibliothèque lorsque Chuck, furieux d'être à moitié traîné, m'arrêta brutalement en tirant sur sa laisse. Il donna un coup sec et m'échappa.

– Chuck, bon sang ! hurlai-je, hors de moi. Viens ici !

Le gros loup secoua la tête, un sourire lupin sur son stupide museau. Je le maudis, allai m'avancer pour le rattraper lorsque soudain j'entendis un grincement. Je levai les yeux. Au-dessus de moi, les étais vacillaient.

Je n'eus pas le temps de réagir qu'un corps me poussa tandis que trente tonnes de ferraille s'abattaient sur moi.

Chapitre 13
L'éclipse

Je hurlai.

Et pour la première fois de ma vie, je m'éclipsai.

Sur le coup, je ne compris pas du tout ce qui m'arrivait. Soudain, je me retrouvai ailleurs.

Enfin pas tout à fait ailleurs. Au-dessus de l'échafaudage. Et tout nu. Instinctivement je me couvris de mes mains, affolé. Je voyais les élèves et les professeurs paniqués. Katerina qui hurlait, Chuck qui hurlait. Sa laisse était prise sous une poutrelle, mais il s'en dégagea avec une telle force qu'il ébranla l'amas et fila à toute vitesse.

Je crus que j'étais mort. Que j'étais un fantôme. Soudain le chagrin de n'avoir jamais osé dire à Katerina que je l'aimais m'envahit. Mais quel idiot j'avais été ! Et maintenant il était trop tard. Je regardai autour de moi. Je flottais, à quelques mètres au-dessus de l'amas de métaux brisés. Soudain, je vis quelque chose bouger sous la ferraille. Et une chaussure abandonnée que je connaissais bien.

Ralph Lauren.

Tyler !

Sans réfléchir, je fonçai. Et me retrouvai sous l'échafaudage. Tyler était inconscient, transpercé par plusieurs poutrelles métallique. C'était la cata. La chair cherchait à se refermer sur l'acier. Il râlait, preuve qu'il avait du sang dans les poumons. Je ne savais pas si les loups pouvaient se noyer, mais celui-ci semblait sur le point de le découvrir.

Mais ce ne fut pas le plus grand choc pour moi.

Mon plus grand choc se produisit lorsque je cherchai mon corps.

Et ne le trouvai pas.

Je compris tout de suite.

En me poussant, Tyler m'avait sauvé la vie. Et la menace de mort avait forcé mon don à se révéler.

Je n'étais donc pas un loup-garou. J'étais un rebrousse-temps.

Et merde.

Le choc passé, je réalisai que je n'avais absolument aucune idée de ce que je devais faire. Lorsque maman s'éclipsait, son corps disparaissait. Puis se rematérialisait lorsqu'elle revenait. Je me concentrai. Je devais réapparaître sous l'échafaudage avant qu'ils ne découvrent que j'avais disparu. Heureusement, Tyler était inconscient, il ne risquait pas de s'apercevoir de ce que j'avais fait.

Il y avait une petite place à côté de l'endroit où le corps de Tyler avait protégé le mien, où les poutrelles s'étaient emmêlées, formant une sorte d'abri.

Je voulus m'y rematérialiser. Mais une sorte de… d'élastique voulait absolument m'attirer sous le corps de Tyler. Je résistai. Si je me rematérialisais sous son corps, je serais transpercé par les mêmes étais. Et n'étant pas un loup, je n'avais aucune chance de m'en sortir. Je voyais très bien où j'aurais dû être, parce que mes vêtements étaient pris sous le corps de Tyler.

Ce fut terriblement éprouvant. Chaque fois que j'arrivais à me projeter vers l'endroit libre de débris, l'élastique me ramenait sous Tyler. Il râla un peu plus. Il n'avait pas beaucoup de temps. Je hurlai de rage. Furieux, je luttais, luttais encore, de toutes mes forces et soudain, comme s'il avait claqué, l'élastique céda.

Enfin pas tout à fait. Il s'assouplit très légèrement, me permettant de me déplacer d'un tout petit mètre, hors de danger.

Je me rematérialisai exactement à l'endroit où je voulais.

Et me mis aussitôt à cracher mes poumons. L'air était plein de poussière, il était difficile de respirer.

Je me glissai auprès de Tyler, évitant de toucher les poutrelles grinçantes. Il n'en fallait pas beaucoup pour qu'elles s'écroulent, nous écrasant tous les deux. Mon don avait fonctionné une fois, je n'avais aucune idée de comment réitérer mon exploit. Dans le doute, j'étais donc très, très prudent.

Tous les loups prennent des leçons de secourisme, c'était Nanny qui les dispensait, elle qui devait son surnom à son ancienne profession d'infirmière. Je pressai le thorax de Tyler pour évacuer le plus de sang possible. Il en cracha tellement que je frissonnai. Mais l'instant d'après, une fois ses bronches dégagées, il me sembla qu'il respirait mieux. C'était ironique. J'avais envisagé de tuer Tyler. Maintenant, il me sauvait la vie et je tremblais pour lui.

Des cris, des grincements de poutrelles que les étudiants et les professeurs affolés tentaient de dégager, tout cela parvenait petit à petit jusqu'à nous. Ma chemise, mon pull et mon blouson étaient coincés en partie et pleins de sang mais je parvins à les dégager, ainsi que mon jean. Mon caleçon était toujours dedans. Je récupérai aussi mes tennis et mes chaussettes. Je remis les chaussettes, le caleçon, la chemise et le pull, mais pas mon blouson de grosse laine, trop imbibé de sang. Je l'utilisai pour éponger celui de Tyler et compresser de mon mieux son hémorragie.

Une fois toute trace de mon éclipse effacée, je réalisai qu'il fallait que j'appelle quelqu'un. Je pris le téléphone dans la poche de Tyler. Je sélectionnai dans son répertoire l'entrée « papa ». La bouche sèche, j'attendis.

– Hey, fit une voix joyeuse, mon fiston, tu n'es pas en cours ? Dis-moi qu'au moins tu es avec une jolie fille ?

– Monsieur Brandkel ? demandai-je d'une voix rauque.

– Oui ? fit la voix soudain prudente.

– Je suis désolé. Votre fils a eu un… accident. Il est blessé. Du fait de sa… nature particulière, il me semble prudent qu'il n'aille pas à l'hôpital.

Il y eut un silence.

– Qui êtes-vous ?

– Indiana Teller.

J'entendis une brusque inspiration au téléphone. Puis un déluge d'ordres hurlés. Il me reprit très vite.

– J'ai fait envoyer une ambulance. Une des nôtres. Elle sera là dans un quart d'heure. Décris-moi la situation.

– J'étais en train de marcher sous un échafaudage, à l'université. J'ignore ce qui s'est passé, mais il m'est tombé dessus. Votre fils a dû le voir, parce qu'il a bondi et m'a poussé. Nous avons été tous les deux piégés en dessous, mais je ne suis pas blessé. Votre fils en revanche est touché. Il a été transpercé par trois poutrelles. J'ai comprimé son thorax parce qu'il s'étouffait avec son sang. Il respire mieux, mais sa chair tente de se refermer et emprisonne le métal avec.

– Merde, laissa-t-il échapper. Tu vas devoir le dégager avant que les sauveteurs n'arrivent jusqu'à vous.

Je regardai les poutres instables.

– Impossible, monsieur. Pour faire ça, je dois déplacer des poutres qui forment une protection au-dessus de lui. Il sera broyé. Et moi aussi.

– Fais une photo. Envoie-la-moi, aboya-t-il.

J'obéis. Quelques secondes plus tard, le téléphone sonnait.

– Tu as raison. Impossible de le bouger pour l'instant, tout s'effondrerait. J'ai eu plusieurs des loups de l'université. Ils sont en train de dégager d'un côté afin d'essayer de faire passer quelqu'un, les humains essayent de les aider, mais ils nous retardent plus qu'autre chose. Jack va opérer une diversion.

Je sentis mon cœur accélérer. Jack était l'un des loups de l'université. Je ne l'avais jamais vu avec Tyler et ignorais donc qu'il était en relation avec sa meute.

– Une diversion ? Comment ça, une diversion ?

Soudain, dehors, retentit une grande clameur. Peut-être que sans mes nouvelles oreilles je ne l'aurais pas entendue. Je serrai le téléphone.

– Qu'est-ce que vous avez fait ?

– Moi ? Rien. Jack, en revanche, vient de mettre le feu au laboratoire.

– Quoi ? Vous êtes dingue !

Sa voix devint brutalement froide. Impitoyable.

– C'est ça ou tuer tous les témoins. Qu'est-ce que tu préfères ?

Laisser mourir Tyler, protéger les humains. C'est ce que j'aurais dû répondre.

Je ne pouvais pas.

– Ça va, dit Brandkel, Jack a coordonné le tout et les autres loups ont éloigné les humains restants. À part la fille dont Tyler me parle tout le temps, cette fameuse Kat. Je vais dire à Jack de s'en occuper.

– NON ! hurlai-je dans le téléphone en l'agrippant sauvagement. NON, laissez-la tranquille !

Je l'entendis qui parlait dans un autre téléphone. Sa phrase me glaça.

– Débarrassez-vous-en, et vite !

Je hurlai à m'en faire éclater les poumons.

– Brandkel, si vous touchez à Kat, je tue votre fils, c'est compris ! Je dégage une poutre et il est mort ! Je n'hésiterai pas une seconde, vous m'entendez, Brandkel ? Elle meurt, il est mort !

La rage me secouait de bas en haut, comme une vague de démence. J'étais coincé, je ne pouvais absolument rien faire. Mais s'il touchait à Kat, je me savais assez fou pour mettre mes menaces à exécution. Il dut le sentir car il parla rapidement dans l'autre téléphone.

– Il va falloir vous calmer, jeune Teller, fit-il d'une voix froide qui me fit l'effet d'un couperet. Nous n'allons évidemment pas assassiner une humaine au beau milieu de l'université.

Il me prenait pour un imbécile. La tuer n'avait rien de compliqué. Une torsion et son cou craquerait comme une noix. Ensuite il suffirait qu'un loup la prenne dans ses bras comme si elle était évanouie et le tour serait joué.

– Que lui avez-vous fait ? Brandkel, QUE LUI AVEZ-VOUS FAIT ?

– Vous avez l'air de beaucoup tenir à cette jeune humaine, jeune Teller.

Je regardai le corps martyrisé de Tyler et je sus quoi répondre.

— Cela vous amuse de jouer avec la vie de votre fils ?

— Je n'aime pas beaucoup qu'on me menace.

— Je n'aime pas beaucoup qu'on assassine mes amis.

— Ce n'est qu'une humaine.

Je résistai de justesse à l'envie irrésistible de hurler de nouveau. Et soudain, je fus calme. Comme si j'avais été plongé dans un bac d'eau glaciale.

— Répondez-moi, intimai-je d'une voix froide.

Et pour la première fois de ma vie, dans toute ma voix vibrait l'autorité d'un alpha. Il resta un instant silencieux, siffla doucement puis répondit.

— Loly a dû l'assommer pour la calmer. On devrait pouvoir aller plus vite. Plusieurs camions de pompiers convergent vers vous, en plus de notre ambulance. L'un d'eux est rempli de loups.

C'était la vérité. Je pouvais le sentir. Je relâchai ma pression sur le téléphone de Tyler. Il était tordu.

— Comment va-t-il ? demanda Brandkel comme si rien ne s'était passé.

Tyler ne râlait même plus. C'était mauvais signe. Je ne le dis pas.

— Il tient le choc.

Soudain il y eut un grincement torturé et je jetai un regard inquiet vers la voûte de poutres. Mais cela ne venait pas de là. Il y eut une toux étouffée, une poutrelle fut poussée et une forme se glissa lentement vers nous.

C'était Chuck, sous sa forme humaine, juste vêtu de son caleçon en dépit du froid glacial, qu'il était allé récupérer dans ma voiture. Il était couvert de graisse, qu'il avait dû piquer à la cantine pour s'en enduire afin de pouvoir se faufiler. En dépit de cette précaution, du sang coulait un peu partout, là où il s'était écorché pour arriver jusqu'à nous. Mais les entailles se refermaient déjà. Sauf sur sa main gauche, pleine de coupures et de verres.

Il me vit, accroupi au téléphone, et son regard affolé s'emplit de soulagement.

– Par les moustaches d'Anubis, souffla-t-il, je sentais le sang, nous sentions tous le sang, mais impossible de savoir si c'était le tien ou celui de Tyler. Je t'ai cru m… bref. Tu vas bien ?

– Qui est-ce ? gronda Brandkel au téléphone.

– L'un des nôtres, l'apaisai-je, passant sur le « monsieur » poli qui n'aurait pas franchi mes lèvres. Il a réussi à se faufiler. Oui, je n'ai rien Chuck. Tyler m'a protégé. Mais nous sommes coincés et il est gravement blessé.

Son nez frémit lorsqu'il vit l'état de Tyler. Chuck évalua les poutres du regard. Puis je le vis secouer la tête.

– Il va falloir que nous retirions ces poutres de son corps, dit-il, sinon il ne pourra jamais guérir. Il perd trop de sang.

– Je sais, soufflai-je. Tu crois que tu vas pouvoir soutenir l'ensemble afin que je le délivre ?

Il soupesa le travail de titan qui l'attendait et secoua sa grosse tête brune, ses yeux d'or étincelant dans la pénombre.

– Oui, il y a deux poutres qui soutiennent l'ensemble, elles appuient sur celles qui transpercent Tyler. Si je les cale, on devrait y arriver. Mais je vais avoir besoin de ton aide.

– Dites-moi ce qui se passe ! ordonna Brandkel.

– Nous essayons de sauver la vie de votre fils, répliquai-je énervé. Un peu au péril de la nôtre en passant. Je vous rappelle.

Et je raccrochai sèchement. Le téléphone se remit immédiatement à sonner, mais je le mis sur vibreur. Puis le glissai dans la poche de Tyler. Ça allait probablement rendre Brandkel hystérique, mais là, franchement, je m'en foutais.

Chuck se déplia difficilement, à moitié courbé, mit ses épaules sous les deux poutres, prêt à pousser sur ses grosses jambes, et m'interrogea du regard.

Je déglutis. Des trois, c'était moi le plus vulnérable. Mais la tête de Tyler retomba sur le côté, un râle lui échappa et le sang commença à goutter moins fort. Il n'était pas loin de mourir, je le sentais. Nous n'avions plus de temps à perdre.

Plongeant mon regard dans celui de Chuck, j'opinai de la tête. Il se passa la langue sur ses lèvres sèches. Il était prêt.

Il souleva les deux poutres et je criai.

– Arrête, arrête !

Tout l'ensemble était en train de glisser droit sur nous. Nous allions être broyés. Il obéit instantanément et le tout s'arrêta avec un grincement torturé. J'essuyai la sueur sur mon front, tétanisé. Mais à part un bruit de métal de temps en temps et le travail des loups dehors, cela ne bougeait plus.

– Chuck, il va falloir faire plus doucement, OK ? Tu soulèves d'abord la poutre à droite. Je retire celle qui transperce l'abdomen de Tyler, ensuite on l'utilise pour caler celle que tu tiens. Puis on soulève la deuxième qui lui transperce l'épaule et enfin on s'occupe de sa jambe, OK ?

Chuck transpirait aussi abondamment que moi. Et il y avait une telle panique dans son regard !

– OK. J'y vais.

Très précautionneusement, il souleva l'étai. Il se figea lorsque le métal grinça et bougea, mais rien ne s'écroula.

Petit à petit, il dégagea les étais bloquant la poutre qui clouait Tyler à terre. Je voyais son visage se crisper de douleur au fur et à mesure que le poids d'une partie de l'ensemble reposait sur ses épaules.

Mais la poutre fut enfin libre, je pouvais la retirer du corps de Tyler.

– Fais vite, haleta Chuck.

J'étais prêt. Je ne pouvais pas me redresser, mais j'attrapai la poutre et commençai à tirer comme un fou.

S'il y eut un moment dans ma vie où je regrettai vraiment de ne pas avoir la puissance d'un loup, ce fut ce jour-là. La poutrelle avait déjà été intégrée par l'organisme de Tyler, qui se refermait dessus. Elle refusait de bouger, totalement bloquée. J'insistai, imprimant un mouvement circulaire afin de dégager l'acier. La douleur fut telle qu'elle le sortit de son coma.

Les yeux vitreux, Tyler me regarda.

– Qu'est-ce que…

– Tu as été blessé, Tyler, soufflai-je en continuant à tirer. Ta chair se referme sur la poutre qui est en train de te tuer, je dois la retirer. Bordel, je n'y arrive pas !

Il grimaça.

– Mal. J'ai mal.

Je sentais ma gorge se serrer. Ce garçon n'était pas mon ami et je le détestais, mais c'était horrible de mourir comme ça.

Il mit sa main pleine de sang sur la poutrelle, juste en dessous de la mienne et dit :

– Indiana. Ensemble. Maintenant.

Et unis dans l'effort, sous le corps courbé de Chuck comme une coupole humaine, un titanesque colosse, nous tirâmes.

La poutre ne bougea pas. L'effort avait été trop intense pour Tyler. Il s'évanouit de nouveau. Je poussai un hurlement de loup, à moitié fou, et tirai de plus belle.

Avec un bruit humide à retourner le cœur, la poutrelle sortit de dix centimètres de son ventre.

Je hurlai de nouveau, de victoire cette fois.

– Dépêche-toi, souffla Chuck, je ne vais pas tenir très longtemps.

Je pouvais entendre les craquements de son dos sous la pression.

Je tirai encore et, enfin, la poutrelle glissa hors du corps de Tyler.

Je la redressai et la positionnai sous celle tenue par Chuck.

– Vas-y, mais ne recule pas. Si la poutre ne tient pas, il faudra que tu retiennes l'autre.

Il ne répondit pas. Ses dents étaient trop serrées par l'effort.

Très lentement, il laissa le poids reposer sur la poutre. Pendant quelques secondes d'éternité, nous avons bien cru qu'elle ne tiendrait pas. Elle craqua de manière inquiétante, mais finit par se stabiliser. Brave poutre, bel acier américain. Solide.

Chuck se courba et s'assit à côté de moi. Son visage habituellement hâlé par le soleil était pâle.

– Laisse-moi... laisse-moi une seconde, le temps de récupérer.

Il fit craquer ses épaules, leva les bras autant qu'il put, soupira et retourna se positionner sous la deuxième poutre.

Il fut plus facile de délivrer l'épaule de Tyler, car la poutre était moins mal placée. Restait celle de la jambe. Heureusement, elle avait raté la fémorale, sinon ça en aurait été fini en quelques minutes, Tyler se serait vidé de son sang. Malheureusement, le poids de l'acier de ce côté était bien plus important, à voir la façon dont la poutre pliait.

Chuck et moi échangeâmes un regard.

– Tu crois qu'il peut attendre ? finit par demander Chuck. Je suis fort, Indiana, mais j'ai failli craquer tout à l'heure. Je ne pourrais pas retenir un tel poids.

Je grimaçai.

– Je sais. Mais regarde-le.

Il regarda Tyler et, comme moi, comprit ce qui se passait.

Ses blessures ne se refermaient pas. L'effort fourni avait été trop important, son corps épuisé n'arrivait plus à réparer les dommages.

– Retirer la poutrelle n'est pas le plus important, ce qu'il faut c'est le sortir d'ici et le transfuser. Franchement Chuck, si j'avais le choix…

– Mais tu as le choix, dit-il doucement, si doucement que je faillis ne pas l'entendre. Nous pouvons le laisser mourir.

J'inspirai vivement. Ce n'était pas une option. Mais je savais que si j'essayais d'expliquer que ce n'était tout simplement pas dans ma nature de laisser quelqu'un mourir juste parce que ça m'arrangeait, Chuck ne comprendrait pas. Je devais lui donner une raison… raisonnable. Ce ne fut pas difficile.

– Si Tyler meurt parce qu'il m'a sauvé la vie, Chuck, combien de temps crois-tu que Louis me laisserait vivre ? Il provoquerait une dette de sang entre grand-père et lui. Le défierait. Et vu que c'est un salopard sans scrupule ni morale, il gagnerait. Tu aurais envie de vivre dans une meute sous les ordres de Brandkel ?

Il soupira. Il n'avait pas pensé à ça.

– Non, reconnut-il. Mais si je lâche, nous risquons de mourir tous les trois. Es-tu prêt à prendre le risque ?

J'hésitai. Puis le dévisageai.

– Oui. Il le faut.

Il soupira de nouveau mais plus fort.

– Alors il va falloir que tu sois vraiment, mais vraiment très rapide, Indy, sinon, toi, moi et ce type, nous allons vraiment le regretter pendant, oh ! au moins une seconde.

Je souris, allai tapoter son biceps enduit de graisse et continuai.

– J'ai confiance en toi, Chuck. Tu feras un formidable chef de meute un jour.

– Il faudrait déjà que je survive, grogna-t-il. Bon, allons-y.

Il se redressa, courba le dos sous la poutre et me fit signe, trop concentré pour parler.

Chuck se redressa et je vis les vaisseaux de ses yeux céder sous l'effort immense, les noyant de sang.

Je tirai de toutes mes forces sur la poutre et la fis glisser bien plus facilement maintenant que la chair de Tyler ne la retenait plus. Chuck oscillait, le visage rouge, les yeux déments.

Je plaçai vivement la poutre sur celle que tenait Chuck et il s'effondra, ne me laissant pas le temps de la caler correctement. Sous nos yeux horrifiés, elle commença à osciller.

– Il faut filer, hurlai-je, vite !

Il attrapa le corps de Tyler et se glissa dans le trou, pied en avant, tirant Tyler à toute vitesse. Derrière nous, les poutres grinçaient, oscillant de plus en plus. Je me précipitai derrière eux. Contrairement à Chuck, je n'étais pas un loup et je laissai des lambeaux de peau sur les tronçons acérés. J'entendis un bruit déchirant derrière moi, poussai Tyler de toutes mes forces et émergeai dans la lumière quelques secondes avant que l'édifice ne s'effondre.

Les loups épuisés et couverts de poussière me dévisagèrent. Deux ambulances étaient là, dont celle, privée, de Louis Brandkel. Tyler fut placé sur une civière, le médecin, un loup aussi, lui fixa immédiatement une perfusion et l'ausculta sur place, tandis que les autres infirmiers loups, ainsi que certains portant des uniformes de pompiers éloignaient les curieux.

Tout cela n'avait pas duré si longtemps, peut-être une demi-heure, mais j'avais l'impression d'émerger d'un cauchemar sans fin. J'étais presque surpris de voir que le soleil brillait toujours joyeusement.

Et qu'une épaisse fumée s'échappait du labo, cerné par des meutes de pompiers.

Chuck, le corps encore tremblant, les yeux encore injectés de sang, se rapprocha de moi. On lui avait donné une couverture. Il me donna une tape dans le dos, je titubai un peu.

– Alors, s'exclama-t-il, tu crois toujours que tu n'as pas besoin d'un garde du corps ?

Je hochai la tête. Il avait bien mérité le compliment.

– Merci Chuck. Sans toi, je serais sans doute mort. Et Tyler aussi.

– Tyler, je m'en fiche, clarifia-t-il en haussant les épaules et, vu sa grimace de douleur, en le regrettant. Mais pour toi, ah, je vais passer loup alpha dès qu'on rentre, ton grand-père sera content de voir que j'ai si bien rempli ma mission !

– Ça va aller, dit soudain notre médecin en se redressant. Vous lui avez sauvé la vie, les garçons. Quelques minutes de plus et je ne pouvais plus rien faire. Je dois l'opérer, les viscères ne se sont pas remis correctement. Nous l'évacuons.

– Attendez une minute !

J'attrapai le téléphone dans la poche de Tyler. Cent vingt-trois appels en absence. J'appuyai sur la touche. Le téléphone sonna. Brandkel décrocha. Il resta silencieux. Je pouvais sentir sa fureur et son angoisse de là où j'étais.

– Il est sauf, dis-je simplement.

Il poussa un soupir si profond qu'il m'écorcha l'oreille.

Puis il fit une chose simplement incroyable.

– Merci, me dit-il.

Et il raccrocha.

Encore éberlué, je remis le téléphone dans la poche de Tyler. Une seconde après, celui de notre médecin sonnait. Je le vis se raidir lorsqu'il décrocha.

– Oui monsieur, bien monsieur, à vos ordres monsieur.

Je me détournai, je cherchai quelqu'un du regard. Dans l'autre ambulance il y avait une personne et je me précipitai. Katerina avait une poche de glace sur la tête et Loly se trouvait auprès d'elle. Le visage de Chuck s'éclaira lorsqu'il vit Loly.

Mais ce fut surtout l'affection et le soulagement dans les yeux de Katerina qui me bouleversèrent. Je m'agenouillai devant elle. Je feignis de ne rien savoir.

– Katerina, mais qu'est-ce qui s'est passé ?

Elle me toucha le visage, comme si elle n'arrivait pas à croire que je sois vivant. Elle frissonna en voyant mes écorchures.

– Ils... ils viennent de me dire que tu allais bien, que Tyler était blessé.

Je la rassurai tout de suite.

– Il va s'en sortir et probablement sans séquelle. Je viens de voir le médecin.

C'était le verdict officiel, car une fois que l'organisme de Tyler commencerait à guérir, il serait sur pied en quelques jours. Son médecin avait donc pour consigne de dire qu'il avait été légèrement blessé. Katerina s'affaissa un peu, soulagée.

– Et toi ? Tu as été touchée par l'effondrement ? demandai-je innocemment.

Elle fit une grimace douloureuse.

– Rien d'aussi glorieux. J'étais en train d'aider à déblayer et tout à coup, pouf, plus rien. Lorsque je me suis réveillée, Loly me disait que vous étiez saufs, mais que Tyler souffrait de plusieurs blessures. Entre les deux, c'est le trou noir.

– Nous étions en train de dégager la ferraille, expliqua Loly avec un regard d'avertissement. Je n'ai pas vu que Katerina se tenait derrière moi alors que je lui avais demandé de reculer dix fois au moins. Je l'ai heurtée involontairement avec un bout de métal. Heureusement, c'était un bout lisse. Il l'a juste assommée. Je suis tellement désolée !

Je lui adressai un sourire reconnaissant. Elle l'avait assommée, pas tuée.

Katerina agita vaguement la main. Elle avait du mal à reprendre ses esprits.

– Non, non, ce n'est pas grave, ce n'est pas ta faute, c'est la mienne, tu vois, je n'ai rien, juste une grosse bosse !

– Il faut quand même que vous veniez à l'hôpital, mademoiselle, dit gentiment l'ambulancier, nous devons vérifier si vous n'avez pas une commotion cérébrale.

Katerina eut un faible sourire. Ses yeux gris-vert me détaillèrent.

– Je n'arrive pas à y croire, déclara-t-elle, dégoûtée, tu te fais écraser par trente tonnes de métal et c'est moi qui vais à l'hôpital ? Je trouve ça horriblement injuste.

Je désignai les coupures un peu partout sur mon corps.

– Pas exactement indemne, je crois que je vais avoir besoin de quelques travaux de couture, moi aussi.

En fait, je n'avais rien de bien grave, mais je voulais rester avec elle. Je la fis monter dans l'ambulance, puis me tournai vers Chuck dès que je fus sûr qu'elle était occupée avec l'ambulancier.

Discrètement, de ses griffes de loup, Chuck se reblessa là où il avait été entaillé par les poutrelles afin de venir aussi. Et son poing était vraiment amoché.

– Comment tu t'es fait ça ? demandai-je dans un murmure si bas que Katerina ne pouvait pas entendre, en désignant les coupures et le verre qu'il tentait de déloger.

– Euh, ta voiture, elle est assurée ? murmura-t-il en retour.

– Quoi ? Qu'est-ce que tu as fait à ma voiture ?

– Ben j'avais pas les clefs. Je devais récupérer mes vêtements, alors j'ai cassé la vitre.

– Bon sang, Chuck !

– J'avais pas le choix ! C'était la panique, ça va, je te remplacerai le carreau !

Il était inutile de bougonner. Il avait raison. Je n'y avais pas pensé, mais il fallait que je lui fasse faire un double des clefs. Je hochai la tête.

– Merci, sans toi on ne s'en serait pas sorti.

– Je viens de remettre le reste de mes vêtements dans la voiture : avec la graisse dont je me suis enduit, inutile que je les bousille. Je me changerai en loup dès que vous aurez été soignés, Katerina et toi. Tu me donneras les clefs, je viendrai récupérer ta voiture et je passerai te chercher.

Une vague de panique me saisit à l'idée d'un loup au volant de ma voiture mais je n'eus pas le temps de protester que mon portable sonnait. C'était Nanny. Elle était totalement affolée. Je passai quelques minutes à la rassurer, puis un bip m'avertit qu'on cherchait à me joindre.

C'était grand-père.

– Je viens de recevoir l'appel le plus bizarre de ma vie, gronda sa voix de tonnerre. Brandkel vient de me remercier parce que tu as sauvé la vie de son fils. Qu'est-ce que tu as encore fait, Indiana ?

– En fait, c'est lui qui m'a sauvé, grand-père, répondis-je, surprise de voir que mes genoux tremblaient d'un seul coup. Un échafaudage m'est tombé dessus.

Il retint sa respiration et je continuai très vite.

– Je n'ai rien, juste des écorchures. Chuck a joué les Atlas, et à défaut du monde, il a soulevé quelques tonnes de ferraille pour nous sortir de là. Nous allons bien.

– Vous avez une tempête à Missoula ? dit-il d'un ton surpris, après avoir digéré la nouvelle.

– Euh non, pourquoi ?

– Il n'y a pas de vent ? insista-t-il.

– Pas un gramme, il fait un temps superbe. Oh !

Je venais tout à coup de réaliser pourquoi il me posait la question.

– Tu as cru que l'échafaudage s'était décroché à cause du vent, c'est ça ?

Grand-père soupira.

– J'aurais préféré. Raconte-moi tout.

Ce fut bref, il n'y avait pas grand-chose à dire.

Je ne lui parlai pas de mon don. C'était quelque chose qui m'appartenait, enfin, juste à moi. Et surtout, je n'avais pas du tout envie de me retrouver dans une petite cage, prisonnier, à ânonner une litanie de mots sans fin.

Je ne parlai pas non plus de Katerina. Et de ce qu'avait voulu faire Brandkel.

Je dus mentir suffisamment bien, parce que mon grand-père ne réagit pas.

— Vous êtes donc tous sains et saufs, grogna-t-il, c'est le principal. Tu peux me passer Chuck, s'il te plaît ?

J'obéis, un peu surpris, car Chuck avait son propre portable. Puis me souvins que celui-ci devait être avec ses vêtements dans la voiture.

Mais comment grand-père le savait-il ?

Chuck prit l'appareil avec précaution et parut se figer lorsque la voix de grand-père lui aboya dessus. Ce fut tout juste s'il ne se mit pas au garde-à-vous. Il me le rendit après avoir raccroché et fila, laissant la couverture sur place.

Stupéfait, je la ramassai. Par les crocs d'Anubis, mais qu'est-ce que grand-père lui avait dit ?

Il ne fut pas très long. Lorsqu'il revint, je remarquai tout de suite deux choses. Il éternuait comme un perdu. Et il avait l'air très ennuyé.

L'ambulancier nous fit signe qu'il partait enfin car personne d'autre n'avait besoin de ses soins : le feu allumé par Jack avait juste brûlé une salle de classe, sans toucher d'humains.

— Atchhhhhaaaa ! fit Chuck. Atttchhhhaaaa !

Cela me perturba. Je n'avais jamais vu de loup malade, enfin pas à cause d'une maladie, uniquement à cause d'herbes ou de mauvaise viande, mais Chuck avait l'air d'avoir une allergie d'enfer.

— Chuck ? Ça va ?

— Don, grogna-t-il en essuyant les larmes de ses yeux. Je n'arrive blus à resbirer ! Le salobard avait mis du boivre et du biment rouge bardout pour tuer mon flair. Comme j'y suis allé à fond, j'en ai blein les sinus. Je vais le tuer !

– Chuck, je ne comprends rien à ce que tu viens de me dire.

– Je suis allé renivler l'échafaudage. Il était couvert de boivre et de biment pour embêcher les loups de sentir les odeurs. Indiana, ce n'était bas un accident !

Chapitre 14
Le baiser véritable

Je jurai tout bas.

– Merde, tu es sûr ?

Il hocha sa grosse tête rougeaude.

– Avant que le foudu boivre ne me brûle le nez, j'ai senti une odeur de latex. Comme des gants. Aaaatchhhaaaa !

– On a essayé de me tuer.

Je sentis que mes genoux mollissaient. Je dus faire deux pas et m'appuyer sur le flanc froid de l'ambulance.

Chuck me regarda d'un air inquiet, prêt à me réceptionner si le choc me faisait chanceler.

– Qu'est-ce qu'on va faire ? reprit-il, pas rassuré que je reste debout bien que très tremblotant.

Je m'écartai péniblement de l'ambulance, je ne voulais pas que les autres puissent entendre.

– On va chercher qui a fait ça et on va lui faire passer l'envie de recommencer, finis-je par dire. À cause de lui, Tyler et Katerina ont failli y passer !

Il fronça ses gros sourcils bruns.

– La petite humaine ? Pourquoi elle a failli y passer ? Qu'est-ce qu'elle vient faire dans l'histoire ?

Je lui racontai que Brandkel avait voulu la tuer pour s'en débarrasser et il écarquilla les yeux.

– Non ! Il est dingue ?

– Il avait peur pour son fils. Sa vie à elle ne comptait pas.

– M'enfin quand même ! protesta-t-il.

– Il n'est pas le seul de sa meute à mépriser les humains, fis-je remarquer calmement, il vaut mieux garder cela pour nous.

Il secoua la tête, peu convaincu, mais à mon grand soulagement, n'insista pas.

– Donne-moi ton téléphone, dit-il.

– Pourquoi ?

– Pour faire mon rapport à mon chef de meute qui veut savoir si on a tenté d'assassiner son petit-fils. Je ne lui dirai pas pour Katerina, parce que cela n'a rien à voir.

Puis il me dévisagea attentivement, soudain très sérieux.

– Mais tu me devras une faveur. Que tu devras exécuter sans discuter, sans esquiver. Ta parole.

Je lui tendis l'appareil. Puis je fermai mon poing et le plaçai sur mon cœur.

– Sur mon honneur. Je te dois une faveur.

C'est un truc entre nous, un truc de louveteau, comme les gladiateurs romains. Celui qui rend un service obtient une faveur, et l'autre jure sur son honneur qu'il tiendra parole. Les loups l'avaient beaucoup utilisée, cette foutue formule, contre moi. Encore une fois, je devais une faveur à l'un d'entre eux.

– Tu as conscience que ton grand-père va nous demander de rentrer immédiatement, n'est-ce-pas ?

Je soupirai.

– Alors il va me falloir lui expliquer que c'est hors de question.

Il grimaça, écarta les cheveux de son front en sueur en dépit de la température proche de zéro, me prit la couverture des mains et parla rapidement à mon grand-père. Il me jeta des coups d'œil de côté et parut extrêmement surpris de la réaction de grand-père.

Il me tendit l'appareil, me faisant signe que Karl voulait me parler.

– Oui grand-père ?

– Je vais envoyer plusieurs loups en renfort, ils te surveilleront de loin. Chuck va rechercher celui qui a fait cela. Il a gardé quelques-uns des étais sur lesquels on a une chance d'avoir une odeur identifiable, heureusement que tu as acheté un pick-up, ils sont dedans. Une fois le poivre épousseté, on devrait peut-être y arriver.

– Le meurtrier. Il portait des gants, grand-père. Ce ne sera pas si simple.

Il grogna et même en sachant que ce n'était pas contre moi, je sentis les poils de mon cou se hérisser.

– Je vais le trouver, fiston. Je vais le trouver et je vais le manger.

Puis il raccrocha.

Ce n'était pas une figure de style. Pour la troisième fois en quelques heures je frissonnai. Ma famille peut vraiment être implacable. L'ambulancier nous fit signe de monter et nous obéîmes docilement.

Dans l'ambulance, je pris la main de Katerina et zut pour Chuck. Avoir failli mourir venait tout à coup de changer toutes mes perspectives. Mon gros ami se contenta de plisser les yeux mais ne fit pas de commentaire.

– Tyler sera dans le même hôpital ? demanda Katerina d'un air inquiet.

Je grimaçai. Là, je n'avais pas envie de parler de Tyler.

– Non, son père l'a sans doute fait admettre dans une clinique privée. Ils vont prendre bien soin de lui, ne t'inquiète pas.

Elle laissa passer un petit silence, cogitant sur ce qui s'était passé. Je voyais dans ses yeux de la douleur, de la frayeur et autre chose. Que je ne comprenais pas.

– Tu sais, reconnut-elle, en général je n'aime pas beaucoup le pouvoir de l'argent, surtout parce que je n'en ai pas assez, mais dans des cas comme celui-ci, je suis contente que Tyler appartienne à une famille qui pourra bien s'occuper de lui.

– Oui. Mais le plus important c'est toi. Comment te sens-tu ?

– Je me sens un peu nauséeuse, admit-elle. Je pense que c'est autant à cause de la peur que du coup que j'ai reçu sur la tête. Indiana, tu ne peux pas t'imaginer, c'était démentiel !

– Raconte-moi ce que tu as vu.

Je devais être sûr qu'elle n'avait rien découvert qui pourrait la mettre en danger.

Elle inspira, serra ma main.

— Tu es sorti de la cafèt' et tu avais l'air tellement furieux que j'ai planté Tyler et ai couru après toi. Il m'a rejointe en me disant de te laisser partir, que tu... bref, lorsque tout à coup on a vu l'échafaudage osciller. Tu étais en train de passer en dessous alors tu ne pouvais pas t'en rendre compte. Tyler a crié, mais Chuck était en train de tirer sur sa laisse et t'a échappé, tu ne l'as donc pas entendu.

Chuck gronda doucement. Mais il était un peu tard pour regretter.

— Tyler a foncé, il t'a poussé et tout vous est tombé dessus. Chuck a eu le temps de bondir sur le côté, je n'ai jamais vu un chien sauter comme ça. Sa laisse a été coincée par une poutre, mais il s'est dégagé et s'est enfui. Indiana, j'espère que tu vas le retrouver, je suis très inquiète, il a dû avoir horriblement peur avec tout ce bruit et cette confusion !

Je regardai Chuck. Et souris.

— C'est un gros trouillard, ne t'inquiète pas, il est sûrement retourné vite fait auprès de Nanny. Il connaît le chemin. À cette heure, il est sans doute le nez plongé dans sa gamelle.

Chuck fronça les sourcils et me jeta un regard noir.

— C'est amusant, dit-il en dégageant une main de sous sa couverture et en la tendant vers Katerina, mais moi aussi je m'appelle Chuck. Je suis le cousin d'Indiana.

Cette fois-ci, ce fut moi qui lui jetai un regard noir. Cousin ? Mais où il avait été chercher ça !

Katerina la lui serra, le regard interrogatif.

— C'est moi qui me suis faufilé sous ce tas de ferraille pour sortir Indiana et Tyler.

Katerina rougit, confuse de n'avoir pas compris que Chuck était notre sauveur.

— Bravo, s'exclama-t-elle, vous avez été d'un incroyable courage ! Vous auriez pu mourir broyé vous aussi !

Chuck sourit.

– Pas d'quoi m'amzelle, grasseya-t-il en lui agitant la main de bas en haut avec enthousiasme, c'est un plaisir de rendre service. Je venais rendre visite à mon cousin, lorsque ce truc lui est tombé dessus. Aïe, quelle frayeur ! J'ai pas trop réfléchi, j'ai aidé les autres et puis lorsqu'on a vu qu'il y avait un moyen de passer en dessous, ben j'y suis allé.

Je le foudroyai du regard. Mais pourquoi il parlait comme un vieux cow-boy ? M'amzelle ? N'importe quoi.

– Ils ont envoyé le plus fort, je comprends, remarqua-t-elle en portant un regard nerveux sur la masse de Chuck. Merci, merci encore ! Euh, je peux récupérer ma main, s'il vous plaît ?

Il baissa les yeux sur sa petite main qu'il étreignait encore, m'adressa un sourire vainqueur et la lâcha délicatement. Katerina ne fit pas la grimace parce qu'elle était prodigieusement bien élevée, mais je pouvais sentir sa douleur. Même en faisant doucement, cet abruti lui avait broyé les doigts.

– Vous êtes arrivé à point nommé, ajouta Katerina. Je n'ai rien vu parce que j'étais évanouie, mais je suis très heureuse que vous soyez là, Chuck-cousin-d'Indiana.

– Il ne va pas rester très longtemps, dis-je vivement. Il doit retourner très vite dans nos montagnes, n'est-ce-pas, Chuck ?

– Qui, moi ? répondit Chuck très à l'aise. Oh, non, pas du tout. Nanny m'a proposé de rester quelque temps. Elle a besoin qu'on lui donne un coup de main pour réparer des bricoles ici et là et envisage un potager. Je vais l'aider à aménager le jardin. Alors tu n'es pas encore débarrassé de moi, mon vieux !

Je pris une grande respiration. Grincer des dents devant Katerina n'était pas une bonne idée. Pas plus que de mettre mon poing dans le visage satisfait de Chuck. Cet imbécile racontait n'importe quoi pour se faire mousser devant elle. Mais s'il était sous sa forme de loup et que Katerina cherchait Chuck l'humain, il allait faire comment, le gros abruti ?

J'ai déjà dit que ma famille me fatiguait, je crois. D'accord, la meute me fatigue aussi.

Je ne sortis plus un mot jusqu'à l'arrivée à l'hôpital. Katerina et Chuck devisèrent gaiement, mon amie complètement conquise par cet imbécile qui nous avait sauvé la vie.

Parfois, je trouve que l'existence est vraiment injuste. Je venais, bien involontairement, de me débarrasser d'un rival et voilà que le destin m'en collait un autre dans les pattes ! Katerina passa en premier, mais son scanner était normal. À part une bosse elle n'avait rien. Puis ce fut au tour de Chuck. Il gémit lorsque les médecins retirèrent le verre de ses plaies et pansèrent ses écorchures, Katerina lui tenant l'autre main, le regard humide. Ce fut tout juste si elle m'accorda un regard lorsque je me débarrassai de ma chemise et de mon pull déchirés.

Les joues de l'infirmière, une femme d'un certain âge aux rondeurs affirmées, se colorèrent.

– Voilà un garçon bien bâti, fit-elle avec approbation. Vous faites des abdos et de la musculation ?

Katerina la regarda comme si elle parlait une langue étrangère. Je souris et bombai le torse.

– Un peu, mais surtout de l'équilibre et de l'endurance.

L'infirmière s'empourpra encore une fois.

– Ah, l'endurance, on ne réalise jamais assez à quel point c'est important.

Je sentai vaguement une sorte de double sens dans ses propos mais laissai tomber. Elle me badigeonna, ça faisait mal, mais comme Katerina me regardait, je me contentai de serrer les dents, stoïque.

L'infirmière me tâtait de partout et gloussa beaucoup.

Katerina m'observait du coin de l'œil. Elle semblait surprise. Je bombai un peu plus le torse, mais dus arrêter lorsque l'infirmière appuya un peu trop fort sur une profonde coupure.

– Hum, fit-elle, celle-là va demander deux points de suture. Ne bouge pas, Musclor, je reviens.

Je rougis. Elle m'avait appelé Musclor ! Elle était vraiment cool cette infirmière !

Chuck s'éclipsa. Dans l'ambulance, avant de descendre, je lui avais donné les clefs. Il profita du fait que Katerina fermait les yeux, incapable de me regarder en train de me faire recoudre. Ça ne me faisait rien. À force de suivre les loups partout ou de me bagarrer avec Axel ou Chuck, j'avais eu des coupures partout et une grande habitude des points de suture. Ce que l'infirmière remarqua en m'examinant.

– Un petit bagarreur, hein, murmura-t-elle, avec plein d'énergie à dépenser. Hum.

Elle termina rapidement. Me conseilla de vérifier que ça ne s'infectait pas, puis nous accompagna à l'accueil. Le temps que nous remplissions la paperasse, après avoir vérifié que nous étions bien assurés, Chuck était déjà de retour avec ma voiture. Il ne s'était pas rhabillé et avait gardé la couverture afin de ne pas mettre de la graisse partout sur le siège. Je fus surpris de constater qu'il faisait déjà nuit. Les examens avaient pris du temps.

Lorsque l'infirmière me dit au revoir, en me serrant la main, je sentis un papier dans ma paume. Son numéro de téléphone sans doute. Elle sourit de plus belle, gloussa et rosit. C'était assez impressionnant d'arriver à faire tout cela en même temps.

Un infirmier au visage grêlé qui avait observé la scène grogna :

– Bas les pattes, couguar !

L'infirmière le toisa, méprisante.

– Sois pas jaloux, Carty, un jour, toi aussi, tu te réincarneras dans le corps d'un athlète au lieu d'intégrer celui qui va le mieux avec ton gracieux caractère. Celui d'un rat !

Puis elle me salua et rentra dans l'hôpital. Je réprimai un rire. Chuck, lui, était carrément plié en deux.

– Wow, me fit-il dès que je fus entré dans la voiture en jurant parce que ça faisait mal. Tu as une touche d'enfer ! Elle n'est pas jolie, mais fichtrement appétissante quand même !

Katerina renifla.

– Ah les hommes !

Puis elle remarqua ma vitre cassée et ses yeux s'arrondirent.

177

– Indiana, on a vandalisé la Batmobile ? Mais qui a bien pu faire une chose aussi stupide, il n'y a rien à voler là-dedans !

– Je l'ai trouvée comme ça, indiqua Chuck, une auréole d'innocence au-dessus de la tête.

– Je trouve ça dégueulasse qu'on s'attaque à ta voiture alors que tu étais en train de mourir écrasé sous…

Soudain elle se tut et me regarda d'un air songeur.

Oh oh, je n'aimais pas du tout son regard.

– Quoi, m'exclamai-je, qu'est-ce qu'il y a ?

Elle hésita.

– Tu ne trouves pas que c'est quand même bizarre toute cette histoire ? Enfin, un échafaudage, ça ne s'écroule pas comme ça ! Et surtout pas en se démantibulant de cette façon ! Une partie aurait dû rester accrochée. Or tout est tombé.

Je cessai de respirer. Il fallait tout de suite que je l'engage dans une autre direction. Si Katerina devenait soupçonneuse, elle serait plus attentive. Et le secret des loups serait en danger, tout autant qu'elle. Heureusement Chuck avait dissimulé les poutrelles sous une bâche verte du chantier de l'université. Sinon, les questions de Katerina auraient été bien plus précises.

– Oui, mais ça peut arriver, il suffit qu'il ait été mal fixé. Nous sommes sains et saufs, c'est le plus important, non ?

– Indiana, les gens qui posent ces échafaudages ne sont pas des amateurs. L'université pourrait les poursuivre pour négligence. Je suis sûre que ce n'est pas normal.

Aïe aïe aïe.

– Tu crois que c'était volontaire ?

Elle n'hésita pas cette fois-ci.

– Oui.

– Qui voudrait en vouloir à la vie d'un pauvre étudiant comme moi ? ricanai-je. Katerina, tu regardes trop de films d'espionnage. Je n'ai rien à cacher, personne ne gagnerait quoi que ce soit à me tuer, je n'ai assisté à aucune scène compromettante dont je serais l'unique témoin et je n'ai quitté la maison de mes grands-parents que pour venir ici. Alors tu vois, ma vie est d'une transparence totalement ennuyeuse.

– Tu m'as menti, dit-elle paisiblement. Pourquoi ?

Le silence devint soudain pesant dans la voiture. Je vis que Chuck serrait trop le volant et que le plastique n'allait pas résister très longtemps. Il me jeta un coup d'œil et je vis la bête au fond de ses pupilles avide de jaillir et de faire couler le sang. La voiture fit une embardée.

– Chuck !

– Oui, grogna-t-il.

– Détends-toi, tu vas finir par détraquer ma voiture, elle n'est pas si difficile à conduire quand même !

Il souffla par le nez, puis libéra un peu le pauvre volant. Je me tournai vers Katerina.

– En quoi t'ai-je menti ?

– Quand on est allé chez toi, il y a quatre jours, j'ai réalisé tout à coup que je ne savais rien de toi. Tu nous laisses toujours parler, Tyler et moi. Mais toi, tu ne dis rien. Et puis j'ai découvert cette magnifique propriété et le fait que tu avais une sorte de nurse pour s'occuper de toi. Et j'ai alors réalisé que tu m'avais menti. Tu n'as jamais eu besoin de prendre le bus, n'est-ce pas ? Et tu peux te payer à peu près n'importe quelle voiture. Sauf que tu as choisi la Batmobile, pourquoi ?

Parce que j'aurais marché sur des moignons de genoux s'il avait fallu pour t'accompagner, parce que chaque instant passé avec toi ou dans le bus est un instant de bonheur, parce que chaque fois que je te quitte ne fut-ce qu'un instant, je suis comme un loup malade. Parce que je t'aime tellement que ça me fait mal. Parce que je n'ai pas le droit de te dire tout ça et que ça me tue.

– Ce n'est pas tout à fait vrai, mentis-je sous l'œil de Chuck, curieux de savoir comment j'allais m'en sortir, mais encore plus curieux de comprendre pourquoi j'agissais ainsi. Je voulais une voiture qui ne craigne rien, surtout des autres voitures – tu as vu comment conduisent nos copains ? Et j'ai eu raison, regarde l'état de ma vitre.

Mon grand-père et ma grand-mère sont un peu trop protecteurs. Ils m'ont envoyé ici avec Nanny, mais Katerina, ce n'est pas mon argent. Je n'en ai pas gagné un centime, pas comme toi avec ton job de serveuse. Alors pourquoi veux-tu que j'en parle ? Cela n'a aucun intérêt.

– Tyler en parle, lui, indiqua-t-elle, comme si c'était mieux.

– Oui, ça j'ai remarqué, soulignai-je lourdement. Il aime montrer qu'il est riche, riche, riche. Mais là aussi, cela vient de son père et de sa famille. Où est l'exploit ? À part d'être né dans la bonne famille ? Si un jour je me vante, crois-moi, Katerina, ce sera parce que je l'aurai mérité.

Elle me dévisagea.

– Tu n'es pas comme les autres, Indiana. On a presque l'impression que tu débarques d'une autre planète. Et tu sais, je crois que je n'ai jamais vu un corps aussi balafré que le tien.

Ah ? Zut, moi qui croyais qu'elle était impressionnée par mes muscles. Raté.

– Je me suis beaucoup bagarré lorsque j'étais jeune, justifiai-je, mal à l'aise.

– Mais Indiana, beaucoup de ces coupures n'étaient pas si vieilles !

– Oui, plaisantai-je, Chuck m'énerve beaucoup, alors je lui tape dessus.

Le regard de Katerina alla de mes bras balafrés à la peau dorée de Chuck. Évidemment les loups ne gardent pas de cicatrices, sauf si elles sont infligées par de profondes morsures d'autres loups adultes, le feu, ou empoisonnées avec de l'argent.

Je fis semblant de ne pas remarquer son regard et souris de toutes mes dents. Elle finit par me rendre mon sourire, mais il était hésitant.

J'indiquai à Chuck comment nous conduire chez elle et je changeai de sujet. Mais au fur et à mesure que nous progressions, je la sentis se raidir et sa voix se chargea d'angoisse. Je compris bientôt pourquoi, lorsque nous arrivâmes au chemin qui conduisait chez elle.

Je ne reconnus pas l'endroit. En quelques jours, tout avait totalement changé. À tel point que je crus un instant que Chuck s'était trompé.

La maison était fraîchement repeinte, son toit d'ardoises, refait, luisant en dépit du crépuscule. L'allée était blanche, gravillonnée, éclairée par des torches de fer noir disséminées tous les mètres. Une tranchée dans la pelouse cachait les fils électriques. Le gazon était impeccable et des buissons de fleurs avaient été plantés tout autour. Il y avait des meubles de jardin et une clôture de bois blanc. La transformation était totale, comme dans ces émissions de télé-réalité où des gens refont la déco d'une maison en quelques jours.

Ou alors son père avant engagé un sorcier super doué.

– Ça par exemple ! m'exclamai-je. Mais…

Katerina opina de la tête et sembla le regretter.

– Ouille ! ma pauvre tête (elle me fit le fantôme d'un sourire). Oui, je sais, ça fait un choc. Il a engagé une équipe qui a repeint tout en trois jours, intérieur et extérieur. Des jardiniers sont venus s'occuper des plantes et ont posé une balancelle. Le toit a été réparé et il a refait toute ma chambre. Ils ont livré les nouveaux meubles hier.

Je pouvais sentir l'angoisse dans sa voix. Chuck fronça les sourcils.

– Et pourquoi ça ne te fait pas plaisir ?

– Parce que cet argent, c'est celui de Tyler. Que je n'arriverai jamais à le rembourser maintenant. Et que s'il continue, mon père va finir par tout dépenser en moins de deux semaines.

Chuck, comme tous les loups, était pragmatique.

– Au moins, ta maison est nickel. Et Tyler ne t'a pas demandé de le rembourser, tant pis pour cet imbécile !

Katerina avait trop mal à la tête pour se mettre en colère. Ou alors en l'assommant, Loly la louve avait gommé son entêtement habituel car elle se contenta de soupirer en ouvrant la portière.

Chuck resta dans la voiture, respectant notre intimité, par on ne sait quel miracle dont je décidai de remercier Dieu à genoux. Enfin plus tard.

Là, je raccompagnai Katerina le long de l'allée illuminée. Sa peau blanche resplendissait sous le flamboiement des torches et ses yeux vert-gris devenaient noirs sous la lune montante. La balancelle oscillait doucement, la maison paraissait accueillante et pimpante avec sa nouvelle couche de peinture. L'automne était déjà bien entamé, les grillons s'étaient tus et on sentait dans l'air trop froid la mélancolie des jours enfuis.

C'était une conspiration contre moi, la nature créait un cadre enchanteur et romantique. La lune n'était pas pleine, mais pas loin, baignant tout de sa perfection argentée.

Pour le bien de Katerina, je devais résister, absolument.

Elle se retourna vers moi, plongea ses yeux magnifiques dans les miens et dit :

– Je t'aime, je t'aimerai et mourrais pour toi.

Enfin, c'est ce que j'aurais voulu entendre. Au lieu de cela, elle prononça une phrase très étrange.

– Il a arrêté.

Je m'efforçai de ne pas loucher tant elle était proche de moi. Elle me toucha le torse, ce qui eut un effet dévastateur sur mon organisme.

– Qu'est-ce… qu'est-ce qui a arrêté quoi ? finis-je par balbutier.

– Mon père. Il a arrêté de boire. Comme ça, d'un seul coup. J'ai peur que ça le tue.

N'ayant jamais vu d'humain pendant un sevrage, enfin à part à la télé et au cinéma, je n'avais aucune idée de ce dont elle parlait.

– C'est… c'est douloureux ?

– Cela fait des années qu'il boit. Alors oui, crois-moi, c'est douloureux. Il en a des hallucinations. Hier il hurlait en disant qu'il voyait des loups partout !

Je me raidis et elle dut le sentir car elle m'interrogea du regard.

Je tentai de me détendre.

– Des… des loups ? C'est assez étrange comme hallucination.

– Je suis très inquiète.

Des loups ? Par les moustaches d'Anubis, qu'est-ce que le père de Katerina a vu ?

– Oui, moi aussi, répondis-je très sincèrement.

Elle vacilla et je la rattrapai.

– Tu vas bien, Katerina ? Tu aurais peut-être dû rester à l'hôpital en observation.

– Non, non, ça va aller. Je ne veux pas le laisser seul le soir. J'ai appelé le restaurant pour dire que je ne serais pas là. Je vais me reposer.

Elle me dévisagea d'un air terriblement sérieux.

Soudain je réalisai que je la tenais dans mes bras et qu'elle n'essayait pas de se dégager.

Je ne pus m'en empêcher. Toute pensée rationnelle déserta mon crâne. Je me penchai. Elle ne recula pas, me dévisageant gravement. Ce fut comme une onde de désir et de joie qui traversait mon cœur. Tout mon univers se résuma à son parfum, à la chaleur de sa peau et à l'eau verte de ses yeux.

Je l'embrassai.

Tout doucement, comme un papillon effleure une rose, trop fragile pour s'y poser. Le fruit rouge qu'était sa bouche m'accueillit comme si c'était la chose la plus normale du monde.

Son odeur m'emplit avec une force telle que je tremblais. Je la serrai davantage et elle me répondit ! Elle répondit à mon baiser avec une force, une ardeur qui me submergèrent. J'accentuai mon baiser, avec l'envie de la dévorer, la faisant presque ployer sous l'intensité de mon étreinte.

Lorsque Serafina m'avait embrassé, j'avais eu l'impression d'être emporté dans une tornade de feu et de désir sauvage.

Mais à côté du tendre baiser de Katerina, ce n'était rien. C'était un truc fade et insipide. Le baiser de Katerina me marqua au fer rouge au point que je ne pouvais plus respirer. Elle prit mon cœur, l'enferma dans une boîte et jeta la clef.

Haletant, je reculai.

Elle aussi cherchait son souffle.

Elle ne me laissa pas le temps de dire quoi que ce soit. Ses yeux vert-gris brillants de surprise plongèrent dans les miens. J'allais reculer, soudain conscient d'avoir commis une énorme erreur, lorsque, comme une biche effarouchée, elle monta les marches et fila dans la maison.

Je restai comme un idiot, encore sous le choc, incapable de bouger, de comprendre ce qui venait de m'arriver.

Je levai les yeux.

La lumière de sa chambre ne s'était pas allumée, mais je savais qu'elle me regardait, à l'abri dans le noir. Avec mes nouveaux sens, je sentais son parfum. Avec mes oreilles j'entendais qu'elle haletait. Je lui avais fait peur, son cœur battait bien trop vite et bien trop fort. Nous aurions pu rester ainsi pendant toute la nuit, elle dans le noir et moi dans la lumière de la lune, communiant silencieusement, mais Chuck intervint. Son sifflement strident et impatient fut comme un électrochoc.

J'étais étourdi. Ce qui venait de se passer n'était pas prévu. Il fallait absolument que j'arrête ça tout de suite. Quel imbécile ! Je l'avais embrassée devant Chuck ! Devant un l…

Soudain, alors que ce mot « loup » explosait dans ma conscience, mon cerveau, un instant anesthésié par Katerina, recommença à fonctionner. Et ce qu'elle avait dit remonta à la surface.

Bon sang, elle avait parlé de loups ! Je fonçai jusqu'à la voiture, sous le regard étonné de Chuck.

– Chuck, ordonnai-je, sors de la voiture de l'autre côté pour qu'ils ne te voient pas et change-toi.

– Dis donc, ça c'était un bai… quoi ?

– Change-toi. Mon nez est sensible mais pas autant que le tien. Je veux que tu renifles partout autour de la maison pour voir si un loup n'est pas venu ici.

– Un loup, tu veux dire un des nôtres ?

– Mmmm.

Chuck écarquilla les yeux mais obéit. Il se glissa du siège conducteur au siège passager, se débarrassa de sa couverture et de son caleçon plein de graisse et se transforma. Je lui ouvris la porte et il fila. Je commençai à conduire et m'arrêtai au croisement. Je dus attendre plus de vingt minutes. En dépit de l'adrénaline et de ce que je venais de vivre avec Katerina, avec tout ce qui s'était passé, je me mis à somnoler lorsqu'une griffe frotta contre la voiture. J'ouvris la porte. Chuck se transforma et parla.

— Je n'en sais rien, Indiana, sauf qu'il y a un truc super curieux. Quelqu'un a saupoudré autour de la maison le même mélange que celui qu'il y avait sur les poutres de l'échafaudage que j'ai mises dans le pick-up.

— Du poivre et du piment rouge ?

Il secoua sa grosse tête, ses yeux d'or illuminés par les phares des autres voitures.

— Ouais. J'ai essayé de renifler de mon mieux, mais j'ai dû éternuer une vingtaine de fois. J'ai arrêté avant de bousiller complètement mon flair. Deux fois dans une même journée c'était un peu trop. Quelle saloperie !

Mon cœur se serra.

— Donc, un loup est venu ici et a dissimulé ses traces en versant du poivre et du piment partout ?

— On dirait bien. Tu crois que c'est le même que celui qui a essayé de te tuer ?

— Aucune idée. Peut-être. Probablement. Il faut qu'on en parle à grand-père.

Sauf que si j'en parlais à grand-père, cela signifiait qu'il me faudrait parler de Katerina. J'allais être écartelé entre la protection de la meute et mon amour pour elle.

Chuck, étonnamment clairvoyant pour une fois, me demanda doucement :

— Tu veux que je lui parle ? Quand tu l'évoques, elle, ta voix se charge d'amour et de tendresse, tu vas te griller en deux secondes, mon pauvre vieux.

— Ça se voit tant que ça ?

– Si ton amour était un poulet, il aurait la taille d'un dinosaure, alors oui, ça se voit. Tu sais ce que ça veut dire, n'est-ce pas ? Tu dois arrêter cela tout de suite. C'est une humaine, bon sang, Indiana !

– La loi ne peut pas s'appliquer à moi, répliquai-je, exaspéré, et Karl et Amber en ont parfaitement conscience. Jamais une louve ne tombera amoureuse de moi et nous le savons tous. Ils devront faire une exception pour moi. Me laisser aimer une humaine, moi qui suis humain.

Il me contempla de son regard doré.

– Mais tu n'es pas vraiment humain, Indiana.

Mon cœur se serra. Mince, Chuck avait compris que je m'étais éclipsé !

– Tu vois mieux, tu entends mieux et tu sens mieux que les humains, continua-t-il, ce sont des caractéristiques de loup. Si tu épouses une louve, tes enfants seront des louveteaux, c'est sûr. Tu l'es déjà toi en partie, que tu le veuilles ou pas.

Ouf. Non, il n'avait rien soupçonné. Il tentait juste de me raisonner. Je fis comme si j'étais battu par ses arguments.

– Depuis quand es-tu devenu intelligent, toi ? grognai-je, histoire d'arrêter cette conversation inutile.

– Depuis que mon punching-ball favori est devenu bête, répliqua-t-il en ricanant.

Je reniflai et composai le numéro.

– Grand-père ?

Il commençait à être tard, je savais qu'il serait réveillé, surtout en lune gibbeuse. On voit mieux pour chasser.

– Indiana, tout va bien ?

Sa voix était chargée d'inquiétude et cela me réchauffa le cœur.

– Oui, c'est juste qu'on a un petit problème. Une fille ici a été blessée par une louve, on l'a raccompagnée, Chuck et moi. Mais...

– Blessée comment, mordue ?

La hantise des loups.

– Non, non, elle a reçu un morceau de métal sur la tête. Mais en revenant à la voiture, Chuck a senti un truc bizarre. Il est allé voir.

Quelqu'un a mis du piment rouge et du poivre un peu partout autour de la maison de la fille en question. Nous ne comprenons pas pourquoi.

Grand-père resta silencieux.

– Comme sur les poutres.

– Oui.

– Tu les as avec toi ?

– Oui. Elles sont à l'arrière de la voiture.

– J'allais t'appeler. Tu rentres à la maison. Tout de suite. Apporte-les avec toi.

– Mais...

– Indiana, ne discute pas. C'est un ordre. Notre hélicoptère mettrait trop de temps à venir te chercher alors j'en ai loué un autre, à Missoula, il t'attend.

Je ne comprenais pas.

– Mais tu m'avais dit que tu envoyais juste des loups pour me surveiller ?

– C'est exact, mais nous devons analyser ces poutres le plus vite possible avant que les odeurs ne disparaissent.

Je protestai. J'avais absolument besoin de parler à Katerina. D'effacer ce que je venais de faire avant qu'elle ne soit blessée.

– Chuck peut y aller tout seul, il n'a pas besoin de moi.

– Ta grand-mère est d'un autre avis. Elle veut te voir. Et puis ta mère a besoin de toi.

Je me redressai, le cœur battant.

– Maman ?

– Oui. Cela fait maintenant quatre jours qu'elle ne s'éclipse plus !

Chapitre 15
Coup de tonnerre
dans un hôpital psychiatrique

Je conduisis à toute vitesse pour rentrer, poussant la Batmobile dans ses derniers retranchements, les poutres bringuebalant à l'arrière. Jamais maman n'avait cessé de s'éclipser. Au contraire, le plus difficile était de la maintenir en place suffisamment longtemps afin de la laver et de la nourrir.

Cela ne pouvait avoir un rapport avec ma propre éclipse qui ne s'était produite qu'aujourd'hui. Je l'espérais du fond du cœur. Parce que si maman ne s'éclipsait plus, la meute la supprimerait sans hésiter. Elle connaissait trop de secrets. Elle était dangereuse pour mon grand-père et ma grand-mère, et cette dernière n'avait jamais pardonné le meurtre de mon père.

Et ne le pardonnerait jamais.

Lorsqu'elle revenait avec des informations si précieuses que la meute s'enrichissait ou marquait des points contre les autres spéciaux, ou encore se protégeait un peu mieux des investigations des humains, la pression se relâchait autour de ma mère. Mais souvent, il se passait des mois sans qu'elle ne donne d'informations exploitables. Là, je sentais l'amertume de grand-mère peser comme une lame de couteau sur la nuque de ma mère. Je le savais parce que c'était le moment où elle commençait à harceler grand-père afin qu'il se débarrasse de ma mère. Ils pensaient que je ne faisais pas attention. Ils avaient tort. J'écoutais très attentivement toutes leurs discussions.

Je lâchai le volant d'une main et donnai mon téléphone à Chuck.

– Appelle Katerina en restant en dehors de la maison afin que Nanny n'entende pas. Dis-lui que je dois rentrer chez moi, que ma mère est gravement malade, et même en danger de mort. Et que comme je serai tout le temps à l'hôpital, c'est inutile qu'elle m'appelle. Je la contacterai dès mon retour.

Chuck inspira vivement.

– Et c'est la vérité ou un mensonge ?

– Je ne sais pas pour l'instant. Maman n'est pas bien, c'est tout ce qu'on m'a dit.

Chuck n'était pas au courant du don de ma mère. Il ne réagit pas, se contentant de me fixer.

– Alors, Chuck, tu as compris ?

– Et depuis quand je suis ton complice ?

– Depuis que tu m'as sauvé la vie.

Il grommela.

– Ce devrait plutôt être le contraire, non ? C'est toi qui devrais me rendre service au lieu de me mettre dans une bouse de vache si collante qu'elle va me faire tomber et toi avec.

– Chuck ! Je vais arrêter ça, tu m'entends ? Je ne vais pas continuer avec Katerina. Je ne la mettrai pas en danger.

– Ça va, ça va ! Je l'appellerai, ta petite poulette, mais je te préviens, si jamais la meute m'exécute à cause de toi, mon Geist[1] reviendra te hanter toute ta vie !

Je souris.

– Merci.

– Ne me remercie pas. Tu vas me devoir tellement de faveurs que je vais faire de toi mon serviteur jusqu'à la fin de tes jours.

Quelques minutes plus tard, je pilai devant la maison. Chuck s'éclipsa pour transmettre mon message à Katerina.

---

1. Esprit. En Allemagne, un Poltergeist est un fantôme malin.

Nanny était sur le porche, elle me stoppa et me prit dans ses bras. Surpris, je la laissai faire. De toutes les façons, elle était bien plus forte que moi.

– Mon petit, dit-elle et sa voix était pleine de larmes, mon tout petit !

J'eus du mal à déglutir. Nanny avait-elle reçu de mauvaises nouvelles de ma mère ?

– Nanny, qu'est-ce que... c'est maman, c'est ça ? Il est arrivé quelque chose ?

Elle essuya ses larmes avec son tablier et darda un regard sévère.

– Mais enfin pas du tout, c'est pour toi que je m'inquiétais, gros bêta, tu as failli mourir aujourd'hui !

Aïe, entre l'histoire du loup mystérieux et celle de maman, j'avais déjà complètement oublié l'accident. Je soufflai, soulagé.

– Ça va, je n'ai rien, juste des égratignures. Tyler puis Chuck m'ont sauvé la vie.

– Disons que nous nous sommes tous sauvé la vie, se dandina Chuck qui revenait déjà. Je pense que notre alpha aurait cloué ma fourrure à sa porte si j'avais laissé mourir son petit-fils.

Il me fit un clin d'œil et me rendit mon téléphone.

Je lui adressai un regard reconnaissant. Téléphoner à Katerina lorsque je serais au ranch dans lequel se trouvaient des tas de loups aux longues oreilles était impossible. Dès que Nanny me lâcha, après s'être assurée que vraiment, je n'avais pas grand-chose, je filai vers ma chambre et fis mon sac en deux minutes. Je regardai mon téléphone, mais Katerina n'avait pas rappelé. Au moins, elle ne s'inquiéterait pas. Chuck était un chic type.

Nanny me conduisit à l'aéroport de Missoula. L'hélicoptère était prêt. Elle m'assura qu'elle allait prévenir l'université.

Jamais le trajet ne me parut si long. L'hélicoptère était équipé IFR, ce qui signifie qu'il pouvait voler de nuit comme de jour avec ou sans brouillard, mais s'il y avait eu beaucoup de vent, nous n'aurions pas pu le prendre. Heureusement, celui-ci était modéré et soufflait dans le bon sens. Le paysage changeait. En automne, il pouvait y avoir une différence de plusieurs degrés entre différentes parties du Montana, il faisait plus chaud à Missoula que chez nous. Il y avait déjà de la neige sur le sol que nous survolions.

Pendant tout le trajet, je m'agitai, incapable de trouver le repos. Entre mon premier baiser (celui de Serafina ne comptait pas à mes yeux), la tentative de meurtre et le ou les loups chez Katerina, plus mon inquiétude pour ma mère, j'étais une bombe sur le point d'exploser.

Je décidai de me calmer en peaufinant mes arguments. J'ignorais ce que savaient mes grands-parents à propos de Katerina. J'étais décidé à ne pas leur en parler, mais je savais aussi qu'un bon général prépare ses campagnes, y compris en imaginant que l'ennemi connaît ses points faibles. Mais la pensée du danger autour de ma mère chamboulait mes neurones, j'avais un mal fou à réfléchir.

Sagement, Chuck se contenta de rester assis, à jouer sur sa X-box branchée sur l'écran de l'hélicoptère. Qui finit par atterrir, faisant tourbillonner la neige.

Karl, mon grand-père, tout de noir vêtu, se tenait devant la voiture comme une petite montagne lorsque nous débarquâmes. Je me dirigeai vers lui.

Soudain, dans mon dos, je sentis que la texture de la nuit se remplissait. Cela ne pouvait signifier qu'une seule chose. Un attaquant était en train de me bondir dessus. Sans réfléchir, je pivotai en un éclair, attrapai le corps qui me fonçait dessus, le déséquilibrai en le projetant au-dessus de mon épaule, puis dégainai aussi vite que possible ma dague d'acier et d'argent planquée dans ma botte et m'apprêtai à l'égorger.

Le tout avait été si rapide que Karl n'avait pas eu le temps de bouger.

– Indiana, non ! hurla-t-il. C'est Ned !

Je croisai le regard du loup qui venait de m'agresser, empli de frayeur, l'argent posé au creux de sa gorge, le sang coulant doucement sur sa fourrure fauve. La brume rouge et brûlante qui voilait ma vision se dissipa.

Je me redressai, essuyai mon couteau sur sa fourrure et le lâchai. Il se remit sur ses pattes, un peu titubant, encore sonné par la surprise plus que par le choc sur le bitume.

Les yeux de mon grand-père étaient sombres sous la lune descendante. Deux lacs noirs où sa bête nageait, attirée par l'odeur du sang. Puis il se maîtrisa et son regard redevint d'ambre. Je rengainai ma dague, dissimulai mes mains tremblantes et me relevai.

– C'était un test ? demandai-je sèchement.

– Tu t'y attendais ?

– Non.

Les loups savent lorsque vous mentez. Pas toujours, mais l'accélération des battements du cœur, du souffle et des tas de petits tressautements des muscles peuvent vous trahir. J'avais répondu avec sincérité.

– Alors oui, c'était un test. Je voulais être sûr que tu sois capable de te défendre si on t'attaquait par surprise. Tu n'auras pas forcément Chuck près de toi lors d'une prochaine agression.

Oui. Évidemment. Je n'y avais pas pensé, trop obnubilé par Katerina et maman. Si on avait essayé de me tuer déjà une fois, on essaierait certainement encore. Le tout était de trouver et de neutraliser le « on ».

– Alors ?

– Alors, j'avoue que je suis agréablement surpris. C'est à l'école que tu as appris à te déplacer aussi rapidement ?

Je ne mentis pas, je ne dis pas la vérité.

– Le basket permet de développer agilité et rapidité.

Ce n'était pas une réponse. Il la prit pourtant comme telle. Je venais de dissimuler la vérité à mon alpha. J'ordonnai à mes genoux de ne trembler que lorsque je serais tout seul. Là, ce n'était vraiment pas le moment.

Il posa son énorme main sur mon épaule et, face à sa masse, je me sentis encore plus petit. Mais j'affrontai calmement son regard. Pas question de céder. Je n'étais plus un enfant. Il me sourit.

193

– Bienvenue à la maison. Tu nous as manqué à ta grand-mère et moi, mon garçon.

Ouf, l'examen de passage s'était bien déroulé. Si j'arrivais à rester calme et à garder mon sang-froid, peut-être que j'allais pouvoir maîtriser les évènements.

– Et maman ? demandai-je. Des nouvelles ?

– Les infirmiers nous tiennent au courant heure par heure. Elle ne s'éclipse plus, mais ne parle pas non plus. Elle a cessé de nous fournir des informations pour l'instant. Nous sommes très inquiets.

Inquiets pour leur source d'espionnage ou pour ma mère ? Il n'était pas aussi en colère contre elle que ma grand-mère, alors sans doute la réponse était-elle un peu les deux.

Ned s'était transformé et s'approchait. La fine ligne écarlate sur son cou n'avait pas disparu. L'argent empoisonnait la blessure qui guérirait exactement comme celle d'un humain normal au lieu de se refermer en quelques minutes. Il avait enfilé son jean et me salua d'un air méfiant, la main sur la gorge, tentant de ne pas tout salir, même s'il saignait peu, la coupure étant peu profonde.

Il venait de perdre la face devant son alpha. De plus, techniquement, je venais de le vaincre en combat singulier. Ce qui signifiait qu'il devenait d'un rang inférieur au mien. Je plantai mon regard dans le sien, histoire de voir ce qu'il allait faire. Mal à l'aise, il me défia un instant, puis battit en retraite. Il baissa les yeux. J'avais gagné. J'étais son dominant.

Chuck aussi me regardait avec méfiance et cela me fit de la peine, mais je le cachai. J'avais vaincu et défié un loup. Inutile de me faire un deuxième ennemi. Surtout lorsque ce dernier détenait entre ses mains le brûlant secret de mon amour interdit.

Ned se coula au volant, Chuck à ses côtés. Je calai mon sac dans le coffre puis entrai dans la voiture, près de mon grand-père.

Pendant tout le voyage jusqu'au centre de détention, il me donna des nouvelles du ranch. Quelle génisse avait vêlé, les veaux les plus prometteurs, les petites querelles, les liaisons et autres ragots. Ned dressa l'oreille lorsque mon grand-père parla des parents de Serafina qui se plaignaient parce que notre amie était de plus en plus incontrôlable. Elle leur pourrissait l'existence pour partir à l'université, depuis qu'elle avait goûté la vie du dehors et qu'elle s'était bien tenue. Karl était un alpha juste. Il trouvait stupide leur obstination à garder leur fille près d'eux, mais respectait le jugement de ses loups. Moi qui connaissais bien Serafina, j'étais assez d'accord avec eux. Serafina lâchée sur le pauvre monde, celui-ci ne s'en remettrait pas.

Le Centre était illuminé. Il se détachait comme un îlot de clarté dans l'obscurité de la nuit. Je voyais des vampires voler au-dessus du toit, en compagnie des fées ; en bas, les loups patrouillaient avec les sorciers.

Nos identités furent soigneusement vérifiées, comme chaque fois.

Le cœur battant, je suivis mon grand-père. La traversée de l'aile fut aussi pénible que d'habitude. Les êtres qui étaient emprisonnés là étaient tellement fous et blessés qu'ils finissaient par contaminer l'esprit de ceux qui les côtoyaient. Toutes les portes étaient soit transparentes, soit avec des barreaux, afin que les prisonniers restent visibles.

Des humains en seraient devenus fous.

Les monstres l'étaient déjà.

Lorsque j'entrai dans la chambre de ma mère, je m'attendais à retrouver la pauvre femme meurtrie et décharnée de la dernière fois.

Mais, à ma grande surprise, elle était en bien meilleure forme. Elle était réveillée, alors qu'il était à peine trois heures du matin. Elle était en train de manger de la glace, une Ben & Jerry's au chocolat blanc, sans prêter aucune attention aux deux loups qui salivaient à côté d'elle. Elle était vêtue d'un survêtement rose clair et de tennis. Ses cheveux étaient propres et brillaient, bien peignés. Elle avait repris du poids et semblait… apaisée. Pas de litanie de mots. Pas de bouillie d'informations sortant en flots précipités.

À l'arrivée de grand-père, la chambre fut soudain nettement plus petite. Il fit signe aux loups de sortir. Ned et Chuck restèrent aussi dehors, nous laissant seuls tous les trois.

Grand-père appuya alors sur un bouton et une sorte de bruit blanc emplit l'atmosphère. Personne ne pouvait plus nous entendre. Mais nous ne pouvions pas entendre non plus ce qui se passait dehors. Pour un loup alpha, se couper du monde ainsi était parfois nécessaire. Nous avions ce type de protection dans plusieurs endroits comme les limousines ou les pièces du manoir affectées aux réunions les plus confidentielles.

Il ne coupa pas les caméras mais, avisant un large fauteuil, probablement fait pour lui, il s'y laissa tomber avec soulagement, croisa ses longues mains sur sa grosse bedaine.

– Jessica, dit-il, j'ai fait revenir Indiana de son université. Nous sommes inquiets. Tu ne t'éclipses plus. Es-tu malade ?

Pendant un instant, je crus qu'elle n'allait pas répondre. Puis elle se mit à se balancer, d'avant en arrière, la cuillère dégoulinante de glace toujours dans la main, qui la tachait lorsqu'elle basculait, sans qu'elle y prête attention.

Soudain, avec une brutalité qui me fit sursauter, elle disparut. Mais ce ne fut pas une disparition douce et feutrée comme la dernière fois. Ce fut fait avec une telle violence que les caméras disjonctèrent.

Grand-père hurla.

Un voile noir s'abattit sur moi et la dernière pensée qui m'envahit l'esprit était :

C'est un piège !

Lorsque j'ouvris les yeux, je fus surpris.

J'étais vivant.

Avec un énorme mal de crâne mais vivant. Je bougeai les mains. Pas attaché non plus. J'ouvris précautionneusement les yeux. Et toujours dans la chambre de maman.

Son beau visage était au-dessus de moi. Je clignai des yeux. Puis en dépit de ma tête bourdonnante, je compris. Elle avait fait exprès !

Avec une force insoupçonnée dans ce corps mince, ma mère m'aida à me redresser. Elle n'avait pas touché à ses vêtements éparpillés lors de sa première disparition mais avait passé une chemise de nuit.

– J'ai épargné l'appareil de bruit blanc, indiqua-t-elle. Ils ne savent pas ce qui se passe, ne peuvent pas nous entendre, mais vont probablement toquer poliment à la porte d'ici quelques minutes. Karl est encore inconscient, je lui en ai mis une bonne dose.

Et elle me serra contre elle avec force. Je lui rendis son étreinte.

C'était la première fois depuis des années que je pouvais toucher ma mère. Je contenais les larmes qui menaçaient de couler. Un garçon, ça ne pleure pas.

J'ouvris la bouche pour l'interroger, mais elle plaça sa main sur mes lèvres.

– Surtout, ne pose pas de question. Pour l'instant, ça va. Le repos, la nourriture, j'ai réussi à apaiser mon esprit. Mais la moindre question peut le faire repartir ou divaguer. Écoute-moi très attentivement, mon petit, c'est important.

Elle me scruta de ses yeux bleus, si brillants, étincelants de fièvre et d'intelligence.

Sous sa main, je hochai la tête, affirmatif. J'avais des millions de questions. Sur elle, sur mon père. Sur la mort de mon père. Sur sa vie, sur leur vie. Mais en voyant à quel point elle était tendue, proche de la folie, je sus que je ne les poserais pas. Je n'avais pas envie de la perdre.

Elle inspira profondément et recula. Je me levai, elle se rassit après avoir vérifié que grand-père était toujours inconscient. Devant mon regard étonné, elle sourit.

– Non, tu ne peux pas faire cela, assommer les gens, du moins pas pour l'instant, tu es un trop jeune rebrousse-temps. J'ai appris comment détraquer les machines et les hommes lorsque je voyage, mais cela ne fonctionne qu'au départ. J'ai orienté toute l'énergie vers ton grand-père et les caméras. Désolée, parfois j'ai un peu de mal à réguler la force et tu as été touché au passage.

Elle eut un sourire lumineux. C'était incroyable, elle paraissait si jeune ! Presque comme si elle avait une vingtaine d'années et non pas la quarantaine.

– J'ai vu, Indiana, j'ai vu lorsque tu t'es éclipsé. Oh mon fils, je suis tellement désolée. J'espérais que mon don ne t'affecterait pas, toi le fils du loup. Je suis souvent auprès de toi, invisible. Je t'ai vu grandir. Je t'ai vu souffrir. Je suis contente que tu sois parti à l'université, ces loups étaient en train de tuer l'humain qui est en toi.

Le mépris dans sa voix devint tranchant. Je n'étais pas d'accord avec elle, j'aimais ma famille, avec tous ses défauts et ses qualités. Mais je ne dis rien.

– Ce don est une véritable malédiction, Indiana, c'est ce qui m'a séparé de ton père. Au départ, c'est tellement grisant d'aller voir dans le monde ce qui se passe. Nous voyageons à la vitesse de la pensée.

Sa voix se chargea d'émerveillement.

– Et nous pouvons aussi voyager dans les étoiles. Cela prend plus de temps, alors nous ne pouvons pas aller aussi loin que nous en avons envie, mais c'est merveilleux, Indiana, c'est merveilleux et horriblement dangereux. Si nous ne revenons pas rapidement, notre corps peut mourir de faim et de soif. Ton père prenait soin de moi, mais je ne voyais pas à quel point mon don le hérissait. Il le privait de sa femme. Je m'en suis rendu compte trop tard.

Une larme coula sur sa joue qu'elle n'essuya pas.

Mon cœur battait à tout rompre. J'avais tellement envie de lui parler ! Je me mordis les joues, jugulant mon impatience.

– Tu dois faire très attention, reprit-elle, une fois son chagrin maîtrisé. Nous n'avons pas conscience du temps qui passe, notre corps non plus, nous ne vieillissons pas dans l'éclipse. Mais si tu ressens comme une nausée, comme une gêne, alors c'est qu'il est temps de revenir. Ne pousse pas les limites de ton corps comme je l'ai fait, Indiana, j'ai failli en mourir plusieurs fois. Après la mort de ton père…

Elle hésita et l'espace d'un instant eut un regard de bête traquée. Puis elle se ressaisit.

– Après la mort de ton père, j'ai failli baisser les bras. M'évader dans les étoiles, abandonner mon corps et mon âme. Mais tu étais là. Tu allais avoir besoin de moi, un jour. J'ai donc décidé d'attendre. Si tu devenais rebrousse-temps, alors je devais être là pour t'expliquer ce que tu pouvais et ne pouvais pas faire. Si tu restais simple humain, ce qui aurait été le mieux, là aussi j'aurais été présente afin de t'aider si c'était nécessaire. Je ne pouvais pas aller assez loin dans le futur et savoir ce qui allait t'arriver. Enfin il y avait la troisième option. Si tu devenais loup, je pourrais m'effacer, me diluer, tu ferais partie de la meute, tu n'aurais plus eu besoin de moi. Et je suis fatiguée, Indiana, si fatiguée de ce monde.

Je retins ma respiration. Mon rêve le plus cher, devenir un loup, aurait tué ma mère ?

– Tu ne dois pas, tu ne dois jamais montrer à tes grands-parents que tu es un rebrousse-temps comme moi, ordonna soudain ma mère, tu m'entends, Indiana ? Jamais. Ils t'enfermeraient, de peur qu'un autre clan ou que des sorciers ou des vampires ne s'emparent de toi. Pour l'instant, ta situation reste secrète. Tu es humain, tu fais des études. Mais je ne comprends pas le futur. Ni l'échafaudage !

Je me crispai. Comment lui dire que ce n'était pas du tout un accident ? Je compris que j'allais devoir briser mon silence, au risque de la perdre. La bouche sèche, je décidai de garder un ton neutre et monotone, de délivrer l'information comme si elle n'avait pas une grande importance.

– Il y avait du piment. Du piment rouge et du poivre noir.

L'espace d'un instant son regard devint fou. Elle ferma les yeux et serra tant le poing qu'elle s'entailla la paume de la main, laissant couler un peu de sang.

Je n'avais pas vu qu'elle transpirait autant. Son effort pour rester lucide était démesuré. Sa respiration se calma, la douleur dans sa paume l'aidant à s'ancrer dans le réel.

– Ce n'était pas un accident. Je sais. J'ai arrêté l'éclipse. Je devais te voir, te dire.

Je ne répondis pas verbalement, me contentant de hocher la tête. Elle resta silencieuse, luttant contre sa folie.

– Je ne veux pas prendre le risque de m'éclipser pour aller voir qui est le coupable et revenir en discuter avec toi, finit-elle par dire, c'est un miracle que je puisse te parler pour l'instant. Alors tu vas devoir t'en charger.

Elle vit que cela ne me plaisait pas. Je m'étais éclipsé pour survivre, et vu ce que cela lui faisait, je n'avais pas du tout l'intention de recommencer. Et voilà qu'elle m'y incitait !

– C'est ce que j'ai vu, dit-elle soudain, je ne comprenais pas... le futur est bien plus imprécis, j'ai du mal... il y en avait deux. Un où tu survivais. Un où tu mourais, parce que cette voie-là était vide et noire, mais je ne peux pas aller si loin, je sais que ce sera bientôt, c'est proche, trop proche, Indiana, il va falloir faire le bon choix ! Ah, maudit don, je n'en suis pas sûre !

Je sentis mon cœur accélérer. Maman avait vu un futur où je mourais ?

– Même si je ne suis pas sûre de mes visions du futur, tu dois t'éclipser, insista-t-elle fermement. Traque ton ennemi, retourne dans le temps afin de savoir qui t'en veut et pourquoi. Tu peux sauter dans le temps en avant ou en arrière d'une situation passée, comme si tu déroulais une bande vidéo en avance rapide, ce n'est pas difficile. L'information, Indiana, c'est le plus important. Si tu as la connaissance, tu es le plus fort. Ne l'oublie jamais. Fais attention d'où tu pars. Que ce soit bien dégagé lorsque tu reviens, vérifie toujours, car il est impossible de se déplacer d'un millimètre. Si entre-temps on a mis un meuble à la place que tu occupais à ton départ, tu te rematérialiseras dans le meuble. Et vous mourrez tous les deux.

Je lui souris en dépit de ma peur. Elle avait de l'humour, c'était ce que me disait Nanny à son propos. Pour l'instant, cela ne m'avait pas paru flagrant mais j'étais sûr que si nous parlions un peu plus longtemps, je pourrais découvrir ma vraie mère et non pas cette femme merveilleuse mais horriblement stressée.

Eh, une minute. Elle avait dit qu'on ne pouvait pas se déplacer ? Mais moi, je m'étais déplacé d'un mètre, non ? Pour éviter les poutrelles qui clouaient Tyler. Alors pourquoi... il fallait que je pose la question. J'allais le signaler, prenant le risque de la perdre, lorsque j'entendis un bruit.

200

Mon grand-père venait d'émettre un grognement.

Maman se leva d'un bond, m'étreignit encore une fois.

– Ne reviens pas trop vite ici, ils auraient des soupçons, la prochaine fois ce ne sera pas aussi facile. Grâce à l'éclipse, je viendrai te rendre visite de temps en temps. Nous ne pouvons pas nous voir dans cet autre espace, mais je sais que ton cœur me sentira. Je t'aime.

– Moi aussi maman, je t'aime. De tout mon cœur. Ne m'abandonne pas, je t'en prie.

Son front se rida, soucieux.

– Je ne mourrai pas, je reste pour toi, ne t'inquiète pas. Je t'aime. Range cette chemise. Ils ne doivent pas savoir que je suis revenue. Ne touche pas aux autres vêtements.

Et elle disparut. Dans un souffle, comme un soupir, rien à voir avec sa précédente éclipse. Sa chemise s'affaissa.

Je grognai. J'avais bien plus de questions que je n'avais de réponses. Et je n'essayerais pas de m'éclipser. Même pour voir qui avait tenté de me tuer et allait probablement recommencer. Je ne voulais pas finir fou dans un asile, moi aussi. Et puis elle avait dit qu'elle n'était pas sûre de ses visions. Tout cela allait me faire perdre la raison. Soudain, je reniflai. J'avais senti une odeur amère. Du sang ? Je baissai le regard sur mes épaules.

Elle s'était entaillé les paumes pour rester lucide et avait mis du sang sur mon tee-shirt, mais aussi sur sa chemise de nuit. Je fonçai et les nettoyai très soigneusement dans la salle de bains, puis rangeai la chemise tout en dessous de la pile de ses vêtements, afin qu'elle ait le temps de sécher.

Puis je fis quelque chose de douloureux mais nécessaire. Je rouvris une des coupures de mes mains et laissai tomber un peu de sang après avoir nettoyé celui de ma mère et jeté le papier dans les toilettes. Ils sentiraient que quelqu'un avait saigné, je devais brouiller les pistes.

Je revins dans la salle de bains, puis je m'aspergeai le visage et mon tee-shirt afin de justifier le fait qu'il soit mouillé et pris un verre d'eau pour grand-père. S'il se réveillait avec une aussi grosse migraine que moi en ce moment, il allait douiller.

Il ouvrit des yeux vagues et se raidit en me voyant si proche de lui, le visage et les vêtements trempés. Je lui tendis le verre d'eau et attendis patiemment.

– Que s'est-il passé ? finit-il par dire d'une voix pâteuse.

Je ne pris pas le risque de mentir.

– Maman s'est éclipsée, ça nous a fait nous évanouir tous les deux. J'ai repris conscience un peu plus vite que toi. Dis donc, elle fait ça souvent ? C'était super violent !

Je n'avais dit que la vérité et il le sentit. Ma question le sortit de la dangereuse spirale des interrogations.

– Oui, soupira-t-il, de temps en temps, lorsqu'elle ne s'est pas éclipsée depuis longtemps, c'est comme si elle emmagasinait de l'énergie et que celle-ci explosait à son départ. Je n'y ai pas pensé lorsque je t'ai amené, parce que je ne me doutais pas qu'elle allait s'éclipser pendant notre visite. Tu vas bien ?

– J'ai mal au crâne. Terrible.

Il sourit.

– Oui, moi aussi. Merci pour le verre d'eau.

Il renifla soudain aux aguets.

– Ça sent le sang. Tu t'es blessé ?

Je levai les deux mains comme si je m'en apercevais à l'instant. Et clignai ostensiblement des yeux en voyant le sang sur ma paume.

– Zut, j'ai dû rouvrir une coupure de l'accident d'échafaudage en m'évanouissant. Ce n'est pas grave, je mettrai un pansement en rentrant.

Il se leva, jura en réalisant que les caméras n'avaient rien enregistré, mais ne posa pas la question à laquelle je n'aurais pas pu répondre. À savoir si ma mère était revenue. La façon dont j'avais orienté mes réponses l'avait convaincu que j'étais resté évanoui à peu près autant de temps que lui. Et les vêtements épars sur le sol également.

Il éteignit le bruit blanc. Son regard songeur se posa sur les caméras inutilisables alors que l'appareil antibruit fonctionnait parfaitement. Je n'aimais pas ce qui passait derrière ses yeux scrutateurs, mais de nouveau, il ne dit rien. Mon cœur battait si vite qu'il allait exploser, il fallait absolument que je me calme. Je filai vers la porte et criai :

– Oh ! Les gars, on a eu un petit problème !

Les loups firent irruption presque immédiatement. Ils froncèrent le nez en sentant l'odeur de mon sang et s'inquiétèrent de l'état de grand-père qui semblait un peu dans les vapes. Mais il était un loup alpha, pas question pour lui de montrer sa faiblesse. Il donna des ordres précis : acheter des caméras qui seraient protégées contre les interférences électromagnétiques créées par ma mère, changer celles qui avaient été détruites, vérifier l'appareil générateur de bruit blanc et comprendre pourquoi il n'avait pas été affecté. Les loups obéirent. Mon grand-père me prit par l'épaule et s'appuya discrètement sur moi. Je ployai un peu sous la masse énorme mais résistai vaillamment. Il ne voulait pas que l'on voie qu'il était encore étourdi, alors je faisais tout pour le dissimuler.

Maman n'y avait pas été avec le dos de la cuillère. Elle avait dit que je ne pouvais pas faire la même chose, assommer les gens, détraquer les machines. Pas encore du moins. Elle avait aussi dit que j'allais mourir si je faisais le mauvais choix. Je déglutis. J'avais moins aimé cette partie-là. Je repassai tout ce qu'elle m'avait appris. Pas étonnant qu'elle fasse si jeune si son corps ne vieillissait pas dans l'autre temps. Puis je me repris et chassai tout cela de mon esprit. Pas question, je ne m'éclipserais pas… enfin pas tant que ma vie ne serait pas sérieusement en danger. J'avais peur. Et si cette décision était précisément celle qui allait me faire mourir ?

Il était temps de rentrer à la maison. Je ne l'avouerais pas, mais j'étais mort de fatigue et mon cerveau, submergé d'informations, n'arrivait plus à les traiter sainement.

Ned prit le volant, Chuck se posa à côté de lui. À leur grande surprise et au déplaisir de Chuck, je relevai la glace de séparation de la limousine. Appuyai sur le bouton qui déclenchait le bruit blanc, les empêchant de nous entendre, très utile avec des loups aux longues oreilles. Puis, chassant ce que m'avait dit ma mère, parce que cela paralysait mon cerveau, j'en profitai pour poser une question qui m'intriguait. D'un ton péniblement nonchalant :

– Grand-père, j'ai des tas de copains et de copines à l'université et l'une d'entre elles s'appelle O'Hara. Elle habitait avant à Telora Spring. Je ne sais pas pourquoi, mais son nom m'est familier.

– Il y a beaucoup de O'Hara dans le Montana, grommela-t-il. Pour l'instant, j'aimerais plutôt que nous parlions de cet attentat.

– Oui, oui, j'étais sous l'échafaudage, tout m'est tombé dessus, Tyler m'a sauvé la vie, Chuck nous a dégagés.

Il me jeta un regard, étonné par le côté lapidaire de ma réponse. J'insistai :

– Mais à propos des O'Hara, Telora Spring n'est qu'à quelques kilomètres d'ici. Vous n'avez pas été en relation avec son arrière-grand-père ou un truc comme ça ?

Il hésita. Puis finit par répondre.

– Si. Le vieux O'Hara nous avait accusés d'avoir empoisonné ses moutons afin de l'obliger à vendre ses terres. Il était en conflit avec ton arrière-grand-père Andrew à ce sujet. Tu sais comment est mort mon père ?

Je le savais, évidemment, une bien triste histoire. Un horrible accident.

– Il a été tué sous sa forme de loup ?

– Oui. Il était en train de patrouiller sur les terres du vieux O'Hara, afin de trouver qui empoisonnait vraiment les moutons, parce que nous n'avions vraiment rien à voir dans l'histoire. Le vieux O'Hara était en embuscade lui aussi. Il l'a vu. Il a eu peur. Il avait un fusil. S'il avait touché le corps, père aurait pu s'en sortir. Mais il a touché le cerveau plusieurs fois. Nous n'avons rien pu faire pour le sauver.

Je vis la douleur dans ses yeux, en dépit de l'obscurité.

– Qu'est-ce que vous avez fait ?

– Le vieux O'Hara a eu un accident, répondit-il froidement. Une attaque de chiens sauvages qui ont également décimés ses troupeaux. Son fils, Joseph, a tenté de survivre en exploitant des vaches, comme nous, mais chaque fois qu'il tentait quelque chose, cela ratait. Lui aussi a eu un accident. Sa femme et lui se sont noyés lors d'une inondation. Son fils, Seamus O'Hara, a repris l'exploitation, à son retour de la première guerre du Golfe en 1995. Mais sans grand succès. Il a renoncé récemment. Il nous a vendu ses terres et est parti. Je suppose que c'est lui dont tu parles. Et de sa fille, Katerina. J'ignorais qu'il était à Missoula.

Mon Dieu. Il avait tué l'arrière-grand-père de Katerina, et probablement aussi son grand-père et sa grand-mère, masquant le double meurtres par une noyade. Et je venais de lui donner l'adresse de Katerina.

Je restai silencieux, comme un lapin qui vient de deviner que le renard est tapi juste devant son terrier. Mon grand-père me dévisagea jusqu'à ce que je sois vraiment mal à l'aise. Hélas, l'alpha était loin d'être stupide. Et mes « copains et copines » de l'université ne le trompèrent pas très longtemps.

– Ha ha ! finit-il par dire. Katerina. Une très jolie humaine, si je me souviens bien. Brune, yeux verts. Mince, bien faite. Tout ce qu'il faut pour tomber amoureux, j'imagine : un garçon un peu chaud, une jolie fille, les meilleurs des ingrédients.

Il se pencha si brusquement vers moi que je sursautai.

– Es-tu tombé amoureux, Indiana, de la petite-fille du meurtrier de mon père ?

Je tremblais, mais ce n'était pas de peur, plutôt de rage. Le choc de ce qu'il venait de m'apprendre fit monter mon adrénaline.

– C'est une amie. Que je respecte, biaisai-je avant d'ajouter avec agressivité : mais si cela avait été le cas, grand-père, qu'est-ce que tu aurais fait ?

– D'elle ou d'une autre, si elle est humaine, nous te l'avons interdit !

C'était sa voix d'alpha. Je n'étais peut-être pas un loup, mais je sentis sa volonté peser contre la mienne, me dominant.

Je fermai les yeux, sentant la rage monter comme une marée lourde et fumante. Je n'avais pas l'intention de la montrer, mais ce fut plus fort que moi. Elle sortit de moi, onde brûlante qui frappa mon grand-père au moment où je rouvris les yeux.

Il se figea. Je vis que la bête en lui, excitée par ma rage, luttait pour émerger. Il ferma ses énormes poings et prit une profonde inspiration, bataillant pour ne pas se transformer. Je refusais de baisser les yeux. Même si son regard, l'éclat du doré s'accentuant brutalement, me montrait à quel point j'étais en danger.

– Baisse les yeux, Indiana, dit-il d'une voix rauque. Si tu continues à me défier, mon loup risque de te sauter à la gorge et ce n'est pas ce que je veux.

Je voyais à quel point sa maîtrise était fragile. Je plantai mon regard dans le sien une dernière fois, pour bien lui faire comprendre que je ne cédais pas vraiment, puis baissai les yeux.

Il soupira de soulagement et laissa la tension s'écouler de son corps comme de l'eau.

– Tu ne peux pas défier un alpha comme tu viens de le faire et t'en tirer sans conséquences, finit-il par dire.

– Je n'ai défié personne, répondis-je cherchant à l'apaiser.

– Mais tu es fou de rage contre moi. Contre nos lois.

Je ne pouvais nier.

– Oui.

– Pourquoi ? Cela a-t-il un rapport avec cette O'hara ?

Je fus prudent.

– Elle. Les autres. Mes amis humains.

Il garda le silence un instant, digérant ce que j'avais dit. Puis sa sentence tomba.

– Nous ne faisons pas d'exception. Si tu vas trop loin avec une humaine, nous la tuerons. Si un humain en qui nous ne pouvons pas avoir confiance apprend notre existence, alors nous le tuerons aussi. C'est la loi.

C'est alors que je le compris. Que je décelai enfin ce qu'il y avait sous son infini respect de nos lois. Il avait peur. Il avait peur de me perdre. Moi, le fils de son fils. Il venait de me donner les clefs de ma liberté. Enfin au moins quelques-unes.

Je refoulai ma rage et ma peur et expulsai mon absolue sincérité.

– Si vous touchez l'un des humains que je fréquente, grand-père, n'importe lequel, alors vous me perdrez. Irrémédiablement. Je ne suis pas un loup. Je n'ai pas besoin de la meute comme vous, je n'ai pas cet instinct du groupe. Je n'ai jamais été aussi heureux que depuis que je suis à l'université. Loin de vous.

Ce n'était pas tout à fait vrai, mais je ne devais pas faiblir. Il le sentirait tout de suite. La tension de son corps m'indiqua que je lui avais fait mal.

La limousine continuait à glisser, illuminée par la lune pâlissante. Mais le paysage ne m'intéressait pas. J'étais face à bien plus fort que moi, je devais rester le plus concentré possible. Il ne dit rien, mais je pouvais suivre sa pensée. Il ne pouvait tout simplement pas imaginer que j'étais capable de quitter la meute et de me débrouiller tout seul.

Sauf qu'il ignorait que j'avais ce pouvoir de rebrousse-temps. Si je n'avais pas le choix pour survivre, je m'éclipserais, en espérant ne pas devenir fou trop vite, comme maman. Après tout, ne nous appelons-nous pas les espions suprêmes ? Le gouvernement serait certainement ravi de m'engager. Il me suffirait de rapporter des indications hautement vérifiables sur des sites sensibles et ils se ficheraient éperdument et de mon âge et de mon absence de qualification.

Je serais un Man in Black. Avec les lunettes. Et certainement beaucoup mieux payé.

Grand-père se frotta la figure. Je n'avais jamais réalisé, mais l'or de sa chevelure était en train de se parer de gris. Juste quelques mèches – grand-père avait encore des siècles devant lui –, mais c'était bien plus rapide que chez grand-pa Henry, notre doyen qui allait fêter sa millième année dans un mois et qui avait une fourrure fauve resplendissante.

Il avait l'air… fatigué. Je savais que mon père, son fils, lui manquait horriblement. Ce ne fut qu'à ce moment-là que je réalisai à quel point il avait mis tous ses espoirs en moi.

Au moment où il les abandonnait.

– Je peux comprendre que tu te sentes à l'aise parmi les humains, dit-il avec tristesse. Au point d'être capable de quitter la meute. Après tout, tu es l'un des leurs.

J'ouvris la bouche, touché par sa peine, lorsqu'il reprit d'un ton las.

— Même si j'espère bien que tes « amies » ne deviendront jamais tes « petites amies », en dépit du carcan indispensable de nos lois, tu es vraiment un cas à part. Il me semble donc injuste de te voler ta vie parce que nous voulons un enfant loup pour me succéder. Notre famille est puissante. Nous pourrons passer la main à plus jeunes, plus forts que nous. Tes cousins aussi peuvent se mettre sur les rangs de la succession. Cela ne fera pas plaisir à ta grand-mère mais c'est possible.

Je sentis mon corps se mettre à trembler lorsque la tension me quitta à mon tour. Il avait accepté ! J'avais gagné !

— Tu n'as pas encore gagné, fit-il froidement.

Je lui jetai un regard suspicieux. Certains disent que les alpha sont capables de lire dans les esprits des loups de la meute. Apparemment, dans celui des humains aussi.

— Tu as mon accord, parce que je suis juste et que je ne te sacrifierais pas sur l'autel de mes ambitions familiales. Mais il va te falloir convaincre Amber et le reste de la famille.

Ah, lorsqu'il était en conflit avec grand-mère, il l'appelait par son prénom.

— J'ai bien peur que ce soit un peu plus difficile, souligna-t-il. Il va falloir peaufiner tes arguments, même si ta menace de disparaître est de loin la plus efficace surtout auprès de ta grand-mère. Ensuite, il faudra réunir une commission de la meute. Nous avions décidé d'organiser une grande fête pour l'anniversaire de grand-pa Henry, dans un mois. Nous pourrions mettre l'autorisation de fréquenter des humaines à l'ordre du jour, mais exclusivement pour toi, notre seul humain. Si tu te débrouilles bien, tu passeras devant cette commission. Depuis ta naissance et surtout le meurtre de ton père par ta mère, il avait été décidé de ne plus autoriser les mariages interespèces. Tu vas avoir du mal à les convaincre, mais je t'appuierai.

Wow, je n'ai pas dit non plus que je voulais me marier ! Je me sentis verdir un peu rien qu'à l'idée. Mais je posai une autre question :

— Tu n'as pas besoin du Grand Conseil pour cela ?

Cela lui aurait donné jusqu'au printemps pour me convaincre d'abandonner Katerina. Il fut honnête. Il secoua la tête.

– Non. C'est de notre meute qu'est partie l'interdiction. Tes grands-oncles et tes grands-tantes appuyés par ta grand-mère. Une simple commission interne peut te libérer, puisque tu n'es pas un loup. Je vais donc leur en parler. À une seule condition.

Je me mordis la lèvre. Je savais déjà ce qu'il allait dire. Je me trompais. Il était rusé notre alpha, il n'abandonnait pas aussi facilement.

– Tu accepteras des rendez-vous avec des louves. Pas celles de notre meute, je peux comprendre qu'ayant été élevés ensemble, elles ne te tentent pas. Néanmoins tu accepteras de les rencontrer et de discuter avec elles. Tu n'as pas eu l'occasion de côtoyer des louves plus douces, parce que nous sommes tous et toutes très dominants dans notre groupe. Mais il y a des filles adorables dans les autres meutes et je veux que tu fasses leur connaissance.

Mince alors. Celle-là, je ne l'avais pas vue venir. Il me proposait de me présenter à des tas de filles ravissantes. Parfois, j'avais un peu de mal à savoir si j'étais en enfer ou au paradis. J'allais parler mais il m'interrompit encore.

– Et tu ne fréquenteras aucune humaine tant que ton nouveau statut ne sera pas approuvé. Indiana, si tu romps ta promesse, je romprai la mienne. Nous sommes d'accord ?

Je n'aimais pas cela. Mais ce qu'il proposait était bien plus que ce que j'avais espéré. Il se méprit sur mon silence, plissa ses yeux d'or, mécontent.

– C'est pour ton bien, Indiana. Si tu enfreins la loi avant de passer devant la commission, tu seras puni. Et quelle que soit l'humaine que tu fréquenteras, elle sera en danger. Si nous la blessons ou la tuons, nous te perdrons. Veux-tu courir le risque ? Moi pas.

Non, évidemment que non. Mais il venait de me ligoter plus sûrement avec ses mots qu'avec des cordes. À regret, je lui tendis la main. Nous avions un accord. Il me la serra délicatement, évitant de broyer mes os. Trop gentil.

— Tyler ne respecte pas la loi, lançai-je, bien décidé à ne laisser aucune marge de manœuvre à mon ancien ennemi. Tu dois dire à Louis Brandkel que son fils doit laisser K… les humaines tranquilles.

Soudainement, la voiture bascula un peu en franchissant le passage qui menait à notre maison. La lumière du lampadaire éclaira le visage de grand-père et je vis qu'il écarquillait les yeux.

— Mon garçon, te laisser aller à cette université n'était vraiment pas une bonne idée. Tu veux dire que Tyler Brandkel et toi êtes tous les deux « amis » avec des humaines ? Les mêmes humaines ?

Je hochai la tête.

— Oui. Il a donné cinquante mille dollars à Katerina soi-disant pour l'aider, vu qu'elle n'a pas un centime. Il s'implique drôlement pour un loup qui n'a pas le droit d'approcher des humaines, tu ne trouves pas ?

Il émit un reniflement sourd, marquant toute sa désapprobation.

— Cinquante mille dollars ? Ce garçon n'a pas cet argent, Indiana, réfléchis au-delà des apparences, s'il te plaît.

Je soufflai, agacé. Je n'aimais pas quand… puis je me redressai, frappé par son raisonnement.

Il avait raison ! Quel imbécile j'avais été ! Lorsque j'avais eu besoin d'argent pour payer Axel, j'étais venu voir grand-père. Mais c'était bien loin d'une telle somme. Donc forcément Tyler…

— Brandkel lui a donné l'argent, conclus-je, atterré.

— Certainement.

— Mais pourquoi ?

— Aucune idée.

— Tyler peut lui avoir menti ?

— À son père et son alpha ? Qui est de plus l'homme et le loup le plus paranoïaque que j'ai jamais rencontré ? Je ne crois pas, non.

Je me frottai les yeux, grimaçant alors qu'une vague d'épuisement m'envahissait et que les douleurs que l'adrénaline m'avait fait oublier me tombaient dessus. Je résumai.

— Brandkel est au courant. Il sait que son fils fréquente des humaines et il lui a donné de l'argent pour acheter, corrompre ou je ne sais quoi cette humaine en particulier. Au lieu de lui interdire de la fréquenter, il l'encourage. Il a donc un plan. Dans lequel elle intervient, mais n'est pas indispensable. Mais quoi, bon sang ?

– Comme je te l'ai dit tout à l'heure, aucune idée, répéta-t-il patiemment.

Je soupirai.

– J'ai les neurones en compote, je n'arrive pas à réfléchir.

La voiture était en train de s'immobiliser.

– Va te reposer, mon garçon, dit-il en me poussant dehors. Nous discuterons de tout ceci demain matin, lorsque tu auras les idées plus claires, ou plutôt ce matin, vu qu'il est déjà tôt.

Le manoir était éclairé et plusieurs loups me saluèrent avec affection.

J'embrassai ma grand-mère qui nous attendait malgré l'heure matinale et filai vers ma chambre. Je savais que les questions allaient pleuvoir, après. Pour l'instant, seuls mon lit et mon oreiller me semblaient sympathiques. Le reste du monde pouvait bien aller au diable.

Chapitre 16
L'appât

Lorsque je me réveillai, Serafina était à mon chevet.

Je me raidis, méfiant.

Elle avait encore embelli depuis mon départ. Ses yeux dorés semblaient sincèrement inquiets en me scrutant. Elle portait un dos-nu si mini que de la porte, on devait probablement avoir l'impression qu'elle n'avait rien sur elle.

Elle effleura mon torse nu.

– Waaah, souffla-t-elle, je crois bien que je n'ai jamais vu une aussi belle collection de bleus. Tu es passé sous une moissonneuse-batteuse ?

Je saisis ses bras minces, l'obligeant à retirer sa main de mon corps.

– Qu'est-ce que tu fais dans ma chambre, Serafina ?

Mon ton sous-entendait que j'allais avoir la fourrure de celui qui l'avait laissée passer.

Elle utilisa sa force de louve pour se dégager, contempla ses ongles parfaits et me lança un éblouissant sourire.

– Je rentre tout juste de quelques jours de vacances. Ma « fugue » a convaincu mes parents que je suis raisonnable : je n'ai pas fait de scandale et je suis revenue tranquillement comme une bonne petite louve, roucoula-t-elle. Du coup, ils me donnent plus de liberté ; je pense que je vais même réussir à les convaincre de me laisser aller à l'université. J'ai appris que tu étais là et je voulais juste te souhaiter la bienvenue, *mon chéri*.

Et elle planta un langoureux baiser sur mes lèvres. Ce fut étrange, parce qu'au même moment, j'aurais juré avoir entendu une sorte de déclic. Je reculai, la repoussant sans méchanceté mais fermement. Chuck était adossé au chambranle de la porte et nous regardait d'un air approbateur.

– D'accord, râlai-je, qui a dit que ma chambre était un hall de gare, qu'est-ce que vous faites ici tous les deux ? Et Serafina, arrête de dire que c'est pour me souhaiter la bienvenue, la dernière fois qu'on s'est vu, tu avais plutôt envie de m'arracher la tête que de m'embrasser !

– T'arracher la tête, oh non ! se récria-t-elle, amusée. Ce serait dégoûtant, tu mettrais du sang partout, yerk. Je voulais juste te montrer que je ne t'en voulais pas.

Ça, c'était du Serafina tout craché. Elle ne se souciait pas du tout de savoir si j'avais envie de l'embrasser. Elle pensait automatiquement que tout le monde rêvait de ses baisers.

– Chuck a monté la garde devant ta porte cette nuit, continua-t-elle, relayé par Ned. Karl ne veut pas que tu sois sans protection. Alors, c'est comment l'université, ça doit être génial, non ? Tous ces gens, toutes ces choses à faire !

Sa voix était tellement enthousiaste que je finis par sourire.

– Tu régnerais sans partage sur tous les humains et les loups aussi, Serafina, la flattai-je.

Elle tapa dans ses mains comme une petite fille. Là, elle en faisait un peu trop.

– Des loups ? Il y a d'autres loups à l'université ?

– Oui, une petite demi-douzaine. Dont le fils Brandkel.

Le nom la calma immédiatement. Elle se pencha vers moi.

– Le fils de Louis Brandkel ? Tyler Brandkel ? Il est comment ?

– Suffisant, pourri gâté, il se déplace en Mercedes coupé et étale son argent partout. Tu l'adorerais.

– Je dois aller à cette université ! gronda-t-elle, soudain furieuse, comme tous les loups lorsqu'on les contrariait. Je n'ai plus envie d'attendre !

Je pouvais voir une petite lueur spéculative dans ses yeux. Bien, je venais d'orienter sa tête chercheuse vers une autre proie que moi. Pauvre Ned. Son malheureux soupirant n'avait pas fini de souffrir. Bon, pauvre Tyler aussi, le jour où il rencontrerait Serafina, il comprendrait vraiment ce que le mot « domination » veut dire.

— Ton grand-père et ta grand-mère t'attendent, me fit Chuck qui nous dévisageait toujours d'un air bizarre. Tu devrais te préparer.

Son ton était brusque. Serafina comprit et se leva, un mini-short jaune soulignant ses jambes interminables. Si j'avais été un loup, j'en aurais bavé. Même en étant fou amoureux de Katerina, je devais reconnaître que Serafina était une bombe. Elle se déhancha jusqu'à la porte, s'assurant bien que je ne perdais pas une miette du spectacle, et sortit.

— Miam, miam, fit Chuck, gourmand.

— Cette fille est un danger public, grognai-je, agacé. Donne-moi deux minutes, je prends une douche et j'arrive.

— Ils sont dans la salle du petit déj, précisa-t-il en s'effaçant et en refermant la porte.

Je sifflai de douleur lorsque l'eau, que j'avais choisie bien froide, histoire de me réveiller, frappa mes coupures. Ça brûlait du feu de dieu, surtout celles avec les sutures et celle que j'avais rouverte hier soir. Les capacités de récupération des loups me firent vraiment envie, à cet instant-là. Le poing de Chuck ne montrait plus aucune balafre alors qu'il ressemblait à du steak haché hier soir.

Me savonnant rapidement, je fis un point. Mes grands-parents voudraient parler de trois choses. De l'accident, ou plutôt de la tentative de meurtre, de ma mère et de Kat, ou plutôt des humaines.

Cela promettait une journée chargée.

À moitié sec, je sortis, m'essuyant avec la serviette et cherchant mon téléphone, mais impossible de mettre la main dessus. Pourtant j'aurais juré l'avoir laissé sur la commode près de la porte. Ce n'était pas très grave, mais cela m'agaça. J'aurais voulu aller faire une petite balade cet après-midi et parler à Katerina. Sans téléphone, cela allait être un peu plus compliqué. Grand-père avait-il soupçonné que je voudrais la contacter ? M'avait-il confisqué mon téléphone ?

Je m'habillai à toute vitesse et fonçai au rez-de-chaussée dans la salle à manger comme un taureau furieux.

– Grand-père ! Où est mon téléphone ?

Grand-père était en train de tremper du pain dans ses œufs au bacon. Il leva des yeux surpris.

– Ton téléphone ? Je n'en sais rien, Indiana, pourquoi me demandes-tu ça ?

– Ce n'est pas toi qui l'as pris ?

Il fronça les sourcils.

– Et pourquoi aurais-je pris ton téléphone, mon garçon ?

Je me sentis déstabilisé. Je sentais qu'il ne mentait pas.

Une odeur de jasmin, de lilas et de… café me fit me retourner. Grand-mère était derrière moi, une cafetière brûlante dans la main. Elle me lança un éclatant sourire.

– Indiana, comment te sens-tu ? As-tu bien dormi ? Le docteur Brown va venir t'ausculter tout à l'heure. Chuck m'a dit que tu as des points de suture.

Je l'étreignis, évitant le métal chaud, puis allai m'asseoir sur une chaise. Tout autour de moi, les portraits de nos ancêtres nous regardaient, posant sur les murs de l'élégante salle à manger, déclinée dans trois tons de vert.

– Ce n'est rien du tout, grand-mère, juste deux, trois points sur une coupure un peu profonde. Je dois désinfecter régulièrement, c'est tout.

Elle posa la cafetière sur le repose-plat en vermeil délicatement ouvragé au milieu de la grande table de bois sombre. Il n'y avait pas assez d'argent dans ce vermeil pour qu'il la blesse, mais elle était prudente. Elle m'avait rempli une tasse et je me servis des pancakes, des céréales et du lait.

– Raconte-nous, dit-elle, tous les détails, tout ce que tu te rappelles. Nous devons trouver qui et pourquoi.

J'obéis. Je n'avais pas vu grand-chose en fait, juste l'échafaudage qui me tombait dessus. Mon attention était trop accaparée par Chuck pour que je prête attention à autre chose. Après avoir avalé une gorgée de café, elle me demanda de ralentir et de lui raconter l'effondrement. Elle remarqua que je n'avais pas fait que voir, mais que j'avais aussi dû sentir et entendre lorsque c'était arrivé. Nanny lui avait dit que me sens s'étaient avivés à la suite de mon espèce de grippe, qu'ils étaient presque aussi bons que les leurs. Elle me conseilla de fermer les yeux et de me focaliser sur mon nez et mes oreilles, et non plus sur ma vue.

Je n'aimais pas l'espoir qui vibrait dans sa voix. Elle espérait que mon côté loup soit en train de se développer et que mes nouvelles capacités ne soient que l'annonce de ma prochaine transformation.

Elle allait être déçue.

De nouveau j'obéis et évoquai l'accident à haute voix, mais l'écha-faudage me masquait la vue, la seule chose dont je me souvenais était d'avoir entendu une sorte de « cling » étouffé, ce qui m'avait proba-blement fait lever les yeux, sans que je puisse éviter la ferraille, hélas, et je n'avais rien senti à part une vague odeur de talc. Je rouvris les yeux.

– Du talc ? demanda ma grand-mère surprise.

– Oui, comme ce que mettent les gymnastes pour s'entraîner aux agrès pour que leurs mains ne glissent pas. C'était cette odeur-là.

Grand-père fronça les sourcils en terminant ses œufs.

– Tu penses que ce peut être une piste ?

– Tu veux dire qu'un gymnaste pourrait m'en vouloir au point d'essayer de me tuer ? Grand-père, je fais du basket, pas des barres parallèles ! Ce serait ridicule.

– Mais l'assassin pourrait avoir enduit ses gants de talc afin de ne pas glisser en montant sur l'échafaudage, non ? réfléchit grand-mère à haute voix.

– Non, du latex et du talc, ça ne va pas ensemble, répliquai-je. Et puis ce ne serait pas utile, c'est facile de monter sur un échafaudage, il y a des échelles entre les paliers.

– Nous allons demander à ta mère de retourner dans le temps à cet instant, décida soudain Amber. Nous devons savoir qui t'en veut et pourquoi.

– Nous n'avons jamais réussi à la diriger. Pas une seule fois en quinze ans, réagit grand-père, comment penses-tu lui faire comprendre ce que tu veux ? Elle est folle, Amber, folle au-delà de tout. Lorsque nous sommes venus avec Indiana, tu sais ce qu'elle a fait ? Elle s'est éclipsée avec une telle force qu'elle nous a assommés tous les deux. Je ne sais pas pourquoi elle est restée pendant aussi longtemps sans s'éclipser, mais je t'assure que je n'ai pas envie de recommencer l'expérience. Cette femme a la puissance du diable !

Je n'imaginais pas qu'il avait été ébranlé à ce point. Puis réalisai soudain que ceux qui avaient réussi à assommer notre alpha ne devaient pas être très nombreux.

– J'essayerai quand même, répondit-elle dans un style très louve alpha implacable. C'est son fils, bon sang, elle doit l'aider !

Grand-père capitula.

– Bon, ta grand-mère fera ce qu'elle pourra et nos techniciens ont travaillé sur les poutrelles que Chuck a rapportées.

– Déjà ?

– Oui, mais Chuck avait malheureusement raison. Ton agresseur portait des gants, n'a pas touché l'échafaudage avec sa peau nue et n'a laissé aucune autre odeur que celles du latex, du piment et du poivre.

– C'était un loup précautionneux. Ce que je ne comprends pas, c'est ce qu'il faisait chez Katerina. Et je pense que Seamus, son père, l'a vu.

Ils me dévisagèrent, le visage sombre.

Je leur expliquai ce que m'avait dit Katerina et ce que son père avait dit en plein *delirium tremens*.

– Il a dit « des loups », souligna grand-père en reposant un peu trop brutalement sa tasse de porcelaine fleurie qui tinta.

Grand-mère s'obstinait à lui donner des tasses précieuses en porcelaine de Chine qui entre ses grosses pattes avaient une espérance de vie assez réduite.

– Oui, mais il délirait, objectai-je.

– Nous ne pouvons cependant pas exclure qu'ils soient plusieurs. Je ne suis pas sûre que te laisser retourner à l'université soit si judicieux, Indiana, j'ai peur pour ta sécurité.

Grand-père posa sa grosse main sur celle de grand-mère qui tremblait légèrement. Elle était vraiment inquiète. Mais moi j'étais résolu.

– Je ne peux pas rester enfermé parce qu'une meute a décidé de m'éliminer, soyons raisonnables. Ils ont raté leur coup. Ils savent que nous les recherchons et ils seront prudents. De plus, grand-père, je pense que c'est une sorte de test, pour voir si tu es assez fort pour me protéger en dehors du Lykos Ranch ou si tu vas me terrer dans notre tanière. Me laisser repartir avec Chuck montrera à tes ennemis que nous n'avons pas peur.

Ils échangèrent un regard. J'avais soigneusement préparé cet entretien dans l'hélicoptère, puis peaufiné mes répliques sous la douche. J'avais pensé les atteindre avec le côté affectif avant de comprendre que c'était la politique qui allait me permettre de m'évader.

– Ned l'a attaqué par surprise. Dans son dos, fit soudain grand-père en me fixant d'un air pensif.

Grand-mère sursauta.

– Quoi ? Mais…

– Sur mon ordre.

– Sur ton ordre ? Tu…

– Indiana l'a battu. Il a failli l'égorger.

Grand-mère en resta bouche bée. Puis se ressaisit.

– Comment ?

Je n'avais pas le choix. Je sortis ma dague. Mais laissai cachés ma bourse de tue-loup et mes étoiles de jet.

Elle la regarda avec une répugnance mal dissimulée et se garda bien de la prendre.

– C'est de l'argent, n'est-ce pas ? Je sens son odeur d'ici.

– Un mélange, précisai-je. Beaucoup d'argent et un peu d'acier pour la dureté et le coupant. Ned ne guérira pas tout de suite.

Elle releva ses yeux dorés vers moi.

– Pourquoi as-tu ressenti le besoin de te protéger, Indiana ? Cette dague n'est pas neuve, elle ne date pas de ton accident d'hier.

Aïe, je ne pouvais pas parler d'Axel. Et du fait que c'était lui qui m'avait obligé à m'armer pour me défendre des semis.

– Vous avez des crocs et des griffes, inventai-je rapidement, je suis sans défense contre votre force. Il me fallait quelque chose pour rétablir l'équilibre. Maintenant que je sais que des loups renégats sont à mes trousses, je suis bien content de l'avoir.

Ce n'était pas vraiment un mensonge. Après tout, ils avaient bien des griffes et des crocs. Ils méditèrent mes paroles.

Puis, comme unis par une même pensée, ils se sourirent. D'un sourire féroce et sans pitié.

– Très bien. Tu peux repartir, Indiana, déclara grand-père.

Je restai un instant interloqué puis je compris. Et j'eus le même sourire, aussi féroce.

– Tu vas m'utiliser comme appât, n'est-ce pas ?

Son sourire s'accentua pendant que l'adrénaline se ruait dans mes veines, chantant une ode pleine d'exaltation.

– Absolument.

– Merci.

– De quoi ? De te faire risquer ta vie pour débusquer tes ennemis ?

– De me faire confiance pour me défendre.

Il me regarda avec curiosité.

– Tu es bien plus loup que tu ne veux l'admettre, Indiana. Le jeu te plaît, n'est-ce pas ?

Je dus l'admettre.

– Tu n'as pas peur ?

– Je suis terrifié.

– Bien. Tu m'aurais donné une autre réponse et tu restais calfeutré ici jusqu'à la fin de tes jours. Mais si tu as peur, tu seras prudent. C'était ce que je voulais entendre. Parlons maintenant de tes humaines.

Je sentis mes muscles se tendre et tentai de me relaxer.

– Paix, mon garçon, fit grand-père avec son infernal sens d'alpha qui détecte le moindre tressaillement. Je ne vais pas revenir sur ma parole. Et ta grand-mère est d'accord avec moi. Tu acceptes de rencontrer des louves, nous proposons de lever l'interdiction te concernant. Ou à y renoncer si tu refuses.

– Nous n'avions pas parlé de renoncement, protestai-je.

– Cela fait partie du package, assena-t-il tranquillement. Nous t'aidons, mais en échange tu acceptes les règles. Il n'y a pas d'autre option.

Je capitulai. C'était bien mieux que ce que j'avais espéré.

– Tu as ma parole d'homme, grand-père. Je verrai des louves, comme tu le désires.

Si Chuck avait été à ma place, je crois qu'il aurait bavé partout en prononçant cette phrase. Moi je voulais juste que mes grands-parents me fichent la paix.

Ils étaient satisfaits. C'était ce qu'ils voulaient entendre. Et en échange de cette promesse, ils allaient m'aider. J'étais gagnant dans cette histoire.

– Qu'allez-vous faire pour Tyler Brandkel ? demandai-je.

Je tentais de mon mieux de protéger Katerina. Si Tyler jouait avec elle pour m'atteindre, il allait lui briser le cœur.

Grand-mère avala une gorgée de jus d'oranges fraîchement pressées et grimaça. Et ce n'était pas à cause de l'amertume du fruit.

– Karl m'a parlé de cette histoire de cinquante mille dollars. Nous avons appelé Louis ce matin.

Ma respiration se bloqua. Mince, ils avaient appelé Brandkel !

– Qu'est-ce qu'il a dit ?

– Que cela ne nous regardait pas. Que c'étaient les affaires de son fils, qu'il ne faisait que s'amuser avec des humaines, n'avait pas du tout l'intention de lui faire des bébés et que par conséquent il n'y avait pas lieu de s'inquiéter.

La rage monta doucement.

– Il ne fait que s'amuser, grondai-je. Je vais lui montrer, moi, ce que c'est que de s'amuser. Deux poids, deux mesures, hein ? Moi je dois obéir et lui fait ce qu'il veut ?

J'aurais dû le laisser mourir, ce fils de chien.

Grand-père et grand-mère sentirent ma fureur et réagirent. Leurs yeux s'éclaircirent, virant au doré vif, prélude à la transformation.

– Calme-toi, fiston, m'intima mon grand-père, tu es une vraie pile électrique quand tu es en colère, tu risques de tous nous contaminer. Comme tu l'as fait dans la voiture avec moi.

Quoi ? Mais de quoi parlait-il ?

– Contaminer ? Moi ? Je veux dire, vous ? Comment ?

– Tu es un vrai mystère, mon petit, répondit tendrement ma grand-mère. Pourquoi crois-tu que nous t'avons laissé autant de liberté ? Tes explosions de colère étaient si violentes que les louveteaux se transformaient à tout bout de champ, idem pour les adultes. Tu as l'énergie d'un alpha même si tu n'en es pas un. Tu arrives à nous influencer.

L'humeur des alpha commandait celle de la meute. Si elle était joyeuse, la meute était joyeuse, si l'alpha était nerveux, la meute était nerveuse. Et s'il explosait de colère, son énergie lupine pouvait forcer les garous à se transformer. Beaucoup de choses s'expliquaient d'un seul coup. Ce n'était pas par indifférence qu'ils me laissaient prendre les quads et disparaître des heures entières. C'était pour préserver la paix entre les loups. Mince alors, l'énergie d'un alpha ? Même lorsque j'étais enfant ? C'était très inhabituel.

Je serrai les dents. Ils auraient pu me le dire avant !

– Non, répondit mon grand-père comme s'il avait lu dans mon esprit, nous n'avons pas voulu te le dire parce qu'il n'était pas question d'ajouter de la confusion. Tu avais besoin d'évacuer et ta colère était le seul moyen. Mais à présent, cela représente un danger pour toi comme pour nous, surtout si tu réagis aussi rapidement que tu l'as fait pour Ned. Mon Dieu, Amber, je n'avais jamais vu un humain se déplacer aussi vite. Notre petit-fils est plein de surprises, tu as raison.

Ils posèrent sur moi un regard affectueux et l'espace d'un instant, je faillis leur révéler à quel point j'étais spécial. Mais l'avertissement de ma mère résonna dans mon esprit et je me tus. L'instant passa.

– Donc, repris-je en me recentrant sur le sujet, nous ne pouvons rien faire contre Tyler ?

– Si. Nous pouvons le faire surveiller. Voir s'il sort avec une humaine, répondit grand-père. S'il le fait et qu'il y a un risque de reproduction, alors l'humaine sera tuée. J'espère que ce jeune loup est assez mature pour comprendre cela et qu'il ne la mettra pas en danger.

– Il a l'habitude de prendre ce qu'il veut, dis-je, frustré. Il se fiche de ce qui arrive aux autres !

– Indiana, intervint grand-mère, nous ne pouvons rien faire, à part donner un avertissement à Brandkel. Ce qui a été fait et enregistré dans les archives. Pour le reste, nous ne pouvons pas aller plus loin. Ni pour lui, ni pour toi.

Formidable. Je ne pouvais pas dire à Katerina que je l'aimais, que Tyler était un loup qui se servait d'elle et en plus je devais me protéger contre un mystérieux tueur.

Ma vie devenait vraiment compliquée.

– Quand puis-je repartir ? Maman n'a pas besoin de moi puisqu'elle s'est éclipsée, tout est rentré dans l'ordre et je ne veux pas rater trop de cours.

Grand-mère me jeta un regard un peu trop inquisiteur à mon goût.

– Tu veux surveiller ce que fait Tyler ? demanda-t-elle.

– Je ne suis pas trop inquiet pour ça, grinçai-je, pour l'instant, il doit être sur un lit d'hôpital avec des perfusions partout.

Ma réponse leur convint.

– Tu pourras repartir ce soir si tu le désires, décida-t-elle. Cela nous laissera un peu de temps avec toi. Tu pourras nous raconter comment ça se passe à l'université.

Vu que je me connectais avec eux très souvent, je n'avais pas grand-chose de plus à raconter, mais je cherchai des anecdotes qui les détendirent et les firent rire. Surtout celle où Chuck m'avait traîné derrière lui. Et la tête du professeur dans l'amphi.

Le docteur Brown vint vérifier que l'infirmière avait bien fait son travail et se déclara satisfait. Il désinfecta ma main et me la banda par sécurité.

Serafina ne réapparut pas, à mon grand soulagement. Mais Chuck et Ned me suivirent partout, à mon grand désarroi.

Lorsque je remontai dans ma chambre afin de récupérer mon sac, je vis que mon téléphone avait glissé en bas de la commode. J'aurais pourtant juré avoir vérifié là aussi.

Il y avait plusieurs appels en absence. Deux, trois copains humains et l'université. Mais pas d'appel de Katerina.

Le fait qu'elle ait respecté ma demande me satisfaisait et en même temps me mettait curieusement mal à l'aise. Moi à sa place, j'aurais appelé quand même. Je serrai les dents, je n'allais pas la contacter, je préférais la voir demain matin.

Je n'avais pas dit à mes grands-parents que je l'avais embrassée. Je ne rompais pas ma promesse de ne pas lui déclarer ma flamme. J'allais juste parler avec elle de ce baiser, c'est tout.

D'accord, j'étais un fichu menteur. Et ils étaient de foutus dictateurs.

L'après-midi passa vite. Chuck paraissait agité, mal à l'aise. Pourtant il était revenu au milieu des siens. À plusieurs reprises, je vis qu'il voulait me parler mais Ned ne nous lâchait pas.

Dans l'hélicoptère, il se renferma dans un mutisme bien éloigné de son habituel optimisme, ne jouant même pas avec sa DS. Je l'ignorai. Mon cœur battait bien trop fort.

J'allais revoir Katerina.

Le souvenir du baiser que nous avions échangé hantait ma mémoire. Je sentais son parfum au milieu des odeurs de plastique et de kérozène de l'hélicoptère, ce qui était un exploit.

Il était très tard lorsque nous arrivâmes à la maison. Nanny rentrait tout juste de la chasse, un bon gros lièvre pendant entre ses mâchoires. Elle nous accueillit avec un jappement enthousiaste et fila vers la cuisine. Le temps de mettre un peu de fouillis dans ma chambre impeccablement rangée pendant ma courte absence et elle s'était retransformée et rhabillée.

– Tu n'aurais pas dû nous attendre, lui reprochai-je, il est très tard !

– Je ne vous ai pas attendus, Indiana, dit-elle avec un sourire, j'ai juste eu envie de chasser. Mmmmhhh, fit-elle en s'étirant, la meute me manque parfois, mais chasser sans avoir de compétition, c'est bien aussi.

— Tu devrais retourner au ranch, je t'assure, je n'ai pas besoin de toi ici. Il va finir par partir en ruine si tu ne rentres pas très vite.

Elle fronça les sourcils.

— Tu plaisantes ? J'ai formé Maggie pour qu'elle soit capable de me remplacer. Alors n'insulte pas mes qualités de professeure avec une excuse aussi stupide. Tant que tu seras en dehors du giron de la meute, je serai là. Point.

Hou, elle n'était pas contente. Si j'avais été loup, j'aurais couché les oreilles et reculé. Étant humain, je lui souris et lui présentai mes excuses.

Je ne dormis pas beaucoup cette nuit-là. Mon cœur battait la chamade. Katerina, le piège, le tueur, l'appât, Tyler, Brandkel, ma mère, tout tournait dans ma tête.

Le lendemain, j'avalai à peine quelques cuillerées de céréales, trop impatient, et courus chercher Katerina. Chuck, l'air maussade sous sa forme de loup, monta à l'arrière de la voiture et se coucha en rond tant bien que mal.

Jamais le trajet pour arriver jusqu'à chez elle ne me sembla aussi long.

La maison apparut au bout du chemin. Je me garai à l'endroit habituel et descendis. Elle ne savait pas que j'étais rentré et n'avait pas répondu à mes appels ce matin ni à mes SMS. Elle n'avait sans doute pas encore ouvert son téléphone.

Au bout de quelques minutes, je klaxonnai. Personne ne bougea dans la maison.

Inquiet, je m'avançai jusqu'au perron. Chuck me suivit, en profitant pour arroser l'herbe fraîche. Il allait me rejoindre lorsque soudain, je vis quelque chose dans l'herbe. Ce fut très bref, un scintillement fugace au soleil. C'était bien dissimulé sous un amas d'herbes et de feuilles.

— Chuck, hurlai-je, n'avance surtout pas !

Chuck qui allait poser la patte recula, surpris.

J'attrapai un bâton et je m'avançai avec précaution, les sens aux aguets. Juste devant Chuck, je plantai le bâton.

Le piège se referma avec un claquement sec, au ras de son museau.

Le bâton fut coupé net.

Chuck recula encore avec un petit gémissement.

– Attends, fis-je. Je peux les voir parce que je suis en hauteur, mais toi, tu ne les distingueras pas. Viens vers moi. Là, c'est dégagé.

Il m'obéit, les oreilles couchées.

À peine eut-il touché le gravier de l'allée qu'il se mit à grogner sourdement. La peur et la colère firent brasiller ses yeux dorés. Il ne pouvait pas courir le risque de se transformer, Katerina ou son père seraient aux premières loges. Je humai l'air, tendis l'oreille. Je sentais que la maison était vide.

– Je ne sais pas, répondis-je à la question que je lisais dans ses yeux. Seamus semble avoir mis des pièges partout. Donc soit il est dingue, soit il a vraiment vu des loups.

Je marquai une petite pose, plissant les yeux sous le soleil.

– Attends-moi une seconde, je dois vérifier quelque chose.

J'avais eu trop peur pour Chuck pour comprendre ce que j'avais vu – les pointes du piège qui n'étaient pas de la même couleur que le métal de la structure.

Je marchai prudemment jusqu'au piège et scrutai les pointes. Mon cœur se serra.

Elles étaient en argent.

Si les loups l'apprenaient, Seamus était un homme mort. Le père de Katerina. Je jurai entre mes dents. J'allais devoir le protéger. Les protéger.

Je me redressai et revins vers l'allée.

Chuck m'adressa un regard interrogateur. Je lui donnai une fausse explication.

– Je me demandais pourquoi tu n'avais pas senti l'odeur du métal, mais le piège a été frotté avec de la graisse animale. Viens, allons voir Katerina et demandons-lui ce qu'il se passe. Je suis sûr qu'il y a une excellente explication.

Mais ma première impression avait été la bonne. Il n'y avait personne. Je me penchai et reniflai. Il y avait eu une voiture ici. Cela me mit mal à l'aise parce que l'odeur de cette voiture m'était curieusement familière. Et ce n'était pas quelqu'un qui était venu chercher Katerina, parce que d'après les traces, la voiture avait stationné ici un bon moment.

L'esprit en ébullition, je fonçai vers l'université, Chuck encore très perturbé à mes côtés. Il ne s'était pas retransformé.

Nous avions pris du retard et il n'y avait pas beaucoup de monde ; je filai en cours. Heureusement, le prof était en grande discussion devant le bureau avec un autre prof, je me faufilai discrètement.

Katerina était bien là. Et il y avait une fille à côté d'elle. Mon cœur se serra. Normalement, elle me gardait toujours une place à côté d'elle, ou Tyler squattait celle-ci. Je ne comprenais pas. Elle n'avait pas eu mes messages ?

Ou alors, elle était furieuse que je ne l'aie pas appelée. Peut-être que l'excuse de la maladie de ma mère ne lui avait pas suffi ?

Pendant que je m'installai, elle ne me regarda pas une seule fois. J'étais totalement perdu. Les copains me saluèrent, demandèrent des nouvelles, j'expliquai que ma mère avait été très malade, élevant la voix afin qu'elle m'entende bien, mais elle ne réagit pas.

Chuck se roula en boule, indifférent aux filles qui l'accueillirent avec des petits cris de joie. Il avait dû avaler un truc qui ne passait pas parce qu'il était de mauvais poil depuis hier soir. Peut-être qu'il regrettait d'être revenu avec moi. Ou qu'il était inquiet. Ou qu'il avait des gaz. Je ne savais pas et je m'en fichais, Katerina m'ignorait.

Quelque chose n'allait pas du tout.

Je me sentis sur des charbons ardents pendant tout le cours. Je la fixai de toutes mes forces, essayant de la forcer à se retourner, mais elle ne broncha pas.

Au temps pour mes capacités télépathiques.

Dès que la sonnerie retentit, elle ramassa ses affaires et fila avant que j'aie le temps de réagir. Elle avait choisi une table près de la sortie. Les autres me bloquèrent, bien trop lents. Je faillis sauter par-dessus les tables, mais Chuck tira sur sa laisse, m'empêchant d'avancer.

Les deux cours suivants étaient annulés, les professeurs suivaient une convention et n'avaient pas été remplacés. Je fonçai vers la cafétéria, mais elle n'y était pas. Pas plus qu'au gymnase ou nulle part ailleurs sur le campus.

Je me penchai sur Chuck.

— Sers-toi de ton flair, ordonnai-je. Je n'arrive pas à la retrouver !

Il coucha les oreilles et recula, la queue entre les jambes.

— Mais enfin, Chuck, qu'est-ce qui te prend ! Tu n'as pas émis un son depuis hier, tu ne veux pas chercher Katerina. Tu boudes les filles. Tu as tes règles ou quoi ?

Le professeur de littérature qui se tenait derrière moi et que je n'avais ni vu ni senti émit un petit rire.

— Vous parlez à ce chien comme si vous vous attendiez à ce qu'il vous réponde, monsieur… ?

— Teller, monsieur, répondis-je en me redressant le cœur battant, Indiana Teller.

— Ma famille élève des chiens depuis longtemps, monsieur Teller, dit-il en admirant le poil soyeux de Chuck, mais j'avoue que je n'ai jamais vu un animal de cette taille. Vous l'avez croisé avec un danois ou quoi ? Pourtant il n'en a aucune des caractéristiques à part la taille.

Aïe aïe aïe.

— Je ne sais pas, monsieur, répondis-je, mon grand-père a plusieurs chiens de cette race particulière, ils sont tous très gros.

Il hocha la tête, peu surpris qu'un étudiant ne s'intéresse pas aux croisements canins.

— J'espère que votre grand-père viendra nous rendre visite, soupira-t-il, résigné, j'aimerais beaucoup discuter avec lui.

J'allais filer lorsque soudain j'eus une idée.

— Excusez-moi, mais j'étais absent hier, ma mère était malade et j'avais rendez-vous avec Katerina O'Hara, vous ne l'auriez pas vue par hasard ?

Comme il ne m'avait pas reconnu, il y avait une chance sur dix millions qu'il sache de qui je parlais.

– Si, elle s'était garée près de ma voiture ce matin. Je ne savais pas que c'était elle qui possédait cette magnifique voiture. Une pure merveille.

– Pardon ?

– Mais oui, une Mercedes argent de toute beauté !

Chapitre 17
La trahison

Je pense que je dus avoir l'air totalement sonné parce qu'il me regarda avec sollicitude.

– Vous allez bien, mon garçon ? demanda-t-il.

– Oui, oui, merci. Mais… elle… elle avait la Mercedes de *Tyler* ?

Il sourit.

– Ah, c'est ça ! Je savais bien que son propriétaire était un homme. Tyler Brandkel, bien sûr. Il a dû lui prêter, c'est vraiment un gentil garçon. Une voiture de ce prix, je ne la mettrais pas entre les mains d'une jeune fille, moi.

Et il me tapota l'épaule d'un air complice, très content de sa remarque stupide.

Ma gorge se serra. J'avais envie de hurler. Et de mordre. Je ne comprenais plus rien.

Je quittai le prof le plus poliment possible et filai vers le parking. Il n'y avait aucune Mercedes. Katerina avait dû rentrer chez elle.

Je forçai un Chuck récalcitrant à monter dans ma voiture et fonçai chez elle. Pendant tout le trajet, rongé par la jalousie et l'anxiété, je poussai la Batmobile à fond. Mon ange gardien était toujours avec moi, parce que le moteur n'explosa pas en dépit de ses protestations, qu'il y avait peu de circulation et que les feux restaient au vert.

Je pilai devant sa maison.

La Mercedes de Tyler était là. Chuck refusa de bouger de la voiture et montra les dents lorsque je voulus le tirer. Je renonçai. Les pièges à loup l'avaient refroidi. Ou alors, il ne voulait pas assister à ma discussion avec Katerina. Et vu son attitude, je n'en avais pas tellement envie moi-même.

Je respirai à fond et marchai jusqu'au perron. Monter ces quatre marches fut l'une des choses les plus difficiles de ma vie. Je pressentais une énorme catastrophe.

Je sonnai.

Personne ne répondit.

Je sonnai encore.

Silence total.

Je commençais à m'énerver.

– Ça va, Katerina, je sais que tu es là ! criai-je. Je n'y comprends rien. Qu'est-ce que je t'ai fait, bon sang ! Ma mère était malade et...

La porte s'ouvrit si violemment qu'elle rebondit à l'intérieur. Katerina passa la moustiquaire comme une véritable furie. Elle portait un chemisier à jabot jaune dont les manches recouvraient ses mains baguées. Un gilet brodé par-dessus et un jean enfoncé dans des bottes entourées de chaînes comme une jeune chevalière échappée du dix-huitième siècle, les cheveux noués en catogan. Il ne lui manquait plus que l'épée, que, vu son expression de rage absolue, elle devait regretter de ne pas avoir, histoire de l'enfoncer dans mon cœur. Elle stoppa net devant moi.

Qu'est-ce que j'avais encore fait ?

Elle s'emplit les poumons d'air froid, comme pour se calmer, puis me dévisagea. Et dit d'un ton glacial :

– Pourquoi ?

– Pourquoi quoi ?

– Pourquoi m'as-tu embrassée ?

– Je... je ne sais pas, balbutiai-je, Katerina, il faut qu'on parle. Je... je suis désolé. Je n'aurais pas dû faire ça.

Je vis que sa rage augmentait, comme une lame froide et coupante.

– Tu sais que je ne veux pas de petit ami. Et pourtant tu m'as embrassée.

— Oui, je sais, répondis-je la gorge serrée.

J'étais en train de la perdre. C'était insupportable, je n'allais jamais y arriver.

— Tu fais ça souvent ?

— Quoi ?

— Embrasser des filles et leur dire ensuite que tu ne veux plus les voir ?

Là, j'étais perdu. Je m'appuyai contre le pilier de bois, tandis qu'elle restait face à moi, raide comme la justice.

— Je n'ai jamais dit que je ne voulais plus te voir !

Elle me tendit son téléphone. Calmement, mais on sentait qu'elle contrôlait tous ses mouvements.

Elle avait affiché un texto. Je mis quelques secondes à comprendre ce qu'il y avait écrit.

« Désolé. Grosse ereur. M'en veu pas. Toi et moi pa possible. M'appel plus. »

C'était bourré de fautes d'orthographe. Elle reprit sèchement son téléphone et pianota.

— Ça a été envoyé par ton téléphone, marmonna-t-elle, concentrée. Sur le coup, j'ai cru à une blague. Que tu m'expliquerais. Mais le lendemain tu n'étais pas en cours. Et puis, sur les coups de onze heures, j'ai reçu CECI.

Sa voix monta d'une octave tandis qu'elle me tendait de nouveau son téléphone. Et cette fois-ci, ses yeux flamboyaient pendant que je regardais l'appareil, stupéfait.

C'était une photo. On reconnaissait bien mon visage en dépit de la fille blonde qui se vautrait sur moi, le dos nu.

Serafina.

— C'est Chuck, murmurai-je, comprenant enfin. Je vais le tuer.

Il avait envoyé le premier SMS lorsque je lui avais donné mon téléphone pour qu'il prévienne Katerina de mon départ. Et la seconde fois, chez mes grands-parents. Chuck me l'avait volé, raison pour laquelle je ne le trouvais plus, avait pris et envoyé une photo, effacé l'envoi, puis remis le téléphone en bas de la commode pour que je croie qu'il avait glissé.

– Quoi ? s'énerva Katerina. Oh, après tout, je m'en fiche. Va-t'en, Indiana, je… je croyais que tu étais mon ami, mais… mais je me suis trompée.

Elle allait tourner des talons et m'effacer de sa vie. J'agis si vite qu'elle s'immobilisa, choquée. J'avais bondi, attrapé la porte puis je l'avais claquée pour l'empêcher de rentrer dans sa maison.

– Pousse-toi, dit-elle d'une voix basse et menaçante.

Je me penchai pour la toucher et elle recula.

– Alors écoute-moi bien, dis-je calmement. Le SMS que tu as reçu a été envoyé par Chuck. Je lui avais confié mon téléphone afin qu'il te prévienne que ma mère était gravement malade et que je devais partir. Et la photo que tu as reçue était également de Chuck. Lui et Serafina ont dû préparer cette petite comédie. Je me disais aussi que c'était bizarre, quand elle m'a embrassé j'ai entendu un déclic. Il m'avait pris en photo. Avec mon propre téléphone.

– Je m'en fiche, Indiana, tu… avais l'air de bien t'amuser.

– C'était un piège. Serafina m'a embrassé et je l'ai repoussée. Et elle n'est pas nue. Elle a un dos nu, mais ce bâtard a cadré pour que cela ne se voie pas. Cependant si tu agrandis un peu l'image, tu peux voir les attaches de son haut, sous ses cheveux. ·

Elle ne regarda pas le téléphone, encore trop furieuse.

– Après tout, tu n'es pas mon petit ami, alors tu peux faire ce que tu veux.

J'allais pointer du doigt sa contradiction mais je me retins. Si je pouvais faire ce que je voulais, pourquoi était-elle tellement en colère contre moi ? Mais vivre avec les louves m'avait depuis longtemps appris à ne jamais, jamais contrarier une fille en colère. Surtout, à l'époque, une fille capable de vous décapiter d'un seul coup de griffe.

– Serafina est la pire garce qui existe, Katerina. Elle a fait de mon adolescence un enfer. Et elle m'en veut terriblement d'être à l'université alors qu'elle est coincée au ranch. Crois-moi, elle ne voit en moi qu'un moyen, certainement pas une fin.

Elle me dévisagea. Au moins, elle n'essayait plus de s'enfuir, c'était déjà une bonne chose.

— Pourquoi ? me renvoya-t-elle. Pourquoi Chuck ferait-il un truc aussi dégueulasse ?

Parce que c'est un abruti de loup-garou et qu'il a cru me protéger en m'éloignant de toi, lui répondis-je mentalement.

Je gardai le silence, incapable de me justifier.

Elle s'assombrit tout à coup.

— C'est bien ce que je pensais. Il n'y a aucune raison, n'est-ce pas ? Tu inventes juste une histoire.

J'allais la perdre, je sentais que j'allais la perdre. Je savais qu'il le fallait, mais pas comme ça. Non, pas comme ça. Mon estomac se serra, j'avais envie de vomir et de crier en même temps.

Elle se retourna alors que je restais planté comme un imbécile, ouvrit la porte et disparut dans la maison.

La douleur monta lentement, s'immisçant dans mes veines, comme un poison mortel.

— Non, balbutiai-je, non… non… non…

Puis je frappai la porte si violemment qu'un gond se brisa et que le sang jaillit de ma main.

— NOOOOON ! hurlai-je comme une bête blessée.

Je me retournai et mon regard fou se fixa sur la voiture. Chuck avait disparu. Je fonçai et me jetai au volant. Dans une brume rouge, je rentrai à la maison. Chuck était là, en train de m'attendre sur la pelouse bien rasée. Il s'était transformé.

Il s'avança vers moi, les mains ouvertes, le regard suppliant.

— Indiana, c'était pour ton b…

Je lui collai la plus belle droite de ma vie. Utilisant mon entraînement avec Axel, j'avais mis tout mon poids, tous mes muscles dans ce coup. Il fut si violent que Chuck bascula en arrière.

Il ne bougea plus.

Pour la première fois de ma vie, je venais d'assommer un loup-garou.

Sans un regard pour sa masse effondrée, je passai devant lui. Nanny avait dû sentir ma fureur d'alpha, car elle surgit, le regard inquiet.

Un seul coup d'œil à mon visage fermé et elle se ressaisit. Elle vit Chuck effondré au milieu de la pelouse et haussa un sourcil.

– Que s'est-il passé ?

– Rien, répondis-je sèchement.

– Tu l'as frappé ?

– Oui.

– Avec quoi ?

Je désignai mes mains.

Son second sourcil se haussa.

– Tu as utilisé quelque chose ? Un bout de bois, une brique ?

– Non, grognai-je.

Elle me dévisagea, intriguée.

– Tu veux dire que tu as assommé Chuck juste avec tes poings ?

– Non.

– Ahhh, je me disais aussi…

– Avec un seul.

Et pendant qu'elle me regardait, bouche bée, je montai dans ma chambre.

Je séchai les cours ce jour-là, incapable d'affronter le monde. J'étais tellement en colère que tous les muscles de mon corps étaient tétanisés. Ma main me faisait mal. En l'espace de quelques minutes, j'avais défoncé une porte et la tête de Chuck. Je la lavai sommairement et la bandai avant de mettre du sang partout. Je m'en fichais mais je n'avais pas envie de donner du travail en plus à Nanny. Je fis les cent pas dans ma chambre. Il fallait que je fasse comprendre à Katerina qu'elle avait tort. Soudain, au milieu de la chambre, dans laquelle je tournais comme un ours en cage depuis deux heures, je m'immobilisai.

Je ne lui avais pas demandé pourquoi elle avait la voiture de Tyler. J'avais complètement oublié.

Il fallait que je sache. La jalousie me rongea soudain, petit animal déplaisant et incisif.

Je ne réfléchis pas plus longtemps. J'allais prendre les clefs de la voiture lorsque soudain je réalisai que courir me ferait du bien. J'avais besoin d'évacuer ma colère pour être capable de parler calmement. Je passai mon short bleu, un tee-shirt sans manches d'un rouge délavé, des tennis de course et je m'élançai. Nanny et Chuck étaient dans le salon. Ils levèrent les yeux lorsque je dévalai les marches de l'escalier, Chuck ouvrit la bouche. Je l'ignorai, le clouant sur place d'un regard glacial et bondis.

Les trois premiers kilomètres, j'allai bien trop vite. Au bout d'un moment, les poumons en feu et les jambes tremblantes, je dus ralentir mon allure, adopter un petit trot apaisant plutôt que la charge de brigade légère. Comme les loups-garous, j'aimais courir. Petit à petit, comme je l'avais espéré, mes muscles se détendirent, mon dos se décontracta et, si l'angoisse était toujours là, elle était bien moins forte.

Alors que je courais, l'idée me vint que je n'avais même pas tenté de surveiller Katerina avec mes tout nouveaux pouvoirs de rebrousse-temps.

Je m'arrêtai, des étincelles devant les yeux.

– Je ne dois pas, dis-je tout haut aux écureuils et aux oiseaux. Je ne le ferai jamais. Je ne trahirai pas Katerina. Je fais ici et maintenant le serment solennel de ne jamais utiliser mon pouvoir de rebrousse-temps pour l'espionner.

Parler à haute voix dans le vide n'était pas signe d'esprit très sain, néanmoins je me sentis étrangement réconforté d'avoir prêté ce serment avec moi-même. Je repris ma course avant que mes muscles ne se refroidissent. J'allais plus lentement et lorsque je fus aux alentours de la maison de Katerina, il était déjà trois heures de l'après-midi. Elle avait dû retourner en cours parce que la Mercedes n'était pas là. Je regardai la maison. Bon, ben puisque j'étais ici, autant fouiner un peu, histoire de voir pourquoi Seamus avait parsemé les alentours de pièges à loup. Avec des mâchoires en argent.

À peine avais-je posé le pied sur la pelouse, surveillant attentivement l'herbe, que Seamus surgit de la maison comme un beau diable.

Et il braquait un fusil pile sur mon nombril.

Chapitre 18
Le coupable

— N'avance pas ! cria-t-il. Ne bouge plus, ou je te transforme en passoire.

Je me figeai.

— J'ai des balles d'argent là-dedans, fiston, fit-il, et je n'hésiterai pas à m'en servir.

Il était soûl. Je pouvais sentir l'odeur de l'alcool de là où j'étais. Et surtout, je pouvais sentir l'odeur de sa peur.

C'était lui qui tenait le fusil.

Mais c'était moi qui le terrifiais.

Je restai immobile, attendant patiemment. Il agita son arme vers moi.

— Va-t'en ! Je ne veux pas d'un foutu loup-garou sur mes terres, saleté de Teller !

Cela me fit un choc. Je m'en étais douté lorsque j'avais vu les pièges et lorsqu'il avait parlé des balles. Mais l'entendre prononcer à voix haute…

Immédiatement après, me vint la pensée que j'avais eue en découvrant les pièges aux mâchoires d'argent : les loups-garous n'accepteraient jamais qu'un humain, de plus alcoolique, connaisse leur précieux secret.

Seamus allait mourir. Il fallait absolument que j'empêche cela.

— Si vous voulez que je m'en aille, je dois bouger, fis-je doucement.

Je croisai son regard et j'y vis les tourments de l'enfer. Cet homme-là était à deux doigts de la folie.

– Je ne vais pas partir, je ne vous veux pas de mal et je n'en suis pas un, déclarai-je le plus paisiblement possible.

Et pour bien montrer à quel point j'étais inoffensif, je croisai les bras sur ma poitrine.

– Oh mais si, tu en es un, grogna-t-il, tous les foutus Teller en sont. Tu crois que je ne sais pas qui a tué mon arrière-grand-père ? Des chiens sauvages ! (Il cracha par terre.) *Il* me l'a dit. *Il* s'est transformé devant moi. *Il* m'a dit que vous aviez égorgé ma famille et noyé mon père. J'étais parti parce que j'ignorais tout cela. Maintenant le temps de la vengeance est venu !

Pourtant, je sentais qu'il n'avait pas l'intention de tirer. Il n'était pas furieux. Juste terrorisé. Tout ceci le dépassait.

– Qui vous l'a dit ?

Il eut un regard méfiant. Et mentit, je le sentis.

– Un type. Que je ne connais pas.

Sans doute celui qui avait semé du poivre et du piment pour masquer son odeur.

Je changeai de sujet. Je voulais le déstabiliser afin d'obtenir un maximum de renseignements.

– Je croyais que vous aviez cessé de boire ? C'est *lui* qui vous y a obligé ?

Comme Seamus, je mis de l'emphase sur le *lui*.

– *Il* a dit que c'était mieux, confirma-t-il. J'ai arrêté. Mais j'ai failli en crever. Le docteur m'a dit qu'il fallait que je me sèvre doucement. Les monstres… les monstres ne me laissent pas tranquille. Alors je dois boire un peu.

À voir son état, il avait plutôt bu beaucoup. Je ressentis encore plus de compassion pour Katerina.

– Ah. Je comprends. Et je peux vous le prouver.

J'avais été trop vite. Il me fixa d'un regard égaré.

– Me prouver quoi ?

– Que je ne suis pas un… ce que vous avez dit tout à l'heure.

Je baissai la main vers la dague que je portais dissimulée et la sortis de son fourreau. Il releva son fusil. Mais je jetai la dague à terre après l'avoir prise à mains nues. Puis je lui montrai mes mains.

— La dague est en argent. Vous voyez ? Je ne suis pas brûlé. L'argent ne me fait rien.

— Ne me prends pas pour un imbécile, gronda-t-il, qu'est-ce qui me dit que la dague est en argent ? Non, j'ai mieux. Le type, il m'a montré comment vous vous régénérez, rejetons de l'enfer. Coupe-toi !

Je soupirai. Voilà, j'étais bon pour une entaille supplémentaire.

J'obéis, tressaillant sous la douleur brève et aiguë. Puis rangeai ma dague. Nous attendîmes tous les deux, le regard fixé sur le sang qui gouttait sur mon avant-bras. Et sur la coupure qui ne se refermait pas.

— Vous voyez ?

— Mais si c'est de l'argent c'est normal que ça ne se referme pas, brailla-t-il en me lançant un couteau de chasse. Tiens. Recommence avec celui-là. C'est du bon acier, on verra bien.

Bon sang, il n'aurait pas pu y penser avant ?

— J'aurais été brûlé si j'avais été un loup-garou et que cela avait été de l'argent, argumentai-je.

Il fit mine d'armer son fusil et je serrai les dents.

Soufflant pour évacuer la douleur, je me fis une seconde entaille avec son couteau.

Nous attendîmes de nouveau. Au bout de quelques minutes, voyant que l'entaille ne se refermait pas, il se détendit.

— Je ne comprends pas. Tu n'es pas un loup-garou ?

— Non.

— Mais tu es le fils Teller. *Il* a dit que tous les Teller étaient des loups-garous.

— Eh bien qui que soit ce *il*, *il* a menti.

Il fallait absolument que je décrédibilise le loup-garou qui était venu le voir.

— Et s'il a menti sur cela, il a dû mentir sur bien d'autres choses, dis-je.

À mon grand soulagement, Seamus releva son fusil.

Il me regarda soudain avec l'air d'avoir une sérieuse nausée. Je ne sais pas ce qui avait traversé son esprit, mais cela n'avait pas l'air d'être très joyeux.

Son fusil redescendit vers mon nombril.

– Va-t'en ! ordonna-t-il d'un ton soudain fatigué. Tu n'es pas un loup et *il* a peut-être menti, mais ma fille et moi n'avons rien à voir avec quelqu'un qui fricote avec cette maudite engeance. Je ne veux plus te voir chez moi, c'est compris ? La prochaine fois, il n'y aura pas de semonce.

– Ne lui dites pas.

– Que je ne dise pas quoi à qui ?

– Ne dites pas à Katerina que vous avez vu un humain se transformer. Moins elle en saura, plus elle sera en sécurité.

Il me dévisagea si longtemps que je crus qu'il allait refuser, puis grimaça.

– Tu es amoureux, mon gars ?

C'était le seul moyen de le convaincre. Je devais lui dire la vérité. En priant pour qu'il ne dise rien à sa fille.

– Oui.

– Tu la protégeras ? Y compris contre les tiens ?

Je n'hésitai pas.

– Au prix de ma vie.

Il parut soulagé. Comme si je venais de lui retirer un poids des épaules.

– Je lui ai dit que je voyais des monstres, est-ce que ça compte ? laissa-t-il échapper, soudain conscient de son erreur.

– Elle ne vous a pas cru. Elle pensait que c'était…

– Le *delirium* ?

– Oui.

Il ricana.

– Eh bien pour une fois, disons que je suis reconnaissant à l'alcool. Je ne lui dirai rien de plus.

Ce fut comme un accord. Quelque chose qui passa entre nous. Nous l'aimions tous les deux. Nous allions faire de notre mieux pour la protéger.

Soulagé, je tournai les talons, très conscient du fusil qui visait mon dos. Dès que l'allée fut passée, je me détendis.

Pourtant, ma tête bourdonnait de questions. Pourquoi un loup-garou était-il venu voir Seamus afin de le mettre en garde contre nous ? Comment savait-il pour les parents de Seamus ? La vengeance avait été familiale. Enfin, pourquoi ce dernier avait-il peur au point d'avoir bardé son jardin de pièges à loup et recevait les visiteurs avec un fusil ?

Je m'enfonçai dans les bois en trottinant. Une vingtaine de minutes plus tard, j'allais enjamber une souche lorsque je m'arrêtai.

Ce n'était pas seulement de moi que Seamus avait eu peur.

Il avait aussi peur de celui qui s'était transformé devant lui. Mais pourquoi ? Quel était le lien entre ce loup-garou et Seamus ? Était-ce parce qu'il était le père de Katerina et qu'il voulait se venger ? Avait-il un rapport avec l'accident ? Cela me frappa comme un boulet de canon. Il était en train de se passer quelque chose et je ne comprenais pas. Je me pris la tête entre les mains, tiraillé par toutes les questions, Seamus, le mystérieux loup-garou, les pièges, Katerina, la voiture de Tyler.

Je suppose que je dus disjoncter et que mon organisme dut en avoir assez. Je ressentis soudain un terrible vertige tandis que le monde se brouillait tout autour de moi.

Je m'éclipsai.

Je ne saisis pas tout de suite ce qui se passait. Il faisait nuit. Je flottais au-dessus de l'université. Devant moi, évitant les gardiens, quelqu'un montait sur l'échafaudage. Qui était intact, comme s'il ne s'était rien passé.

Mes neurones se remirent en place. Je compris. Je venais de remonter le temps.

La dernière fois avait été si courte, si angoissante que je n'avais pas réalisé à quel point c'était exaltant. J'étais là. Personne ne pouvait me voir. C'était incroyable. Il suffisait que je pense à avancer pour avancer immédiatement vers où je voulais aller. Et là, j'avais la ferme intention de savoir qui était le salopard qui avait essayé de me tuer.

Le cœur battant – car je ressentais les sensations de mon corps même s'il était invisible – je suivis l'homme qui grimpait comme un singe. Son visage était masqué par une cagoule.

Il démonta habilement les écrous qui maintenaient les poutrelles, à chaque étage. C'était discret, précis, quasiment invisible. Le type était un pro, pas de doute là-dessus.

Ensuite, il enduisit tout ce qu'il avait touché d'une poudre rouge. Le mélange qui avait certainement bousillé le flair de Chuck. Il ébranla la structure. Qui vacilla. Il termina de masquer ce qu'il avait fait. Il avait bien minuté son travail. Nos enquêteurs ont appris que les ouvriers avaient reçu un appel de leur contremaître, disant qu'il manquait des éléments et qu'il était donc inutile de venir le lendemain matin. Ce dernier avait juré n'avoir jamais passé cet appel. Soudain, comme un film qui accélère, je le vis descendre de l'échafaudage, partir vers la route et disparaître dans les bois. Il n'avait pas utilisé de voiture et il se faufilait avec aisance entre les arbres. Était-ce un loup ?

Enfin, alors que je flottais au-dessus de lui, il retira sa cagoule et je sursautai.

Pas un loup. Un soldat.

Seamus.

Dire que j'étais surpris aurait été un mensonge. La peur de Seamus, l'assassinat de ses parents par les miens, l'intervention mystérieuse du loup-garou, mon inconscient avait déjà commencé à mettre en place certaines pièces du puzzle. Les cinquante mille dollars donnés par Tyler n'étaient pas destinés à aider Katerina. C'était le prix de ma tête.

Seamus sortit un papier de sa poche et je poussai un sifflement de surprise. Les cinquante mille dollars n'étaient qu'une partie du dépôt. En réalité, c'était cinq cent mille dollars qu'il avait touché. Il avait ouvert un autre compte, que ne connaissait pas sa fille. Là aussi les choses s'éclairaient. Les réparations de la maison et tous les meubles qu'il avait achetés, les remboursements, tout cela dépassait largement la somme qu'il était censé avoir perçue. Ce n'était pas pour lui qu'une question d'argent, mais plutôt une dette envers sa famille, une vengeance froide. Cette somme n'était qu'un prétexte pour assouvir la soif de revanche d'un homme réduit à presque rien à cause de la peine que les loups avaient imposée à ses aïeux.

Je reconstituai les évènements. Seamus avait saboté l'échafaudage puis était revenu le lendemain pour le faire tomber sur moi. Et s'il avait si peur à présent, c'était parce qu'il se doutait bien que Brandkel ne laisserait pas vivre un homme qui savait ce qu'il avait fait.

Donc trois questions :

1) Pourquoi Seamus ne s'était-il pas enfui ? Avec un peu moins d'un demi-million de dollars, il pouvait refaire sa vie où il le voulait.

2) Il m'avait eu au bout de son fusil tout à l'heure. Me mettre une balle en argent dans le cœur et dire qu'il m'avait pris pour un cambrioleur n'avait rien de compliqué. Pourquoi ne l'avait-il pas fait ?

3) Katerina était-elle au courant ? Il avait dit que non. Pouvais-je le croire ? Il n'avait aucun moyen de deviner que j'avais des pouvoirs et connaissais sa culpabilité.

Je me fichais de Seamus. Il avait essayé de me tuer pour régler ses comptes. Mais la question de l'implication de Katerina venait de planter une flèche empoisonnée dans mon cœur.

Puis, alors que Seamus reprenait sa course dans le bois, je sus que Katerina, honnête et loyale comme elle l'était, n'aurait jamais pu me jouer la comédie. Ce n'était pas Serafina. Il fallait que j'arrête de comparer les autres filles à celle qui n'avait pas hésité une seconde à me trahir. Je dus inconsciemment relâcher mon étreinte sur l'éclipse, car je sentis que je bougeais. Soudain, sans transition, je me rematérialisai exactement à l'endroit d'où j'étais parti.

Mon corps était lourd, il me semblait brûlant et je tremblais un peu. Je tentai de revenir au moment où Seamus allait essayer de m'assassiner afin de voir si quelqu'un d'autre était à l'affût derrière lui, mais ce fut impossible. Mon corps épuisé refusa de s'éclipser de nouveau. Ce foutu don n'avait pas l'air très efficace. Contrairement à celui de maman, il n'agissait que lorsque j'étais sous le coup d'une grande peur ou d'une énorme frustration, apparemment.

Je me rhabillai rapidement, m'assis sous un arbre, ignorant les insectes, et me mis à réfléchir profondément.

Ce n'était pas cela. Il y avait autre chose. Me tuer ne nécessitait pas un complot aussi compliqué. J'eus beau me torturer la tête dans tous les sens, impossible de comprendre ce que manigançait Brandkel. Furieux contre moi-même, je sortis mon téléphone et passai un coup de fil. Puis je courus jusqu'à chez moi à une allure soutenue. Chuck et Nanny étaient toujours dans le salon, en train de regarder un film, alors que j'arrivai, ruisselant de sueur.

Chuck se figea, très mal à l'aise. Il avait un regard de chien battu, même si le bleu de mon coup avait déjà disparu.

– Je m'excuse, grommela-t-il. C'est mal ce que j'ai fait à Katerina.

Surpris, je m'arrêtai alors que j'allais passer sans lui parler.

– Nul, débile, à chier, Tu es un gros imbécile.

– Je voulais te protéger.

– Je sais très bien me protéger tout seul, Chuck. Tu es peut-être plus rapide et plus fort que moi, mais je ne suis pas faible.

– Cette fille te rend faible, gronda-t-il, la férocité du loup luisant soudain dans ses prunelles, elle est dangereuse ! Pour elle, tu vas risquer de compromettre la meute.

– As-tu agi sur ordre, Chuck ?

Il me regarda, déstabilisé, sa colère s'évaporant comme de l'eau sur la plaque brûlante de ma dangereuse question.

Il soutint mon regard.

– Sur ordre de qui ?

Je reformulai ma question. Je n'allais pas le laisser s'en tirer comme ça.

– Serafina ne vient jamais au manoir. Elle n'aime pas ma grand-mère et c'est tout à fait réciproque. De plus je suis arrivé au milieu de la nuit et personne ne pouvait deviner que mes grands-parents m'avaient demandé de revenir. Alors comment Serafina s'est-elle débrouillée pour se vautrer sur moi juste au moment où tu avais décidé de ruiner ma vie et avais besoin de cette photo ?

Il baissa les yeux.

– Je suis allé la chercher, c'est tout, marmonna-t-il.

Nanny ne dit rien, mais ses lèvres se pincèrent. Nous savions tous les deux qu'il mentait. Mon grand-père avait dû lui faire la leçon avant qu'il ne parte. « Surveille Indiana, jeune loup, surveille-le bien et si tu vois qu'il se rapproche trop d'une humaine, je veux que tu détruises cette relation. »

Tout d'abord, il avait sans doute utilisé mon téléphone de lui-même avec son message stupide. En revanche, je voyais tout à fait la patte de mon grand-père derrière le piège sophistiqué tendu à Katerina. Chuck tout seul n'en aurait jamais eu l'idée. Et de toutes les façons, Serafina n'aurait pas obéi à Chuck, qu'elle méprisait.

Il ne voulait pas répondre à ma question. Je ne le poussai pas dans ses retranchements, son silence valait mille mots. J'avais besoin d'alliés. Je ne pouvais ni ne voulais combattre cette menace tout seul.

– Puisque tu es si soucieux de la compromission éventuelle des secrets de la meute, Brandkel l'a déjà fait, répondis-je. Il a montré à Seamus qui nous étions en se transformant devant lui. Il l'a engagé pour me tuer.

Ils me fixèrent tous les deux, bouche bée.

– Qu'est-ce que tu viens de dire ? se crispa Nanny en se levant comme un ressort.

Je leur expliquai tout ce que j'avais découvert. À part l'interlude de mon éclipse. Je leur mentis en leur disant que Seamus m'avait tout avoué. L'homme était ivre lorsqu'il m'avait parlé. Et il y avait peu de chance que Chuck ou Nanny l'interrogent et découvrent ce léger arrangement avec la vérité. Ils ne détectèrent rien ni l'un ni l'autre, bien trop troublés pour étudier mes battements de cœur.

– Il faut convoquer le jugement de la meute, déclara fermement Nanny. Brandkel doit être jugé. Et condamné. Il a mis toute la communauté en danger avec sa misérable machination. Tu dois appeler tes grands-parents. Maintenant.

Elle avait raison. Mais ce n'était pas si simple.

– Brandkel va essayer de tuer Seamus dès qu'il saura que nous avons découvert sa machination. Et pour l'instant, son fils est blessé et je ne suis pas mort. Je vais avoir besoin de toi, Nanny. De toi et de Chuck.

– Pour te protéger ?

– Non. Pour protéger Seamus.

Il y eut un gros silence.

– Tu plaisantes, mon petit ! s'écria Nanny furieuse. Je ne vais certainement pas protéger ton ennemi !

– Nous avons besoin de son témoignage si la meute doit juger Brandkel. Tout à l'heure, Seamus aurait pu me tuer, il n'a même pas essayé. Je pense qu'il a compris qu'il était manipulé par Brandkel et qu'il n'a plus du tout envie de se mêler de cette histoire. Je pense aussi qu'il va tenter de s'enfuir, à un moment ou à un autre. Il a piégé sa propriété, mais il a horriblement peur. Il ne va pas résister longtemps. Je ne veux pas qu'il s'enfuie. Nanny, tu vas patrouiller autour de chez lui et te montrer. Je veux qu'il te voie. Je veux qu'il reste terré dans sa maison. Chuck, tu prendras la relève. Si vous vous relayez toutes les six heures, on devrait pouvoir s'en sortir.

– Impossible, répliqua sèchement Nanny. Chuck doit rester avec toi. C'est ton garde du corps, au cas où tu l'aurais oublié. Je préviens ta famille et ce Seamus peut se faire déchiqueter s'il le veut, je m'en fiche.

Elle ne comprenait pas. C'était de la politique. C'était ce que mes grands-parents m'avaient appris. Voir ce qu'il y a derrière les choses. Je pris ma voix d'alpha, amplifiée par la peur que j'éprouvais pour Katerina.

– NON !

S'ils avaient été sous leur forme lupine, ils auraient couché les oreilles tant ils furent surpris. Je laissai l'énergie de ma fureur les emplir jusqu'aux oreilles. Cela fut si violent qu'ils tombèrent à quatre pattes et se transformèrent involontairement. Heureusement que leurs vêtements étaient larges et faciles à découdre.

Les deux loups, le brun foncé et le doré, me regardèrent, des lambeaux de vêtements sur leurs poils soyeux, les yeux tellement écarquillés qu'on voyait le blanc.

— Vous allez m'obéir, c'est compris ? grondai-je. Nous allons suivre mon plan. Et ne vous avisez pas de vous défiler. Pour le bien de la meute, pour neutraliser Brandkel définitivement, vous devez protéger Seamus, il est notre seul témoin. Je vais me charger de Katerina et…

Soudain les deux loups se mirent à grogner sourdement. Je me raidis, croyant qu'ils me défiaient, mais ils avaient le regard tourné vers la porte et reniflaient avec insistance.

Je souris en captant une odeur bien connue.

Les renforts venaient d'arriver.

Je fonçai vers la porte, l'ouvris et attrapai l'arrivant dans une étreinte bourrue et suante, oubliant que j'étais trempé.

Axel me sourit en s'écartant un peu. Comme d'habitude, en dépit de la chaleur, il était habillé de cuir sombre, son visage si noir juste éclairé par la blancheur de ses dents.

— Indiana, arrête, tu vas bousiller mon blouson.

— Axel, moi aussi je suis content de te revoir !

Les deux loups derrière moi grondaient toujours, prêts à déchiqueter l'intrus.

— Ça va, les apaisai-je, c'est mon ami. Je vous présente Axel, le semi. Il va nous aider à protéger Seamus.

Je donnai une tape dans le dos d'Axel qui ne broncha pas.

— Comment as-tu fait pour venir aussi vite ? C'est génial !

— Euh, en fait, dit-il d'un air gêné, j'étais dans le coin. Indiana, on peut se parler seul à seul, s'il te plaît ?

J'avais suffisamment de pression pour ne pas avoir envie d'entamer une discussion mais son air sérieux me fit fléchir. Et puis j'avais des tas de choses à lui dire, moi aussi.

— Allons nous balader, acceptai-je. Laisse-moi juste prendre une douche et mettre un pantalon. Nanny ?

Un grognement me répondit. Elle ne s'était pas retransformée et regardait le semi avec méfiance et répulsion.

– Je ne risque rien, je connais Axel depuis que j'ai treize ans, crois-moi, s'il avait dû me dévorer, il l'aurait fait depuis longtemps. Va prévenir grand-père et grand-mère, s'il te plaît, si c'est moi qui le fais, j'en ai pour des heures. Et pardon d'avoir été désagréable, Nanny, je ne voulais pas, mais les enjeux sont trop importants. Tu sais que grand-père est en danger. La grande réunion du Grand Conseil est au printemps. Si Brandkel le défie, il risque de le tuer. J'essaye d'empêcher cela. S'il te plaît ?

Elle planta son regard doré dans le mien mais je ne fléchis pas. Elle releva les babines sur ses crocs blancs et Axel se raidit. Mais elle n'attaqua pas. Je pouvais voir qu'elle réfléchissait. Elle finit par laisser échapper un reniflement équivoque, puis se dirigea vers l'escalier et le gravit. Le cliquetis de ses griffes fit place au bruit de ses pieds nus. L'instant d'après, nous entendîmes sa voix. Et celle de mon grand-père. Qui n'avait pas l'air très heureux.

Chuck resta là à surveiller Axel. Mon ami se coula tranquillement dans un sofa puis, avisant les gâteaux apéritifs, se jeta dessus. Je filai sous la douche. Il me fallut deux minutes pour me laver et m'habiller. Nanny était toujours au téléphone. Quand je redescendis, ni Chuck ni Axel n'avaient bougé. J'étais assez content parce que je croyais que Chuck allait en profiter pour l'attaquer. Apparemment mes talents de pseudo-alpha n'étaient pas si mauvais. Il n'y avait ni sang ni entrailles éparpillées un peu partout. Formidable.

Bon, cela dit, il grognait sourdement et ses crocs étaient sortis, alors on était quand même assez loin de l'entente cordiale.

Axel me suivit dehors. Nous nous éloignâmes de la maison rapidement, je me sentis un peu inquiet de la distance qu'il mit entre nous et les oreilles des deux loups.

C'était lui que j'avais appelé juste après mon retour d'éclipse. J'étais doublement surpris. D'une part qu'il ait entendu le message, alors qu'il ne répondait pas à mes appels depuis des mois. D'autre part qu'il soit apparu aussi vite sur le perron de ma maison. Je pris une grande inspiration lorsqu'il s'arrêta enfin et adossa son long corps à un tronc d'arbre. Ce que j'allais faire n'était pas sans danger.

Axel était un semi. Il n'avait pas à s'impliquer ou à connaître les affaires de la meute. Sauf que là, j'avais trop besoin de son aide.

Je lui expliquai ce qui s'était passé. Y compris le fait que j'étais amoureux de Katerina, ce qui était risqué de ma part, mais après tout, il avait vécu la même chose avec Gemma, d'une certaine façon, et ne faisait pas partie de la meute. Il ne me trahirait pas. Bien sûr, je gardai pour moi ma nouvelle capacité d'éclipse.

Il siffla doucement. Je ne voyais de lui qu'une ombre, où la lune allumait de temps en temps des éclairs sur le métal de son blouson.

– Dis donc, il ne t'a pas fallu longtemps pour te mettre dans le pétrin, Indy.

Il était le seul qui pouvait m'appeler comme ça sans se prendre mon poing dans la figure.

– Je n'y suis pour rien. C'est Brandkel qui est dingue, pas moi. Et surtout ne pense pas que je ne suis pas reconnaissant, mais comment as-tu fait pour arriver si vite ici ?

Il s'avança dans un halo de lumière pour que je le voie bien. C'était la première nuit de la pleine lune et cela devait être douloureux pour lui de ne pas se transformer, pourtant, il ne le montrait pas.

– Tu ne vas pas être content.

Je le dévisageai, mais son visage sombre resta impassible.

– Vas-y, crache le morceau.

– Je suis là depuis aussi longtemps que toi.

– Quoi ?

– En fait, j'étais chargé de ta surveillance. Mais comme tu m'aurais reconnu sur le campus, je me suis caché et on a fait venir Chuck. Comme ça, tu étais doublement protégé. Je crois bien que j'ai eu la peur de ma vie lorsque ces poutrelles te sont tombées dessus.

Soudain tout s'éclairait. C'était pour cela que grand-père savait que Chuck n'avait pas son téléphone avec lui lorsqu'il m'avait appelé ! Parce que Axel lui avait tout décrit ! Et Chuck avait dit qu'il avait senti une odeur de loup, mais différente. C'était celle d'Axel, le semi.

– Mais ce n'est pas tout, précisa-t-il. Des semis mangeurs de chair humaine avaient été signalés dans la région. J'ai retrouvé les restes. Et ce n'est pas arrivé hier. Cela fait au moins deux mois qu'ils sont là.

Ce fut plus fort que moi. Je frissonnai, réaction de rejet et de dégoût. Je savais que les semis mangeaient des humains. Mais découvrir que certains d'entre eux rôdaient dans le coin me secoua vraiment.

– Tu les as eus ?

– Non. J'ai perdu leur trace aux alentours de l'ancienne scierie désaffectée. J'ai prévenu ton grand-père que le danger était écarté. Ils n'ont pas réapparu, du moins pour l'instant.

– Depuis quand un semi travaille-t-il avec un loup-garou ?

– Je te l'ai dit. Ton grand-père m'a sauvé la vie. M'a indiqué où me réfugier.

Là aussi, cela éclairait des tas de choses. Grand-père avait engagé Axel ! Tout à coup, des tas de détails, de choses prirent tout leur sens. Je faillis me taper sur la tête tellement j'avais été bête. Et crédule.

– Il y a cinq ans, dis-je calmement, soudain aussi glacial que la neige qui nous entourait, lorsque tu m'es tombé dessus, tu t'étais enduit de bouse de vache. Sur le coup, je me suis dit que c'était bizarre de vouloir masquer ton odeur sur ton propre territoire puis je n'y ai plus pensé. Mais c'était parce que tu rôdais sur le nôtre ! Tu es tombé à point nommé, juste au moment où j'étais sur le point de péter les plombs.

S'il avait été humain, je suppose qu'il se serait tortillé, un peu gêné. Comme il ne l'était pas, il se figea dans une posture un peu ramassée comme s'il ne savait pas bien comment j'allais réagir. J'aurais pu le rassurer. Je n'avais pas l'intention de lui taper dessus parce que j'étais vexé.

– Oui. Ton grand-père et ta grand-mère avaient mesuré à quel point ta situation te frustrait. Ils m'ont demandé de t'entraîner. Je pensais essayer de te rencontrer lors de l'une de tes balades. Tu m'as facilité les choses en franchissant les limites du domaine dans ta rage.

Je le regardais en silence.

– Je suis tellement naïf, finis-je par lancer avec amertume. J'aurais dû me douter qu'ils trouveraient encore un moyen d'acheter les choses. Ils ont dû bien rigoler lorsque je suis venu demander de l'argent pour mon soi-disant projet. Ma prétendue liberté n'était qu'un leurre, comme tout le reste.

Il planta son regard noir dans le mien.

– Et d'un, gronda-t-il d'une voix glaciale, je ne suis pas une *chose*. Et de deux, moi à ta place je remercierais le ciel d'avoir une famille qui tente de son mieux de m'aider, et discrètement en plus. Et de trois, mon amitié pour toi n'a rien à voir avec ma mission. Tu es devenu un ami, Indiana, je te considère comme mon petit frère. Je ne te permets pas de douter de cela.

Je savais qu'il avait raison. Je me conduisais comme un sale gosse. Je soupirai. Et me rendis.

– Ouais. Je sais. Content que grand-père t'ait choisi. Mais tu aurais pu me le dire au moment où on s'est dit au revoir.

– Tu aurais été vexé. Tu ne m'aurais pas appelé lorsque tu aurais eu besoin de mon aide.

– Si, bien sûr que si ! protestai-je. Je suis naïf, pas stupide. J'ai fait appel à l'ami. Mais je suis d'accord pour payer le mercenaire si nécessaire.

Il eut un geste de la main.

– Inutile. Bon, tu veux qu'on protège le père O'Hara.

– Le temps que la meute envoie des renforts.

– S'il doit témoigner devant le jugement, réfléchit-il, ils vont probablement l'emmener au ranch. Comment comptes-tu faire avec Katerina ?

Désemparé, je shootai dans une pierre qui rebondit contre un arbre.

– J'en sais rien. Il va falloir que son père lui mente pour qu'elle reste ici.

– En tant que petit-fils du Seigneur des Loups, tu as conscience que tu dois assister au jugement ? Tu vas devoir accompagner son père au ranch.

Et pourquoi croyait-il que j'étais aussi angoissé ? Je le savais bien. Tout mon instinct me disait de rester avec Katerina. Mais je n'avais pas le choix.

– Tu pourras t'occuper d'elle ?

Il hocha la tête, négatif.

– Non. Je vais venir avec toi. Il va falloir que je fasse mon rapport à Karl. Et il est temps que les loups-garous se rendent compte des services que leur rendent les semis. Un peu de reconnaissance, ça fait du bien de temps en temps.

Il était en train de me mentir. Il voulait rentrer, mais pas pour cette raison futile. Il savait sans doute, s'il m'avait espionné, que mes sens s'étaient avivés. Mais il ne pouvait imaginer à quel point. Je fis comme si je ne m'étais rendu compte de rien.

Je devenais paranoïaque sous la pression.

– Alors Nanny pourrait…

Soudain mon téléphone sonna, me faisant sursauter. Je pris la communication. C'était un numéro masqué.

– Indiana, Indiana ! sanglota une voix que je reconnus immédiatement. Mon père est devenu fou, il dit qu'il est cerné par des loups-garous !

– Quoi ? Katerina ? Qu'est-ce que tu as dit ?

– Il dit qu'il faut que je m'enfuie sinon ils vont me dévorer ! Et que si je reviens à la maison, il me tirera dessus !

Chapitre 19
Katerina

Je jurai. Faire confiance à un ivrogne, ben voyons, c'était logique et intelligent. Non mais quel crétin !

– Où es-tu ?

– Je suis encore au travail, répondit-elle en gémissant d'angoisse. Je ne sais pas quoi faire. Indiana, il était tellement angoissé ! Je crois qu'il est en pleine crise psychotique, mais si j'appelle la police, il... il est capable du pire ! Et s'il leur tire dessus...

– J'arrive.

Je raccrochai, l'estomac soulevé. Toute cette histoire était en train de partir en vrille.

– Je dois filer, dis-je à Axel. Écoute, son père a l'air d'avoir pété un plomb. Pour l'instant, elle le pense fou. Je vais la retrouver à son travail. Tu peux demander à Nanny de rester finalement ? Si je ramène Katerina à la maison, nous aurons besoin d'elle. Dis-lui de préparer l'une des chambres d'invité pour elle. Et que Chuck se charge de la surveillance de Seamus.

Il hocha la tête et me suivit pendant que je revenais vite vers la maison.

– Je vais lui dire. (Il consulta sa montre.) Bon, les renforts doivent être en route maintenant. Tel que je connais ton grand-père, il a dû mobiliser les troupes vite fait, y compris celles qui ne sont pas trop loin de Missoula. Je dois le prévenir que je suis là, sinon je vais me faire dégommer par ses soldats.

Je grimaçai. Soldats. Je n'aimais ni l'idée ni le mot.

– OK, demande à Chuck ou à Nanny de te connecter avec grand-père, autant l'avoir en face de toi, c'est mieux qu'au téléphone.

Il me donna une petite tape réconfortante dans le dos et bondit vers la maison. J'en fis autant vers ma voiture et fonçai. Le restaurant où Katerina travaillait se trouvait au centre-ville de Missoula. Il ne me fallut pas longtemps pour arriver, même si mon moteur commençait à protester d'être poussé à fond comme ça tout le temps.

La Mercedes de Tyler était là, mais cette fois-ci je n'avais pas envie de poser de questions. Vu ce qui nous tombait dessus, je m'en fichais. Là où je m'en fichais moins, c'était que Tyler était là, lui aussi, dans le restaurant aux boiseries sombres et aux tables accueillantes.

Et qu'il tenait Katerina dans ses bras.

Dès qu'elle me vit, elle se dégagea et se précipita vers moi. J'eus juste le temps de voir la grimace de Tyler avant que son corps chaud ne s'écrase contre le mien. Je ne bronchai pas et refermai mes bras sur elle. Je n'avais pas envie qu'elle m'échappe, jamais plus. Notre dispute, sa colère, tout s'effaça devant l'immensité de sa détresse.

– Là, là, calme-toi, chuchotai-je dans ses cheveux, calme-toi, nous allons trouver une solution.

Elle releva vers moi son visage strié de larmes.

– Indiana, papa est devenu fou ! C'est… c'est depuis qu'on a reçu cet argent. C'est comme si cela avait réveillé quelque chose d'horrible chez lui.

– Katerina, je suis désolé, dit Tyler qui dut s'asseoir, encore affaibli, tremblant et plus pâle qu'un vampire, ce qui pour un loup était un exploit. Je n'aurais jamais dû t'envoyer cet argent. C'est la plus grosse connerie que j'ai jamais faite de ma vie.

– Ce n'est pas ta faute, murmura Katerina.

Elle leva son visage vers moi et, moi, comme un imbécile, je n'avais qu'une seule envie, l'embrasser.

– Indiana, qu'est-ce que tu ferais à ma place ?

– Tu vas venir dormir à la maison, lui dis-je. Nanny te prêtera des affaires, nous avons des brosses à dents et tout ce qu'il faut. Va voir ton patron. Dis-lui que tu pars, une urgence familiale.

– Mais ça ne règle pas le problème de mon père, gémit-elle, essuyant ses magnifiques yeux vert-gris d'un geste fatigué.

– Je vais m'en occuper. S'il te plaît, Katerina, fais ce que je te demande.

Je n'aimais pas utiliser ma voix d'alpha, surtout avec la femme que j'aimais, mais à ma grande surprise cela fonctionna sur elle comme sur les loups. Elle hocha la tête et partit vers les cuisines.

Tyler gronda.

– Elle peut venir chez moi aussi. Tu n'es pas le seul à avoir des louves chez toi.

Je ne pouvais pas lui dire ce qu'avait fait son père, comment il avait utilisé la soif de vengeance de Seamus en le payant pour me tuer. Tyler n'était pas un ami, mais il m'avait sauvé la vie. Et si Louis devait être arrêté par nos chasseurs, pas question non plus de donner à son fils des informations qui risquaient de l'alerter.

– Merci, me contentai-je de lui dire.

– Quoi ?

– De m'avoir sauvé la vie. Tu m'as protégé de ton corps. C'est l'acte le plus courageux que j'ai jamais vu. Merci Tyler.

Et je lui tendis la main.

Il hésita puis tendit la sienne. Je la lui serrai, effrayé de voir à quel point il était encore faible.

– Père a dit que toi aussi, tu m'avais sauvé la vie avec Chuck, dit-il, gêné par ma sincérité. Alors, on est quitte mon vieux. Tu aurais fait la même chose.

– Peut-être, je ne sais pas. Mais écoute. Là, ce n'est plus une compétition entre toi et moi pour Katerina. C'est bien plus grave. Nous devons absolument la protéger. Tous les deux. Ensemble.

Il releva la tête, surpris.

– Pourquoi ? Elle est en danger ?

Comment tourner ça sans qu'il se doute de quelque chose ? J'eus soudain une idée en me souvenant de ce que m'avait dit Axel quelques instants plus tôt.

— Il semble que son père ait vu des loups-garous se transformer. Tu sais qu'on a vu des semis dans le coin. Et il y a eu plusieurs disparitions mystérieuses en début d'année universitaire.

Il hocha la tête, très inquiet tout à coup.

— Oui, mon père m'en a parlé. Il m'a interdit de me balader le soir sans plusieurs loups avec moi. Il avait peur qu'on se fasse attaquer.

Il était plus au courant que moi.

— O'Hara a eu tellement peur qu'il a mis des pièges à mâchoires d'argent dans son jardin et braque son fusil sur le ventre de tous ceux qui entrent chez lui.

— Merde.

Il me jeta un regard angoissé, comprenant tout de suite les implications.

— Si les secrets de la meute sont en danger...

— ... ils vont le tuer, terminai-je pour lui. Et nous serons responsables de la mort du père de la fille que nous aim... que nous apprécions.

— Merde, répéta-t-il. Quel manque de bol que ce soit tombé sur lui !

— Oui, c'est aussi ce que je me suis dit lorsque je suis venu demander à Katerina pourquoi elle avait ta voiture et qu'il a pointé son fusil sur mon nombril en me demandant si j'étais un loup-garou.

— Il l'a carrément dit comme ça ?

— Ouais.

— Ça craint.

— Grave.

— Je la lui ai prêtée puisque je n'en avais pas l'usage, précisa-t-il distraitement, trop occupé à réfléchir.

— Comment ?

— La voiture. La Mercedes. J'ai mal au bras et ce n'est pas une automatique. Donc je l'ai prêtée à Katerina pour la dépanner quand elle m'a appelé pour me demander comment j'allais et qu'elle s'est mise à hurler contre toi au téléphone. Mon tympan droit a failli y rester.

C'est bizarre parce qu'elle était restée froidement furieuse avec moi.

– À ce sujet, comment se fait-il que tu sois ici ? Vu ta tête, tu devrais être au fond de ton lit, non ?

– J'ai appelé Katerina pour prendre de ses nouvelles. Elle venait de raccrocher avec toi, elle a cru que tu la rappelais. Elle m'a tout balancé et j'ai demandé à Denis, mon chauffeur tant que je ne peux pas conduire, de m'amener ici. En fait je n'ai pas demandé, j'ai hurlé, parce qu'il ne voulait pas.

Ah. Je comprenais mieux. C'était un concours de circonstance. Je respirai. J'avais cru qu'elle l'avait appelé, lui aussi.

Il y eut un silence pendant lequel on entendit Katerina qui expliquait la situation à son patron. Heureusement, c'était un brave gars et il comprit qu'elle avait de sérieux problèmes.

– Si je parle à mon père et que tu parles à ton grand-père, dit lentement Tyler, penses-tu qu'à nous deux on pourrait demander à la meute de surseoir à l'exécution ? Après tout, Seamus a été blessé à la tête au Koweït et il est ivre mort la moitié du temps. Il ne représente pas un grand danger, non ?

Sauf que Seamus allait être introduit au cœur du dispositif de protection des loups, dans le ranch de grand-père afin de témoigner contre Louis Brandkel. J'allais devoir être vraiment bon pour le sauver. Et il ne fallait pas que Louis se rende compte que nous nous intéressions au père de Katerina.

– Non, surtout pas. Il va falloir nous débrouiller tout seuls. D'abord il faut le calmer. Ensuite, essayer de voir si nous pouvons le convaincre de ne pas en parler, en présentant ça comme des élucubrations dues à l'alcool. Enfin, on va avoir besoin d'argent pour le faire entrer en cure de désintoxication.

Il se redressa, une lueur d'espoir dans le regard.

– C'est mon argent qui l'a mis dans la panade, c'est à moi de l'en sortir. Laisse-moi trouver la cure et la payer, d'accord ?

– D'accord. Rentre chez toi ou à la clinique si tu y es encore. Je mets Katerina en sécurité, pour l'instant, elle ne représente pas un danger, ça devrait aller. Ensuite j'irai voir son père.

– Au milieu de la nuit ? Tu n'es pas un loup, Indiana, je n'ai pas sauvé ta carcasse pour qu'un fou te truffe de plombs !

– De balles en argent.

– C'est pareil, grogna-t-il. Les deux tuent.

J'avais la gorge serrée devant sa sollicitude. Je préférais encore lorsque je le haïssais. Je savais qu'il n'était pour rien dans les machinations de son père, sinon il m'aurait laissé mourir. Sans Katerina, nous aurions pu devenir amis, qui sait ? Même aujourd'hui, sans tout ce qui allait se passer, nous pourrions être amis. Sauf que pour sauver Katerina ainsi que son père et ma famille, j'allais devoir le trahir.

Je ne m'aimais pas beaucoup en cet instant. Si c'était ça, devenir adulte, eh bien je préférais nettement lorsque je me faisais tabasser par les louveteaux.

– Je sais. Ne t'inquiète pas, je serai prudent. Moi non plus je n'ai pas envie qu'on me troue la peau.

Il hocha la tête, peu convaincu.

Katerina revint. Elle adressa un petit sourire triste à Tyler et se plaça à côté de moi. Je saluai Tyler. Il me fit signe qu'il m'appellerait. Je hochai la tête et pris le bras de mon amie.

– Une fois qu'on sera chez toi, Indiana, tu vas faire quoi ? demanda-t-elle, après quelques kilomètres de silence.

– Je vais aller voir ton père.

– Indiana, c'est dangereux ! Il a dit qu'il tirerait sur le premier qui viendrait chez nous. C'est pour cela que je ne veux pas envoyer les policiers. Parce qu'ils le tueraient sans hésiter.

Je lui souris.

– Ne t'inquiète pas. Je vais y aller avec Nanny. Ton père ne tirerait jamais sur une femme. N'est-ce pas ?

– Je... je ne sais pas, Indiana. Je ne sais plus rien.

– Merci, lui dis-je.

Elle écarquilla les yeux, qui en dépit des larmes restaient merveilleux.

– Pour m'avoir appelé alors que... alors que tu sais...

Je ne savais pas comment terminer ma phrase.

— Alors que je venais de te rejeter, précisa-t-elle pour moi. Indiana, je… je suis tellement perdue. Je dois pouvoir compter sur mes amis. Et je sais que Tyler et toi êtes vraiment mes amis.

Je grimaçai. Je n'aimais pas du tout être sur le même pied d'égalité que Tyler.

— Même si j'avoue, continua-t-elle, oppressée, que j'aurais préféré que Tyler ne vienne pas. Je n'avais pas vu que c'était son numéro. Tout ceci est venu de lui et de son maudit argent.

Si elle savait ! Tout était tellement plus compliqué. C'était un mélange de vendetta, de machination et d'héritage, le tout bien emballé dans… dans je ne savais pas très bien quoi, puisque à part attrister mes grands-parents, je ne voyais pas en quoi ma mort pourrait servir à Louis.

Le trajet ne fut pas long. Les lumières brillaient. Nanny et Axel étaient en train de discuter sur le perron en nous attendant. Le grand semi noir et la vieille louve blonde n'avaient pas l'air de s'écharper. En fait, ils avaient l'air de bien s'entendre.

Lorsque Katerina sortit de la voiture, ils se raidirent de concert.

— Katerina ! s'exclama Nanny. Venez mon enfant, j'ai préparé une chambre pour vous. Avez-vous mangé ? Avez-vous besoin de quoi que ce soit ?

Après un regard circonspect à Axel, un peu effrayée par mon imposant ami, émue par l'accueil chaleureux de Nanny, Katerina explosa en sanglots. Nanny l'engloutit en une étreinte maternelle, puis après un dernier coup d'œil vers moi, la conduisit à l'intérieur de la maison.

Axel arrêta d'un signe de la main la phrase inquiète que j'allais lancer.

— Chuck est chez elle. Je l'ai déposé en lui laissant ses affaires et un téléphone. Il monte la garde. Il a fait son premier rapport. Seamus est chez lui. Il a arrêté de boire et il a posé son fusil. Pour l'instant, ça va. S'il se passe la moindre chose anormale, Chuck se transformera pour nous prévenir, puis ira le défendre.

Je me détendis. Au moins, les deux premières parties de mon plan, protéger Katerina et Seamus, avaient fonctionné.

— Je vais devoir aller lui parler, soupirai-je en me prenant la tête qui me lançait depuis mon éclipse. Le seul problème va être d'avoir le temps de lui sortir deux mots avant qu'il ne me tire dessus.

— Je peux y aller, si tu veux, je n'ai pas peur des balles.

— Elles sont en argent.

Il grimaça.

— Ah. D'accord. Alors là, si, j'en ai peur.

— Et puis pour l'instant, je préfère que tu montes la garde ici. On va se relayer. Chuck prend les six premières heures pour Seamus, je vais voir ce dernier afin de rassurer Katerina, ensuite je prends les cinq premières pour elle. Toi et Nanny vous vous reposerez pendant ce temps. Ensuite on permute. Dès que les renforts sont là, on leur confie Seamus et on consolide la protection de Katerina.

Je le vis estimer mentalement mon dispositif. Chuck pour Seamus, moi pour Katerina, puis Axel pour Seamus et Nanny pour Katerina. Cela tenait la route, à part le court moment (enfin j'espérais qu'il soit court) où j'irais voir Seamus, histoire de le convaincre d'arrêter de diffuser la bonne parole. Malheureusement, Axel pointa également le doigt vers le point faible de mon plan.

— Euh, ce n'est pas à Katerina que Brandkel en veut, mais à toi, me rappela-t-il. Qui va te protéger ?

— Axel, je sais. C'est le mieux que je puisse faire pour l'instant, OK ? Donc on oublie ce détail et on se concentre sur ce qui est vraiment important. Sauver les fesses de la famille O'Hara.

Son œil devint narquois et je rougis. Bon, d'accord, le terme « fesses » n'était peut-être pas tout à fait adapté pour parler de Katerina. Axel fut assez poli pour ne pas faire la demi-douzaine de remarques grivoises qui devait trotter dans sa tête. Trop gentil.

— OK. Va dire au revoir à ta dulcinée, capitula-t-il. Je la protégerai en attendant ton retour.

— Ha ha, très drôle, Axel, vraiment. Là, j'ai l'impression d'être un chevalier prêt à partir pour les croisades.

– Sincèrement, à côté de ce qui t'attend, les croisades c'était de la rigolade.

– Merci, grommelai-je, ce que j'aime avec toi, c'est cette infinie compassion pour les problèmes des autres.

Il éclata de rire et je montai les marches en courant.

Nanny était petite mais pas autant que Katerina. La chemise de nuit et le peignoir qu'elle lui avait prêtés traînaient sur le sol. Mais elle était mignonne à croquer dedans, avec son nez encore rouge d'avoir pleuré, son teint de porcelaine rehaussé par le velours bleu nuit et ses cheveux comme une rivière noire sur ses épaules délicates. Elle me tendit les bras et je lui offris le refuge de mon étreinte.

Je savais que j'avais tort. Devant Nanny en plus, j'aggravais le cas de Katerina. Mais c'était trop dur. Je sentais l'odeur de lavande de ses cheveux, et la chaleur de son corps me rendait fou. Je n'avais qu'une envie, me transformer en homme de Neandertal, l'amener dans ma caverne sur mon épaule et ne plus jamais la laisser repartir.

– Je vais y aller maintenant, dis-je à regret.

– Je sais, murmura-t-elle contre mon torse. Fais bien attention à toi, Indiana. Surtout, fais bien attention à toi. Si tu vois que mon père… qu'il est trop dangereux, alors appelle la police. J'ai peur qu'il… qu'il ne tente de mettre fin à ses jours.

– D'accord. Je t'appelle quoi qu'il arrive. Nanny et moi y allons tout de suite. Ne t'inquiète pas. Nous serons prudents.

Elle recula, s'arrachant à mon étreinte, et j'eus l'impression qu'elle le regrettait, puis alla s'asseoir dans le canapé, si petite, si fragile qu'elle me brisa le cœur.

Je me blindai et sortis vite.

Nanny était prête. Axel monterait la garde en attendant. Cela tombait vraiment bien que la lune soit pleine. Il pourrait se transformer à volonté si quelqu'un attaquait notre maison.

Vu les bruits étranges qui montaient du moteur malmené de la Batmobile, Nanny suggéra diplomatiquement de prendre sa voiture.

– Tu es amoureux de cette fille, déclara-t-elle une fois au volant.

Je serrai les dents et refusai de répondre. Elle me jeta un regard en coin.

– Tes grands-parents ne sont pas au courant, n'est-ce pas ? Tu as conscience du fait que je vais devoir le leur dire ?

– Dis-leur ce que tu veux, laissai-je échapper en haussant les épaules, ce n'est qu'une humaine. Parmi tant d'autres.

J'avais dit ça avec une grande conviction. Elle n'était, effectivement, qu'une humaine. Nanny plissa les yeux mais n'ajouta rien.

Le reste du trajet se passa dans un silence méditatif. Je savais que Nanny, comme Chuck, ne pensait qu'à m'aider. Je leur en étais reconnaissante et en même temps j'aurais bien aimé que tout le monde arrête de se pencher sur ma relation avec les humains pour les disséquer au scalpel.

Volontairement, nous fîmes beaucoup de bruit en arrivant. Je ne voulais pas effrayer encore plus Seamus en débarquant en catimini. Chuck apparut quelques secondes plus tard, se retransforma et resta dans l'ombre.

– RAS, dit-il. Je me suis bien fait voir de Seamus, mais il y a un truc bizarre.

– Vas-y.

– Il n'a pas peur de moi.

Je le regardai, surprise.

– Comment ça ?

– Indiana, il a réagi comme quelqu'un qui voit un très gros chien. Il a même voulu me chasser pour que je ne me prenne pas dans ses stupides pièges à loup !

Il avait raison, c'était très bizarre. Soudain, Chuck émit un petit bruit étrange, comme s'il toussait. Puis il bascula en avant. Nanny se précipita tandis qu'une odeur me frappait les narines, celle du sang, qui s'échappait de la gorge de Chuck, à moitié tranchée par des griffes acérées, du musc, puis d'une autre, viande pourrie et poil mouillé. Une énorme silhouette bondit sur Nanny, la balança contre un arbre et l'assomma.

La chose sortit de l'ombre et se pavana dans la lumière de la lune. Mon cœur rata un battement dans ma poitrine. Ce que je voyais était impossible. Gueule déformée par les crocs, griffes qui ressemblaient à des poignards, corps mi-homme mi-loup, difforme et hideux, dressé sous la lune.

C'était un semi.

Et il n'avait pas l'air amical.

Je reculai, sortant mes étoiles de jet et ma dague en argent que je trempai à toute vitesse dans la poudre de tue-loup.

Tout l'entraînement d'Axel afflua à mon cerveau alors que le semi s'avançait. Il renifla.

– Miam, miam, fit-il, un petit humain. Je vais te manger. Et ensuite je mangerai l'humain dans la maison. Et puis je me mettrai à la recherche de la petite fille, si tendre, si juteuse. Trois nuits de bombance, la vie est magnifique !

Ma réponse fut sifflante et immédiate. Les trois shurikens franchirent l'espace et se plantèrent dans sa poitrine. La tue-loup allait vite faire son effet. Enfin j'espérais. Ce semi était un jeune, pas comme Axel qui bougeait comme un athlète. Il ne comptait que sur la force brute. Un peu étonné, il toucha les étoiles et hurla lorsque sa chair se mit à bouillonner, empoisonnée par l'argent. Il arracha les étoiles de son corps, hurla de nouveau lorsque l'argent brûla ses doigts.

Je n'attendis pas de voir ce qu'il allait se passer.

Je pris la fuite.

Je courus de toute la force de mes jambes, parfaitement conscient que le semi serait bien plus rapide. J'avais le cœur dans la gorge mais je m'arrêtai net au milieu de la pelouse. Je ne voulais pas lui tourner le dos plus longtemps. Il s'était avancé et me regarda, une brume rouge montant lentement dans ses yeux noirs.

– Tu m'as fait mal, petit humain. Tu m'as fait mal mais ce n'était pas assez.

Et il bondit vers moi. Un bond. Puis un second. Sa puissance était effrayante. S'il me touchait, j'étais mort. Mais il ne contrôlait pas encore bien sa masse, sans doute déjà à moitié empoisonné par la tue-loup. Lorsqu'il atterrit, à peine à un mètre de moi, il perdit l'équilibre et se laissa tomber à quatre pattes. Je brandis ma dague, attirant son attention. Il se mit à rire et avança, savourant ma peur. Il y eut un petit déclic.

Et ce pour quoi je priais de toutes mes forces depuis quelques secondes arriva. Il y eut une explosion d'acier et le piège se referma sur lui. Sa patte avant fut broyée par les mâchoires d'argent. Son hurlement fut si puissant qu'on dut l'entendre dans toute la région. Il perdit toute son humanité et se mit à mordre le piège, rendu fou par la douleur. Soudain je sentis une présence dans mon dos.

Je pivotai, prêt à me battre, mais c'était Seamus. Il épaula son fusil.

– Non ! hurlai-je. J'ai besoin de lui viv...

Le « baoum » de la déflagration noya le reste de ma phrase. Le crâne du semi explosa littéralement.

Le corps se convulsa, puis, sans transition, se transforma. À la place du monstre, il y avait un corps d'humain nu, le bras droit enserré par le piège.

L'éloge funèbre du type fut brève. Seamus cracha par terre et déclara :

– J'ai bien fait de mettre des pièges à loup un peu partout. Quelle belle saloperie !

Je me serais bien assis dans l'herbe, parce que je n'étais pas sûr que mes genoux allaient tenir. Mais j'avais trop peur qu'un piège se referme sur mes fesses. Seamus alla délivrer le cadavre sans état d'âme, remit le piège en place, puis traîna le corps jusqu'à la lisière de la forêt.

– Va falloir que tu me donnes un coup de main, mon gars, fit-il, étonnement lucide. J'ai deux pelles dans la remise. Va donc les chercher.

– Attendez, dis-je en contournant précautionneusement les pièges qui m'avaient donné des sueurs froides tout à l'heure lorsque j'avais couru dans le noir, il a blessé Chuck et Nanny !

– Nanny ? dit-il d'un ton incrédule. Une femme ?

– Oui.

Et sans plus d'explication je me précipitai, une fois la zone dangereuse franchie.

Lorsque j'arrivai à l'endroit où le semi nous avait attaqués, Chuck jurait et crachait des caillots de sang. Je me remis à respirer. Ses lacérations sur la gorge étaient déjà en train de se refermer. Nanny, elle, se redressait péniblement, en se tenant la tête. Seamus se précipita.

– Par mes aïeux, jura-t-il, ça va, m'dame ?

– Ooohh, gémit Nanny d'un ton parfaitement mélodramatique, mais que s'est-il passé ?

– Vous avez été attaquée par une engeance du diable, m'dame, toute droit sortie de l'enfer, m'dame, c'est une chance que j'y ai collé une balle dans la tête.

Nanny plongea ses yeux dorés dans les yeux bleus de Seamus.

– Cela veut-il dire que vous m'avez sauvée, monsieur ? fit-elle, très grande dame.

Il l'aida à se relever, puis sans lui laisser le temps de réagir, la souleva de terre. S'il grimaça un moment, du fait de la densité des loups (Nanny n'était pas un poids plume), il se garda bien de montrer qu'il peinait.

– On dirait bien, m'dame. Ce fut un plaisir.

Et sans se préoccuper de nous, il l'emmena jusque dans sa maison. Je donnai ses vêtements à Chuck après qu'il m'eut indiqué par un signe où ils se trouvaient. Seamus avait été tellement inquiet pour Nanny qu'il n'avait pas vu que Chuck était à moitié égorgé et tout nu. Je récupérai et rangeai mes shurikens sous le regard admiratif de Chuck.

– Argent ? murmura-t-il d'une voix cassée.

Je hochai la tête, sans mentionner la tue-loup. Il plissa les yeux et dans son esprit, je vis mon image passer de « petit-fils du Seigneur des Loups sympa mais pas puissant » à « petit-fils du Seigneur des Loups sympa et potentiellement mortel ».

Lorsque nous pénétrâmes à notre tour dans la maison, Seamus était en train de faire le ménage, dissimulant les bouteilles et la saleté à toute vitesse, tandis que Nanny faisait semblant de ne pas voir ce qui se passait, les yeux clos, allongée sur le sofa.

– Je vais vous préparer une bonne tasse de… de ce que vous voulez, dit-il, en pleine confusion.

– Du thé, ça ira très bien, répondit-elle d'une voix mourante.

Le visage de Seamus refléta une véritable panique, puis il fonça vers sa cuisine. On entendit le déclic de la bouilloire puis ses jurons alors qu'il cherchait dans ses placards.

– Ça va ? demandai-je à voix basse.

Elle passa une main dans ses cheveux et la retira pleine de sang. Je m'accroupis.

– Ouille, fit-elle lorsque je tâtai précautionneusement sa tête.

– Est-ce que tu as la nausée, envie de dormir, des étourdissements ? demandai-je doctement.

– Enfin, Indiana, gronda-t-elle, c'est moi qui t'ai appris tout ce que tu sais en secourisme, alors arrête ça tout de suite. J'ai une légère commotion cérébrale. Cette saleté a frappé fort. Mais c'est déjà en train de se réduire. Et la plaie sera soignée d'ici quelques minutes, il faut juste faire en sorte que Seamus ne réalise pas que j'ai beaucoup saigné, sinon il va se demander pourquoi j'ai guéri si vite.

J'attrapai un autre coussin vite fait et poussai celui qui était plein de sang sous le canapé. Juste à temps, car Seamus revenait, triomphant, avec une tasse, un sachet de thé qui avait dû être récolté dans les années soixante et la bouilloire. Il posa le tout devant Nanny, puis repartit à fond de train chercher du sucre.

Je ne pus m'empêcher de sourire.

– Dis donc, on dirait que tu t'es trouvé un chevalier servant.

– Je le trouve plutôt joli garçon, ce Seamus, roucoula-t-elle. Et il a tiré sur ce semi sans état d'âme, j'aime ça chez un homme.

– C'est un ancien soldat, déclarai-je.

– Ah ? Eh bien pour l'instant le semi nous a rendu service. Il a délivré Seamus de sa peur parce qu'il a vu qu'il était possible de vaincre ces monstres et il nous a permis d'entrer dans la place. Mission accomplie, mon petit. Chuck, comment vas-tu ?

Chuck releva la tête. Il s'était essuyé avec de l'herbe, mais il restait encore du sang sur sa gorge.

– Ça va, rauqua-t-il. Je vais avoir un peu de mal à parler pendant un temps. Il ne m'a pas raté ! Il était sous le vent, je ne l'ai pas senti avant qu'il soit juste derrière moi.

Seamus revint avec du sucre, du faux sucre, du miel et du sirop d'érable, ce qui interrompit notre conversation. Il ne savait pas quoi faire pour faire plaisir à Nanny. Celle-ci accueillit ces attentions avec la grâce d'une dame bien élevée.

Seamus, le visage concentré, la regardait avec adoration. Je frémis. Si ça c'était pas un coup de foudre, je ne m'appelais pas Indiana ! Nanny se fit son thé et le but avec délectation. Le visage de Seamus s'illumina lorsqu'elle le remercia d'une voix douce.

Puis il s'arracha à la fascination et me regarda.

– Il va falloir qu'on se débarrasse du monstre, mon garçon, dit-il. On peut pas le laisser avec le cul à l'air dans mon jardin !

– Seamus, répondis-je, pourquoi avez-vous dit à Katerina que les loups-garous allaient la dévorer ? On avait un accord, non ?

Il planta son regard dans le mien. Ses yeux étaient injectés de sang, mais il paraissait étonnamment lucide.

– J'ai paniqué, admit-il. Complètement. J'ai vu ce monstre. Il ne se cachait pas. J'ai su que si Kat revenait, il allait la réduire en pièces. Je ne savais pas si j'étais capable de le tuer ou pas. Je n'ai pas voulu courir le risque. Lui faire croire que j'étais fou était la seule solution pour la faire fuir.

Nanny se redressa. Soupira. À voir son visage, ça lui avait bien plu d'être traitée comme… une humaine faible et fragile. Elle posa sa tasse.

– Nous éliminons les humains qui sont au courant du secret de la meute. Ce n'était pas très malin ce que vous avez fait, Seamus. Vous auriez pu parler de fantômes, de souris géantes, de lapins bleus ou d'éléphants roses mais certainement pas de loups-garous. Maintenant, Katerina… autant que vous… êtes vraiment en danger.

Seamus écarquilla les yeux et se tourna vers elle.

– Vous… vous, dit-il d'une voix étranglée, vous êtes une…

– Une louve, oui, répondit Nanny comme si elle annonçait tous les jours qu'elle était un garou plein de poils.

Seamus dut se sentir une faiblesse du côté des genoux, parce qu'il se laissa tomber d'un seul coup sur le second sofa et la dévisagea d'un air incrédule.

– Mais… mais le garçon n'est pas…

– Non, répondit-elle, hélas ! Mais moi si. Et Chuck aussi.

Cela me rappela quelque chose. Je fronçai les sourcils.

– À ce sujet, j'ai une question. Vous dites que le semi, le garou qui nous a attaqués, s'était montré. Il a dû se cacher et rester sous le vent lorsque Chuck est arrivé. Mais lorsque Chuck patrouillait autour de votre maison tout à l'heure, vous l'avez pris pour un gros chien. Je ne comprends pas. Pourquoi ne l'avez-vous pas reconnu comme un loup-garou ?

La respiration de Seamus se bloqua sous le choc.

– Quoi ? s'exclama-t-il. Vous voulez dire que vous vous transformez pas tous en monstres comme l'autre dans le jardin ?

Chapitre 20
Le complot

Tout le monde le regarda, les yeux ronds.

– Non ! bien sûr que non ! réagit Nanny, offusquée, décidant soudain qu'elle n'avait pas envie de cacher la vérité à cet homme troublé. Ces… *choses* n'ont rien à voir avec nous ! Je vais vous montrer.

J'allai l'en empêcher, mais elle se débarrassa de ses vêtements à toute vitesse, sous le regard effaré de Seamus, horrifié qu'une femme se dénude devant lui et se transforme. La magnifique louve au regard doré se tint soudain à sa place.

Seamus hoqueta. Je sentis qu'il se recroquevillait, soudain terrifié. Bon, j'admets que cela fait un choc. Moi j'avais tellement l'habitude que je ne réagissais plus du tout, mais je pouvais comprendre que les gens soient un tantinet surpris. Chuck ricana en sentant la peur de Seamus.

– Que Satan m'engloutisse, murmura Seamus, le visage soudain couvert de sueur.

Elle s'approcha de lui, lentement, en remuant gentiment la queue. Les loups peuvent faire ça aussi. Puis elle posa sa grosse gueule dorée sur la cuisse de Seamus et donna un petit coup à sa main du type « bon, alors ? Tu me caresses oui ou non ? ».

Il était tétanisé de peur. Je fus donc très surpris lorsque, presque à contrecœur, il se força à poser la main sur la tête de Nanny. Celle-ci ferma les yeux sous la caresse, émettant un son qui ressemblait étonnamment à un ronronnement de chat. Chuck se transforma à son tour et alla quémander une caresse, lui aussi. Parfois le gros Chuck était sidérant de psychologie. Au bout de deux minutes, le cœur de Seamus qui frôlait l'infarctus s'apaisa. Il me coula un regard surpris.

– Ils sont… ils sont magnifiques !

Je hochai la tête, bien d'accord avec lui.

– Oui. Ce sont de vrais loups-garous. Par leur père et leur mère, descendants directs d'Anubis.

– De qui ?

– D'Anubis. Le dieu chacal des Égyptiens. Il paraît que c'est leur ancêtre. Il les a créés afin de pouvoir défendre l'Égypte contre les envahisseurs. Lorsque l'Égypte a été conquise, les garous ont émigré.

Sa main s'immobilisa un instant et Nanny lui redonna un petit coup de museau pour qu'il continue. Il lui sourit.

– Ah, ma belle, tu n'es pas une chrétienne alors ?

– Si, répondis-je pour Nanny. Leur ascendance n'a rien à voir avec leur religion. Ils sont chrétiens, musulmans, juifs, bouddhistes, etc., ou simplement athées.

– Ah, fit-il bizarrement rassuré, comme si le fait que Nanny soit une chrétienne retirait de son étrangeté à sa condition de loup-garou.

Il fronça les sourcils.

– Mais alors ? L'autre ?

– C'était un semi. Un humain mordu par un vrai loup-garou. Ils ne peuvent pas se transformer en loups, comme no… comme eux. Et la plupart d'entre eux sont des mangeurs de chair humaine, ce que les vrais loups ne sont pas. Je suis désolé, Seamus, vous êtes tombé au beau milieu d'une guerre de meutes, un conflit de pouvoir entre deux chefs, Louis Brandkel et mon grand-père, Karl Teller.

– Brandkel ? Comme le gamin à la Mercedes ? Celui qui nous a donné l'argent ?

– Oui.

Il rumina l'information. Je n'avais pas l'intention de lui dire que je savais qu'il avait tenté de me tuer, puisqu'il était sensé me l'avoir avoué. Nanny et Chuck verraient tout de suite que j'avais menti.

– Il nous a utilisés, c'est ça ? Kat et moi ?

Je restai honnête.

– Tyler n'était pas au courant des manœuvres de son père. C'est Louis qui est responsable de tout ceci.

– C'est un… un semi, comme vous avez dit, ce Louis ?

– Non, c'est un loup-garou, un vrai, pourquoi ?

– Parce que je n'ai jamais vu de vrai loup-garou avant ce soir, grogna-t-il tandis que sa caresse s'arrêtait subitement. La seule chose que j'ai vu, c'était le copain du monstre mort là-bas !

Nanny et Chuck grognèrent de concert. Je faillis faire de même, de mécontentement. Je n'avais pas réfléchi, trop embarqué par un tourbillon d'action pour réaliser.

– Louis Brandkel n'est pas venu lui-même, bien sûr ! Il a dû mordre ou faire mordre des humains pour les transformer en semis, les a nourris avec les humains qui ont disparu, et les a utilisés pour monter sa machination.

Chuck et Nanny reculèrent et se retransformèrent. Seamus détourna les yeux pendant qu'ils s'habillaient.

– Alors nous avons un gros problème, annonça Nanny dès qu'elle fut présentable. Parce que nous comptions sur vous pour dénoncer Louis lors du jugement. Nous pensions que vous l'aviez vu, lui, qu'il s'était transformé devant vous et que vous pourriez le reconnaître et l'accuser. Zut !

– Quel jugement ?

– Nous n'avons pas le droit de révéler nos secrets aux humains et encore moins de les impliquer dans nos complots, expliqua-t-elle. Celui qui fait cela est passible de mort, ainsi que l'humain qu'il a informé. Nous avions l'intention de vous emmener devant notre assemblée afin que Louis soit condamné. Mais apparemment il a bien caché ses traces. Il sera impossible de prouver qu'il est coupable.

– Vais-je mourir ? demanda Seamus avec un calme imperturbable alors que son cœur nous disait tout le contraire en accélérant brutalement.

Nanny eut un délicieux sourire.

– Pas si je peux l'empêcher, dit-elle.

Il la regarda, hypnotisé.

– Vous me protégeriez ?

– Oui, répondit-elle fermement. Vous êtes un homme bien, Seamus O'Hara, et plus courageux que vous ne le croyez. Tout ce que vous avez fait, vous l'avez fait pour votre fille.

– Je... je suis un ivrogne, grogna-t-il, amer.

– Ça se soigne, répliqua gentiment Nanny. Tout est une question de saine motivation.

Et elle lui délivra un sourire à fossette à faire fondre la banquise. Seamus le lui rendit timidement, puis se raidit.

– Je ne savais pas que le gamin n'était pas un loup-garou, dit-il soudain, ses grosses mains crispées sur ses cuisses. Il... le demi...

– Le semi.

– Ouais. Le semi avait dit que l'échafaudage ne ferait que blesser Indiana, que c'était une sorte d'avertissement.

– Vous ne vouliez pas le tuer, dit doucement Nanny à qui il s'adressait exclusivement, comme pour mendier son pardon.

– Non, bien sûr que non ! J'aurais refusé si cela devait le tuer. J'ai peut-être une vendetta avec ses grands-parents, mais ce gamin ne m'a rien fait. Je n'ai compris ce que j'avais fait que lorsqu'il s'est coupé devant moi avec mon couteau. Qu'il m'a montré qu'il n'était pas un loup et ne pouvait donc pas guérir super vite comme eux. Comme vous. (Sa voix se chargea de rage.) Ces types ont vraiment voulu le tuer, en m'utilisant.

Ouf. Il était parti du principe que nous savions tout de sa tentative de meurtre. Et maintenant je comprenais un peu mieux son désarroi lorsqu'il m'avait affronté et qu'il avait réalisé que j'étais humain. Nanny salua son honnêteté.

– Ah, je me disais aussi. Oui, évidemment. Vous saviez qu'un loup ne peut pas être tué si facilement. Je comprends.

En dépit de l'approbation de Nanny, Seamus baissa les yeux, rongé par le remords.

– L'argent et la colère, murmura-t-il plein d'amertume. C'est une bien mauvaise combinaison. Qui peut rendre froid et aveugle.

Je ne le laissai pas s'apitoyer. Je l'informai que Katerina était à l'abri chez nous et l'invitai à la rejoindre pour leur protection. Je lui suggérai aussi un stratagème pour détourner l'attention de sa fille.

– Évoquez les éléphants roses ou les lapins bleus dont a parlé Nanny, vous allez pouvoir mettre votre fille en dehors du coup. Soyez convaincant et elle sera sauve. Nanny et Chuck témoigneront qu'elle vous aura cru fou et non pas qu'elle pense que des loups-garous vivent dans le Montana.

Seamus releva vivement la tête. Il avait complètement oublié Katerina avec tout ce qui venait de se passer.

Il prit ses affaires. Pendant ce temps, je rassemblai les preuves pour le jugement et donnai mes instructions.

– Chuck, on va avoir besoin du corps du semi. Seamus, vous avez de la glace ?

– Vous ne voulez pas l'enterrer, c'est ça ?

– C'est… disons que c'est une pièce à conviction pour le procès de Louis. J'en ai besoin. En fait, j'en avais besoin vivant, afin qu'il désigne celui qui l'avait transformé, mais votre balle d'argent a été un peu trop rapide.

– Désolé. Mais…

– Ça va, c'était un monstre dans votre jardin. Je peux comprendre. Ça ne nous arrange pas des masses, mais je peux comprendre.

Il montra à Chuck où se trouvait son congélateur. Nous allions avoir besoin de glace pour couvrir le corps du semi et le conserver au mieux. Je fis le numéro de Katerina tandis que Chuck portait le cadavre du semi, enveloppé dans une bâche, dans le coffre de la voiture de Nanny qui n'était malheureusement pas un pick-up.

– Indiana ?

La voix de Katerina était rauque d'angoisse et de chagrin.

– Tout va bien, dis-je rapidement. Il est avec nous, il est lucide, il prend ses vêtements et il vient à la maison.

Elle poussa un soupir de soulagement.

– Indiana, oh, Indiana, je… je… merci, merci, tu es… merci.

– Nous arrivons. À tout de suite.

Je refermai mon téléphone, un sourire idiot sur le visage.

Nanny me regardait. Et elle n'avait pas l'air à l'aise.

– J'ai peur, dit-elle soudain.

J'en restai bouche bée.

– Pourquoi ? finis-je par articuler, secoué par l'aveu de la femme la plus solide du monde.

– Tout ceci. Brandkel, les semis, Katerina, j'ai peur pour toi, mon petit. Tu es… tu es comme mon fils. Tu sais pourquoi je n'ai jamais eu de loup à mes côtés ?

– Euh, non ?

– Parce que je suis stérile. Ils ne voulaient pas de moi. Ne trouves-tu pas cela ironique ? Nous voulons nous comporter comme des humains et pourtant, une louve stérile ne peut pas avoir de compagnon. Pourtant, je peux aimer, car je t'ai donné tout mon amour, mon petit.

Je la regardai, bouleversé. Puis je franchis l'espace qui nous séparait et la pris dans mes bras.

– Moi aussi, je t'aime, Nanny. Je ne te quitterai jamais. Je ne suis pas un loup. Mais je suis tout autant ton fils que celui de ma mère.

Elle laissa couler quelques larmes et je dois avouer que moi aussi. Seamus descendit à ce moment et nous nous séparâmes. Mais son aveu m'avait rendu furieux contre les loups qui l'avaient rejetée comme ils l'avaient fait pour moi, et réchauffé en même temps, car elle m'avait montré tout l'amour qu'elle avait pour moi et que je lui rendais bien.

Chuck se transforma, rendu prudent par ce qui lui était arrivé. Il huma le vent mais il n'y avait pas d'autre semi que celui qui refroidissait dans le coffre de Nanny.

– Bon sang, grommela celle-ci lorsqu'elle prit le volant, la voiture va puer pendant des semaines !

Le trajet fut rapide en dépit de la neige qui commençait à tomber. Nous étions tous en alerte, Seamus avait emporté son fusil et ses balles d'argent, au cas où nous serions attaqués, et Nanny conduisait vite grâce à ses reflexes de louve. Seamus restait silencieux, mais je voyais ses muscles se bander chaque fois que la voiture chassait de côté. Je dissimulai un sourire.

Je profitai du fait que Nanny était concentrée et Chuck, muet sous sa forme de loup pour leur expliquer mon plan. Nous devions être créatifs afin de permettre à Katerina de laisser partir son père avec nous sans s'inquiéter ni se douter de quoi que ce soit.

Ils détestèrent.

Chuck grogna beaucoup. Seamus et Nanny aussi à leur façon. Et l'un comme l'autre me reprochèrent d'utiliser mon amour pour Katerina afin de faire avancer mes affaires. Ils avaient sans doute raison mais je m'en fichais. Mon plan tenait la route, puisqu'il résolvait à la fois le problème de Katerina et le mien. Le reste n'avait pas d'importance.

Katerina était sous le porche, grelottante de froid aux côtés d'Axel, un peu en contrebas, qui protégeait sa vision de nuit en évitant les lumières du porche. Je courus vers elle et l'enveloppai de ma chaleur. Elle s'apaisa, puis voyant son père, fusil à la main, écarquilla les yeux et se précipita.

– Papa ! Papa !

Il l'étreignit.

– Ça va. Ça va, tout va bien aller, ma chérie. Je suis désolé, si tu savais comme je suis désolé !

– Papa, oh, papa, mais qu'est-ce qui s'est passé ? Et pourquoi tu as un fusil ?

Il regarda l'arme d'un air gêné.

– En fait, dit-il, c'était pour les éléphants roses et les lapins bleus. Ils avaient envahi le salon, ma chérie, c'était pire qu'une infection !

Elle recula un peu et le regarda, complètement perdue.

– Des lap… mais enfin, papa, tu m'as parlé de loups-garous !

Il hocha la tête.

– Il y en avait un ou deux. Mais bien moins que des lapins bleus carnivores. Avec des grandes dents. Ils étaient effrayants. Et les éléphants roses n'arrêtaient pas de barrir, je t'assure, je suis à moitié sourd !

– Tu as eu un épisode psychotique, c'est ça ? réalisa enfin Katerina.

Il hocha la tête.

– Le pire depuis mon retour de la guerre. Le cerveau de ton pauvre père est en train de partir en lambeaux. Et je crois bien qu'il va falloir que j'arrête vraiment l'alcool.

Elle eut un sourire incrédule. Celui d'une fille qui a trop souvent entendu son père faire cette promesse.

– Ce serait génial, murmura-t-elle, oui, vraiment.

– Bien que tu ne sois pas un lapin, tu es en train de devenir bleue, fit Nanny d'une voix sévère. Que tout le monde entre dans la maison avant que cette enfant ne tombe malade !

De nouveau, je souris en voyant Seamus obéir sagement. Katerina me suivit. Chuck et Axel restèrent dehors afin de patrouiller. À moins que des dizaines de semis ne nous tombent dessus, nous étions en sécurité pour l'instant.

Heureusement, il y avait six chambres dans la maison. Nanny demanda à Seamus de l'aider et celui-ci posa son fusil près de l'entrée, au grand soulagement de Katerina. Suivant mes instructions, Nanny et Seamus montèrent.

Nous étions enfin seuls.

Katerina me regarda. Puis se jeta dans mes bras. Je la sentis qui tremblait de froid et d'émotion. Puis petit à petit, alors que je la serrais fort, elle cessa de trembler. Elle releva la tête. Je plongeai dans son regard. Et ce fut comme si le même feu nous embrasait d'un seul coup.

Mais je ne me penchai pas sur elle. Je n'embrassai pas sa bouche qui m'appelait et ce fut si dur que mes muscles tressaillaient. Je la conduisis vers le sofa de cuir rouge et la fis s'asseoir. Puis je cachai mes mains qui tremblaient et m'assis en face d'elle. Loin.

Elle rayonnait, c'est le seul mot que je trouvais. Tellement soulagée par ce dénouement heureux de la crise qu'un énorme sourire flottait sur son visage, même si je sentais que mon attitude réservée la rendait perplexe. Nos sentiments étaient à l'opposé. Elle était radieuse, j'étais terrifié. Et je ne pouvais absolument rien lui dire. Pire, j'allais devoir lui mentir. Encore. Si j'avais été comme Pinocchio, mon nez serait en train de franchir les limites de l'État. Je me raclai la gorge. Et me lançai :

– Mon grand-père possède une clinique de désintoxication. Très efficace. Y compris pour les problèmes d'alcoolisme. En trois semaines, les médecins peuvent faire décrocher ton père de son addiction. En douceur. J'ai téléphoné. Ils ont une place. Ils peuvent le prendre tout de suite.

Je la vis froncer des sourcils, suspicieuse, et son nez arrogant pointer, et j'interrompis immédiatement ses cogitations.

– Non, non, je ne suis pas Tyler. Je ne fais qu'aider une amie qui a un sérieux problème. Ce n'est pas passé loin, Katerina. Cela aurait pu se terminer vraiment mal ce soir.

Elle n'avait aucune idée d'à quel point.

Katerina se raidit. Rencontra mon regard et ses épaules se détendirent. C'était fascinant de voir comme tous ses sentiments se voyaient sur son visage expressif.

– Je ne peux pas toujours refuser qu'on m'aide, n'est-ce pas ? finit-elle par admettre, songeuse. Surtout lorsque l'aide est désintéressée.

Mouais, pas tant que ça en fait. Je renchéris aussitôt.

– Tu es forte, tu es courageuse. Tu as enduré beaucoup pour protéger ton père. Ce n'était pas ton rôle, Katerina. Laisse ma famille te donner un coup de main. Cela ne nous coûte rien et si nous arrivons à guérir ton père, cela peut tout changer pour toi.

Elle secoua la tête, inspira profondément, puis capitula.

– D'accord. Qu'est-ce qui se passe maintenant ?

J'étais tellement soulagé que j'en restai quelques secondes silencieux, à la regarder, si belle sur ce sofa rouge, avec ses cheveux noirs et ses yeux verts.

– Maintenant, me secouai-je, je vais accompagner ton père à la clinique. C'est à Telora Spring. Nous en avons pour un peu de temps, donc surtout ne t'inquiète pas. Et toi, tu vas rester ici, avec Nanny, à te faire dorloter. Je serai de retour très vite.

– Je ne veux pas déranger Nanny. C'est super gentil, dit-elle avec un lumineux sourire de reconnaissance, mais je vais retourner chez moi.

– Non ! criai-je en me levant.

Elle me fixa, interloquée par la violence de ma réaction.

– Indiana ? Pas besoin de crier comme ça !

Je m'assis à côté d'elle et lui pris les mains. Qu'elle me laissa, un peu effrayée.

– Je préfère que tu restes avec Nanny, tu veux bien ? Je n'aime pas te savoir toute seule dans cette maison.

Elle me regarda comme si une nouvelle tête venait de me pousser à côté de l'originale.

– Mais qu'est-ce que tu racontes, enfin, Indiana ? Lorsque mon père passait des nuits entières dehors, que crois-tu que je faisais ? J'ai l'habitude de rester seule depuis longtemps !

Aïe aïe aïe, j'étais très mal parti.

J'allais probablement lui sortir une très mauvaise excuse qui aurait fait exploser tout mon plan, lorsque je fus sauvé par le gong. Ou plutôt par une voix dans mon dos.

– Bonsoir Indiana !

Je sursautai comme un lapin apeuré. J'étais tellement concentré sur Katerina que je n'avais rien entendu. Décidément, je faisais un garde du corps génial…

C'était Dave, le bras droit de mon grand-père. Il venait d'entrer dans la pièce. Accompagné de loups sous leur forme humaine ou lupine. Ils se déplaçaient avec grâce et rapidité, comme des loups, mais aux yeux d'humains, surtout comme des soldats de métier. Je grognai. Chuck aurait pu nous prévenir.

Dave s'approcha et tendit la main à Katerina.

– Bonjour, je suis Dave, le bras droit de M. Teller. Je suis venu chercher Indiana et votre père. Comment allez-vous, mademoiselle ?

— Euuh, bien, bien, merci, balbutia Katerina déconcertée tandis qu'il lui secouait gravement la main qu'elle finit par récupérer.

Nanny descendit avec Seamus. Celui-ci se raidit lorsqu'il vit notre salon envahi par les énormes loups.

— Dites donc, monsieur, sourit-il d'un air crispé, ce sont de sacrés beaux chiens que vous avez là ! Ils sont de la même race que Chuck, n'est-ce pas ?

Dave sourit froidement.

— Monsieur O'Hara, je présume ? Oui, tout à fait. M. Teller me fait vous dire qu'il est ravi de vous inviter. Nanny tiendra compagnie à votre fille. Les hélicoptères nous attendent.

Katerina hoqueta lorsqu'elle réalisa la puissance déployée par ma famille.

Elle se rapprocha de moi et chuchota :

— Indiana, mais qu'est-ce qui se passe ? Je ne comprends pas. Pourquoi des hélicoptères ? C'est dément ! Et pourquoi tous ces gens ressemblent-ils à des gardes du corps ?

Oui, je me doutais bien qu'elle arriverait à cette conclusion. Les visages durs des chasseurs, nos loups policiers, auraient fait peur à l'innocent le plus… innocent.

— Ce sont les cow-boys de notre ranch, plaisantai-je, ils se prennent pour des durs de durs, mais ne t'inquiète pas, tout va bien.

— Nous laissons deux hommes et deux lou… chiens ici, intervint Dave. Ils seront une excellente protection.

Katerina en resta bouche bée. Mais son père l'étreignit, lui dit que tout allait bien se passer et sortit après avoir longuement salué Nanny, la remerciant à profusion. On ne savait pas très bien de quoi, mais Nanny accepta l'hommage avec grâce. J'étais inquiet. D'accord, j'étais encore plus inquiet. Je voyais les sentiments se refléter sur le visage de Katerina. La suspicion, ce qui me creva le cœur, l'appréhension, la peur, puis, bien pire, la spéculation. Je vis son regard scrutateur se poser sur Nanny et un frémissement agiter la commissure de ses lèvres. Je connaissais bien ma Katerina, je pouvais voir le cheminement de sa pensée comme si elle parlait à haute voix. Pauvre Nanny, elle n'avait aucune idée de ce qu'elle allait affronter pendant notre absence. Katerina allait tenter de lui tirer les vers du nez. J'espérais qu'elles survivraient toutes les deux à leur cohabitation. Et très lâchement, songeais que pour le coup, je préférais être loin, en train d'affronter Brandkel. Avant que j'aie le temps de désamorcer la bombe, Nanny remonta au premier et me fit signe de la suivre. En deux temps, trois mouvements, elle me tendit le sac de voyage qu'elle venait de remplir.

– Tiens, je t'ai préparé quelques affaires, même si je sais que tu as tout ce qu'il te faut au ranch, me dit-elle, un sourire inquiet aux lèvres. Salue tes grands-parents de ma part. Et dis-leur que je pose une option sur Seamus si cette stupide loi est supprimée. Je suis stérile, il n'y a donc pas de risque d'enfant. Et je le trouve très bien, moi, cet humain !

Une option ? c'était comme une déclaration. Le loup ou la louve qui faisait cela annonçait à tout le monde qu'il était prêt à se battre pour l'élu de son cœur. Cela me semblait un peu rapide même pour un coup de foudre. Elle essayait sans doute d'aider Seamus et Katerina. Je ne savais pas très bien si elle venait d'arranger mes affaires ou de me pousser un peu plus près du précipice qui attendait pour m'engloutir.

Je l'embrassai et la serrai fort contre moi.

– Une option ? C'est subtil, Nanny, ils y réfléchiront à deux fois avant de te monter contre eux. Merci. Tu vas me manquer. Nous rentrons à la maison très vite.

Son œil d'or s'embua. J'avais désigné cette maison comme ma maison, l'endroit où je voyais mon foyer, l'endroit où elle était. Cela la toucha beaucoup.

Tout était prêt pour notre départ. Les loups sortirent à leur tour, sauf deux garous humains, qui restèrent dans la maison, prêts à intervenir. Chuck aussi allait rester, bien qu'il ait protesté, se considérant comme mon garde du corps : je voulais que Katerina ait des gens qu'elle connaisse autour d'elle, plutôt que nos effrayants chasseurs.

Elle m'étreignit. Sans un mot, même si je sentais que son cerveau carburait à fond. Et soudain, comme la foudre, le désir me traversa. Si violent, si absolu, que je dus reculer avant qu'elle ne s'en rende compte. Elle me dévisagea, grave et belle à mourir.

– Prends soin de lui, dit-elle. Je te fais confiance, Indiana. Prends soin de lui.

– Tu peux compter sur moi.

– Je sais. Appelle-moi.

Je tournai les talons avant de dire ou de faire quelque chose de stupide, comme de lui hurler mon amour.

Ce fut l'une des choses les plus dures que je fis. Les laisser, elles, Katerina et Nanny, les deux femmes que j'aimais, sans savoir si les loups seraient capables de les protéger. La porte claqua derrière moi comme un glas.

Axel se matérialisa à côté de moi alors que nous marchions vers les 4 × 4 des loups.

– Il va falloir que tu te contrôles un peu mieux, mon vieux, dit-il d'une voix traînante.

– Pardon ?

– Il n'y a pas que la colère d'un alpha qui peut amener les loups à se transformer. La force de ton désir nous a tous frappés. Un peu plus, on perdait Dave et la moitié des loups. La vache, même moi je l'ai sentie alors que j'étais dehors. Avec l'énergie que tu dégageais, tu as failli éventer le secret de la meute d'un tout petit poil. Tu es sûr que tu n'es pas un alpha ?

Je me sentis rougir dans le noir.

– Wow, je ne savais pas. Je pensais juste que l'alpha pouvait partager ses émotions fortes comme la peur, la colère ou…

– Ou le désir, termina-t-il d'une voix douce. Oui, vous pouvez partager des tas de choses avec les autres loups, vous, les alpha.

J'étais horriblement gêné.

– Je ne suis pas un alpha. J'en ai juste certains défauts secondaires embarrassants. C'est la même chose pour vous ? Les semis ?

– En quelque sorte. Un semi puissant qui se transforme peut obliger d'autres semis à se transformer, même si ce n'est pas la pleine lune. Je pense que c'est le pire cauchemar de la meute. Que nous nous unissions sous l'autorité d'un chef qui serait capable de nous faire muter à volonté.

Je lui jetai un regard en biais. Se voyait-il dans ce rôle ? Depuis que j'avais senti qu'il me dissimulait quelque chose, si mon amitié pour Axel restait la même, ma confiance aveugle avait nettement diminué. Et je n'aimais pas ce que j'étais en train de devenir. Paranoïaque, méfiant, sur mes gardes.

Dehors, Chuck avait expliqué à Dave ce qui s'était passé avec le semi tueur. Le corps avait été transporté dans l'un des 4 × 4 avec des sacs de glace pendant que j'étais avec Katerina. Elle était montée au premier étage et me fixait, silhouette gracieuse se découpant dans la lumière jaune. Je la saluai, puis montai avec Axel et Dave, le cœur serré. J'avais l'impression de l'abandonner.

– Ce semi meurtrier, était-ce l'un des vôtres ? grogna Dave d'une voix agressive en faisant gicler les graviers dans son brutal démarrage. Vous n'avez pas répondu tout à l'heure.

– J'essayais de reconstituer son visage, répondit calmement Axel. Son odeur m'est inconnue. Je n'ai jamais vu ni senti ce semi de ma vie. Et ce qui me trouble encore plus, c'est que ce n'est pas non plus l'un de ceux que j'ai pistés pour *votre* alpha.

Dave se renfrogna. Axel venait de lui rappeler subtilement qu'ils travaillaient tous les deux pour le même boss. Je dissimulai un sourire. Oui, c'était typique du semi. Il vous laissait vous enferrer et ensuite hop, il vous donnait l'estocade.

– J'ai l'impression, précisa Axel, que l'un des loups de votre meute a décidé de créer ses propres troupes de semis. Je serais vraiment curieux de savoir pourquoi.

Dave renifla. Il me rapporta que des tas de choses étranges se passaient depuis quelque temps. Certaines des meutes avaient également demandé un jugement, pour des manquements à la sécurité de plusieurs de leurs membres. Le jugement de Brandkel, suite à la plainte de mes grands-parents, avait été accepté. Il comparaîtrait devant nous dans deux jours, le temps que les autres loups en voyage reviennent au ranch. Le ranch avait été bouclé, les sauf-conduits, donnés aux meutes. Une autre équipe était allée arrêter Louis Brandkel. Dave ajouta :

– J'espère pour toi que ton humain va être capable de prouver la culpabilité de ce salaud, sinon, tu vas te retrouver dans de beaux draps et nous aussi.

– Quoi ? m'exclamai-je. Mais pourquoi grand-père ne m'a pas parlé de tout ça ?

– Je ne sais pas, Indiana, répondit-il, je ne pose pas ce genre de question à notre alpha.

Non, bien sûr que non. Mais ce que venait de me dire Danny m'avait enfin éclairé. Des jugements ! Des sauf-conduits ! Mais bien sûr ! Je compris ce que voulait faire Brandkel. Demander des jugements amenait sur notre territoire des loups dont la loyauté n'était pas forcément aussi acquise que le pensait mon grand-père. C'était un joli piège que Brandkel nous tendait. Voici donc quel était son but. Provoquer un jugement afin que tous les loups soient réunis bien avant la session de printemps.

Il allait défier mon grand-père devant le Grand Conseil maintenant. Et tenter de le tuer.

J'avais été si lent ! Je me maudis et me mis à réfléchir frénétiquement. Mon grand-père refuserait mon aide. Son autorité d'alpha en dépendait. Il fallait donc que je laisse jouer l'effet de surprise. Les loups étaient habiles à détecter les anomalies, Brandkel serait aux aguets, prêt à renoncer à son plan s'il le sentait découvert trop tôt. Il avait probablement fait venir toutes ses troupes afin de l'appuyer. Je respirais profondément tandis que mon esprit franchissait une étape supplémentaire. Pourquoi avoir besoin de ses troupes s'il était sûr de vaincre grand-père ? Non, ce n'était pas un duel qu'il préparait.

C'était un coup d'État. Mon cerveau s'emballa.

Dans l'hélicoptère, entre le corps à moitié congelé du semi et Axel qui fronçait les narines pour évacuer l'odeur désagréable, je dus mettre au point un plan de secours au cas où grand-père ne serait pas vainqueur. Je parlai aussi à Axel, mais impossible de savoir pourquoi il tenait tant à m'accompagner. Le doute, la suspicion, la peur se mêlaient aux remous pour me donner une sérieuse nausée.

Le reste du voyage fut très court. Trop court.

Lorsque le premier des trois hélicoptères se posa, la limousine de mon grand-père était là. Seamus descendit et s'arrêta net, sidéré par mon géant de grand-père. Celui-ci s'approcha souplement et lui tendit la main.

– Bonjour, dit-il en souriant, bienvenue au Lykos Ranch, monsieur O'Hara. Je crois, que, pour le bien de nos enfants, il est temps d'enterrer la hache de guerre entre nos deux familles.

Tout petit à côté de Karl, Seamus hocha la tête avec conviction.

– Oui, monsieur.

– Appelez-moi Karl, je vous en prie.

– Et moi, Seamus.

– Bien, Seamus, Indiana, allons dans ma voiture. Monsieur Brown, voulez-vous nous accompagner, s'il vous plaît ? Dave, tu vas dans la deuxième voiture. Ne perds pas le corps de vue, s'il te plaît.

Axel inclina la tête et Dave obéit. Grand-père m'enserra dans son étreinte d'ours et me sourit.

– Décidément, tu nous reviens souvent, Indiana ! Je savais bien que la maison te manquerait !

Je lui rendis son étreinte. Il sentit ma peur et mon malaise mais les attribua au cadavre du semi que les pilotes descendaient. Il jeta un bref regard au corps sans vie et grimaça. Puis marcha jusqu'à la voiture, la lumière des phares se reflétant dans ses yeux d'or. Ned était son chauffeur, de nouveau. Cette fois-ci, ce fut moi qui sentis son agitation et son malaise. Son teint était terreux et il semblait troublé.

– Indiana, me souffla-t-il lorsque je me penchai pour le saluer, il faut que je te parle. C'est important.

Je hochai la tête.

– Laisse-moi un peu de temps et on se retrouve dans les écuries, ça te va ?

– Oui.

Ned se coula derrière le volant avec cette grâce inhumaine que j'enviais tant aux loups, après avoir refermé les portières. Si Seamus fut surpris de voir un garçon aussi jeune conduire l'imposante limousine, il n'en montra rien.

– Très bien, sourit aimablement mon grand-père une fois que tout le monde fut installé, Axel silencieux et attentif à ses côtés. Maintenant Seamus, vous allez tout me répéter, très précisément, depuis le début. Parce que j'aimerais vraiment donner une leçon au salopard qui a essayé de tuer mon petit-fils.

Seamus essuya son visage en sueur, en dépit du froid. Je pariais qu'il rêvait d'un verre… non, carrément d'une bouteille… de whisky. Mais il fut précis. Il expliqua que deux semis étaient venus le voir, que de l'argent avait été viré afin qu'il dévisse l'échafaudage, qu'il croyait que j'étais un loup-garou et que par conséquent je ne serais que blessé, pas tué. Que c'était ce que lui avaient dit les semis.

Qu'il était désolé.

Grand-père balaya le tout d'un geste ample.

– Je ne vous en veux pas. Enfin je ne vous en veux plus, maintenant que je sais que vous avez été manipulé. Mon garçon est sain et sauf, celui de Brandkel a été presque estropié, c'est un amusant retour des choses. Et je suppose que Louis a volontairement laissé suffisamment d'indices afin de se faire accuser. C'était le seul moyen pour lui d'obliger le Grand Conseil à se réunir avant la session du printemps.

Je le fixai, sonné. Évidemment. Grand-père était un loup vieux et sage. Prévoir les actions de son ennemi ne devait pas être si compliqué pour lui.

Seamus leva sur lui un regard troublé.

– Et pourquoi ce type veut se faire accuser ? C'est débile, non ?

Grand-père eut un bref sourire, la blancheur de ses dents illuminant brièvement la voiture.

– Oh mais il a une très bonne raison.

– Laquelle ?

– Il veut me tuer et prendre ma place, bien sûr.

Chapitre 21
Préparation au combat

Seamus regarda grand-père avec des yeux ronds tandis que ce dernier lui expliquait la structure de commandement des loups. Et l'ancien système de hiérarchisation. Seamus frissonna.

– Mais vous êtes des humains ! balbutia-t-il, ébranlé. Pourquoi vous comporter comme des animaux ?

Grand-père soupira.

– C'est bien là toute l'ambiguïté de notre race, Seamus. Oui, nous sommes des humains, raison pour laquelle notre meute a, petit à petit, fini par bannir les combats à mort pour leur préférer de paisibles élections. Mais, de temps en temps, il y a des petits malins qui se souviennent du bon vieux temps où on s'égorgeait pour un oui ou pour un non. Ces petits malins-là instrumentalisent alors la loi pour agresser ceux qui sont au-dessus d'eux. S'ils ne sont pas tués et qu'ils y parviennent, ils prennent leur place. Et sont alors dans la position de leurs prédécesseurs. Au début, ils s'en fichent, ils sont forts, ils ont vaincu. Puis, au fur et à mesure que le temps passe, que leurs articulations grincent et que l'hiver les fait grelotter, ils trouvent que finalement, le système des élections est vraiment formidable. Jusqu'au petit malin suivant.

– Ah ! fit Seamus. Ce Brandkel est donc le petit malin du moment, c'est ça ?

– Exactement.

– Et vous n'êtes pas…

Il s'arrêta, incapable de formuler sa pensée sans paraître insultant.

— Inquiet ? sourit mon grand-père. Non, je ne le suis pas. Je suis fort. Bien plus qu'il ne le pense. Bien que mon dernier combat date de plusieurs années, Louis ne m'a jamais vu me battre réellement. Et depuis deux ans, j'ai repris mon entraînement. Avec Axel.

Je sursautai. Ah bon ? Je dévisageai mon grand-père, et à voir sa tête, cela n'avait pas été une partie de plaisir. Axel me lança un clin d'œil. Grand-père l'intercepta, grogna puis continua :

— Brandkel a demandé des sauf-conduits pour tous ses loups, pour ses meutes alliées et pour ceux qui ont également demandé des jugements.

— Vous les lui avez refusés ? supposa Seamus.

Grand-père le regarda, réprobateur.

— Et pourquoi les lui aurais-je refusés ? Il est accusé, pas forcément coupable. Non, j'ai autorisé leur campement sur nos terres et dans les environs. Ils ont investi la moitié des hôtels à cent kilomètres à la ronde. Avec ses alliés, ils doivent être un peu plus d'un millier.

Je comptai rapidement.

— Comme nous avec nos alliés.

Le regard de Seamus se troubla. Curieusement, il n'imaginait pas que nous serions si nombreux.

— Oui, nous sommes à égalité, confirma-t-il. Raison pour laquelle j'ai décrété que le ranch lui-même était zone de jugement. Il a été clos.

Effectivement, la voiture arrivait au bout du sentier qui conduisait chez nous et de loin je pouvais apercevoir un énorme mur entourant la maison, enlaidi de barbelés, de miradors et de gardes attentifs. Mince, ils avaient fait vite, tout cela avait été construit en quelques heures seulement.

Je me rencognai dans mon siège, soudain un peu moins inquiet. Grand-père était rusé. Dans la zone de jugement, seuls ceux qui étaient accusés ainsi que les hôtes avaient le droit de circuler. Avoir réussi à venir sur notre territoire ne servirait pas à grand-chose aux loups de Brandkel, puisqu'ils n'auraient pas le droit de pénétrer l'endroit le plus important pour eux, le ranch, sans un sauf-conduit particulier, très différent de celui accordé pour leur venue. Bien joué.

Axel prit la parole.

– Ce que je ne comprends pas, dit-il, c'est la raison pour laquelle Brandkel a ordonné la mort d'Indiana. Sans votre petit-fils pour mener l'enquête, personne ne serait remonté jusqu'à Seamus.

Oui, c'était aussi l'une des questions que je m'étais posées dans l'hélicoptère.

– Si, grogna grand-père, nous serions remontés jusqu'à Seamus. Nanny nous a signalé sa présence, lorsque Katerina a raccompagné Indiana quand il est tombé malade. Nanny nous a également prévenus qu'il était souvent en sa compagnie.

Je serrai les dents. Et moi qui avais cru être discret !

– J'allais envoyer Dave mener une petite enquête sur vous, dit mon grand-père à Seamus, afin de voir si vous représentiez un danger pour mon petit-fils. Lorsque l'échafaudage est tombé et que nous avons réalisé que c'était une tentative de meurtre, mes soupçons se sont tout de suite tournés vers vous. Alors oui, nous serions venus. Mon petit-fils mort, j'aurais été fou de chagrin, de douleur et de vengeance. Je vous aurais probablement tué. Puis je serais allé affronter Brandkel, puisque nous savions qu'il en était le commanditaire. Et soit je l'aurais tué, soit il m'aurait tué. Mais il aurait eu ce qu'il voulait. Un affrontement. Depuis le début c'est ce qu'il cherche. Il sait que les loups sont rancuniers. Nous n'oublions pas. Nous n'oublions jamais.

Il laissa peser son regard d'or sur Seamus qui déglutit.

Puis grand-père sourit.

– Je suis donc heureux que ce ne se soit pas passé de cette façon.

– Pas autant que moi, murmura Seamus du fond du cœur.

Un ange passa. Et il avait un museau de loup.

– Le truc, monstre, chose, que j'ai abattu, reprit Seamus, il a…

Axel se pencha si brusquement que Seamus recula et l'interrompit.

– Nous ne sommes pas des « trucs » ou des « monstres », précisa-t-il, tandis qu'un frémissement agitait ses mains, juste des humains transformés qui n'ont rien demandé à personne. Appelez-nous par ce que nous sommes. Des semis.

Seamus recula, choqué.

– Vous aussi ? Vous êtes une de ces cho… euh, semis ?

– Oui.

– Oh.

Seamus le regarda comme s'il lui était poussé une seconde tête. Mon imposant ami le fixa méchamment et Seamus se détourna, soudain nettement plus inquiet qu'en montant dans la voiture. J'eus pitié de lui. Des deux, ce n'était certainement pas Axel le plus dangereux pour lui, mais bien mon grand-père. Qui était resté silencieux pendant ce bref échange et précisa :

– Seamus, nous allons assurer votre protection en échange de votre témoignage, mais contrairement à ce qu'a dit mon petit-fils à votre fille, vous n'allez pas rentrer en clinique de désintoxication. Vous allez passer en jugement. Afin que nous puissions évaluer le danger que vous représentez pour notre secret.

Seamus le dévisagea.

– Et si vous estimez que je suis un danger ?

– Alors le danger sera éliminé, répondit-il paisiblement alors que la voiture s'immobilisait devant les doubles portes blindées défendant la nouvelle entrée de notre maison.

Seamus eut un petit hoquet de stupeur, mais se garda de tout commentaire, à part une ferme déclaration.

– Je n'ai plus l'intention de toucher une seule goutte d'alcool.

– Bien, je pense que tout le monde en sera tout à fait soulagé, à commencer par votre fille, approuva mon grand-père tandis que la limousine redémarrait après avoir franchi le contrôle et glissait vers la maison.

Grand-père sortit de la voiture qui venait de s'arrêter devant le perron. Grand-mère en descendit vivement et m'étreignit comme si je m'étais absenté pendant les dix dernières années.

– Nous vivons des temps troublés, mon petit, dit-elle. Je suis heureuse que tu sois là.

– Moi aussi, grand-mère. Comment vas-tu ?

Elle renifla, le visage plissé d'inquiétude.

– J'irais mieux si un imbécile arrogant n'avait pas décidé d'essayer de tuer mon mari.

Oui, évidemment. Je hochai la tête. Elle accueillit Seamus avec élégance et l'ancien soldat se dandina, mal à l'aise devant ma lady de grand-mère. Elle sourit à Axel, qu'apparemment elle connaissait bien. Évidemment.

La maison était en état de siège. Nos loups patrouillaient partout, vérifiant, surveillant. Louis Brandkel avait été installé avec deux de ses gardes dans l'une des suites au premier étage. Il était sous contrôle. Je grimaçai lorsque grand-mère m'apprit qu'il prendrait ses repas avec nous. Le jugement n'aurait pas lieu avant un jour et demi. Cela nous laissait trop de temps. Trop de temps loin de Katerina (que je me retenais d'appeler de toutes mes forces, attendant d'être un peu plus seul), trop de temps pour Louis et ses maudits projets. Et en même temps, pas assez à mon goût pour que grand-père se prépare.

Il y eut des tas de discussions, de débriefs et de travaux de préparation. Nous avions aussi des avocats. Et des procureurs. Leonardo Van Brin, celui qui devait accuser Louis Brandkel, était un loup élégant de New York qui venait juste d'arriver ; il s'enferma avec Seamus afin d'établir le dossier à charge.

Pendant qu'ils discutaient, je sortis et en profitai pour appeler Katerina. Je savais que j'allais la réveiller. Je savais que c'était idiot. Je savais aussi qu'elle avait probablement laissé son portable ouvert, aussi inquiète pour son père et pour moi que je l'étais pour elle et pour Nanny.

Tant pis. J'en avais trop besoin.

Je m'éloignai et me dirigeai non pas vers la grange comme j'en avais eu l'intention, et qui se trouvait hélas en dehors du périmètre de sécurité, mais vers les écuries qui, elles, étaient à l'intérieur, et où Ned m'avait demandé de venir le rejoindre.

J'avais tellement faim de la voix de Kat que j'en tremblais en appuyant sur les touches.

Elle répondit immédiatement.

– Indiana ? Tout va bien ?

L'anxiété dans sa voix me toucha.

– Oui, bien sûr. Nous venons d'arriver, ton père est dans la maison avec mes grands-parents, tout va bien, nous le ferons entrer dans la clinique demain. Je suis sorti pour t'appeler.

Ça faisait tout bizarre de dire ça au téléphone. Je mourais d'envie de la serrer dans mes bras. Alors étreindre un bout de plastique et de métal froid n'était pas une grande consolation.

Sa voix se chargea de tendresse. En dépit de ce qu'il lui avait fait subir, elle aimait profondément son père.

– Comment ça se passe entre tes grands-parents et mon père ?

– Grand-père ne l'a pas encore mangé, plaisantai-je à moitié, donc pour l'instant, tout va bien.

Elle eut un petit rire et l'espace d'un instant je fus glacé par le fait qu'elle ignorait tant de choses sur mon dangereux monde.

– Vous êtes partis tellement vite, reprit-elle, que je n'ai pas eu le temps de te demander l'adresse et surtout à quel moment j'aurais le droit de venir voir mon père.

Si je lui répondais « jamais », elle risquait d'être surprise. Je me repliai donc sur un prudent :

– Il sera en immersion totale pendant au moins deux semaines sur les trois de sa cure, personne n'aura le droit de lui rendre visite pendant ce temps. Tu sais, cela ne va pas être très facile pour lui.

Et encore moins pour moi. D'ici deux jours, son père serait mort et moi aussi certainement, ou nous serions vivants et elle ne saurait jamais à quel point elle avait failli nous perdre. Pour la millième fois, je maudis Brandkel qui faisait de mon existence une farce sanglante.

– Je ne comprends toujours pas pourquoi je n'ai pas pu vous accompagner, gronda Katerina, soudain sérieuse, et j'ai une autre question. Pourquoi diable ai-je l'impression que les gens qui sont venus avec le bras droit de ton père, Dave, me surveillent ? Et pourquoi a-t-il dit avant que vous ne partiez qu'ils seraient là pour notre « protection » ? Indiana, pourquoi avons-nous besoin d'être protégées ? Contre qui ?

Aïe aïe aïe, j'avais espéré qu'elle n'avait pas noté le lapsus de Dave. Je trouvai la première excuse venue pour me défiler.

– J'arrive aux écuries, Katerina, je dois régler un truc et je te rappelle.

– Un truc ? Quel truc ? réagit-elle, méfiante.

– J'ai rendez-vous avec Ned, qui va probablement m'expliquer que Serafina est en train de faire de sa vie un enfer…

Une voix moqueuse m'interrompit.

– Oh mais non, il te dira plutôt que je suis en train de faire de sa vie un paradis !

Katerina poussa un glapissement au téléphone et une silhouette lumineuse sortit de l'ombre, soudain éclairée par les rayons de la lune, radieuse beauté d'or et d'argent.

Serafina.

– Euh, Katerina, je te rappelle.

Et je raccrochai.

– Où est Ned ? demandai-je sèchement tandis que mon téléphone se mettait immédiatement à vibrer comme une abeille furieuse.

Elle s'écarta. Ned se tenait derrière elle, la tête baissée.

– Serafina, ordonnai-je, tu peux partir !

À ma grande surprise, elle obéit et disparut sans discuter.

– Ned ? Pourquoi tu voulais me voir ?

– C'est à cause de Serafina, grommela-t-il mal à l'aise.

Je soupirai. Avec tout ce qui me tombait dessus, Seraf était le cadet de mes soucis.

– Qu'est-ce qu'il se passe encore ?

– Tu dois convaincre ses parents de la laisser t'accompagner à l'université, Indiana. Elle va finir par tous nous rendre dingues ici.

– Je n'ai pas l'intention de…

– Je t'en prie, m'interrompit-il d'une voix fatiguée. J'adore Serafina. Je ferais n'importe quoi pour elle, mais là, c'est en train de me détruire. Je me suis inscrit moi aussi, je commence la semaine prochaine. Si tu arrives à les convaincre, je serai là, je m'occuperai d'elle, je te le jure. Sur mon honneur de loup. Fais ça pour moi. Je te devrais une énorme faveur.

J'allais refuser encore lorsque soudain ce qu'il m'avait dit me frappa. La première loi de la meute est la loyauté envers l'alpha. J'avais battu Ned en duel, il m'avait reconnu comme son alpha. Si en plus il me devait une faveur, alors je pourrais aussi m'attacher sa loyauté. Je devais prendre ceci en considération, même si je n'aimais pas beaucoup Ned. Si un combat à mort se profilait, j'allais avoir besoin d'alliés sûrs.

– Très bien. Je vais leur demander. Tu me dois une énorme faveur. Je saurai te le rappeler.

Il s'affaissa, soulagé.

– Merci Indiana.

Je le saluai, tournai les talons et rappelai Katerina. Qui avait tenté de me joindre onze fois pendant les quelques minutes de ma conversation.

– C'était elle ! ragea-t-elle lorsqu'elle décrocha. Je sais que c'était elle. Je n'ai vu que son dos, mais je parie qu'elle est belle à tomber par terre.

Ha ha. Elle ne voulait pas de petit copain, mais à sa voix, je sentais qu'elle était jalouse à mourir. Je ne savais plus très bien quoi en penser.

– C'est exact, répondis-je platement.

– Et ne me mens pas... quoi ?

– Elle est super belle. Franchement on dirait un top model. Et elle me fait à peu près le même effet qu'une tarentule.

Elle resta un instant silencieuse, digérant ma déclaration.

– Tu racontes n'importe quoi.

– Non. C'est la stricte vérité. Si j'étais une princesse et elle, un crapaud, crois-moi, elle n'aurait absolument aucune chance de retrouver forme humaine. Je préférerais m'arracher la bouche plutôt que de l'embrasser.

C'était absolument sincère. Elle dut le sentir. Car elle émit un petit rire.

– Tu as des comparaisons un peu bizarres, tu sais ? Une tarentule ? Yerk !

– Il fallait que tu comprennes ce que m'inspire Serafina.

– Ah ? Oui, maintenant cela me paraît tout à fait clair. Elle t'excède ?

– Totalement.

– Hum.

– Ouais.

– Bon, laissons ta tarentule blonde de côté. Explique-moi un peu cette histoire de protection.

– C'est pour Nanny, répondis-je. Elle a été mariée et son mari a réussi à retrouver sa trace.

Elle devina ce que je sous-entendais.

– Tu veux dire qu'il la battait ?

– Oui.

Je croisais les doigts en lui parlant. Et j'allais devoir appeler Nanny vite fait pour la prévenir de mon dernier gros mensonge.

– Il l'a menacée. Nous ignorons s'il sait que tu es juste une invitée, mais nous avons eu peur qu'il s'en prenne à toi pour l'atteindre elle. Avec tous ces gens autour de vous deux, nous pensons qu'il ne l'approchera pas. Dave a laissé des hommes aussi pour qu'ils essayent de le retrouver et de lui faire comprendre que c'est fini.

La voix de Katerina était pensive lorsqu'elle me répondit.

– Je… vois. Merci, j'avoue que je commençais à m'inquiéter un peu. J'espère que son histoire va s'arranger, c'est moche. Elle paraît tellement sereine, tellement forte que j'ai un peu de mal à l'imaginer en femme battue.

Lorsque Nanny apprendrait ce que j'avais inventé, c'est moi qui serais probablement un homme battu !

– Oui, moi aussi, répondis-je, totalement sincère.

J'aperçus Dave qui venait vers moi et je grimaçai.

– Katerina, je dois te quitter. Je te rappelle dès que je me réveille ou rappelle-moi toi, d'accord ?

Elle soupira.

– Tu sais, j'adore être chez toi. Nanny m'a installée dans une chambre d'amis, mais je me suis faufilée jusqu'à ta chambre, là je suis sur ton lit.

De vertigineuses images de slips sales et de chaussettes puantes assaillirent mon esprit. La vache, est-ce que j'avais bien tout rangé avant de partir ? Non, bien sûr, j'avais tout balancé comme un sauvage.

– Quoi… quoi ? coassai-je comme un débile.

Elle eut de nouveau un petit rire, me stupéfiant par sa capacité de lire dans mon cerveau.

– Relaaaaaaax, Nanny a tout rangé. J'ai juste trouvé ta collection de *Playboy*.

– Ma collec… mais je n'ai pas emporté ma…

– Ha ha ! Je t'ai eu ! Tu as donc bien une collection de *Playboy*. Hum…

D'accord, là j'étais rouge jusqu'aux oreilles.

– Tu m'as eu.

– Indéniablement.

– Tu vas me le payer.

– Ben il faudrait que tu reviennes pour ça, gloussa-t-elle, pas repentante pour un sou.

– Tu es une petite maligne, hein ?

– Tu vas souffrir, mon pote.

– J'adore.

Et je raccrochai, un sourire débile sur la figure. Cette fille était en train de me rendre dingue.

Je perçus soudain un parfum, mêlé d'une odeur de talc, celui qu'utilisait Serafina pour poudrer sa peau et ainsi sentir la petite fille. Je pivotai. Serafina me regardait. Elle ne prononça pas un mot. Mais ses yeux brillaient de rage et de chagrin. Elle n'était pas partie. Elle s'était juste cachée. Elle se contenta de rester là, sans bouger. Je ne dis rien. C'était inutile. J'avais pensé le moindre mot que j'avais prononcé, c'était irréparable. Une unique larme brûlante coula sur sa joue. Elle se tourna et s'enfonça silencieusement dans la nuit.

Dave me demanda de le suivre avant que j'aie le temps de la rattraper.

Je rentrai dans la maison, secoué. J'adorais Katerina, mais faire autant de mal à Serafina n'était pas mon but. C'était nul ce que j'avais fait, j'aurais dû être moins véhément. Je composai le numéro de Nanny pour la prévenir de ce que j'avais inventé.

– Ah ! fit celle que je considérais comme ma seconde mère d'une voix indignée, je comprends maintenant le pourquoi de sa question.

Je me redressai, inquiet.

– Quoi ?

– Elle vient de me demander si j'avais été mariée très longtemps.

Merde, je n'avais pas été assez rapide.

– Et que lui as-tu répondu ?

– Que je n'avais jamais été mariée. Mais enfin Indiana, que voulais-tu que je lui réponde !

– Il faut que tu ailles la voir et que tu lui dises que ce que tu voulais dire, c'est qu'un mariage avec une brute qui te frappait n'est pas un vrai mariage.

Il y eut un silence.

– Mon petit, finit-elle par dire, tous ces mensonges vont finir par te retomber sur la figure. Mais je ferai ce que tu dis. Cette jeune fille n'a pas besoin d'être encore plus inquiète qu'elle ne l'est déjà.

– Merci Nanny.

– Je t'en prie.

Et elle raccrocha. J'espérais qu'elle allait être convaincante.

Il était quatre heures du matin et j'étais fatigué. Dave m'a demandé de rentrer afin de me présenter à l'avocat qui allait défendre Seamus. Celui-ci, un vieux loup au regard roublard et aux cheveux blancs, Steve Blake, m'écouta avec attention.

– Des lapins bleus carnivores ? gloussa-t-il avec amusement. Votre Nanny a eu une bonne idée, oui, indéniablement. Et le passé d'alcoolique de M. O'Hara est plutôt en sa faveur. Il n'est pas très crédible. Je ne pense pas que ce sera un gros problème d'éviter sa mort.

La nuit fut courte et agitée. Je fis des cauchemars. Mon père y tenait une bonne place. Il sortait un couteau de son cœur, me le tendait et me disait : « C'est le seul moyen, Indiana, tu n'as pas d'autre choix. » Et devant moi il y avait Katerina, ligotée, les yeux agrandis par la frayeur. Le couteau était pour elle. Nous le savions tous les trois.

Je m'approchais d'elle, contre mon gré, poussé par une force qui m'obligeait à lever le couteau, lorsque heureusement mon téléphone sonna.

– Katerina ? fis-je mal réveillé.

– Malheureusement non, répondit une voix qui me fit me redresser sur mon lit.

Mon estomac se retourna. C'était Tyler. Il devait savoir que j'étais celui qui accusait son père à présent.

– Indiana, dit-il sans me hurler dessus, d'une voix douce et froide, je dois te passer quelqu'un. Ne quitte pas.

Ce n'était pas du tout ce à quoi je m'attendais. Il avait l'air calme, alors que je l'avais trahi en quelque sorte.

– Euh, salut Indiana ! fit une nouvelle voix au téléphone.

Une sonnerie d'alarme retentit dans mon cerveau. Qu'est-ce que Chuck foutait avec Tyler ?

– Chuck ?

– On a un problème, dit-il d'une voix penaude.

Je sentis la peur m'envahir.

– Qu'est-ce qui se passe encore ? Qu'est-ce que tu fiches chez Tyler ?

– Indiana, je suis désolé. Katerina est partie !

Chapitre 22
Celle qui n'obéissait pas

Je serrai les poings, jugulant ma panique.

– Comment ? Quand ?

– Ben, tôt ce matin, Katerina m'a demandé de la conduire chez Tyler, il lui avait donné le double des clefs de la Mercedes et elle avait oublié de les lui rendre.

Mon estomac se serra.

– Chuck, ne me dis pas que tu as accepté ? Tyler est le fils du type qui essaie de nous tuer, bon sang !

– Arrête de hurler, grogna-t-il, horriblement gêné, il est à côté de moi. Et Katerina n'est peut-être pas une louve, mais quand elle a une idée dans la tête, impossible de la faire changer d'avis.

– Nanny ne vous en a pas empêchés ?

Il resta silencieux quelques secondes.

– Nanny était allée courir un peu. Elle avait besoin de se dégourdir les pattes. Et elle savait que Katerina était sous bonne garde.

Je jurai.

– Alors on y est allé, continua-t-il d'un ton morne. Katerina a été surprise et a demandé pourquoi Tyler avait des gardes qui patrouillaient autour de sa maison. Ah, elle a remarqué que ses loups ressemblaient drôlement aux nôtres.

– Merde.

– Ouais.

– Qu'est-ce que tu as répondu ?

– Rien. Qu'est-ce que tu voulais que je dise ? On a fait prévenir Tyler, qui dormait, qu'on était là. On l'attendait lorsque tout à coup, elle a dit qu'elle avait oublié son portable chez nous et qu'elle voulait te parler. Elle m'a demandé le mien. Puis elle est allée dans la Mercedes, soi-disant pour s'isoler.

Je savais ce qu'il allait me dire. Je connaissais Katerina. Chuck était le seul qu'elle aurait pu manipuler comme ça. Elle avait bien choisi.

Je soupirai, furieux et frustré.

– Elle a pris la voiture, c'est ça ?

– Ouais.

– Et comme tu n'avais pas ton portable, tu n'as pu prévenir personne.

– Ben, j'ai crié à Tyler de se magner vu que Katerina avait filé, mais le temps qu'il émerge et qu'il descende, elle était loin.

– Les gardes de Tyler ne l'ont pas arrêtée ?

– Et pourquoi ils auraient fait ça ? Elle est partie calmement, ils n'avaient pas de raison de se méfier.

– Merde, merde, merde !

J'entendis un froissement. Tyler reprit le téléphone.

– Je crois qu'elle est partie te rejoindre.

– C'est évident.

– Je ne suis pas ton ennemi, dit-il.

– Je sais. Je dois appeler K…

Il m'interrompit.

– Tu crois vraiment que c'est mon père ? Qu'il a organisé tout cela ? Je veux dire, l'accident de l'échafaudage pour te tuer ? Au risque de me blesser ?

– Il ne s'attendait pas à ce que tu me sautes dessus pour me sauver, Tyler. Il a sous-estimé notre amitié.

– Si cela lui avait permis d'obtenir plus de pouvoir, je crois qu'il n'aurait pas hésité à me sacrifier, dit-il d'une voix si amère que j'en fus saisi.

– Ne dis pas cela, protestai-je. Il a failli devenir fou lorsqu'il s'est rendu compte de ce qu'il se passait. Il t'aime beaucoup, ne crois pas le contraire.

Tyler laissa passer un instant de silence alors que je bouillais de raccrocher afin d'appeler Katerina.

– Cet homme, mon père, est féroce, finit-il par murmurer. Fais attention à toi. Tu es en danger.

Et il raccrocha avant que, éberlué, j'aie le temps de réagir.

J'allais composer le numéro de Katerina lorsque le téléphone sonna. C'était Chuck à nouveau.

– Tu as raccroché avant que j'aie le temps de te parler ! protesta-t-il. Qu'est-ce que je fais maintenant ?

– C'est Tyler qui a raccroché. Dis à Nanny de rester à la maison avec un garde et rentre avec les autres, nous allons avoir besoin de tout le monde.

– Il y a un problème ? demanda-t-il.

– Brandkel a organisé tout ceci afin de pouvoir défier grand-père.

– Non ?

– Si. Dépêche-toi de revenir. Maintenant que tu as grandi et grossi, tu pourrais être un atout précieux si cela tourne à l'affrontement général.

Il déglutit.

– Je demande à ce qu'on me loue un hélico tout de suite. Et pour Katerina ?

– Je m'en occupe.

Je raccrochai encore une fois. Et composai frénétiquement le numéro de Katerina. Qui n'avait certainement jamais oublié son portable.

Elle répondit à la seconde sonnerie.

– Oui ? répondit-elle d'une voix prudente, le bruit sourd du moteur en fond.

– Katerina ? Où es-tu ?

– Est-ce que ta famille a les moyens de localiser un téléphone, comme dans les films ?

Je mis quelques secondes à réaliser la bizarrerie de sa question.

– Hein ? Mais enfin de quoi parles-tu ?

– Indiana, tu ne m'arrêteras pas. Mais j'aimerais bien éviter la course avec les motos noires ou les voitures noires lancées aux trousses de la gentille. Parce que la gentille, c'est moi, que je ne conduis pas très bien et que la poursuite sera donc très courte.

Je ne pus m'empêcher de sourire en dépit de la gravité de la situation.

– Enfin, Katerina, nous ne sommes ni des espions, ni des membres du gouvernement ! Et puis des choses comme celles-là n'arrivent que dans les *James Bond*, pas dans la vie réelle. Qu'est-ce que tu vas imaginer ?

– Mais vous avez des gardes du corps. Et Tyler aussi. Je n'ai jamais vu de familles qui ont des gardes du corps. Du moins, pas dans notre Montana. Tu as emmené mon père. Et je ne sais pas pourquoi, mais j'ai le net sentiment que son départ n'a absolument rien à voir avec une cure de désintoxication…

Je m'efforçai de donner à ma voix une note incrédule.

– Katerina, tu ne vas pas faire six à sept heures de route parce que tu vois des complots là où, je t'assure, il n'y en a pas du tout !

– Ça ne me gêne pas. La voiture de Tyler est vraiment confortable, répondit-elle d'une voix très calme. Je viens donc juste voir mon père et votre fameuse clinique, m'assurer que tout va bien pour l'unique personne de ma famille qui me reste sur cette terre et ensuite, je rentrerai tranquillement à la maison. Est-ce clair ?

Lumineux. Sauf que si Louis était vainqueur et qu'elle était là, il la tuerait.

– Cela ne va pas être possible, Katerina. Ton père est déjà entré en cure, tu ne pourras que voir la clinique et éventuellement le directeur.

Bon, au moins je pourrais l'amener jusqu'à l'hôpital où se trouvait maman, afin de la convaincre. En prévenant les fées de se cacher et les vampires de ranger leurs crocs, ça devrait pouvoir le faire.

– Oh, mais ça ne me dérange pas, rétorqua-t-elle. Et une fois que nous aurons parlé au directeur de la clinique et qu'il m'aura confirmé que mon père est bien son patient, tu vas m'expliquer pourquoi tu m'as menti et pire, pourquoi tu as poussé Nanny à me mentir ? J'ai rarement vu quelqu'un d'aussi gêné de toute ma vie lorsqu'elle m'a sorti sa fable du « j'étais mariée, mais c'était un méchant et donc je n'étais pas mariée et c'est pour ça qu'il y a des gardes du corps patibulaires dans mon salon qui sont venus me protéger de mon méchant non-mari… »

Ah. Le poisson n'avait pas avalé l'appât. Et là, il menaçait carrément le pêcheur. Qui arrivait au bout de ses mensonges. Vu que son cerveau ne parvenait pas à imaginer quoi inventer pour s'en sortir en si peu de temps.

Je me rabattis sur le grand classique de la reine Victoria : *Never complain, never explain* :

— Il n'y a rien à expliquer.

Il y eut un silence bercé par le ronronnement de son moteur et d'une musique qu'elle écoutait en sourdine.

— Indiana, qu'est-ce que tu me caches ?

Ma gorge était soudain si serrée que je n'arrivais plus à parler. Je l'avais tellement trompée, je ne savais plus comment m'en sortir sans qu'elle me haïsse pour le reste de ses jours.

— Indiana, s'inquiéta-t-elle, tu es toujours là ?

— Nanny a dit la vérité. Les gardes sont là pour sa protection.

Et la tienne, espèce de buse qui ne veut pas m'écouter ! Mais je me gardai bien de lui dire cette dernière phrase.

— Tu mens.

— Pas du tout !

— Indiana, tu n'es pas super bon à ce jeu-là. Je sais très bien quand tu me mens.

Non, elle ne le savait pas du tout, vu que je passais mon temps à lui mentir. Et qu'elle ne s'en était jamais rendu compte avant que Dave ne fasse cette gaffe stupide.

À partir de là, c'était fichu. Je discutai avec elle pendant une bonne demi-heure, mais cette fille était plus têtue qu'un troupeau de mules. Furieux, je finis par raccrocher. Je rappelai Tyler.

— Il va falloir que tu viennes toi aussi, lui dis-je.

— Je ne me mettrai pas entre mon père et toi, répondit-il fermement.

— Katerina est en route pour Telora Spring. C'est pour ça qu'elle a volé ta voiture. Je fais tout pour la retarder, mais elle est déterminée. Elle risque de tout découvrir.

– Le secret de la meute ?

– Oui.

– Je déclare le vol de la voiture et je la fais arrêter ?

– Non, d'une part parce qu'ils ne la repéreront pas forcément sur un laps de temps aussi court, ensuite parce que je ne veux pas risquer que cela se passe mal si elle décide de ne pas obéir aux flics. Elle est persuadée que nous sommes des espèces d'espions super organisés.

Il émit un grognement.

– Tout ceci est horriblement dangereux.

– Oui, c'est aussi ce que je me suis dit, persiflai-je. De plus, si ton père gagne et que Katerina est à Telora Spring, qu'il estime qu'elle fait partie de nos alliés en dehors du fait que c'est une humaine...

– Il risque de la tuer, murmura-t-il.

– Exactement.

– Je dois réfléchir.

– Réfléchis vite.

Lorsque je raccrochai, j'étais à la fois bouillant et glacé. Je fonçai sous la douche, me rasai à toute vitesse, m'habillai puis descendis.

Il y avait plus de cinquante loups autour de la grande table de la salle à manger, la plupart des représentants des grandes tribus. L'atmosphère me fit hérisser le poil. L'air était tellement chargé de pouvoir que je m'attendais à ce que tout le monde se transforme. Mais les vieux loups avaient un meilleur contrôle que ça. Ils ne bronchaient pas, laissant le pouvoir les traverser sans les atteindre.

À mon grand soulagement, grand-mère m'apprit que Brandkel préférait prendre son petit déjeuner dans sa suite. Soulagement de courte durée lorsque j'appris que ce salopard avait annoncé qu'il défierait grand-père à l'issue du procès. Qu'il savait gagner.

Les dès étaient jetés. À présent, tout le monde savait que le jugement n'avait été qu'un prétexte. La haine que j'éprouvais pour cet homme était suffisamment intense pour que je fasse une bêtise.

Serafina passa devant moi, m'ignorant. Elle salua gracieusement grand-mère, qui répondit d'un hochement de tête sec.

– Qu'est-ce que Seraf fait là ?

— Elle m'aide à organiser le jugement. Elle peut être très efficace une fois qu'elle accepte d'oublier qu'elle est la plus belle et que tout le monde s'en fiche ici.

Je respirai à fond. Décidément non, elle n'aimait pas Serafina.

— Tous les loups sont donc arrivés ?

— Oui, le jugement sera pour ce soir. À minuit.

Je grimaçai. Je n'aimais pas autant la nuit que ma famille et faire les choses à minuit me paraissait quelque peu… mélodramatique.

Je désignai les loups de la tête.

— Ils ont donc décidé ? Ils laisseront Brandkel et grand-père s'affronter ?

Grand-mère soupira.

— À moins que tu ne prouves que Brandkel est bien coupable de ce dont on l'accuse, oui. Il a bien travaillé. Il a réussi à convaincre beaucoup plus de gens que nous ne le pensions. C'est affligeant. Dès qu'on parle d'argent, les gens, qu'ils soient loups ou humains, perdent tout sens commun. Fort de sa fortune, Brandkel leur a promis des lendemains glorieux. Ils l'ont écouté. Ils ne l'empêcheront pas de défier ton grand-père.

Elle plongea ses yeux d'or dans les miens.

— Toi seul peux le sauver, Indiana, je compte sur toi.

Je déglutis. Super, j'adore lorsque le poids du monde repose sur mes seules épaules. Dans son bureau grand-père me montra les plans de l'arène et de l'estrade où siègeraient les juges. Je lui proposai quelques modifications. Il me jeta un regard surpris puis sourit.

— C'est une excellente idée, Indiana, je n'y aurais pas pensé.

— C'est parce que tu as une mentalité de loup, alors que moi j'ai celle d'un lapin. Si je ne peux pas me battre, alors autant savoir bien me cacher.

Son sourire disparut. Il n'aimait pas ce que je venais de dire, cela l'offusquait. Tant pis.

Pendant la matinée, Steve Blake, l'avocat, et Leonardo Van Brin, le procureur, travaillèrent ensemble, après avoir rencontré Louis Brandkel et observé le corps du semi. Brandkel était arrogant au point d'avoir refusé un avocat. Je ne savais pas si je trouvais cela rassurant ou effrayant.

Ils travaillèrent. Mais tout le monde savait que cela ne servirait à rien. Les loups n'étaient pas ici pour un procès. Ils étaient ici pour voir le sang couler.

Pendant toute la matinée, marteaux, perceuses et visseuses s'activèrent dans le froid. Dehors, les loups avaient déjà disposé l'arène, les gradins et les sièges des juges et des parties. C'étaient des antiquités pour la plupart, mais ce qui était le plus impressionnant était le siège principal, celui qui dominait tous les autres. C'était plus un trône qu'un siège. Revêtu de peaux de panthères et d'ours, ennemis vaincus en combat par les loups, il était également composé d'os humains ou de semis. Ceux de nos malheureux adversaires. Il était renforcé d'or massif, les pieds, en forme de pattes de loups, et des pierreries luisaient dans la moindre fissure. Il devait peser une tonne parce que les loups peinèrent à le mettre en place.

L'arène permettait à tous nos loups de s'asseoir afin d'assister au procès. Ceux de Brandkel ou ceux qui n'étaient pas accusés seraient obligés de rester dehors. De grands écrans avaient été placés afin qu'ils puissent néanmoins suivre le procès.

Et le duel.

Incapable de rester en place, j'étais sorti avec Axel et nous nous étions entraînés au milieu de la neige dans une petite clairière, à l'abri des regards et oreilles indiscrets. Il m'avait également fait préparer des tas d'autres étoiles d'argent qu'il avait forgées entre-temps et trempées dans de la poudre de tue-loup. Avec ça, je pouvais paralyser ou même tuer un certain nombre d'agresseurs. Sauf que moi, je n'étais pas un loup. Rien qu'à l'idée de tuer un être conscient, cela me flanquait la nausée. Axel parvint à me distraire en me parlant de Katerina. Il trouvait apparemment hilarant qu'elle ait réussi à berner Chuck et soit en route.

– Je ne trouve pas cela si drôle, dis-je sèchement en battant en retraite devant son attaque. Si elle est ici et…

– … et que Brandkel est vainqueur, il la tuera, oui oui, je sais, tu me l'as répété un demi-million de fois, précisa-t-il en me portant une manchette fulgurante qui faillit me briser les côtes. Mais à mon avis, quoi qu'il arrive, il la tuera. Ne fût-ce que parce que son fils l'aime bien. Il ne veut pas que son fils aime qui que ce soit à part le pouvoir et l'argent. Il le traite de mauviette, de raté, de minable à longueur de journée. Ensuite, il lui dit qu'il est génial, admirable, le plus grand loup de la nouvelle génération. C'est étonnant que le gamin ne soit pas à moitié dingue avec un tel traitement !

J'esquivai son deuxième coup en basculant en arrière et m'accroupis sur un tronc d'arbre. Axel fumait dans le froid du fait de sa température plus élevée.

– Comment sais-tu tout cela ?

– J'ai les oreilles longues, sourit-il. Et des contacts que je paie grassement. Ton grand-père m'a missionné depuis longtemps pour surveiller les Brandkel. Savoir quels sont leurs points faibles et leurs points forts, c'est important.

Je lui sautai dessus et il fit un saut périlleux arrière, m'évitant sans peine. Je plongeai sur lui, ma dague en avant, mais il réagit si vite en plongeant sous ma garde que je n'eus pas le temps de dévier mon coup. Il m'avait déjà frappé au plexus, balayé de ses jambes et j'étais à terre, le souffle coupé.

– Dis donc, trois mois sans entraînement et tu as déjà oublié tout ce que je t'ai appris, tss tss tss.

– J'ai quelques préoccupations, figure-toi, ronchonnai-je en me relevant à toute vitesse, essayant de nouveau de le surprendre.

Mais ses foutus réflexes furent de nouveau plus rapides. Il m'évita. Je roulai sur le côté, le surprenant en agitant ma dague, sur laquelle il fixa ses yeux. Si j'avais envoyé une étoile de jet en même temps, il aurait été touché. Je mimai le mouvement et il sourit.

– Ah, pas si mal. Tu m'aurais eu. Espérons que ce soir, tu seras aussi efficace. Viens, allons prendre une douche.

J'avais appelé Katerina douze fois. Elle ne répondait plus, son téléphone était fermé. Elle n'avait pas cru ce que je lui avais dit à propos des dispositifs de repérage, apparemment. D'ici peu de temps, elle allait arriver et je n'avais pas la moindre idée de ce que j'allais faire.

Alors que je rentrais, Chuck me rejoignit, il venait d'arriver de Missoula en hélicoptère. Il me broya dans une étreinte désolée.

– Je suis un gros nigaud, Indiana, grogna-t-il en se dandinant après m'avoir lâché, un gros nigaud de première. Et ta copine est un peu trop maligne à mon goût.

– Ouais, je sais, soupirai-je. Par la Lune, mais qu'est-ce que je vais faire d'elle ?

Chuck releva ses yeux d'or sur moi, balaya une mèche d'un châtain terne sur son visage rougeaud et laissa tomber, définitif :

– Ben, ne la laisse pas entrer.

– Comment ?

– Le ranch est bouclé, la route qui y mène est surveillée et fermée. Non seulement pour les loups mais également pour tous les autres. Si on lui interdit d'entrer, qu'est-ce que tu veux qu'elle fasse ? Réserve-lui une chambre d'hôtel. Si les choses tournent mal, elle ne sera pas là au moins. Et puis elle pourra toujours repartir.

J'en restai sans voix. Parfois les choses compliquées étaient en réalité si simples ! Chuck avait raison. Je lui souris.

– Je ne t'ai pas pardonné, lui dis-je sévèrement, mais tu viens d'avoir une excellente idée. Je vais lui réserver une chambre dans un hôtel pas trop loin d'ici et dire aux loups de ne pas la laisser passer. À moins de vouloir se taper cinquante kilomètres à pied, elle n'essaiera pas de passer au travers de chemins qu'elle ne connaît pas pour arriver jusqu'ici. Je lui montrerai la clinique demain matin, si on est toujours vivant ; on y amènera son père et hop, le tour sera joué.

– Elle va te téléphoner et hurler, pronostiqua mon ami, tu ne vas pas craquer ?

– Aucune chance. Elle risque sa vie, crois-moi, je vais lui résister.

Sauf que Katerina n'était pas une imbécile. Elle s'était procuré on ne sait où un plan détaillé de l'exploitation.

Elle ne vint pas en voiture.

Elle ne vint pas non plus à pied.

Elle vint à cheval.

Elle attendit que la nuit tombe, ignorant qu'elle avait affaire à des loups. Ceux qui patrouillaient la manquèrent, par un invraisemblable coup de malchance, parce que grand-père avait demandé à ce que les patrouilles se concentrent sur l'extérieur au cas où les loups de Brandkel tenteraient un coup de force. Comme plusieurs des nôtres patrouillaient également à cheval, ils l'ignorèrent, son odeur masquée par celle, plus puissante, de sa monture.

Elle arriva près de notre maison à onze heures du soir. Une heure exactement avant le jugement. Elle avait laissé son cheval un peu plus loin et fut bloquée par le nouveau mur. Elle en fit le tour et tomba enfin sur des gardes.

Et malheureusement, ce ne fut pas nos loups qui la trouvèrent.

Mais ceux de Brandkel.

Dans la soirée, mon grand-père m'avait convoqué dans son bureau. Après m'avoir expliqué ce qu'il avait fait pour notre sécurité, ce qui me fit me sentir tout petit parce que son dispositif était aussi inattendu qu'impressionnant, il m'avait donné tous les codes bancaires, toutes les indications quant à notre fortune. Tout ce qui était nécessaire à la bonne marche du ranch et ce que nous possédions. L'ensemble dans une demi-douzaine de clefs USB et un épais livre noir. *Le Livre des Loups*. Le livre qui racontait tout à propos de notre lignée. Chaque chef y avait consigné sa vie. Celui-ci n'en contenait que quatre dont celle de grand-père. Des centaines d'autres volumes étaient conservés dans notre bibliothèque, dans des vitrines à chaleur et humidité constantes. Je ne les avais jamais lus, parce qu'ils étaient exclusivement réservés aux alpha.

— Je n'en veux pas, avais-je refusé lorsqu'il me les avait donnés, tu vas battre ce maudit Brandkel, je n'en aurai pas besoin.

Il m'avait souri avec tendresse.

— Indiana, mon petit loup, les combats ne commencent pas et ne se terminent pas toujours dans l'arène. Parfois, les blessures sont si brutales, si violentes que les loups eux-mêmes n'y survivent pas. Je vais peut-être battre Louis, il va peut-être me battre, je survivrai peut-être à ce combat, mais quoi qu'il arrive, tu dois être prêt à prendre ma succession.

– Je ne peux pas pr…

– Pas en tant qu'alpha bien sûr, mais en tant qu'héritier. J'ai soigneusement divisé ce qui appartient à la meute et ce qui t'appartient à toi. Après ta naissance, lorsque nous avons réalisé que tu n'étais pas un loup, ta mère avait demandé à ce que soit constitué un portefeuille exclusivement pour toi, en échange de ses informations. Afin que tu puisses partir lorsque tu le voudrais. Tu aurais dû toucher cet argent pour tes dix-huit ans, à ta majorité.

J'avais froncé les sourcils.

– Mais…

– Mais nous ne t'en avons pas parlé, parce que nous estimions que ta fidélité à la meute devait d'abord passer par l'épreuve de l'humanité. Nous devions savoir si tu allais les aimer, eux, les humains, ou nous, les loups.

Je m'étais senti pâlir. J'étais tombé fou amoureux de Katerina. J'avais trahi les loups à ses yeux, choisi l'humanité. Je compris un peu mieux son désarroi. Je digérai ce qu'il venait de m'avouer.

– Ah, donc toute cette histoire comme quoi je n'avais pas d'argent et ne pourrais pas quitter la meute faute de moyens…

– … était une pure invention. Tu es aussi riche que nous, sinon plus. Ta mère y a veillé. Nous avons scrupuleusement respecté ce qu'elle nous a demandé. Du fond de sa folie, elle savait très bien ce qu'elle faisait. Nous lui apportions chaque année les chiffres et les résultats de tes actions. Elle ne donnait pas l'impression de s'y intéresser, mais les révélations qui suivaient étaient souvent en rapport avec les sociétés détenues par ton portefeuille. Grâce à elle, tu es à l'abri du besoin.

Je m'étais senti ému. Ma mère continuait à veiller sur moi. Une fois que cette crise serait résolue, peu importe comment, je la ferais sortir de cet hôpital, avec ou sans le consentement de mes grands-parents.

Grand-père m'avait remis une carte noire et luisante.

– Elle est à ton nom, Indiana. Tu peux dépenser ce que tu veux avec cette carte. Il y a des millions dessus. Si Louis est vainqueur, tu devras t'enfuir, tu m'entends, mon garçon ? Il tuera toute notre famille. Mais toi, il ne te connaît pas bien, il ne sait pas qui tu es, ni que tu es capable de te défendre contre lui et contre ses loups. Quoi qu'il arrive ce soir, ne combats pas pour me venger. Combats pour sauver ta vie. Une fois à l'abri, si tu veux me venger, vas-y, fais-lui cracher ses crocs. Mais pas avant, Indiana. Tu dois me le promettre, pas avant.

J'avais eu du mal à respirer et, avec angoisse, j'avais réalisé que mon stress était en train de me pousser à m'éclipser. J'avais inspiré à fond afin de tenter de ralentir les battements effrénés de mon cœur. L'instant dangereux était passé, Dieu merci. J'avais cessé de vaciller et j'avais hoché la tête.

– Oui, je te le promets. Et pour grand-mère ?

– Elle a les mêmes consignes. Elle doit combattre et s'enfuir. Nos loups vous protégeront de leur mieux. Sachant qu'ils devront obéir à Brandkel s'il est vainqueur, vous n'aurez que très peu de temps. Ensuite, il sera trop tard. Toute la meute sera contre vous.

Je le savais. Mais me l'entendre dire aussi froidement m'avait secoué. Il nous avait fait apporter un repas léger tandis qu'il terminait de me donner ses instructions. Grand-mère nous avait tenu compagnie. Ils mangèrent, pas moi. J'étais bien incapable d'avaler quoi que ce soit. Grand-mère repartit superviser les derniers détails. Il ne restait plus qu'une heure lorsque soudain un homme, le visage à moitié mangé par une cicatrice, énorme et immense, fit irruption dans le bureau, suivi par deux gardes qui tenaient une mince silhouette qui se débattait avec énergie.

Elle releva la tête et je bondis sur mes pieds.

C'était Katerina.

Chapitre 23
Le loup sans visage

– Lâchez-moi ! cracha Katerina furieuse. Mais lâchez-moi à la fin !

Les deux gardes étaient des jumeaux, ce qui n'était pas si rare chez les loups-garous. Immenses, presque aussi grands que mon grand-père, bizarrement ils avaient le crâne rasé et étaient vêtus de coûteux costumes noirs sans cravate. L'un des deux eut un sourire cruel et serra plus fort. Katerina gémit. J'allais intervenir lorsque grand-père me mit la main sur l'épaule, me clouant à mon fauteuil.

– Karl ! lui dit froidement l'homme à la cicatrice, mes gardes et moi avons trouvé cette humaine en train de nous espionner alors que je faisais une petite promenade digestive. Est-ce encore l'un de tes tours ?

Je reconnus soudain celui qui nous faisait face. Louis Brandkel. Il était aussi gros que grand-père. Je le savais plus jeune d'une dizaine d'années, ce qui pour des loups ne voulait pas dire grand-chose. Son visage était beau du côté intact, une ruine monstrueuse du côté brûlé. La fille qu'il avait attaquée ne l'avait pas raté. Aucune opération ne pourrait jamais réparer les dégâts. Pourtant, il ne s'en cachait pas. Il arborait sa cicatrice comme une glorieuse décoration, profitant également du malaise qu'elle provoquait. Je l'avais déjà vu lors des grands rassemblements de printemps, mais j'avais cru qu'il était borgne. Malheureusement, le feu n'avait pas touché son œil, même si sa paupière était détruite. Dommage. Un œil aveugle l'aurait affaibli face à un adversaire.

Grand-père sourit aimablement.

– Je crois que vous pouvez lâcher votre prisonnière, inutile de lui faire mal.

Brandkel le dévisagea puis fit signe à ses gardes.

– Jim, Jim, lâchez-la.

Ses deux gardes avaient le même nom ? Intéressant. Ceux-ci obéirent, mais je vis bien que cela ne plaisait pas à celui qui avait fait mal à Katerina. Cet homme aimait la douleur. On lui retirait son jouet. Il n'était pas content.

– Merci messieurs, patelina mon grand-père. Alors, mademoiselle O'Hara, que nous vaut le plaisir de votre visite… inattendue ?

– Je suis venue voir mon père, cracha Katerina, venimeuse en se frottant les poignets. Et ces… ces types m'ont attrapée comme si j'étais une espionne. Je cherchais simplement à entrer dans votre espèce de forteresse.

– Il aurait suffi de demander, répondit grand-père. Nous vous aurions accueillie avec plaisir.

– Ce n'est pas ce que m'a dit Indiana, gronda-t-elle, nullement impressionnée par sa politesse. Et vu les manières de vos gardes, je commence un peu mieux à comprendre pourquoi il a peur.

Je retins la réplique qui me brûlait les lèvres. Brandkel braqua son attention sur moi, réalisant que j'étais dans la pièce. Il sourit et ce n'était pas beau à voir.

– Indiana, me salua-t-il, je n'ai pas pu te remercier face à face pour ce que tu as fait pour mon fils. Alors, merci de lui avoir sauvé la vie au péril de la tienne. Tu aurais pu partir. Tu ne l'as pas fait. C'est bien, tu es courageux, mon garçon.

J'étais surpris. J'avais imaginé beaucoup de choses sur ma première confrontation avec Brandkel, certainement pas qu'il soit aussi amical. Et encore moins qu'il me remercie encore, alors qu'il l'avait déjà fait au téléphone. Que voulait-il montrer à mon grand-père ? Je me ressaisis. En face de moi, j'avais un ennemi mortel qui ne ferait qu'une bouchée de ma famille s'il le pouvait. Grand-père me lança un regard d'avertissement « ne t'énerve pas, reste calme » et je souris, tout aussi aimable que lui.

– Monsieur Brandkel, c'est plutôt à moi de remercier votre fils de m'avoir sauvé la vie. Sans lui, j'aurais été écrasé sous cet échafaudage.

– Ce que je ne comprends pas, fit-il pendant que Katerina nous écoutait avec une intense attention, c'est la raison pour laquelle tu es persuadé que c'est moi qui ai essayé de te tuer.

Ah, bien essayé. Katerina hoqueta. Je sentis mon sourire se crisper. Et fus très prudent dans ma réponse.

– Je crois, monsieur, que c'est justement la raison du jugement. Débattre de qui était derrière cette attaque et pourquoi, trouver qui a donné à des gens extérieurs à notre groupe des informations qu'ils n'avaient pas à savoir. Je ne suis pas qualifié pour émettre un quelconque avis à ce sujet. D'ici une demi-heure, les choses seront certainement clarifiées.

Il me jeta un regard perçant, mécontent que j'aie évité son piège. Et le visage de Katerina vira au verdâtre lorsqu'elle réalisa la gravité de la situation qui n'avait rien à voir avec ce qu'elle imaginait.

– Eh bien, finit-il par conclure, je crois que nous sommes donc au complet, y compris la fille de l'humain qui m'accuse. Nous allons pouvoir… comment as-tu dit, mon garçon ? Ah oui ! « débattre » de tout cela.

Et il quitta la pièce. L'un des deux chauves nous toisa une dernière fois avant de sortir. Et son regard de prédateur se fixa sur moi comme une promesse.

– Jugement ? s'exclama Katerina dès que la porte fut close. Quel jugement ? Il a essayé de te tuer ? Indiana mais qu'est-ce qui se passe à la fin ? Et « la fille de l'humain qui l'accuse » ? Pourquoi a-t-il dit ça de cette façon ?

Je regardai mon grand-père. Il approuva de la tête. Je respirai profondément. Je crois que ce fut l'un des moments de ma vie où j'eus le plus peur. Si elle me rejetait, je n'étais pas sûr d'arriver à y survivre.

– Katerina, il vaut mieux que tu t'assoies.

Elle me lança un regard agacé puis obéit. Je savais qu'elle m'appréciait beaucoup, mais là je crois bien qu'elle aurait volontiers échangé ma carcasse contre quelques informations précises.

– Nous…

Ma voix dérailla et je toussai.

– Nous… nous ne sommes pas exactement comme toi, Katerina. Nous… disons que nous avons des particularités physiques qui font de nous, ou plutôt de ma famille, une race légèrement différente de la tienne.

Elle me regarda, incrédule.

– Quoi ?

– Ce que mon petit-fils essaie de vous dire, intervint grand-père, et qu'a découvert votre père, c'est que nous ne sommes pas humains.

Katerina eut un sourire incertain.

– Pourquoi ai-je l'impression d'être dans une émission de caméra cachée ? C'est le moment où vous me dites que vous êtes des vampires, c'est ça ? Ha ha, très drôle.

Grand-père soupira et se leva, commençant à retirer sa chemise.

– Indiana, me dit Katerina du coin de la bouche, mais qu'est-ce qu'il fait ?

– Je suis désolé, jeune fille, répondit-il pour moi, mais je crois qu'une image est bien plus frappante qu'un long discours.

Il ne garda que son slip pour épargner la pudeur de Katerina, se mit à quatre pattes et se transforma.

Katerina écarquilla les yeux. Son cœur s'emballa.

Elle hurla de toutes ses forces et sauta derrière le canapé. Grand-père s'assit et se lécha les babines, tranquillement. Voir cet énorme loup en culotte était assez comique, mais Katerina n'avait pas franchement envie de rire. Elle continuait à hurler comme si sa vie en dépendait. Derrière elle, la porte s'ouvrit avec fracas et son père fit irruption dans la pièce.

– Katerina ! hurla-t-il.

– Papa !

Elle se précipita dans ses bras.

— Bon sang de bonsoir, protesta Seamus complètement boule-versé, mais qu'est-ce qu'il se passe, qu'est-ce que ma fille fait ici ?

— Il se passe, expliquai-je, que votre fille est la pire tête de mule que j'ai jamais rencontrée de toute ma vie, monsieur.

— Tu… tu l'as fait venir ici ? Au milieu de ce… de ce conflit ? Espèce de…

— Pas du tout ! protestai-je. J'ai tout fait pour l'en empêcher. Elle a volé la voiture de Tyler, puis elle est venue (je reniflai) à cheval vu son odeur. Les gardes de Brandkel l'ont trouvée. Ils viennent de nous l'amener.

— Katerina, grogna Seamus, quelle folie, mais pourquoi ?

Katerina était incapable de parler pour l'instant. Elle se contenta de le serrer plus fort, la tête enfouie dans sa poitrine, fuyant ce qu'elle venait de voir.

— Elle voulait vous voir à la clinique, la défendis-je. Bon, il faut dire que le mystère, l'argent, l'accident de l'échafaudage et tout ça, je peux aussi la comprendre. Grand-père a donc décidé, puisqu'elle était là, de lui faire comprendre dans quel immense bourbier elle venait de mettre les pieds.

Mon ton sarcastique fit tourner la tête de Katerina qui en retrouva la parole et me foudroya du regard. L'étreinte chaleureuse de son père l'aida à ne pas perdre pied.

— Tu m'as menti ! m'accusa-t-elle, furieuse. Tu m'as menti ! Tu es… tu es…

— Comme toi, lui répondis-je tendrement. Humain. Pas loup. Du tout.

— Mais, mais, ce sont tes…

— Ma mère est humaine. Les gènes de loups ne se sont pas mani-festés chez moi.

La compréhension fit lentement son chemin dans son esprit.

— Alors toute cette histoire de clinique, c'était faux ? Mais pour-quoi ? Qu'est-ce que mon père a à faire avec tout cela ?

Je lui racontai ce qui s'était passé. Elle se dégagea un peu de l'étreinte de Seamus et lui adressa un regard plein de reproches.

– Et aucun d'entre vous n'a eu l'idée de m'avertir de ce qui était en train de se passer ? Un jugement, une accusation, des créatures de légende ! Mais enfin, je ne suis plus une enfant !

– C'était pour ta protection, Katerina, répondit Seamus en se frottant la figure d'un air épuisé. Ils ont dit qu'ils tueraient tous ceux qui pourraient représenter une menace à leurs yeux.

Elle déglutit.

– Et donc, Tyler est...

– C'est un loup, répondis-je.

Elle ferma les yeux. Les rouvrit.

– Nanny ? Chuck ?

– Aussi.

Son visage refléta une véritable frayeur.

– Mais vous êtes combien ?

– C'est une information confidentielle, mademoiselle, répondit grand-père qui s'était retransformé et rhabillé, vous n'avez pas à le savoir. Bien, maintenant que vous êtes dans le secret du clan, il va falloir que vous en sachiez un peu plus sur nous et je n'ai pas beaucoup de temps à vous accorder avant le jugement. Seamus, vous venez avec moi, nous avons encore quelques détails à régler. Indiana, tu lui expliques. À tout à l'heure.

Seamus obéit à contrecœur. Je m'approchai de Katerina, qui recula.

Cela me fit plus mal qu'un coup de couteau. Mon Dieu, elle avait peur de moi. Je laissai tomber ma main. La peine qu'elle vit sur mon visage la fit se ressaisir. Elle s'assit sur l'extrême bord du sofa, prête à bondir au cas où, et attendit que je me sois posé en face d'elle.

– D'accord, admettons que je ne sois pas en train de faire un fabuleux et bizarre cauchemar, que tout ceci est réel. Vous êtes des...

Elle n'arrivait pas à prononcer le mot.

– Des loups-garous, terminai-je pour elle.

Elle frémit.

– Mais... ton grand-père, il ne se transforme pas en loup-garou à la pleine lune, genre Van Helsing, Wolfman ou le loup-garou de

Londres, il devient un loup, un très, très gros loup, m'enfin un loup quand même !

Je lui expliquai alors les différences entre les loups-garous descendants d'autres loups et les semis, humains mordus et transformés. Je lui expliquai pour Axel. Je lui racontai ma vie et d'une certaine façon, cela me fit du bien. Je n'avais pas aimé lui cacher mes secrets. Cependant j'en gardai un pour moi. Personne ne saurait jamais que j'étais un rebrousse-temps.

Elle me regardait pendant tout ce temps, de ses yeux brillants d'inquiétude et de curiosité mêlées. Je n'y voyais pas pour l'instant ce que je redoutais le plus. Du dégoût.

— Waaah, finit-elle par dire, j'ai l'impression de me retrouver dans un film fantastique !

Elle plongea ses magnifiques yeux vert-gris dans les miens.

— Comment tu réagirais à ma place ?

— Je serais mort de trouille.

En dépit de son angoisse, elle eut un petit sourire crispé.

— Tu es un garçon, les garçons ne sont pas censés admettre qu'ils sont morts de trouille.

— Moi si. Tu viens de voir un humain se transformer en loup. Grand-père n'a pas eu le temps de te ménager, je suis désolé. J'aurais préféré te laisser plus de temps pour digérer tout cela. Tu as été remarquable, Katerina. Quelqu'un d'autre aurait pu sombrer dans la folie.

Elle hocha la tête.

— J'ai hurlé.

— Oui.

— J'ai eu très peur.

— Oui.

— J'ai toujours très peur.

— C'est assez normal.

— Je comprends maintenant pourquoi tu ne voulais pas que je vienne.

— J'avais deux, trois raisons.

– Mais je ne le regrette pas.

Je cessai de respirer.

– En fait, me dit-elle pensivement, c'est comme si on avait été préparé à ce genre de révélation. Je veux dire, notre génération. Avec tous ces films, ces histoires de vampires, de loups-garous, on finit par se demander s'il n'y a pas quelque chose de vrai là-dessous.

Elle était en train de rationaliser afin de dompter sa peur. Je n'osai pas lui montrer à quel point j'admirais son courage. Elle était admirable.

– Je pense que plusieurs elfes sont aux commandes des studios à Hollywood, répondis-je paisiblement. Ils adorent enquiquiner les vampires. Cela expliquerait cette vague de films de *heroic fantasy* ces dernières années.

Elle déglutit.

– Tu... tu veux dire qu'il y a aussi des vampires et des elfes ?

– Et des sorciers, sorcières et fées. Oui.

– D'accord, là je suis vraiment terrorisée.

– Désolé.

Elle garda le silence un instant, essayant de remettre sa vie à l'endroit.

– Dans les films, l'héroïne s'en sort. Mais dans la vraie vie ?

Je fis la grimace. Je ne pouvais pas mentir.

– Je ne peux pas te le garantir.

– Je ne peux plus m'enf... partir, c'est ça ?

– Non.

Elle fit alors quelque chose de surprenant. Elle consulta sa montre et haussa les épaules.

– Cool, juste le jour de mon anniversaire.

Elle ne m'avait jamais donné sa date de naissance. Sa mère était morte le jour de son quatorzième anniversaire. Depuis, elle refusait obstinément de le fêter.

– Enfin, dans quelques minutes, je vais avoir dix-huit ans. J'avoue que j'imaginais ce jour d'une façon légèrement différente.

Je lui souris en dépit de ma tristesse. Elle avait raison, c'était vraiment nul.

Elle soupira.

– Il va donc y avoir une lutte à mort entre Brandkel et ton grand-père… Et c'est mon père qui va accuser de tentative de meurtre le loup le plus effrayant de votre meute ennemie.

– Euh, oui.

– Super. Tu m'en voudrais beaucoup si je me mettais à vomir sur le magnifique plancher de ta maison ?

Je ne pus résister. Je bondis et la pris dans mes bras. Elle ne trembla pas. Elle ne me repoussa pas. Elle se contenta de m'étreindre de toutes ses forces. Sa nausée passa, tandis que je la réconfortais de mon mieux, passant ma main dans son dos. Enfin, elle se reprit et releva son visage vers moi.

Je faillis hurler de bonheur. Elle ne m'avait pas rejeté !

– Si ton grand-père gagne, résuma-t-elle, on peut s'en sortir. Si c'est Brandkel, on va tous mourir.

– Oui. Si Brandkel gagne, il va *tenter* de nous tuer. Mais, Katerina, je ne le laisserai pas faire. Tu peux compter sur moi.

– Mais tu n'es pas un des leurs. Tu ne peux pas te défendre.

Le bureau était équipé d'un générateur de bruit blanc. Je sortis une dague d'un geste si vif qu'elle sursauta. Je la fis pivoter et lui présentai la poignée.

– Elle a été trempée dans de la poudre de tue-loup. Si un loup t'attaque, il te suffira de le blesser ; soit il sera si malade qu'il ne te fera aucun mal, soit il mourra.

Elle regarda la lame d'acier et d'argent avec répulsion, et la prit du bout des doigts.

– Indiana, si un loup m'attaque, je serai morte d'une crise cardiaque bien avant qu'il ait même le temps de me mordre !

– Je ne suis pas inquiet, mentis-je. Les gardes de mes grands-parents nous défendront le temps que nous sortions du ranch.

Elle vit tout de suite la faille.

– Et après ?

Je fermai les yeux un instant, d'insoutenables images de Katerina traquée passant devant moi.

– Après, ils nous poursuivront. Nous serons des fugitifs.

– Mais au moins, nous ne serons pas morts, remarqua-t-elle, pragmatique. Enfin pas tout de suite.

– Non.

Elle laissa passer un moment, pensive. Puis me fit sursauter en répondant brusquement.

– Parfait, j'ai toujours rêvé de partir en voyage. Alors, si nous n'avons pas le choix, j'aimerais bien découvrir l'Espagne. Ça a l'air d'être un très beau pays. Chaud. Très chaud. Pas un endroit pour les loups. Du tout.

Je lui souris.

– Je n'aurais jamais dû te laisser venir, Katerina.

– C'est mon père. Et c'est toi. Vous êtes ceux qui comptez pour moi. Pensais-tu vraiment que j'allais t'abandonner parce que tu étais un peu... bizarre ?

Nous nous dévisageâmes. Échangeâmes un petit sourire. Puis je me relevai, lui fabriquai une ceinture de fortune qu'elle dissimula sous son gros pull avec le fourreau et la dague, et, main dans la main, nous sortîmes.

C'était l'heure.

Chapitre 24
Le jugement

Katerina avait vu la structure mais n'y avait pas prêté attention, trop furieuse, tandis que les gardes de Brandkel la traînaient dans la maison. Lorsqu'elle réalisa que nous pénétrions dans une arène, où des loups-garous sous leurs deux formes prenaient lentement place, elle stoppa net.

– Bon sang, grogna-t-elle, quand tu parlais de lutte, tu ne rigolais pas ? Une arène ? Comme chez les Romains, hein, du sang et des jeux ?

– Non, répondis-je assez sèchement. Juste du sang. Va te mettre là-bas, près de la sortie. Si on t'attaque, faufile-toi sous les gradins et frappe tout ce qui essaie de t'attraper avec ce que je t'ai donné, d'accord ? Et surtout, fais attention à ce que tu dis. L'ouïe des loups est supérieure à celle des hommes. Celle des loups-garous l'est encore plus.

Elle hocha la tête et alla s'asseoir. Elle me fit un pauvre sourire. Elle se détachait comme une délicate rose sombre au milieu de tous ces grands loups blonds et massifs. Je fus surpris de voir qu'il y avait autant de loups. Grand-mère avait donné bien plus de sauf-conduits que je ne le pensais, car l'arène était remplie à ras bord. Je savais qu'elle était restée à la maison, prête à prendre la fuite si c'était nécessaire, mais elle me manquait. L'arène n'était pas très éclairée : les loups voyaient très bien dans le noir et trop de lumière pouvait gêner leurs yeux sensibles. Il y avait donc des tas de zones d'ombre que les projecteurs étaient impuissants à dissiper. Axel s'était réfugié dans l'une d'entre elles, près de l'unique entrée et donc de l'unique sortie, protégé par l'ombre des murs de bois.

Les juges étaient déjà en place. Sur un grand piédestal avec marches, recouvert de velours bleu frappé aux armes de grand-père, un loup la patte posée sur un agneau, il y avait sept chaises et un trône. Pourtant, il n'y avait que sept loups. Les six alpha les plus puissants et mon grand-père. Un des sièges était vide, celui de Louis Brandkel.

Ils avaient tous des yeux durs, certains, les cheveux gris ; l'un d'entre eux était si maigre qu'on voyait ses os et il tremblait légèrement. En dépit du froid mordant, ils étaient tous vêtus d'une simple toge brune, facile à mettre et à retirer. Leur souffle trop chaud fumait devant eux. Mon grand-père, lui, portait la toge rouge, celle de l'alpha suprême. Je n'avais pas remarqué, mais tous nos gardes, qui entouraient totalement l'arène, portaient la même toge rouge, faite dans un tissu scintillant.

Le procureur et l'unique avocat se placèrent devant eux, derrière des tables installées sur le sable, avec Seamus. Celui-ci lança un regard tendre vers sa fille puis se figea, calme et décidé. Les derniers loups arrivèrent, Brandkel pénétra dans l'arène avec ses deux gardes et fit face à mon grand-père, immense sur son trône d'os, d'or et de fourrures.

– LOUPS, cria mon grand-père, SOMMES-NOUS ENTRE NOUS ?

À son signal, tous les loups et louves laissèrent tomber leurs vêtements.

Katerina me lança un regard paniqué et se cacha les yeux. Cela protégeait peut-être sa pudeur, mais c'était un reflexe de survie pour le moins discutable. Il allait falloir qu'elle arrête ça très vite.

Les loups se transformèrent à part Seamus, Axel, Katerina et moi. Ce fut impressionnant. Elle regarda enfin et inspira vivement. Je pus sentir sa peur, de là où j'étais, et j'eus envie de la protéger. Sa peur attisait l'appétit des loups, elle aurait pu porter une pancarte « je suis une proie, mangez-moi » que cela n'aurait pas eu plus d'effet. Heureusement, ceux qui l'entouraient étaient suffisamment civilisés pour ne pas céder au pouvoir qui crépitait dans l'arène. Avec autant d'alpha présents, c'était comme une onde chaude qui nous entourait. Ils se contentèrent juste de la regarder avec convoitise et de baver un peu.

Mon grand-père hurla, sa voix grave montant vers la pleine lune. Tous se joignirent à lui. C'était magnifique et sauvage. Et comme chaque fois, je regrettai de ne pas pouvoir chanter avec eux.

Pourtant, cette fois-ci, je sentis comme une… fêlure. Certains des loups ne chantaient pas en chœur. Ils étaient étrangement décalés. Et cela produisait un contre-chant qui détruisait insidieusement l'harmonie. C'était la première fois que j'entendais cela.

Puis cela cessa, les loups se transformèrent à nouveau et cette fois-ci, Katerina ne détourna pas le regard. Brave petite soldate. Je lui souris. Mais ce n'était pas moi qu'elle regardait. Sa bouche eut un rictus tandis qu'elle fixait un point bien particulier. Je tournai la tête et mon pouls s'accéléra. Serafina. Elle se tenait pile en face de Katerina, de l'autre côté de l'arène, et ses vibrations hostiles arrivaient jusqu'à moi. Les deux filles se détaillèrent. Serafina eut un petit sourire supérieur. Katerina resta de glace, mais ses yeux lancèrent des éclairs. Je me mordis la lèvre. Serafina était simplement splendide. Consciente de son avantage, elle s'étira, puis, posément, commença à remettre ses vêtements, véritable strip-tease à l'envers. Si je l'avais eue entre mes mains, je l'aurais étranglée. Katerina la fixa d'un regard froid puis me regarda d'un air pensif.

Aïe.

Le témoin, celui qui enregistre tout ce qui se passe lors des assemblées, en l'occurrence mon arrrière-arrière-arrière-etc.-grand-père Henry, nota que quatre humains étaient présents. Curieusement, alors qu'il aurait dû déclarer Axel comme semi, il ne le fit pas. Cela dit, Axel ne s'était jamais avancé dans la lumière de l'arène, restant dans l'ombre des murs de la sortie, invisible.

Brandkel n'avait pas de temps à perdre. À peine rhabillé, il se lançait déjà à l'assaut de ses juges.

– Très bien, fit-il sèchement en leur faisant face, ses deux énormes gardes attentifs à ses côtés. De quoi m'accuse-t-on exactement ?

Il le savait très bien, mais c'est comme cela que les procès des loups commencent toujours. Le procureur s'avança.

– D'avoir révélé l'existence de la meute à un humain peu fiable, alcoolique et en vendetta avec la famille Teller. De l'avoir manipulé afin de lui faire tuer l'unique héritier de la famille Teller, en le payant cinq cent mille dollars pour cette tâche. D'avoir contaminé des humains afin de les transformer en semis et de les avoir utilisés pour dissimuler vos traces, vous cachant derrière eux afin de ne pas être identifié.

Il aurait pu ajouter : « D'avoir détruit des vies et provoqué tout ceci par ambition et dans l'unique but de prendre le pouvoir ». Mais il en avait terminé avec sa mise en accusation. Je clignai des yeux. Il avait dit quelque chose. Quelque chose qui n'allait pas. Cela flotta dans ma mémoire, comme une écharde dans le doigt qu'on sait là mais qu'on n'arrive pas à voir.

Louis retroussa sa lèvre en un rictus dédaigneux.

– Très bien. Prenons les faits un par un. Avez-vous retrouvé le compte en banque qui a envoyé l'argent ?

– Non, répondit le procureur. Nous n'avons pas, pour l'instant, retrouvé l'origine du compte qui est basée dans un paradis fiscal.

– Donc, ces fameux cinq cent mille dollars, personne ne sait qui les a versés.

– Pas pour l'instant, accorda le procureur.

– Alors pourquoi m'accusez-vous ?

– Votre fils a versé cinquante mille dollars à M. O'Hara.

– Tyler ! cria Louis. Pourquoi as-tu versé cet argent à M. O'Hara ?

Je sursautai. Je n'avais pas vu que Tyler se trouvait au milieu des gens. Il se leva et même de là où j'étais, je voyais qu'il était pâle et mal en point.

– J'ai simplement voulu aider la fille de M. O'Hara, répondit-il. Ils n'avaient pas beaucoup d'argent et…

— Et mon fils est tombé amoureux d'une humaine, l'interrompit brutalement Brandkel, ce qui est, aux yeux de nos lois, interdit. Si j'avais été derrière ce versement, pourquoi aurais-je voulu attirer l'attention sur eux ? Cela aurait été stupide, non ?

Le procureur hocha la tête. Ce n'était pas faux. Enfin si l'on ne comprenait pas que le premier motif de Brandkel était de provoquer grand-père. Tous pouvaient sentir que Tyler avait dit la vérité, même si je devinais que ce n'était pas toute la vérité. En revanche, le pouvoir d'alpha de Brandkel masquait les battements de son cœur. Il était indéchiffrable.

Il secoua la tête.

— Votre accusation ne repose sur aucun fondement, je le sais, vous le savez. Maintenant, vous m'accusez également d'avoir mordu des humains, de les avoir transformés en semis, ce qui bien sûr est également interdit. Quelles sont vos preuves ? Où est l'accusateur ?

Le procureur fit signe à ses assistants et ils amenèrent le corps du semi. Katerina frémit. Seamus aussi. Il avait encore les images du monstre dans la tête.

— C'est un cadavre d'humain, grogna Brandkel.

— Monsieur O'Hara ? Pouvez-vous témoigner, s'il vous plaît ?

— Un soir, ce type est venu me voir, répondit Seamus. Il a dit qu'il était un loup-garou.

Un grondement s'éleva de l'arène. Les loups étaient outrés qu'un semi ose dire qu'il était un loup-garou.

— Puis il s'est transformé en une chose monstrueuse qui marchait sur deux pattes. Pas du tout comme ce que vous venez de faire. Il n'avait rien à voir avec vous.

Les loups pouvaient sentir qu'il ne mentait pas. Un silence tendu tomba sur l'assemblée. C'étaient de mauvaises nouvelles.

— Il m'a dit qu'Indiana Teller, le garçon que ma fille fréquentait, était lui aussi un loup-garou. Tout comme ses grands-parents. Qu'ils avaient tué ma famille. Il m'a dit qu'il me donnerait cinq cent mille dollars si, pour me venger, j'acceptais de provoquer un accident. Au début, j'ai répondu que je refusais de tuer le petit. Il m'a alors montré que ce n'était pas possible. Il s'est coupé devant moi. La blessure s'est refermée. Il m'a dit qu'il suffirait de dévisser l'échafaudage en place dans l'université et que cela donnerait une bonne leçon aux Teller. Leur ferait peur.

– Vous a-t-il dit pourquoi il voulait faire peur aux Teller ? demanda le procureur.

– Non.

– Rien du tout, aucune mention de quelque sorte que ce soit ?

– Non.

Le procureur eut une petite moue désabusée.

– Hum. Continuez, je vous prie.

Seamus obéit.

– Nous n'avions pas d'argent. Je n'avais aucun moyen de mettre Katerina à l'abri du besoin. J'ai accepté.

Un grondement sourd retentit de nouveau. Les loups n'aimaient pas beaucoup qu'on attente à la vie de l'un d'entre eux. Fût-il un non-loup comme moi.

Brandkel se mit devant Seamus.

– M'avez-vous déjà vu, humain ? Mon nom a-t-il été déjà évoqué devant vous ? Une seule fois ?

– Non, reconnut tranquillement Seamus. Jamais. Je n'ai vu les semis que...

Brandkel tressaillit.

– Les ? Vous voulez dire qu'ils étaient plusieurs ? Il n'y en avait pas qu'un seul ?

– Ils étaient trois. Enfin, c'est ce que m'a dit celui qui est venu me voir. Mais moi je n'en ai vu que deux.

– Ah ? Alors je crois que tu as un vrai problème de sécurité, Karl, sourit Brandkel en se tournant vers mon grand-père, parce qu'un loup a l'air de s'être amusé avec les humains sur ton territoire...

– Oui, répondit mon grand-père, le tout est de savoir quel loup et pourquoi. Mais le procureur a, je crois, un peu trop l'habitude de travailler avec des humains. Il oublie que nous sommes des loups. Je vais donc te poser la question directement et je vais écouter ton cœur, en dépit de ton pouvoir d'alpha, tu ne pourras pas me mentir. As-tu essayé de tuer mon petit-fils ?

Soudain Brandkel tressaillit. Il sortit un téléphone de sa poche. Lu le SMS qu'on venait de lui envoyer. Sa cicatrice se plissa d'une façon si horrible que je mis un moment à comprendre qu'il souriait avec satisfaction. Il rangea le téléphone. Puis releva la tête et fixa l'assemblée des juges.

– Pardon, mais c'était un message urgent que j'attendais avec impatience. Donc, tu veux savoir si j'ai essayé de tuer ton petit-fils ?

Il leva le bras et le rabaissa, comme pour saluer mon grand-père.

– Essayé de tuer ton petit-fils ?

Il déclara :

– Mais oui, bien sûr !

Et l'enfer se déchaîna.

La moitié des loups présents dégaina des revolvers et tira sur nos gardes. Trois des juges tombèrent sous les balles d'argent, tandis que les trois autres bondissaient aux côtés de Brandkel.

Grand-père s'écroula, je hurlai et bondis. Mais presque aussitôt mon grand-père se redressa, se tenant les côtes avec une grimace. Il avait plusieurs côtes cassées à cause des impacts de balles, mais était bien vivant.

Lentement, les gardes se redressèrent également, à peu près indemnes. Le sourire triomphant de Brandkel se fana lorsqu'il leva les yeux vers mon grand-père, incrédule.

Les yeux d'or de Karl flamboyèrent. Il était fou de rage. Lui qui avait tant travaillé pour inculquer le sens de la justice et de l'honneur à ses loups était trahi d'une insupportable façon. Voyant qu'ils n'arrivaient à rien et que les gardes vacillaient sous les chocs mais ne mourraient pas, les loups cessèrent le feu sur le signal de Brandkel.

– Ainsi, c'était donc cela, grogna mon grand-père, lorsque le bruit s'éteignit. Tu ne voulais pas un jugement, ou juste prendre ma place. Tu voulais toute la meute pour toi et les tiens ! Vois-tu ce que tu viens de faire, Louis ?

Mais Louis se fichait des paroles de grand-père. Lui, il voulait juste savoir pourquoi son plan, si bien préparé, ne fonctionnait pas comme prévu.

– Ils sont morts, dit-il d'un ton dédaigneux en désignant les juges. Mais pas toi. Pourquoi ?

Moi je savais pourquoi. Grand-père me l'avait révélé dans le secret de son bureau. La fameuse société Vouix, celle qui intéressait tellement maman quelques mois plus tôt, ne fabriquait pas un nouvel écran souple. Ils avaient trouvé bien mieux que cela. Un matériau si solide, si parfaitement indestructible qu'il faisait le plus parfait des gilets pare-balles, alors qu'il n'avait que quelques millimètres d'épaisseur. Sur la demande de ma mère lors de l'un de ses rares moments de lucidité, grand-mère avait lancé une OPA sur Vouix et l'avait rachetée. Ensuite, maman avait ordonné que soient tissés des vêtements et indiqua qui devait les porter et quand. Mais pas pourquoi, ce qui avait beaucoup perturbé grand-mère. Nous avions la réponse à présent. Les robes rouges scintillantes de grand-père et des gardes étaient faites de ce nouveau matériau. Qui venait de leur sauver la vie. Maman savait que personne ne me viserait. Car elle n'avait pas fait confectionner de vêtement spécial pour moi.

Du haut de son trône, grand-père toisa Brandkel.

– Je ne vais pas te révéler mes secrets, stupide louveteau, répondit-il avec dédain. Mais maintenant que tes loups se sont dévoilés, nous allons nous affronter, toi et moi, crocs contre crocs et nous verrons bien qui est le plus fort ! De moi, ou de toi qui t'abrites lâchement derrière des balles !

Mais Brandkel ne voulait pas d'un combat d'alpha. Il voulait anéantir notre clan. Tandis que grand-père laissait tomber sa toge et se transformait à la vitesse de l'éclair, Brandkel se transforma à son tour, après avoir hurlé un ordre à ses troupes. Qui attaquèrent nos gardes.

Vu leur nombre, je compris que nous avions été trahis. Jamais grand-père n'aurait donné autant de sauf-conduits à des ennemis potentiels. Quelqu'un avait fabriqué des faux sauf-conduits, et donné des détails sur notre système de défense. Quelqu'un qui, Dieu merci, ne savait pas que nous étions protégés.

Mais nous n'étions pas assez nombreux. Tous les loups se transformèrent et la bataille commença. J'obéis à grand-père qui m'avait interdit de me battre à son côté. Il devait vaincre Brandkel en combat loyal et singulier. Donc, le cœur serré, j'ignorai la violence de la bataille qu'il menait contre un loup plus jeune et plus vif, d'autant qu'il était blessé, et me précipitai vers Katerina. Du coin de l'œil, je vis que Tyler tentait de faire de même, mais il fut pris dans une bagarre entre deux autres loups et n'eut pas d'autre choix que de se défendre. J'allais être seul pour protéger Katerina. Incrédule, elle regardait les deux énormes loups alpha rouler dans l'arène tandis que tout autour, deux, voire trois loups traquaient chacun des nôtres. Les loups savaient qu'elle n'était pas dangereuse, aussi, ils ne s'intéressaient pas à elle. Du moins, pour l'instant.

Soudain, alors que je courais, quelque chose me tomba dessus. Je fis un roulé-boulé sur le sable, mon couteau prêt à frapper celui qui venait de m'attaquer, lorsque j'arrêtai mon geste. C'était une fille qui venait de m'immobiliser aussi brutalement.

Serafina. Elle sourit et ses yeux d'or étaient étincelants de joie.

– Serafina, grondai-je, lâche-moi, je peux très bien me défendre tout seul, c'est ridicule !

Elle se pencha sur moi, rieuse.

– Et si je t'embrasse, là, devant ton humaine, tu crois qu'elle sera suffisamment furieuse pour m'affronter ?

Je tentai de me dégager, mais avec sa puissance de loup-garou, elle me maîtrisa facilement, évidemment.

– Seraf, tu crois vraiment que c'est le moment ? C'est dangereux, viens m'aider ! Nous devons la faire sortir d'ici !

Elle fronça les sourcils.

– Tu es vraiment incroyable, Indiana. Tellement aveugle, tellement stupide ! Louis a raison de dire que les humains ne sont bons qu'à être exploités comme du bétail !

Je me figeai. Profitant de ma surprise, elle me fit lâcher mon poignard.

– Quoi ?

Elle sourit.

– Oh ? Je ne te l'ai pas dit ? Je ne suis pas allée à Hollywood, finalement, enfin si, mais juste le temps de vous envoyer un pitoyable message. Afin que vous pensiez que j'étais restée là-bas. Quel merveilleux alibi, non ?

Tout autour de nous, le sang éclaboussait les gradins, les loups se battaient à mort, mais elle les ignorait. Elle se pencha.

– En fait, murmura-t-elle, je suis allée voir Brandkel. Et je lui ai donné quelques informations en échange de sa protection. Lui et moi, nous nous comprenons. Ce soir, je deviendrai sa louve alpha. Et nous régnerons sur les loups et sur les humains !

Soudain ce qui m'avait gêné depuis un moment remonta à ma mémoire. Le semi avait dit à Seamus que son grand-père, puis ses parents avaient été tués par des loups-garous. Comment le savait-il ? Seul quelqu'un de notre clan, très proche de la famille, aurait pu lui fournir ce genre de renseignement. Mon cerveau mit les faits bout à bout et l'odeur de Serafina me frappa.

Elle sentait le talc.

Quel imbécile j'avais été ! Tout devenait enfin clair.

– C'était toi, murmurai-je, le cœur déchiré. C'était toi sur l'échafaudage ! Toi qui as tout manigancé. Seamus n'a jamais dit qu'il avait poussé l'échafaudage. Il a toujours dit « dévissé ». Mais il n'aurait pas pu s'éclipser aussi vite qu'un loup, n'est-ce pas ? Il aurait pu être capturé. Chuck avait senti l'odeur du talc sur les étais… c'est toi qui as essayé de me tuer !

Elle hocha la tête.

– Waaah, quelle belle déduction ! Il t'en a fallu du temps ! Ça n'a pas été bien difficile. Louis a fait mordre les humains. Son bras droit leur a donné les informations sur Seamus, ils sont allés le voir. Il a organisé ce que nous voulions, car je n'avais pas la technique pour dévisser cet échafaudage de façon à ce qu'il soit prêt à tomber au bon moment. Ensuite, le pousser a été un jeu d'enfant, vraiment. Quel dommage que Tyler t'ait sauvé la vie. Si tu étais mort, fou de rage et de chagrin, ton grand-père aurait attaqué Louis, Louis l'aurait tué, et nous n'aurions pas eu besoin de mettre au point une méthode aussi compliquée pour faire venir tous les loups ici !

Sa trahison me faisait si mal que je ne me débattais plus.

– Les sauf-conduits ! m'exclamai-je. Là aussi, c'est toi, n'est-ce pas ? Tu as aidé grand-mère, soi-disant pour la soulager de tout ce travail. Mais en fait, ce que tu voulais, c'était y avoir accès !

Elle eut un rire méprisant.

– Ta grand-mère, si hautaine, si orgueilleuse ! Elle ne m'aime pas et c'est bien réciproque. Mais elle était contente de voir que je m'intéressais autant à notre défense. Ça a été facile. J'ai pris les sauf-conduits et je les ai remplis. Puis j'ai fait entrer les loups de Louis et de ses alliés. Vous n'allez pas nous résister très longtemps, même si ton grand-père m'a bien eue avec ses robes pare-balles.

Il fallait absolument que je trouve une faille. Je remarquai son regard soudain inquiet qui se posait sur Brandkel et grand-père en train de s'affronter.

– Louis ne va pas être très content, fis-je remarquer. Je crois que c'est quelqu'un qui n'aime pas tellement voir ses plans contrariés.

Elle frémit et son regard s'emplit d'une vraie peur l'espace d'un instant. Je tentai d'en profiter.

– Reviens vers nous, Serafina. Il n'est pas trop tard. Aide-nous, avant que Brandkel ne te fasse payer ton échec tellement cher que tu y perdras ton âme.

Elle regarda autour d'elle, vit que les loups de son allié étaient en train de gagner et inspira profondément. Lorsque je croisai de nouveau son regard, elle s'était reprise. Je compris qu'elle était perdue. À jamais.

– Tout ça juste pour le pouvoir, Serafina, fis-je avec tristesse tout en détendant totalement mes muscles, mon corps devenant tout mou. Ces morts, cette douleur, juste pour ça ?

Elle n'avait aucun remords. Elle ne voyait que son intérêt, le reste ne la concernait pas. Comme je ne me débattais pas, vaincu, elle relâcha un peu son étreinte.

– Oh oui, mon doux prince humain. Tout ça pour ça. C'est dommage, toi et moi, on aurait pu faire un chouette couple. Maintenant il va falloir que je te tue et ta saleté de petite humaine aussi.

– Alors tue-moi Serafina, murmurai-je si bas qu'elle dut se pencher pour m'entendre, mais fais vite s'il te plaît, je ne veux pas souffrir.

Je savais ce qu'elle allait faire. Elle se pencha pour m'embrasser, lâchant l'une de mes mains afin de porter le coup fatal en même temps. Je me relevai avec une violence inouïe et la frappai du front sur le nez de toutes mes forces. Elle fut projetée en arrière, le nez cassé et pissant le sang, à moitié assommée.

Je ne lui jetai pas un regard, j'avais autre chose à faire. Et puis j'étais incapable de la tuer.

Je bondis sur mes pieds, ramassai mon poignard et fonçai. Katerina et Seamus s'étaient enfin réfugiés sous l'arène, comme je leur avais demandé. Un loup s'attaqua à Katerina, tentant de la mordre, mais avec un courage qui fit battre mon cœur, elle lui lacéra le museau de sa dague. Le loup recula en gémissant sous la douleur de l'argent, vacilla un instant sur ses pattes et s'effondra, pris de convulsions. Pour éviter tous risques, tout en courant je rangeai mon poignard et envoyai deux étoiles d'argent qui le frappèrent aux reins. Il se débattit puis ne bougea plus. La tue-loup était efficace. Je me précipitai. Il fallait que je les fasse sortir d'ici tous les deux. Katerina, qui ne m'avait pas vu arriver, faillit me poignarder.

– Oh là ! criai-je alors que la dague me ratait de peu, c'est moi, Indiana ! Katerina, viens !

Elle sortit vivement de sous le gradin, suivie de Seamus, et se précipita dans mes bras. Elle ne sanglotait pas, mais son souffle haletant me disait à quel point elle avait peur.

– Mon gars, grogna Seamus, qui lui aussi s'était muni d'une lame d'argent et surveillait les loups, à moitié accroupi. Qu'est-ce qu'on fait, maintenant ?

Un loup plongea sur nous, j'attrapai la dague de Katerina, évitai le corps poilu et le poignardai dans le flanc. Il s'écroula. Seamus se redressa, lança sa lame dans ma direction. Je n'eus pas le temps de réagir qu'elle frôlait mon oreille et se fichait dans l'œil du loup qui se dressait pour m'arracher la tête. Il hurla et s'effondra.

Mon cœur battant à deux cents à l'heure, je repris mon souffle.

– Merci Seamus.

– Pas d'quoi mon gars.

Je récupérai la dague de Katerina dans le flanc du loup que j'avais abattu, la rendis à mon amie et leur montrai l'unique voie de salut.

– Maintenant, il faut qu'on arrive jusqu'à la sortie. Allez-y, foncez, je vous couvre !

Un énorme loup se matérialisa à nos côtés. Katerina cria, Seamus se ramassa mais je les arrêtai.

– Attendez ! C'est Chuck !

Il me poussa du museau. Il avait du sang sur les babines et boitait un peu. Il me fit signe de le suivre. Grâce à sa masse énorme, il nous ouvrit le chemin vers la sortie, poussant ou mordant sans état d'âme tout ce qui entravait notre chemin.

Soudain, alors que nous étions presque sauvés, les loups s'arrêtèrent de combattre d'un seul coup, se repliant.

Brandkel se dressait, triomphant au-dessus du corps inerte de mon grand-père. Il leva son museau ensanglanté vers la lune et hurla son triomphe. Ses loups hurlèrent à l'unisson avec lui, tandis que les nôtres frissonnaient dans un silence de mort.

C'était fini. Ils avaient gagné.

Chapitre 25
Celui qui n'avait pas oublié

Brandkel reprit sa forme humaine. Il poussa du pied le corps de grand-père. Devant nous, les loups se resserrèrent, nous barrant la sortie. Même avec Chuck, nous ne pouvions plus forcer le passage.

Je saisis mes étoiles d'argent et me ramassai en posture de combat, empli d'un terrible chagrin, au point que les larmes embrumaient mes yeux. Il avait tué mon grand-père. J'allais vendre ma peau et ils allaient la payer très chère, du moins je l'espérais.

Les loups vaincus furent regroupés dans un coin de l'arène par les vainqueurs. La bataille avait été féroce et ma gorge se serra. Bientôt nous allions rejoindre ces corps inertes sur le sable. Nous fûmes séparés de Chuck, à mon grand regret.

Serafina avait redressé son nez ; folle d'inquiétude à l'idée qu'il soit déformé, elle passait un doigt tremblant dessus. Au moins, cela l'avait dissuadée de nous attaquer. Serafina n'avait jamais expérimenté la douleur jusqu'à présent. La petite fille gâtée était trop jolie et adorée pour que nos loups la mordent sérieusement. Jamais elle n'aurait imaginé que j'allais la frapper pour sauver ma vie. Ce qui me prouvait, encore une fois, qu'elle n'avait aucune conscience du monde dans lequel elle vivait. À l'intérieur, je saignais de voir ce qu'elle était devenue. À l'extérieur, je lui adressai un sourire froid. Elle détourna le regard.

La moitié des loups se retransforma, l'autre resta à quatre pattes. J'allais envoyer mes étoiles d'argent lorsque Seamus m'en empêcha.

— C'est pas encore le moment, mon gars, chuchota-t-il, utilise le seul organe qui va nous permettre de sortir de cette merde. Ton cerveau. Trouve quelque chose pour sauver ma petite fille. Moi ça ne me gêne pas de payer pour mes erreurs. Mais elle… ce ne serait pas juste.

À regret, je me détendis. Il avait raison. Seule Katerina était importante. Plus que ma rage.

Plus que ma vie. Je remis mes étoiles dans mon blouson.

Les loups de Brandkel nous entourèrent comme une meute de chiens enragés et nous poussèrent jusqu'à lui. Ils nous forcèrent à nous agenouiller. Comme devant un roi. Je jugulai ma fureur. Un loup dut trouver que je ne montrais pas assez de déférence parce qu'il me cogna entre les épaules, me précipitant à terre. Au ras du sol, je tentais de retrouver mes esprits, sonné, lorsque mon regard se posa sur le corps de mon grand-père. Je surpris un mouvement. Il était encore vivant. Il respirait faiblement, malgré ses terribles blessures. J'inspirai, étourdi par le soulagement, et la forte odeur de son sang me secoua. Katerina m'aida à me redresser. Mais elle avait trop peur, ce n'était pas bon. Les loups commençaient à la sentir comme un gibier et se rapprochaient, menaçants, impatients. Je lui serrai la main, essayant de la rassurer, et, comprenant le message, elle tenta de se détendre un peu. Seamus n'avait pas rangé son poignard d'argent et attendait l'occasion. L'un des loups lui assena un coup sur la main, le lui faisant lâcher. Il grogna, se massa la main et observa, attentif.

Tyler, indemne en dépit des combats, se tenait près de son père, un peu en retrait. Son regard inquiet passait de Katerina à moi. Il avait peur. Pour elle et même, en dépit de nos divergences, peut-être aussi un peu pour moi. Tyler n'était pas un garçon qui aimait les conflits. Lui, il voulait juste être le petit prince adoré qui ne se salissait pas les mains. Sauf que son père n'avait pas l'intention de lui laisser ce rôle confortable.

— Bien, bien, dit Louis avec délectation après avoir renfilé sa robe brune, nous touchons enfin à notre but. Tyler, mon fils, j'ai vaincu le vieux Karl. À ton tour, je t'offre le cœur de ton ennemi, Indiana Teller. Tue-le !

Tyler frémit. Je me redressai. Les loups voulurent m'obliger à me remettre à genoux, mais Brandkel, curieux, les en empêcha.

– Laissez-le, ordonna-t-il, voyons ce que l'humain veut dire.

Ah. C'était intelligent. Je n'étais pas un loup, il venait de le souligner. De prédateur, je devenais proie. Un faible humain, incapable de se défendre, contre les crocs et les griffes. Je fermai les yeux un instant. Je savais que je ne survivrais pas à ce soir. Mais je devais essayer de sauver grand-père, Katerina et Seamus. J'ouvris la bouche lorsque soudain mon arrière-arrière-arrière-etc.-grand-père Henry, le si vieux témoin, encadré par deux loups, me prit de vitesse.

– Usurpateur, déclara-t-il en haussant férocement le ton, histoire que tous les loups l'entendent bien. Tu as brisé les lois du clan, tu as fait revenir notre communauté à l'âge des crocs, à l'époque maudite où la loi du plus fort régnait, où compassion et miséricorde n'étaient que des mots dénués de sens. Pendant mille ans, je l'ai vu. Je l'ai vécu. Combien de temps penses-tu survivre, Brandkel, avant qu'un autre, plus jeune, plus fort, ne décide de suivre ton exemple ? Tu vas vivre dans la peur. Comme ceux qui, avant toi, ont décidé de mettre ces lois en place. Regarde-les, tes alliés (et il désigna les trois juges qui l'avaient rejoint dans sa lutte), ce sont des alpha eux aussi. La soif de pouvoir est dans leurs veines. Combien de temps avant qu'ils ne se liguent contre toi ?

Les trois lui jetèrent des regards glacés. Mais il avait frappé juste. Brandkel le sentit.

– Assez ! hurla-t-il, furieux. Tu es protégé par ta fonction de témoin, mais je ne suis pas à un combat près, vieux loup. Tais-toi ou je te fais ouvrir le ventre !

Henry venait de creuser la faille dont j'avais besoin. Je le bénis et me lançai.

– Mais le témoin a raison ! Vous avez besoin de ce combat entre votre fils et moi pour asseoir votre légitimité, martelai-je. Me faire déchiqueter par vos loups vous apportera certainement une grande satisfaction. Qui ne durera que le temps que les alpha mettent en doute votre place à la tête du clan ainsi que celle de votre fils.

– Tyler, gronda Brandkel, arrache la gorge de ce gamin et qu'on n'en parle plus.

Tyler jeta un regard sur moi et Katerina. Je vis dans ses yeux qu'il comprenait soudain que, moi éliminé, il resterait le seul. Il fit un pas en avant.

– Qu'il le fasse, le défiai-je, je ne me défendrai pas. Même si je suis probablement plus fort que lui.

Brandkel fut tellement surpris qu'il en resta un instant silencieux. Puis il éclata d'un rire sonore, vite rejoint par ses loups. Il s'essuya les yeux et me fixa.

– Tu es très amusant, jeune humain, tu sais ça ?

– J'ai tué trois de vos loups ce soir, précisai-je, afin de dédouaner Katerina et Seamus.

– Quoi ?

Je désignai les corps sur le sable.

– Regardez leurs blessures. Ce ne sont pas des blessures de crocs. Ce sont mes shurikens et mes dagues qui ont fait ça.

Je ne mentionnai pas la tue-loup. Inutile de lui dévoiler toutes mes ressources.

– Apportez-moi les corps, ordonna-t-il d'une voix épaisse.

Les loups obéirent. Il se pencha et observa les cadavres, tendit le doigt et toucha les étoiles d'argent sur le corps du premier loup, ne réagissant pas sous la brûlure, puis la plaie au flanc du deuxième et la blessure dans l'œil du troisième. Il leva un regard noir vers moi en frottant l'horrible cicatrice de son visage.

– Ils portent bien des blessures empoisonnées par l'argent. Ainsi le petit humain a acquis des crocs. Tsss tsss, tsss, ce n'est pas très loyal ça !

– Comme vous l'avez si bien souligné, je n'ai ni griffes ni crocs. Il fallait bien que je me défende.

– Ainsi, me dit-il, tu serais un adversaire à la taille de mon fils ? Intéressant. Mais ça ne change rien. Tu n'es qu'un humain. Tu n'as pas le statut pour combattre l'un des nôtres. Un combat entre mon fils et toi ne m'apportera rien.

J'eus un sourire tordu. Ah, il me pensait humain. J'allais lui montrer que je ne l'étais pas tant que ça. Je ne me retins plus. Ma fureur et ma rage éclatèrent comme un furieux tonnerre, submergeant les loups présents. L'onde brûlante de mon pouvoir d'alpha se déversa sur eux. Les yeux agrandis par la stupeur, Brandkel résista. Mais son fils et ses deux lieutenants, les deux Jim, ne purent le supporter. Ils tombèrent à quatre pattes et se transformèrent.

– Par les crocs, murmura Brandkel alors que je n'esquissais pas un geste, mais qui es-tu ?

J'aurais pu le tuer, à ce moment. Mais ses loups nous auraient massacrés. Et mon seul but était de sauver l'amour de ma vie et ma famille. Aussi je me contentai de le toiser, impassible.

– Je ne suis pas un loup, concédai-je. Mais je ne suis pas totalement humain non plus.

– Je suis témoin ! hurla Henry, surprenant Brandkel. Indiana Teller, fils de Benjamin et de Jessica Teller, petit-fils et héritier de Karl et Amber Teller, a le pouvoir de l'alpha, il a obligé les loups à se transformer. Il est légitime !

Brandkel se raidit. Il aurait bien écrasé la tête de mon ancêtre sous une grosse pierre, mais ses trois alliés n'allaient pas le laisser faire, il le savait. Il nous foudroya du regard.

– Très bien, tu es digne de combattre, me concéda-t-il à contrecœur.

– Vous reconnaissez ma légitimité ?

– Oui, grogna-t-il, profites-en, tu auras été alpha pendant quelques minutes. Désolé de ne pas avoir le temps de te féliciter.

À mes côtés, je sentis Katerina se tendre. Elle savait qu'il allait se passer quelque chose, mais ne comprenait pas tout à fait quoi.

– Alors je refuse de combattre, dis-je en croisant les bras sur ma poitrine. Du moins, pas sans condition.

Brandkel en resta bouche bée et j'aurais pu m'en amuser si je n'étais pas en train de jouer avec ma vie. Puis ses yeux s'étrécirent et je repris la parole avant qu'il n'ait le temps d'ordonner ma mise à mort.

— Je vous propose un échange, fis-je tandis que les loups m'observaient avec attention. La vie de Katerina et Seamus contre un duel entre votre fils et moi (je ne parlai pas de grand-père, car s'il n'avait pas réalisé qu'il était encore vivant, inutile de le lui faire remarquer). Vous les épargnez, ils partent sains et saufs, personne ne leur fait de mal, ni maintenant, ni jamais. Si vous refusez cet échange, je ne me battrai pas contre votre fils. Vous me tuerez, certes, mais votre légitimité à gouverner la meute sera toujours contestée.

— NON ! hurla Katerina. NON ! INDIANA !

Son cri portait une telle douleur qu'il me crucifia. Mais je tins bon. Je devais la sauver.

— Je la revendique ! cria Tyler qui reprit forme humaine et me regarda, ivre de rage. Je l'aime. Je suis prêt à te défier, père, si tu ne lui laisses pas la vie sauve. Indiana, c'est inutile de jouer au héros ! Je ne me battrai pas contre toi, Katerina restera avec moi et c'est tout.

Il s'approcha de Katerina, renfilant sa robe brune en toute hâte.

— Laisse-moi te sauver, dit-il gravement en se penchant sur elle. Je t'aime. Je t'aime de toute mon âme, de tout mon cœur. Je suis prêt à mourir pour toi. Indiana n'est pas le seul.

— Ahhh ! hurla Katerina en se prenant la tête entre ses mains. Mais arrêtez ! Je ne suis pas un trophée !

Il ne l'écoutait pas. Il la serra dans ses bras avant qu'elle n'ait le temps de réagir. Je ne réfléchis pas. Je bondis, l'arrachant à la fille que j'aimais. Il recula de quelques pas, grondant.

Je me mordis la lèvre, non mais quel imbécile ! Pour protéger Katerina, j'aurais dû le laisser faire ! Tyler allait se jeter sur moi lorsque Brandkel le frappa si fort qu'il s'écroula sur le sol. Sans un regard pour son fils, Brandkel se tourna vers moi.

— Tu veux un duel, mon garçon ? Alors tu vas l'avoir. Mais nous allons faire cela dans les règles. Vu son attitude, je pense que Tyler est assez furieux contre toi pour te tuer à présent. Merci, je pensais que mon fils était une poule mouillée, content de voir qu'il n'en est rien.

Il ne le vit pas, parce qu'il lui tournait le dos. Mais le regard de haine pure que lui jeta Tyler me fit penser que Brandkel devrait un peu mieux surveiller ses arrières. Ou sinon, il ne survivrait pas très longtemps à la tête de son coup d'État.

Ignorant ses sarcasmes, je me tournai vers Katerina. Elle passa du désespoir à la fureur en une fraction de seconde.

— Bon sang, Indiana, vous allez vous battre pour me sauver la vie et celle de mon père ? Vous êtes dingues ! Tout ça, tout ça, c'est dingue, mon Dieu je Vous en prie, réveillez-moi, je n'en peux plus !

Je l'enlaçai tendrement avant qu'elle ne sombre dans une crise de panique et elle s'accrocha à moi avec désespoir. Puis je me redressai face à Brandkel.

— Avons-nous un accord, monsieur ?

Je ne lui accordai pas le titre de Seigneur de la Meute. Les yeux fulgurants de rage, il ne réagit pourtant pas à l'insulte. Puis je vis pointer une question dans son regard. Une muette question qu'il ne me fut pas difficile de deviner.

Te laisseras-tu vaincre pour l'amour de cette fille ? Laisseras-tu mon fils te tuer ?

Je lui répondis en hochant la tête.

Oui.

Nos regards s'accrochèrent. Nous avions un accord. J'allais mourir. Mais Katerina vivrait. C'est tout ce que je voulais.

— Je ne la tuerai pas, annonça Brandkel. Puisque je suis le nouveau Seigneur des Loups, je vais changer la loi.

— Non, protesta l'un des alpha. Nous nous sommes alliés avec toi parce que nous pensons que les humains nous affaiblissent, qu'ils diluent notre sang et que tu les détestes autant que nous. Il n'est pas question de faire une exception !

Brandkel l'affronta.

— Je viens de vaincre l'ancien Seigneur des Loups, qu'est-ce qui te fait croire, Ben, que je ne peux pas t'arracher la gorge ?

— Mon clan ne te suivrait pas si tu m'arraches la gorge, répondit courageusement l'alpha.

– Oh mais si, sourit méchamment Brandkel, bien sûr qu'il me suivra. Il suivra la loi du plus fort et c'est moi qui suis le plus fort. Mais tu as raison sur un point. Si Tyler a des fils ou des filles qui ne sont pas loups, ils seront exécutés.

L'alpha grimaça, peu convaincu. Brandkel le vit et son visage se plissa de rage.

– Et il devra, en plus de cette humaine, prendre une seconde femme, une louve, afin de préserver son capital génétique. J'ai dit !

Katerina bondit, je la rattrapai de justesse alors qu'elle tendait les doigts vers Brandkel, prête à lui arracher les yeux.

– Espèce de vieux débris, hurla-t-elle, va te faire voir avec ton harem ! On n'est pas au quatorzième siècle ! Laissez-nous partir ! Indiana, dis-lui qu'on restera loin ! Dis-lui qu'on n'en parlera à personne !

Tyler s'était redressé, essuyant le sang de sa bouche. Il était blême, rejeté à la fois par son père et par Katerina. Les alpha secouèrent la tête. Ils ne voulaient pas de ce mauvais compromis. Mais ils se turent. Brandkel avait vaincu. Il était le plus fort.

Pour l'instant.

Katerina sanglotait, consciente que tout ce qu'elle disait ne servait à rien. Je la serrai une dernière fois dans mes bras, puisant ma force dans son amour. Seamus l'arracha à mon étreinte et l'emprisonna. Elle se débattit.

– Non, Indiana, laisse-moi être à ton côté. Papa, lâche-moi !

Tyler gronda. Elle venait de le blesser en proposant de me suivre. Il n'aima pas.

Je souris à mon amour, le cœur en lambeaux devant sa force.

– Katerina, je t'aime. Merci pour ton courage, merci pour tout ce que tu es. Mais je dois combattre seul.

Je me détournai. Tyler redevint loup. Les ondes de sa colère rampaient jusqu'à moi. Les autres dégagèrent l'arène. Tout le monde recula. Brandkel alla s'asseoir avec satisfaction sur le trône et le corps de mon grand-père fut posé à ses pieds. Rien que pour cela, je faillis perdre mon sang-froid, mais je me contins. Il était encore vivant. Pourvu qu'il continue à s'accrocher !

Une pensée glaciale s'infiltra dans mon cerveau, comme si j'étais branché sur une autre dimension.

Éclipse-toi ! C'est la seule façon de sauver ta vie. Si tu révèles à Brandkel que tu es un rebrousse-temps, il te laissera la vie sauve.

Mais je savais que ce n'était pas la solution. D'une part, chaque fois que je m'éclipsais, je risquais de devenir fou, ce qui ne serait d'aucune aide à Katerina et à Seamus ; d'autre part, si je révélais mon don, je ne sauvais ma vie qu'à court terme puisque, incapable de revenir ailleurs, je tomberais entre les griffes de Brandkel, prisonnier pour l'éternité. Je préférais mourir.

Je sortis ma dague et les loups laissèrent échapper un souffle. Circonspect, Tyler alla se poster de l'autre côté de l'arène. Sans qu'ils y fassent attention, j'essuyai la lame, ôtant la tue-loup. Il allait me falloir lutter contre mes propres réflexes et je ne voulais pas risquer de tuer Tyler involontairement.

Il se déplaça sur le côté, m'observant. Je sais à quel point les loups sont rapides et pourtant son attaque fut si lente qu'il me fut facile de l'éviter. Je fronçai les sourcils. Cet imbécile ne voulait pas me tuer, il jouait avec moi. Je fonçai sur lui, le prenant par surprise et lui éraflai le flanc. Il glapit sous la brûlure de l'argent. Grogna puis planta ses pattes dans le sable. Ah ! J'avais réussi à l'énerver.

Sa deuxième attaque fut fulgurante. J'eus tout juste le temps de l'esquiver. La vache, il était rapide. Ses griffes m'effleurèrent tandis que je roulais à terre, déchirant mes vêtements et mon torse. Je grimaçai. La douleur était légère mais je saignais pas mal. Un point partout, égalité. Il m'attaqua, tentant de happer ma main armée. Erreur, je l'évitai et lui coupai l'oreille. Ça repousserait, une fois le poison de l'argent neutralisé, mais en attendant, ça devait lui faire un mal de chien. Ou de loup.

Il secoua la tête, m'aspergeant de son sang. Cette fois-ci, il était furieux. Je me tendis. Il m'attaqua sur la gauche, ainsi que je m'y attendais, mais bifurqua si vite que je n'eus pas le temps d'éviter sa gueule. Elle se referma sur ma jambe droite, il y eut un craquement sonore et elle se brisa. Éperdu de douleur, je tombai, tandis que le feu de son venin de loup-garou se répandait dans mes veines, me brûlant comme un fer rouge.

Je hurlai.

L'instant d'après sa gueule était sur ma gorge. Une pression et c'était fini. Il hésita. En dépit du feu qui me rongeait, je murmurai :

– Vas-y, Tyler, pour Katerina.

Ses yeux d'or foncèrent et il s'apprêta à m'achever lorsque, soudain, un hurlement, comme répondant au mien, retentit tout autour de nous. Il était empli d'une telle violence et d'une telle menace que Tyler releva vivement la tête, sur ses gardes.

Mais ce n'étaient pas des loups qui avaient hurlé.

Axel sortit de l'ombre, il s'était transformé, monstrueuse silhouette bipède au poil noir, à la gueule cruelle.

Et il n'était pas seul.

Avec lui, une centaine de semis venaient de s'inviter à la fête.

Les semis se répandirent dans l'arène, devant les loups trop choqués pour réagir. Beaucoup d'entre eux bondirent dans les gradins jusqu'en haut afin de dominer la scène. Les loups commencèrent à s'agiter, réalisant soudain qu'ils étaient en train de se faire encercler. Je croisai le regard de Chuck et lui désignai mon grand-père du regard. Il hocha la tête. Il avait compris.

Axel se plaça face à Brandkel qui le contempla avec fascination.

– Axel FootPrint ! s'exclama-t-il d'une voix stupéfaite. Je pensais que tu étais mort, semi.

Tyler m'abandonna et se plaça un peu derrière son père, grondant sourdement.

Luttant contre le venin qui me faisait tourner la tête et contre la douleur de ma jambe, je tentai de me relever. À la grande contrariété de Tyler, Katerina se libéra de son père, fonça et se plaça sous mon épaule.

– Merci, Katerina. Bon sang, Axel, grommelai-je, tu en as mis du temps !

– Désolé, sourit mon ami, convaincre les autres semis a été un peu plus long que prévu, j'ai dû en tuer un ou deux pour faire entrer le message dans leurs caboches. Mais à présent, je suis leur chef, alors tout va bien.

Rien que ça. Je grimaçai. Avais-je créé un monstre en demandant à Axel de m'aider à prendre le pouvoir, ce qu'il s'était refusé à faire jusqu'à présent ? En voyant sa grâce fluide et la puissance de ses mouvements, je me sentis tout à coup vraiment inquiet.

Mais pas autant que Brandkel. Ainsi, il connaissait Axel. Dont Brown n'était pas le vrai nom, comme je m'en doutais.

– Non, je ne suis pas mort, répondit Axel à Brandkel. Je sais bien que c'est ce que vous auriez aimé croire après avoir tué Gemma. Mais j'ai survécu. Et à présent me voilà. Je vous défie en duel, Brandkel !

J'en eus le souffle coupé. C'était Brandkel qui avait tué l'amour d'Axel, celle qui l'avait transformé ? Je comprenais à présent pourquoi Axel avait tellement tenu à nous accompagner. Ses plans croisaient les miens parfaitement. Dans l'hélicoptère, profitant du bruit, je lui avais demandé son aide. À présent, les choses étaient claires.

Axel était là pour sa vengeance. Sans le jugement, il n'aurait jamais pu approcher suffisamment Brandkel pour l'affronter. Ici, il avait toutes ses chances.

– Je suis le chef de la meute, gronda Brandkel, furieux, qu'est-ce qui te permet de croire, misérable semi, que tu peux me défier, moi un loup de pur sang ?

– Tu n'es pas un loup, répondit calmement Axel. Tu n'es qu'un boucher qui se cache derrière son statut pour acquérir plus de pouvoir.

Brandkel se dressa.

– Loups, hurla-t-il, redevenez humains ! Utilisez les balles d'argent contre les semis ! Tuez-les !

Et il se transforma, en bondissant sur Axel. Serafina se transforma aussi, mais après un regard paniqué vers les semis, s'enfuit à toute allure. Bien, une de moins à combattre.

Chuck se matérialisa derrière moi. Comme je le lui avais demandé muettement, il portait le corps de mon grand-père. Il avait profité de l'apparition d'Axel pour assommer son garde. Je vis qu'il l'avait aspergé d'eau, piquée sur la table des juges. Grand-père battait des paupières. Mais mon cœur se serra lorsque je vis l'état dans lequel l'avait mis Brandkel. Il l'avait pratiquement éventré.

C'est là que la seconde partie de notre plan de protection fut mise en pratique. Lors de sa construction, j'avais demandé à grand-père de faire pratiquer une ouverture sous le piédestal. Quelque chose d'assez grand pour que Seamus et Katerina puissent s'y réfugier. Je poussai sur les planches de bois qui pivotèrent. Le renfoncement se trouvait sous la tribune, sous les marches plus précisément. Nous filâmes tous dessous et je refermai les planches. Je n'avais pas prévu que nous serions aussi nombreux pour le peu de place disponible, mais nous n'avions pas trop le choix.

– Libérez les loups prisonniers, souffla soudain faiblement mon grand-père, lucide mais sur le point de s'évanouir à nouveau. Ils n'ont pas eu le temps de prêter allégeance à Brandkel. Ils m'obéissent toujours. Qu'ils viennent nous aider à sortir d'ici. Indiana, vas-y, tu es légitime, mon garçon, tu es ma voix.

Nous allions peut-être tous mourir, nous étions au milieu d'un chaos total, pourtant je ressentis une fierté absurde aux mots de mon grand-père. Et surtout qu'il soit capable de parler en dépit de la terrible douleur. Je lui serrai le bras avec affection. Il était vivant. De tout ce qui s'était passé ce soir, en fait, c'était vraiment le plus important.

– Oui, grand-père, j'y vais tout de suite.

Il me sourit, puis s'affala dans les bras de Chuck. Celui-ci le laissa sous la garde de Seamus et de Katerina, qui s'accroupirent pour le protéger. Katerina serrait les dents mais, contrairement à Serafina, ne songeait pas à s'enfuir. Pas une seconde alors qu'elle était en danger.

Elle était incroyable. Je lui adressai un regard reconnaissant, puis sortis de notre cachette avec Chuck.

Chuck m'aida, car je ne pouvais pas marcher très vite avec ma jambe qui pissait le sang, alors il me traîna littéralement à travers l'arène, vers l'endroit où nos loups étaient prisonniers. Ils n'avaient pas pris part au combat contre les semis, la Lune en soit remerciée. Je criai.

– Loups des Teller ! Mon grand-père, votre alpha, est toujours vivant et vous donne l'ordre de le rejoindre !

Les deux gardes pivotèrent paniqués. Chuck frappa le premier si fort qu'il l'assomma, et mes deux étoiles pleines de tue-loup qui se plantèrent dans la poitrine du second le dissuadèrent d'insister. Dave, qui heureusement n'avait pas été trop blessé, vint vers moi sous sa forme humaine.

– Je le savais, je le sentais, dit-il d'une voix épaisse, je savais que notre alpha était encore vivant. Quels sont les ordres ?

– Nous ne devons aucune allégeance à Brandkel. Il a tenté de tuer grand-père avec ses balles d'argent avant de l'affronter. Grand-père a été affaibli par les impacts des balles ; en dépit de la protection de sa robe, il avait probablement déjà plusieurs côtes cassées. On se replie donc déjà dans la maison, et on essaie d'y arriver en un seul morceau. On verra ensuite en fonction du vainqueur.

Il opina. Nos loups nous entourèrent et nous protégèrent. Heureusement, les loups de Brandkel étaient exactement dans la même situation que nous quelques minutes auparavant. Ils affrontaient un ennemi supérieur non pas en nombre mais en puissance. Ils nous fichèrent la paix, bien trop occupés à essayer de survivre à l'attaque sauvage de semis. Pourtant des corps de semis, foudroyés par des balles d'argent, gisaient aussi un peu partout.

Pendant que le chaos s'amplifiait dans l'arène, notre faction se retirait en bon ordre, sous le commandement de mon grand-père porté par Chuck. Le souffle court, car il souffrait beaucoup, grand-père avait répété ce que j'avais dit, avec interdiction de se montrer hostiles envers les semis. Ce fut ce qui nous sauva.

Ça et le fait qu'Axel et Brandkel se battaient avec une telle férocité que le loup renégat avait bien autre chose à faire que de s'occuper de nous. Sous bonne garde, nous filâmes vers la maison. Voyant notre retraite, plusieurs loups de Brandkel voulurent nous attaquer, mais à notre grande surprise, les semis nous protégèrent.

Nota bene : me souvenir de remercier Axel quelques millions de fois.

En dépit de ses blessures, Dave me porta. Ce n'était peut-être pas très digne, mais je lui en fus reconnaissant.

Une fois la porte refermée, grand-mère se précipita vers nous, le visage marbré par l'inquiétude.

– Que s'est-il passé ? J'ai entendu des hurlements effroyables. Qu'est-ce que font les semis sur notre territoire ?

– Ils nous ont sauvés, grand-mère, répondis-je en me mordant la lèvre pour ne pas hurler de douleur. Grand-père est blessé, Brandkel l'a vaincu. Et Tyler m'a cassé la jambe.

Elle ausculta rapidement grand-père pendant que je m'écroulai sur le sofa. Elle revint vite vers moi. Une torsion qui me fit hurler et l'os était en place. Elle posa une attelle en métal et plastique gonflé qui immobilisa ma jambe. Puis m'injecta un produit qui réduisit considérablement la douleur, avant de nettoyer la plaie faite par les dents de Tyler. Son front se plissa lorsqu'elle vit la profondeur de la blessure.

– Il t'a mordu, est-ce que… ?

– J'ai senti le venin. Ça m'a brûlé comme du feu, grand-mère.

– Mon Dieu, murmura-t-elle, j'espère que tu ne deviendras pas un semi, Indiana, ce serait une catastrophe !

Katerina était à ses côtés, ses yeux verts brillants de colère, et aussi d'inquiétude pour ma profonde blessure.

– Tu le savais ! gronda-t-elle comme une vraie louve. Tu savais que ton ami Axel allait venir à notre secours, pourquoi ne nous as-tu rien dit ? J'ai failli mourir de peur au moins vingt fois !

Je m'autorisai à me détendre un peu et toutes les douleurs de mon corps décidèrent à cet instant de se rappeler à moi. Je grimaçai.

– Parce que Axel n'était pas sûr lui-même d'arriver à convaincre les semis de venir. N'oublie pas que nous les traquons et les tuons chaque fois que nous en avons l'occasion. Nous sommes leur

Némésis, Katerina, pourquoi nous aideraient-ils ? Je ne voulais pas te donner de faux espoirs.

Sa fureur s'éteignit. Elle hocha la tête. Elle comprenait.

– Hum. Bon, qu'est-ce qu'on fait maintenant qu'on ne va plus servir de dîner à tes copains ?

– Les semis devraient avoir le dessus, mais on ne peut pas en être sûr, dit mon grand-père d'une voix faible, pas avec ces maudites balles d'argent. Nous devons évacuer le ranch.

– Bien, fit ma grand-mère, j'ai préparé ce qu'il faut.

Elle inclina une torchère à droite puis à gauche et, à la grande stupeur de Seamus et Katerina, une cache apparut, avec des brancards et tout ce qu'il faut pour soigner ou déplacer des gens. La cache se continuait par un long couloir. Grand-père me l'avait montrée alors que j'avais à peine dix ans.

– Il mène jusqu'à quatre kilomètres à l'extérieur, indiqua ma grand-mère. Il a été creusé il y a des dizaines d'années, par nos ancêtres afin de nous permettre de nous échapper si des humains découvraient notre existence.

Elle fit signe à Chuck de mettre mon grand-père sur le brancard.

– J'avoue que je n'imaginais pas qu'il nous servirait à fuir notre propre race, continua-t-elle avec une trace d'amertume. Allons-y, j'ai fait préparer des voitures. Nous allons nous replier dans une autre cache jusqu'à ce que nous y voyions plus clair. Katerina, Seamus, vous êtes les plus lents, allez-y en premier.

Katerina voulait rester avec moi, mais un regard de ma grand-mère la cloua sur place et elle obéit. Les loups la suivirent, puis grand-mère et grand-père. Incapable de marcher, j'étais le dernier, placé sur un brancard roulant. Ce n'était pas très glorieux, mais au moins, je pouvais les suivre.

Chuck s'en empara avec un sourire de petit garçon. Je sentis qu'il allait s'éclater à jouer aux autos tamponneuses lorsque soudain un bruit de porte qui explosait nous fit sursauter. J'étais près du mur. Je levai la main à toute vitesse, poussai la torchère qui pivota. Le mur se referma.

– Mais… mais qu'est-ce que tu fais ? s'exclama Chuck, ahuri.

– Chuck, écoute-moi très attentivement. Je veux que tu te transformes en loup et que tu files d'ici, tu m'entends ? Tu n'as pas l'odeur de grand-mère, grand-père ou la mienne. Ils ne te suivront pas. Et je ne veux pas qu'ils repèrent le passage secret. Porte-moi à l'étage avant et saute du premier.

Son gros front se plissa.

– Mais… et toi ?

– Bon sang, ne discute pas Chuck, obéis-moi ! Je sais ce que je fais !

Il grogna mais se soumit à mon ton d'alpha. Il m'attrapa comme un enfant, monta l'escalier quatre à quatre et me colla dans le placard de mon ancienne chambre. Ainsi mon odeur serait couverte par celle plus ancienne de mes vêtements, les loups ne pourraient pas savoir que j'étais là. Puis il ouvrit la fenêtre, se transforma et sauta du premier étage. J'entendis ses griffes cliqueter sur le gravier puis le bruit disparut.

Je ressortis du placard et fis quelques préparatifs. Une de mes trois dagues sous le lit, de l'adhésif double face afin d'en coller une sous la table, une sous le bureau, les trois soigneusement recouvertes de tue-loup.

Je reniflai l'air. L'odeur âcre me renseigna. Il n'y avait qu'un seul loup, mais je reconnus sa voix au moment où il parla :

– Petit, petit, petit, dit-il d'une voix douce, où te caches-tu ? Je sais que tu es là, j'entends ton cœur, je sens ton souffle !

C'était probablement vrai. La peur me serra le cœur, ma respiration se fit courte. C'était Jim, l'un des effrayants jumeaux de Brandkel. Et je pariais que c'était le sadique. En dépit de la douleur dans ma jambe, je rampai jusqu'à un renfoncement de ma chambre, contre lequel je m'appuyai. Je ne voulais pas être bloqué par le placard. J'entendis un reniflement dehors et arrêtai de respirer.

Il m'avait trouvé.

Il ouvrit la porte doucement, savourant la fin de sa traque. Son sourire s'élargit lorsqu'il me vit à terre, impuissant.

– Le petit humain ! Quelle surprise ! Mon Seigneur a dit qu'il était énervé contre toi. Et tu sais ce que je fais aux gens qui énervent mon Seigneur ?

– Vous leur arrachez la gorge après les avoir bien torturés, répliquai-je, lui coupant l'herbe sous le pied.

Son sourire disparut.

– Tu es un petit malin, n'est-ce pas ? Où sont les autres ?

– Aucune idée, mentis-je, ils sont partis depuis longtemps. Je ne pouvais pas les suivre avec ma jambe alors j'ai préféré me cacher ici. J'espérais que les semis vous avaient tous tués.

Jim secoua la tête.

– Même s'ils le font, tu ne seras pas présent pour en profiter, petit humain, ton chemin s'arrête là.

Volontairement je laissai la peur m'envahir. La peur, la rage, l'impuissance, la confusion. Tous ces sentiments qui mettaient mon corps dans un état de stress total. Il s'avança. Je pensais qu'il allait se transformer. Il n'en fit rien. Il sortit un couteau de sa poche. À la lame vicieuse, crantée d'un seul côté. Le genre de truc qui vous arrache les intestins en ressortant. Je déglutis. Ma peur augmenta. Il sourit, ravi.

– Tu as tellement peur, mon joli, je ne pensais pas une seconde que tu aurais autant la trouille. Tu as montré des qualités d'alpha tout à l'heure. Les alpha sont courageux. Toi, tu ne l'es pas, je peux le sentir à présent. Je devrais remercier mon maître. Tu vas être un véritable festin pour moi !

Il s'avança. Je fermai les yeux, me concentrant comme un fou.

Il ne se passa rien. Mon pouvoir ne fonctionnait pas ! J'avais tout basé sur lui. Mais il devait estimer que je n'étais pas assez en danger. Je rouvris les yeux en sentant un souffle brûlant sur mon visage.

Jim sourit et son expression était atroce. Puis, sans un battement de cils, sans rien qui puisse présager qu'il allait agir, il me planta sa lame dans l'épaule gauche.

Je hurlai de douleur.

Je m'éclipsai.

Il bascula en avant, écrasant mes vêtements, l'attelle vide et le couteau ensanglanté.

Je planais au-dessus de lui. Mon épaule et ma jambe me brûlaient, mais au moins le couteau s'était dégagé sans plus de dommages lorsque je m'étais dématérialisé.

Je soupirai de soulagement. Mon foutu don avait fonctionné, je n'étais pas devenu fou et je savais comment vaincre le sicaire de Brandkel. Sauf que maintenant, j'allais devoir faire ce que j'avais fait quelques semaines plus tôt. Me rematérialiser à un mètre de distance de ma première position.

Je me concentrai de toutes mes forces. Sans relâche, l'espèce d'élastique dont j'avais déjà expérimenté les effets sous l'échafaudage me ramenait *devant* Jim et non pas *derrière* comme je le voulais. Abasourdi, le tueur fouillait mes affaires comme si j'avais rapetissé et étais encore dedans. Je serrai les dents et poussai de toutes mes forces. Juste avant qu'il ne se retourne, il y eut comme un claquement et je me rematérialisai. Exactement où je le voulais. J'attrapai la dague que j'avais cachée sous le bureau.

Jim se retourna, son couteau à la main.

Il bondit, mais il avait été surpris de ma soudaine apparition et encore plus de me trouver nu devant lui et cela lui coûta une demi-seconde. Je ne réfléchis pas. Je m'élançai vers lui à la vitesse de l'éclair. Ma dague trouva le chemin de son cœur. L'espace d'un instant, il me regarda avec une telle stupeur que si je n'avais pas eu aussi mal et aussi peur, j'aurais pu en rire. Puis il s'effondra et son couteau tinta sur le plancher, avant de s'immobiliser. L'argent empêcha son corps de se régénérer et la tue-loup remplit son office. Quelques convulsions plus tard, Jim était mort.

Je portai une main tremblante à mon épaule. Il n'avait pas visé pour me tuer, juste pour me faire mal, évitant les artères importantes, ne touchant que le gras de l'épaule. Quand même, qu'est-ce que c'était douloureux ! Je me rhabillai en grognant à moitié de souffrance, mais je fus incapable de remettre mon attelle.

J'entendis un cri de fureur dehors et vis Axel, en dehors de l'arène, qui tentait d'atteindre Louis, sévèrement blessé, entouré par ses loups, dont Tyler, tirant des balles comme des fous. Le semi les évitait gracieusement, mais ne pouvait pas avancer. Une voiture noire blindée rugit, s'arrêta juste derrière Louis et Tyler qui embarquèrent avant qu'Axel ne puisse les en empêcher. Au moment où la porte allait se refermer, une louve au pelage doré sauta à bord, in extremis. Serafina venait définitivement de choisir son camp.

Axel leva ses griffes vers le ciel, hurla la déroute de l'ennemi, et les semis vainqueurs hurlèrent avec lui. Les loups qui le pouvaient s'échappèrent. Les autres furent entassés négligemment dans un coin, frissonnant de peur. Chacun à son tour.

Les trois juges traîtres avaient également réussi à s'évader, grâce à leurs gardes qui avaient fait bouclier. Je sortis mon téléphone. Grand-mère répondit immédiatement.

– Indiana, dit-elle d'un ton inquiet, par la Lune, mais où es-tu ?

– En fait, là, je suis dans ma chambre, répondis-je faiblement. Et je crois bien que j'ai besoin de ton aide, j'ai reçu un coup de couteau. Brandkel est en fuite, Axel a réussi à le vaincre, mais ses loups l'ont exfiltré. Vous pouvez tous rentrer. Je vous aime, et dis à Katerina que je l'aime aussi.

Je raccrochai et fis quelque chose de peu glorieux.

Je m'évanouis.

Chapitre 26
Le kidnapping

Normalement, dans les films, lorsque le héros se réveille, il est propre, dans un lit et une jolie fille se penche tendrement sur lui. En général, elle dit que tout va bien, qu'il est évanoui depuis plusieurs jours, mais que du coup, tout a été nettoyé et réparé pendant qu'il roupillait.

Pas moi.

Lorsque je me réveillai, ce fut le visage, certes familier mais pas particulièrement ravissant, de mon grand-père qui se penchait sur moi. Il était verdâtre, couleur intéressante mais inhabituelle.

J'étais toujours par terre, au milieu d'une pagaille totale. Et tout mon corps me faisait un mal de chien.

– Où sont le lit et la jolie fille ? murmurai-je.

– Mon Dieu, Karl, il délire ! fit la voix très inquiète de grand-mère derrière.

Je voulus m'asseoir... et renonçai en poussant un gémissement étouffé.

– Non, non, ça va, je suis réveillé. Qu'est-ce qui s'est passé ?

– Nous sommes revenus aussi vite que possible, expliqua grand-père, Brandkel s'est enfui, comme tu nous l'avais dit, nous avons donc repris la situation en main. Axel est en train de vérifier que des loups ennemis ne sont pas cachés alentour. Ils ont des revolvers et des balles d'argent, je ne veux courir aucun risque. Une vingtaine de nos loups sont morts.

Le chagrin dans sa voix se mêla au mien. Je connaissais tous ces loups, qu'ils soient mes amis ou non, j'avais vécu avec eux. Je n'avais pas envie de savoir qui avait survécu ou pas.

– Cinq semis ont péri aussi. Mais ils ont eu plus de trente des loups de Brandkel.

Cette fois-ci, sa voix se chargea d'allégresse et je la partageai aussi. Nous avions vaincu nos ennemis.

Chuck qui était revenu lui aussi m'aida à me redresser et me posa sur mon lit. Ne comprenant pas pourquoi j'avais retiré mon attelle, grand-mère entreprit de me soigner.

Encore.

– Ça va, grommela-t-elle après avoir pansé mon épaule et replacé l'attelle, tu n'as pas perdu trop de sang cette fois-ci. Mais si tu pouvais éviter de te faire trouer la peau pendant quelques jours, ce serait aussi bien. Puis-je te rappeler que tu ne possèdes pas les capacités de récupération des loups ?

Je lui souris faiblement.

– Crois-moi grand-mère, j'en suis *douloureusement* conscient. Où sont Katerina et Seamus ?

– En bas. Dave se charge d'eux. Nous ne savions pas dans quel état tu serais. À ton tour. Que s'est-il passé ?

Je leur racontai. Que je m'étais battu avec l'un des Jim. Qu'il m'avait retiré mon attelle pour me torturer après m'avoir planté un couteau dans l'épaule afin de savoir où ils s'étaient enfuis, mais que j'avais caché une dague et que je l'avais tué. Je mêlai vérité et mensonges par omission et ils me crurent sans hésiter.

– Remarquable, murmura mon grand-père, mais la prochaine fois que tu me fais un coup pareil, mon garçon, je te déshérite, tu m'entends ? Lorsque nous avons réalisé que tu ne nous suivais pas, j'ai bien failli y passer pour de bon.

Il m'enserra dans une étreinte bourrue, bien qu'encore faible, évitant mon épaule.

Ce que ne fit pas Katerina, qui en dépit de l'opposition de Dave avait réussi à monter. Elle me vit, et se jeta sur moi. Je hurlai.

– Ahhhh !

Elle recula d'un bond, horrifiée.

– Indiana ? Qu'est-ce qu'il y a ?

Je lui montrai mon épaule. Elle porta sa main à la bouche.

– Mon Dieu, je suis désolée, j'étais tellement, tellement inquiète !

Elle se redressa et me balança une petite gifle cinglante sur le front.

Je levai des yeux stupéfaits vers elle.

– Aïeuh, mais pourquoi tu me frappes ?

– Parce que tu as refermé le passage, parce que nous ne savions pas pourquoi et que tes grands-parents n'ont pas voulu que je retourne sur nos pas, parce que la prochaine fois que tu me fais un coup pareil je…

– Tu me déshérites.

– Je… quoi ?

– C'est ce que m'a dit grand-père.

– Non, moi je me contenterai de ne plus t'adresser la parole.

Je lui fis mes yeux de chien battu.

Elle sourit.

– Tu as de la chance d'être aussi mignon. Et de nous avoir sauvé la vie et…

Axel fit irruption à ce moment et Katerina s'interrompit soudain toute pâle. Il faut dire que le semi était impressionnant. Il s'était un peu nettoyé, mais il sentait encore le sang et la bête sauvage.

– Indiana ! s'écria-t-il et il bondit sur moi.

Je hurlai.

– Ahhh, mon épaule ! Bon sang, le prochain qui veut me serrer dans ses bras, je le mords !

Il me lâcha aussitôt et rit de bon cœur. Puis son museau de loup se plissa de chagrin.

– Je n'ai pas réussi, Indiana. Je n'ai pas pu venger Gemma, ma belle, ma douce Gemma.

– Axel, tu nous as tous sauvés. Sans toi, la meute serait aux mains de ce dingue. Et je ne crois pas que les semis auraient survécu bien longtemps.

– Je vais le poursuivre, tu le sais, dit-il gravement.

– Je sais. Mais si tu l'attaques chez lui, tu vas te faire tuer.

Grand-père allait intervenir lorsque soudain, son téléphone sonna. Celui de grand-mère sonna en même temps. Ils décrochèrent. Écoutèrent. Se regardèrent.

Je me raidis. D'ici je sentis leur peur soudaine.

Grand-père se tourna vers moi.

– Indiana ?

– Oui ?

– Ce n'est pas fini.

J'eus soudain du mal à respirer.

– Que se passe-t-il ?

– C'est ta mère.

Nous laissâmes Katerina et Seamus sous bonne garde au ranch. Escortés par une dizaine de nos loups, d'Axel et de cinq semis, il ne nous fallut qu'une dizaine de minutes à deux cent cinquante kilomètres à l'heure pour arriver à l'hôpital psychiatrique.

Je frémis. Il y avait des cendres partout et des gens qui s'efforçaient d'éteindre les incendies. Le directeur, un très courtois vampire, était échevelé, couvert de suie, la cravate de travers et les dents apparentes. On avait l'impression qu'il allait mordre le premier qui passerait à portée. Voyant grand-mère, il s'efforça de lisser ses cheveux, de cacher ses dents et d'arranger sa chemise.

– Milady des loups, la salua-t-il, nous sommes totalement désolés. Nous avons été attaqués, ils ont brouillé nos communications, impossible d'appeler à l'aide. Nos fées et nos sorciers ont fait de leur mieux, mais ce ne fut pas suffisant.

Je savais. Mon Dieu, je savais. Le coup de téléphone. Celui qu'attendait Brandkel, celui qui avait tout déclenché.

– Des loups, n'est-ce pas ? demandai-je le cœur serré. Ce sont des loups qui vous ont attaqués. Et il y a au moins une heure de cela.

Il me lança un regard surpris.

– Oui, c'est exact. Comment le savez-vous ?

Je désignai mes blessures.

– Nous avons été attaqués aussi. Je vois que c'était une action parfaitement coordonnée. Si vous nous aviez appelés, nous aurions été incapables de vous porter secours.

– Le problème, souligna le vampire, rageur, c'est que pour couvrir leur fuite, ces salopards ont libéré tous les priso… les patients. Certains d'entre eux sont extrêmement dangereux. S'ils s'en prennent aux humains, et soyez sûrs qu'ils le feront, cela sera visible. Très visible. Nous allons avoir du mal à cacher les cadavres. Ceci peut tous nous exposer, Seigneur des Loups.

Grand-père ferma les yeux.

– Axel ?

– Seigneur ?

Grand-père rouvrit les yeux et le fixa.

– Voici une mission pour toi et pour ta meute. Tu nous as prouvé ce soir que tu étais parfaitement fiable, loyal et compétent. Je n'ai pas encore eu le temps de te remercier d'ailleurs.

– Ce n'est pas moi qu'il faut remercier, précisa mon ami avec un petit sourire nonchalant aux lèvres, mais votre fils. Il a réussi à me persuader que sa peau valait que je risque la mienne. C'est un excellent négociateur que vous avez là, Seigneur.

– Merci, dit gravement grand-père. Je saurai vous récompenser autrement qu'avec des mots. Mais en attendant, nous devons absolument retrouver les malades et les enfermer de nouveau. Traque-les avec mes loups et tes semis. Dave, tu as un meilleur nez que les semis, même s'ils sont plus forts. Travaillez ensemble. Et souvenez-vous que les vampires comme les fées peuvent voler.

Axel ne savait pas ce que les loups étaient venus chercher. Moi si. Je n'avais pas le cœur à sourire. Il hocha la tête. Je savais qu'il allait obéir. Jusqu'à ce qu'il en ait assez, ou que sa vengeance prenne le pas sur sa mission. Dave se raidit. Travailler avec un semi dégoûtait la majorité des loups, ce n'était pas facile pour lui. Il jeta un regard méprisant qu'Axel ignora, puis se dévêtit rapidement pour se transformer en loup et commencer sa traque. Axel renifla, amusé et le suivit ainsi que ses gardes et les nôtres. Grand-père fit signe à ceux qui voulaient rester.

– Allez-y, je ne risque rien ici, les assaillants sont partis depuis longtemps. Et nous avons besoin de tout le monde.

Il se tourna vers le vampire.

– Allons la voir à présent.

L'aile où vivait ma mère était encore fumante, mais le feu était sous contrôle. Une fée faisait voler les extincteurs tandis qu'un sorcier étouffait les flammes sous ses incantations.

Nous arrivâmes enfin devant la chambre de ma mère. Je l'ouvris et ma gorge se serra. Il y avait deux cadavres déchiquetés à l'intérieur. Les deux loups de garde de ma mère.

Mais elle n'était nulle part.

Le vampire sortit pendant que je contemplais le mobilier détruit, espérant de toute mon âme que maman avait réussi à s'éclipser avant que les tueurs n'arrivent.

Le vampire revint et posa un ordinateur portable devant nous. Il avait l'air navré. Puis il sortit, nous laissant regarder. Grand-père activa le bruit blanc pour couvrir nos conversations. J'enclenchai la vidéo.

S'il n'y avait pas de caméras appartenant à l'hôpital à l'intérieur de la chambre, puisqu'elles étaient la propriété de la meute dans toute l'aile protégeant maman, en revanche il y en avait dans le reste du bâtiment. La vidéo crachouilla et se brouilla, puis redevint nette.

Nous vîmes parfaitement l'armée de loups qui emportait un corps inconscient.

Ma mère.

Je faillis m'écrouler. Ils ne l'avaient pas tuée ! Je pensais qu'ils voulaient nous priver de notre meilleur atout, mais ce n'était pas cela. Je le compris lorsque ma mère bougea faiblement et que l'un des loups lui enfonça une aiguille dans le bras.

Mon âme fut inondée de soulagement. Elle était vivante !

Grand-mère ne partageait pas mon euphorie.

– Par la Lune, murmura-t-elle atterrée, on a enlevé ta mère !

– C'était ça, depuis le début, extrapolai-je en réfléchissant très vite. Brandkel voulait la place de grand-père, c'est sûr. Mais nous n'étions pas son objectif principal ! Regarde, regarde sur la vidéo, compte-les. Tu as vu le nombre de loups qui a attaqué l'hôpital ? Si ces loups avaient été avec lui lors de son assaut contre nous, il aurait pu nous vaincre. Toutes ces machinations, tous ces complots, c'était pour maman ! Pour posséder une rebrousse-temps ! Il avait besoin des sauf-conduits pour les meutes de ses alliés, celles qui attendaient à l'extérieur du ranch, sans quoi il n'aurait jamais pu venir avec autant de loups sur nos terres. C'était un complot tellement complexe. Il nous a bien eus.

– Mais comment a-t-il su ?

Je fermai les yeux, le cœur au bord des lèvres.

– Serafina.

Grand-mère se raidit.

– Que dis-tu ?

– Elle n'était pas à Hollywood. Elle me l'a avoué lorsque la bagarre a éclaté et qu'elle a essayé de me tuer.

Grand-mère ouvrit de grands yeux.

– Elle est allée le retrouver, lui, Brandkel. Elle lui a tout révélé, sur nous, nos systèmes de défense. Et elle sortait avec Ned. Qu'elle menait par le bout du nez. Il a dû lui dire pour maman. Il a fait partie de ceux qui sont venus ici. C'est également elle qui a fait basculer l'échafaudage sur moi. En échange, Brandkel a promis de faire d'elle sa louve alpha.

Il y eut un instant de silence tandis qu'ils tentaient de digérer l'inconcevable.

– Serafina nous a trahis, dit grand-père d'une voix emplie de chagrin. Je la bannis de la meute à jamais. Je ferai promulguer le décret dès demain.

C'était une sentence de mort qu'il venait de prononcer.

– Elle s'en fiche éperdument, ragea grand-mère, ramenant ses cheveux en arrière d'une main tremblante. Elle s'est mise sous la protection de Brandkel. Maintenant qu'il a une rebrousse-temps, il est invincible ! Il va nous dévorer tout cru ! Il va cacher Jessica, nous ne la retrouverons jamais !

Je la regardai. Elle venait de me donner une idée.

– Dis-moi, grand-mère, c'est ce que tu penses, n'est-ce pas ? Que tout le monde veut posséder un rebrousse-temps ?

– Oui, répondit-elle d'un ton agacé, tout le monde. Ce n'est qu'une femme, une mère à tes yeux, Indiana, mais pour moi, c'est une arme terrible.

– Les races sont prêtes à tuer pour eux, c'est ça ?

– Mais enfin c'est exactement ce que...

– Attends, l'interrompit mon grand-père, je crois qu'Indiana nous mijote quelque chose.

– Alors, conclus-je, si nous disons à tout le monde que nous possédions une rebrousse-temps, mais que Brandkel nous l'a volée, que croyez-vous qu'il va se passer ?

Grand-mère poussa un cri indigné.

– Tu es fou ! Jamais, Indiana, jamais il ne faut révéler son existence !

Mais grand-père fronçait les sourcils.

– Indiana a raison, dit-il lentement, en réfléchissant tout haut, seuls, nous ne la retrouverons jamais. Mais si toutes les races la cherchent, alors là, oui, ça va considérablement compliquer la vie de Brandkel ! Par la Lune, Indiana, il va détester ça ! Il pense sans doute que nous tenterons de garder le kidnapping secret. Oh, j'aimerais être une souris pour voir la tête qu'il va faire lorsqu'il apprendra la nouvelle !

Il m'adressa son premier vrai sourire depuis qu'il avait été vaincu. Il allait me taper sur l'épaule et se ravisa devant mon regard.

– C'est... c'est terriblement dangereux, balbutia grand-mère, Indiana, Karl, vous ne savez pas ce que vous faites !

– Oh mais si, ma chère, notre petit-fils n'est peut-être pas un pur loup, mais c'est un pur Teller ! Il a un excellent cerveau. Nous allons faire ce que tu viens de proposer, Indiana. En ajoutant une énorme récompense pour le premier qui nous donnera des indications sur l'endroit où se trouve ta mère. Que ce soit par cupidité ou pour une autre raison, nous allons très vite la retrouver. Et nous la délivrerons, mon garçon, je te le promets.

Le poids sur mon estomac n'avait pas disparu. Mais il venait de s'alléger.

Un peu.

Très vite, l'arène et les murs entourant notre maison furent démontés et notre maison retrouva son paisible aspect quotidien. Katerina ne retourna pas tout de suite à Missoula. Nous manquions des cours tous les deux. Seamus lui fit un mot d'excuses. Pour moi, ce fut le médecin de notre communauté qui s'en chargea. J'avais quinze jours de convalescence. Et la ferme intention d'en profiter au maximum. Je devais absolument me retaper avant de me lancer à la recherche de ma mère.

Ce fut très étrange de me promener… enfin de me faire pousser en fauteuil roulant par Katerina dans le ranch, vu qu'avec mon épaule je ne pouvais pas utiliser de béquilles.

Nous rendîmes leurs corps aux familles des loups ennemis. Bien qu'ils soient nos adversaires, les loups qui étaient morts méritaient leur cérémonie.

Chez les loups, nous brûlons les corps. Nous ne pouvons risquer qu'un médecin trop curieux tombe sur une anomalie par hasard. La cérémonie de crémation fut longue et douloureuse. Il fut rendu un hommage à chaque loup tombé pour nous défendre et leur famille fut prise en charge, pour ceux qui étaient des alliés ne résidant pas avec nous.

Lorsque les flammes s'élevèrent des vingt-cinq bûchers, car les cinq semis tombés avec eux étaient également honorés, Katerina me serra très fort la main. Elle savait qu'elle avait bien failli faire partie de ces victimes.

Ned avait disparu. Ses parents comme ceux de Serafina faisaient partie des loups restés loyaux. Mais lorsque grand-père les déclara tous les deux hors meute pour trahison, cela fut terrible pour notre groupe. Personne ne pouvait imaginer une telle forfaiture. Tous oubliaient qu'ils n'étaient pas seulement loups, mais aussi humains.

Et que contrairement aux loups, les humains servent leurs intérêts personnels aux dépens du groupe. Cela s'appelle l'ambition.

Dans les jours qui suivirent, je m'efforçai d'effacer les mauvais moments de la mémoire de Katerina. Notre vallée était magnifique et elle l'adora.

Ce que j'aurais adoré, moi, ça aurait été de profiter de notre amour. Mais la loi sur les relations loups/humains n'avait pas encore été levée et notre nombre avait encore été réduit par les combats. Je dus donc me comporter comme son meilleur ami. Et cela ne me facilita pas les choses, surtout lorsqu'elle me regardait d'un air interrogateur, comme pour me défier d'aller plus loin. Avant de combattre Tyler, je lui avais avoué mon amour. Maintenant je la traitais comme une bonne copine et nous détestions cela tous les deux.

Je trouvai cependant un excellent moyen de la faire rire. Parfois, lorsque je voyais un loup, je lui murmurais « lapin bleu carnivore » à l'oreille. Et elle partait immédiatement dans une crise de fou rire. Ou alors quelqu'un faisait un truc bizarre et je disais « ça, c'est vraiment un truc de Quilimba », le nom de la tribu que j'avais inventée, et cela aussi la faisait rire. Je crois que cela lui permit de dépasser sa peur des garous. Même si les transformations lui semblaient parfaitement dégoûtantes.

Elle fut très émue lorsque j'organisai son anniversaire. C'était une surprise. Je lui offris une paire de boucles d'oreilles en or. Représentant des lapins. Elle faillit s'étrangler. Mais adora et son cadeau et le gâteau. Nous n'en fîmes pas vraiment une fête officielle, car nous étions tous en deuil, mais cela nous fit à tous du bien de rire un peu et de nous détendre.

Chuck s'était institué mon garde du corps officiel et ne me quittait pas d'un pouce. J'adorais Chuck. Il m'avait sauvé la vie et tout et tout, mais par moments, j'aurais vraiment préféré qu'il nous lâche un peu, Katerina et moi.

Seamus rentra à Missoula, rassuré pour sa fille. Je me doutais bien qu'une certaine Nanny aux yeux dorés n'était pas pour rien dans son empressement à retourner chez lui, mais je ne fis aucun commentaire. Je me réservais pour plus tard. Par sécurité, deux de nos loups l'accompagnèrent. Il les renvoya au bout de deux jours, précisant qu'ils étaient bien gentils mais qu'il n'avait pas besoin de gardes du corps.

Grand-mère était aux petits soins pour moi. Mais dans ses yeux d'or, je voyais l'inquiétude. Elle avait peur que je ne me transforme en monstrueux semi, à cause de la morsure de Tyler. J'étais partagé. D'un côté, devenir un semi me rendrait puissant. Je pourrais encore mieux me battre contre Brandkel. D'un autre côté, cela signifiait perdre ma famille.

Seul l'avenir connaissait la réponse. Mais je n'étais pas pressé de voir arriver la nouvelle pleine lune.

Et j'eus un appel de Tyler.

Je ne m'y attendais pas. Il m'appela sur mon portable et me proposa un rendez-vous sur notre réseau vidéo privé pour me parler. Les principaux loups alpha en possèdent un, afin de mieux communiquer. Brandkel n'avait pas débranché le sien. Pour le moment.

Le visage de Tyler était marqué, creusé. C'était étrange de voir à quel point ces épreuves l'avaient transformé.

Naïvement, je pensais qu'il était toujours mon ami. Je suis stupide, hein ?

– Katerina est à moi, gronda-t-il dès qu'il me vit apparaître devant lui. Indiana, tu dois la laisser partir.

D'accord, j'avais bien fait de ne pas parler à Katerina de ce rendez-vous vidéophonique.

– Je suis désolé, répondis-je, mal à l'aise. Je n'ai pas fait pression sur elle pour qu'elle me choisisse, Tyler, tu le sais très bien !

Il grimaça.

– Elle t'a choisi parce que tu es humain, tu le sais aussi bien que moi. Mais tu ne pourras pas la protéger aussi bien que moi, Indiana, ça aussi tu le sais très bien. Je t'ai vaincu.

Curieux. Il n'envisageait même pas que je me transforme en semi. Je hochai la tête.

– Pas exactement. Je t'ai laissé faire. J'aurais pu te tuer, mais ton père nous aurait tués dans la seconde tous les deux, Katerina et moi, sans parler de Seamus. Je n'avais pas trop le choix.

Son visage refléta son mépris.

– Mes crocs étaient sur ta gorge. N'essaie pas de refaire l'histoire.

Mon grand-père me dit souvent qu'il n'est pire sourd que celui qui ne veut entendre. Je renonçai à essayer de convaincre Tyler.

– Katerina est à moi, répéta-t-il, une fureur sauvage dans les yeux. Elle va devenir ma compagne, porter mes enfants et ils seront de purs loups, tu m'entends, Indiana ? De purs loups ! Je ferai tout ce qu'il faut pour l'arracher à toi.

Sa violence me secoua. J'essayai de le raisonner. Une pareille fixation me semblait prodigieusement malsaine. Si Katerina m'avait quitté, je l'aurais accepté. J'en serais probablement mort de chagrin, mais je l'aurais accepté.

– Tu m'as sauvé la vie, Tyler, nous étions amis.

– Dans tes rêves, grinça-t-il. Je n'ai rien à voir avec un misérable petit humain.

Cela ne me fit pas aussi mal que d'habitude. J'avais tellement entendu cette insulte qu'elle ne me faisait plus grand-chose. Je changeai de sujet pour en venir à celui qui m'avait fait accepter son appel.

– Où est ma mère ? demandai-je d'un ton ferme.

Il me regarda d'un air surpris.

– Qu'est-ce que ta mère vient faire dans l'histoire ?

– Ton père l'a enlevée. Ne me dis pas que tu n'es pas au courant !

Il ouvrit la bouche. La referma.

– Tyler ? insistai-je.

Je pouvais voir qu'il était en train de réfléchir. Puis sans prévenir, il coupa la communication. Stupéfait, je contemplai l'écran noir. Je tentai de le rappeler, mais la console refusa mon appel.

Par la Lune, mais pourquoi avait-il eu cette réaction bizarre ? Et le plus étrange, c'était qu'il n'avait pas eu l'air au courant pour maman. Mon cœur se serra. Si Brandkel était paranoïaque au point de ne pas parler de ses plans à son propre fils, cela diminuait considérablement nos chances de la retrouver un jour. Cependant, le fait d'être, d'une certaine façon, en communication avec Tyler réveilla une petite, minuscule lueur d'espoir. J'attendis son appel.

Mais il ne m'appela pas. Je décidai d'être patient. D'une certaine façon, il était la proie et moi, le chasseur. Un jour ou l'autre, il ne résisterait pas. Il m'appellerait. Et alors, je refermerais mon piège sur lui.

Enfin, grand-père fit son annonce à propos de maman. Notre rebrousse-temps avait été enlevée. Dix millions de dollars à celui qui donnerait un renseignement sur elle, cinquante si on la retrouvait.

L'extraordinaire nouvelle fit si vite le tour de la communauté que tous les spéciaux, vampires, sorciers, elfes et autres en furent informés en moins de vingt-quatre heures. Nous savions que cela allait considérablement compliquer la tâche de Brandkel. Tous voulaient la rebrousse-temps. Ils allaient la traquer.

Cependant, afin d'éviter de nouvelles morts, grand-père fit une offre à Brandkel. En tant que Seigneur de la Meute, il lui offrait l'amnistie, ainsi qu'à ses loups, à condition qu'il se rende.

La réponse de Brandkel fut tout à fait spectaculaire. Une fée se posa dans notre jardin en plein jour avec un message sur un parchemin. Aussi court que concis.

GUERRE.

Brandkel ne reconnaissait plus l'autorité de grand-père. Il se proclama officiellement Seigneur de la Meute quelques jours plus tard. La cérémonie fut enregistrée et la vidéo nous fut envoyée. Grand-père grimaça en voyant de vieux amis prêter allégeance au nouvel imposteur. Il passa le reste de la nuit au téléphone. Au matin, il était fixé. La moitié environ des loups lui restait fidèle. C'était bien. Mais ce n'était pas assez. Brandkel avait accompli ce que redoutait la meute. Il venait de la scinder en deux parties ennemies, ce qui n'était pas arrivé depuis plus de six cents ans. Henry, mon ancêtre, secoua la tête, désolé.

Ce n'était plus seulement ma mère qui était en cause.

La guerre des deux clans venait de débuter.

Remerciements

On peut penser que les auteurs sont dans de hautes tours d'ivoire, à prendre des poses torturées devant leur page blanche et qu'ils travaillent tout seuls dans une glorieuse souffrance.

En fait, pas du tout. Enfin pas moi. J'ai des tas de gens qui m'inspirent et m'aident à transformer une certaine folie en un livre cohérent, à peu près drôle, dont les pages ne se détacheront pas... sauf si on les abandonne au soleil sur une plage de sable brûlant, et encore.

Je dois donc remercier ma famille qui m'aide à rester saine d'esprit : mon mari Philippe, l'amour de ma vie depuis vingt-neuf ans maintenant, qui m'a encore fait éclater de rire ce matin – ce qui à 6 h 45 du matin est quand même un exploit –, mes deux filles, Diane et Marine, qui sont mes bêtatesteuses même si, souvent, elles ont vraiment d'autres choses à faire que de lire les trucs bizarres de leur vieille mère, France, ma maman, qui est complètement tombée amoureuse d'Indiana, ma sœur, Cécile, que j'adore avec constance, Didier, Paul et Anna qui est le bébé le plus craquant du monde.

Je remercie bien sûr toute la famille Audouin : Jean-Luc, Corinne, Lou, Thierry, Marylène, Léo et surtout Papy Audouin qui est le plus adorable des beaux-pères, même s'il râle parce que je reste trop devant mon ordinateur et pas assez avec lui.

Je remercie mes meilleurs amis, Martine pour nos conversations qui durent des heures, ce qui est un bonheur sans mélange, son Jacques qui enchante nos soirées, Thomas qui me fait beaucoup rire depuis plus de vingt-huit ans et Anne-Marie qui a réussi à me battre avec son incomparable soupe truffe/foie gras/poulet/ingrédients secrets. Merci, vous êtes très différents tous les quatre et très chers à mon cœur.

Au tour de mon éditeur, de mon éditrice plutôt, Elsa Lafon. Que dire d'Elsa ? Elsa est… Elsa. C'est un lutin malicieux, extrêmement amusant et incroyablement professionnel. Sans compter son flair de limier pour les bons livres. Je dois donc la remercier pour sa bonne humeur, pour les délicieux commérages que nous avons partagés et pour m'avoir remonté le moral lorsqu'il était dans les chaussettes (propres, je précise), tout comme Dorothy qui est non seulement intelligente et drôle mais aussi un solide pilier sur lequel m'appuyer lorsque tout va mal… et même lorsque tout va bien. Les filles, vous êtes au top.

Il ne faut pas oublier Pierre, qui a organisé tout ceci, Michel Lafon, qui a signé les chèques (merci papa d'Elsa !) et toute l'équipe qui a corrigé mes nombreuses fautes, pardon Maëlle, Julie et les autres de vous avoir donné tant de travail ! Avec une mention spéciale à Andreas qui a signé la magnifique couverture. Et à Super Stéphane qui a créé le site www.indianateller.com, bravo c'est génial !

Enfin, les remerciements ne peuvent se terminer sans rendre hommage à mes merveilleux lecteurs et amis, Noémie, la présidente du Bureau du fan-club de Tara Duncan, mon autre série, Guillaume,

Nina, Marion, Patricia, Lucie qui s'occupe des blogs avec tact et bienveillance, Marc qui gère le forum et le site www.generation-taraddicts.com et bien sûr mes taraddicts chéris, que j'espère bien convertir à Indiana.

À tous merci, sans vous, je ne serais rien. Je vous aime.

À suivre dans le tome 2...

Prologue
Le vampire

Je n'avais pas prévu tout cela. Au moment où je rentre dans la pièce, je réalise mon énorme erreur. Il est là, penché sur un corps exsangue.

Il m'a entendu. Il relève la tête et plonge ses yeux fous de plaisir dans les miens. Sa bouche maculée de rouge esquisse un sourire. Ses dents sont trop longues, écarlates. Il se redresse et j'ai l'impression que mon cœur va s'arrêter de battre.

Son sourire s'élargit, comme s'il sentait ma panique. Son regard accommode enfin. Sur son prochain repas.

Moi.

Il bondit.

Chapitre 1
Le meurtre

Je vois la scène comme si j'y étais. Il y a un corps. Étendu. Ruisselant de sang, peau lacérée, muscles sectionnés. L'une des jambes a été à moitié arrachée, on voit l'os brillant. Comme un zoom, mon regard horrifié remonte vers le visage. J'arrête de respirer. Je connais cet homme.

C'est le père de ma petite amie.

Je m'avance vers lui pour lui venir en aide. Mais ma main traverse son corps. Je ne peux pas le toucher, je ne peux pas le sauver.

Je hurle.

Et ça me réveille.

Sauf que je n'étais pas endormi. Je viens de voyager. Comment je le sais ? Parce que mon corps se dématérialise lorsque je fais cela et que je suis tout nu, mon bas de pyjama en dessous de moi.

Merde, merde, merde ! Ce n'était donc pas un stupide cauchemar. Quelqu'un a attaqué Seamus, le père de Katerina. Je bondis vers mon téléphone. Il est quatre heures du matin. J'appelle le 911. En donnant l'adresse au secouriste, je mens en disant que le père de Kat m'a appelé. Le type m'assure que l'ambulance part tout de suite. Ensuite, je sors de ma chambre en courant.

Je fonce vers la chambre de Katerina. Elle est l'invitée de notre clan et on lui a donné une suite dans l'aile ouest. Le plus loin possible de la mienne. Ma famille m'énerve.

En claquant la porte contre le mur, je la réveille et j'allume la lumière. Complètement éblouie, elle se redresse. Ses magnifiques cheveux noirs sont ébouriffés et ses paupières papillonnent. Soudain, ses yeux vert-gris s'écarquillent et elle rougit. Son regard remonte vers mon visage et ne le quitte pas.

– Indiana ?

– Katerina, je suis désolé c'est…

Elle m'interrompt fermement.

– Y a-t-il une raison particulière pour que tu sois tout nu ?

– Hein ?

Je baisse les yeux et je les relève très vite. Oups, j'ai oublié. J'attrape un vêtement qui traînait et me couvre le… les trucs qui ont besoin d'être couverts. Puis je reprends.

– Pardon, mais c'était vraiment urgent. Écoute, Katerina, ton père a été attaqué.

Elle s'affole et se lève. Elle n'est pas nue mais porte une nuisette épouvantablement courte qui couvre à peine le haut de ses longues jambes. En dépit de la situation, je dois me retenir pour ne pas baver.

– Quoi ? quoi ? Mais comment… Indiana, comment le sais-tu ?

Je dois lui mentir à elle aussi. Personne ne connaît mon don et personne ne doit le connaître.

– Il vient de m'appeler au secours. J'ai envoyé les ambulances. Mais nous devons retourner à Missoula. Tout de suite. Je demande à grand-père de préparer l'hélicoptère.

Elle hoche la tête et, sans se préoccuper de moi, fonce vers ses vêtements et prépare son sac. Je sors et au moment où je me retourne pour refermer la porte, elle retire sa nuisette.

La porte claque au plus mauvais moment.

Je soupire et je fonce. Karl, mon énorme grand-père, est encore à son bureau. Les loups-garous chassent le plus souvent la nuit et il vient de rentrer. Il est le chef de notre meute. Enfin de la meute du Montana, parce que moi, je ne suis pas un loup-garou, hélas. Je m'appelle Indiana Teller et j'ai mis tout le monde dans d'énormes ennuis.

Juste en naissant.

Imprimé en France par
Corlet Imprimeur
14110 Condé-sur-Noireau
N° d'impression : 135277
Dépôt légal : mars 2011
ISBN 13 : 978-2-7499-1387-2
LAF 1382